U0924896

Yilin Classics

HENRY DAVID THOREAU

经／典／译／林

Walden

瓦尔登湖

[美国] 梭罗 著

许崇信　林本椿 译

译林出版社

图书在版编目(CIP)数据

瓦尔登湖 / (美) 亨利 · 大卫 · 梭罗 (Henry David Thoreau) 著; 许崇信, 林本椿译. —南京: 译林出版社, 2017.5 (2024.11 重印)
(经典译林)
书名原文: Walden
ISBN 978-7-5447-6876-4

Ⅰ. ①瓦… Ⅱ. ①梭… ②许… ③林… Ⅲ. ①散文集-美国-近代 Ⅳ. ①I712.64

中国版本图书馆 CIP 数据核字 (2017) 第 052223 号

书　　名 瓦尔登湖
作　　者 〔美国〕梭罗
译　　者 许崇信　林本椿
责任编辑 张紫毫　冯一兵
校　　对 梅　娟
责任印制 董　虎
出版发行 译林出版社
地　　址 南京市湖南路 1 号 A 楼
邮　　箱 yilin@ yilin. com
网　　址 www. yilin. com
印　　刷 江苏凤凰盐城印刷有限公司
开　　本 880 毫米 ×1240 毫米　1/32
印　　张 8.5
插　　页 4
字　　数 235 千
版　　次 2017 年 5 月第 1 版
印　　次 2024 年 11 月第 25 次印刷
书　　号 ISBN 978-7-5447-6876-4
定　　价 36.00 元

译林版图书若有印装错误可向出版社调换
市场热线: 025-86633278　质量热线: 025-83658316

CONTENTS · 目录

导读一

我与梭罗

苇　岸

梭罗的名字，是与他的《瓦尔登湖》联系在一起的。我第一次听说这本书，是在1986年的冬天。当时诗人海子告诉我，他1986年读的最好的书是《瓦尔登湖》。在此之前我对梭罗和《瓦尔登湖》还一无所知。书是海子从他执教的中国政法大学图书馆借的，上海译文出版社1982年的版本，译者为徐迟先生。我向他借来，读了两遍（我记载的阅读时间是1986年12月25日至1987年2月16日），并作了近万字的摘记，这能说明我当时对它的喜爱程度。

后来我一直注意在书店寻找这本书。现在我手里已经有五种中文版本的《瓦尔登湖》了，它们出自国内的三家出版社（此外我还有一册友人赠予的纽约麦克米伦出版公司1962年的英文版本）。我在一封致友人的信中说："梭罗近两年在中国仿佛忽然复活了，《瓦尔登湖》一出再出，且在各地学人书店持续荣登畅销书排行榜，大约鲜有任何一位19世纪的小说家或诗人的著作出现过这种情况，显现了梭罗的超时代意义和散文作为一种文体应有的力量。"

《瓦尔登湖》是我唯一从版本上多重收藏的书籍，以纪念这部瑰伟的富于思想的散文著作对我的写作和人生的"奠基"意义。我的"文学生涯"是从诗歌开始的，《瓦尔登湖》的出现，结束了我的一个自大学起持续了七八年的时期，那阶段我的阅读兴趣和写作方向主要围绕诗歌进行。我曾在自述《一个人的道路》中写道："最终导致我从诗歌转向散文的，是梭罗的《瓦尔登湖》。当我初读这本举世无双的书时,我幸福地感到,我对它的喜爱超过了任何诗歌。”导致这种写作文体转变的契机看起来是偶然的——由于读到了一本书,实际蕴含了一种必然:我对梭罗的文字仿佛具有一种血缘性的亲和和呼应。换句话说,在我过去的全部阅读中,我还从未发现一个在文字方式上(当然不仅仅是文字方式)令我格外激动和完全认同的作家,今天他终于出现了。下面的对比也许更能说明这一变化的内在根据:

> 我们常常忘掉,太阳照在我们耕作过的田地和照在草原与森林上一样,是不分轩轾的。它们都反射并吸收了它的光线,前者只是它每天眺望的图画中的一部分。在它看来,大地都给耕作得像花园 一样。因此我们接受它的光与热,同时也应接受它的信任与大度……

* * *

秋天是结实的季节
生命的引导者
接纳一切满载之船的港湾

北方,鸟在聚合
自然做着它的大循环
所有结着籽粒的植物
都把充实的头垂向大地
它们的表情静穆、安详
和人类做成大事情时一样

太阳在收起它的光芒
它像即将上路的远行者
开始打点行装

它所携带的最宝贵的财富

是它三个季节里的阅历

前者是《瓦尔登湖》中“种豆”一章的文字，后者是我那时写的一首名为《结实》的诗。我的诗显然具有平阔的“散文”倾向，梭罗的散文也并未丧失峻美的“诗意”，而我更倾心梭罗这种自由、信意，像土地一样朴素开放的文字方式。总之在我这里诗歌被征服了：梭罗使我“皈依”了散文。后来我愈加相信，在写作上与其说作家选择了文体，不如说文体选择了作家。一个作家选择哪种文学方式确立他与世界的关系，主要的还不取决于他的天赋和意愿，更多的是与血液、秉性、信念、精神等等因素相关（中外文学的经验大体可以证实这点）。

对于本质上作为一个物种的人类来讲，他已经历了一次脱离有机世界进入无机世界的巨大转折。当人类的制造异于自然并最终不能融入自然的循环而积累在自己身边时，他就置身于无机世界之中了。我在一则《大地上的事情》里这样写过：“有一天人类将回顾他在大地上生存失败的开端，他将发现是1712年，那一年瓦特的前驱，一个名叫托马斯·纽科门的英格兰人，尝试为这个世界发明了第一台原始蒸汽机。”仿佛与这一转折相应，在精神领域人类的文字表述也呈现了一个从“有机”蜕变为“无机”，愈来愈趋向抽象、思辨、晦涩、空洞的过程。正如梭罗讲的：“那个时期所有杰出的作家都比现代的作家更加朝气蓬勃、质朴自然，当我们在一现代作家的著作中读到那个时期某一作家的一句语录时，我们仿佛蓦地发现一片更加葱绿的田地，发现土壤更大的深度和力量。这就好比一根绿色树枝横在书页上，我们像在仲冬或早春看到青草一般心神舒畅。”的确，在现代作家（广义）的著作中，我们能够读到诸如“城邦丧失了青年，有如一年中缺少了春天”，“美德如江河流逝，但那道德高尚的人本色不变”这样富于生命气息，仿佛草木生长、河水奔流时写成的词句吗？在视明朗为浅薄、朴素为低能的现代文风中，具有“能以适当的比例将自己的意义分别给予仓促草率的读者和深思熟虑的读者。对于务实的人,它们是常识;对于聪明的人,它们是智慧。正如一条水量充沛的河流,一位旅行家用它的水湿润嘴唇,一支军队用它的水装满自己所有的水桶"(梭罗语)特征的伟大著述消失了,文学和学术已经自我深奥与封闭起来。

梭罗的文字是"有机"的,这是我喜爱他的著作的原因之一。我说的文字的"有机",主要是指在这样的著述中,文字本身仿佛是活的,富于质感和血温,思想不是直陈而是借助与之对应的自然事物进行表述(以利于更多的人理解和接受),体现了精神世界人与万物原初的和谐统一。这是古典著作(无论文学还是哲学)的不朽特征,梭罗继承了这一源远流长的伟大传统:"正如平原的不平坦被距离所掩盖,突兀的一个个时代和断层在历史中被抚平","月亮再也不反照白昼,而是按她的绝对规律升起;农民和猎人把她公认为他们的女主人","一本书里的简朴几乎同一所住宅内的简朴一样是个了不起的优点,如果读者愿意居住其中"……梭罗的这种比比皆是的语句,使他的行文新鲜、生动、瑰美、智巧,整部著作魅力无穷。

我称梭罗是一个复合型作家:非概念化、体系化的思想家(他是自视为哲学家的);优美的、睿智的散文作家;富于同情心、广学的博物学家(梭罗的生物知识特别是植物知识是惊人的,他采集并收藏了数百枚植物标本);乐观的、手巧的旅行家;自称的"劣等诗人"。梭罗1817年7月12日生于马萨诸塞州一个名叫康科德的小镇。康科德的著名首先由于它与其近邻列克星敦同是美国独立战争的始发地,梭罗为此感到骄傲,因为自己生于"全世界最可敬的地点之一"。在后来定居康科德的超验主义团体成员中,梭罗是唯一土生土长的人。霍桑曾形容梭罗是个"带着大部分原始天性的年轻人……总带有点粗俗的乡村野气"。梭罗实际是受过系统教育的,从康科德中心学校、私立康科德学院,直到哈佛大学。1847年,三十岁的梭罗在接受他的哈佛班级十周年纪念问卷调查时写道:"我是个校长、家庭教师、测绘员、园丁、农夫、漆工、木匠、苦力、铅笔制造商(梭罗六岁时,其父接管了妻弟的铅笔制造生意。在铅笔制造上梭罗是可以申请专利的,是他从苏格兰百科全书中得到启发，用巴伐利亚黏土混合石墨，生产出更精细的石墨粉，改进了铅笔芯的质量，并设计出钻机，使铅芯可以直接插入铅笔，而无需切开木条，还制定了铅硬度的等级划分）、玻璃纸制造商、作家，有时还是个劣等诗人。"这已大体概括了他一生从事过的工作。梭罗的这种智识与体能尚未分离的本领，再次印证了古代希腊的泰勒斯曾向世界表示的："只要哲学家们愿意，就很容易发财致富，但是他们的雄心却是属于另外的一种。"

谈论梭罗，不能不提到曾给过他巨大影响和帮助，被誉为"使我们万众一心"的"康科德精神"的爱默生（爱默生曾为康科德写过赞歌）。1835 年，三十二岁的爱默生花三千五百美元在康科德买下一幢房子，正式从波士顿迁到这个小镇，此时的梭罗尚是一名哈佛大学三年级的学生。1837 年，已在康科德中心学校任教但因被校方责令鞭打六名学生一事而辞去教职的梭罗，加入了爱默生组织的"新英格兰超验主义俱乐部"，他们的伟大友谊从此开始了。1841 年，梭罗关闭接管了两年的康科德学院，失去工作的梭罗应爱默生邀请住进他家，做了一名园丁。两年的与爱默生密切接触及他的大量藏书，使梭罗在此奠定了确立自己基本思想和信念的基础（梭罗与爱默生的特殊关系，使善于寻找任何角度刻薄说话的批评家曾讥他"不过是爱默生的影子罢了"，但梭罗依然是梭罗。后来他们相对疏远的原因之一，是梭罗对自己渐长的名气和声望给爱默生带来的影响有了顾虑）。

关于梭罗与爱默生的关系，我更愿意相信他们在心灵上、思想上存在一种先天的契合和呼应。爱默生在他的讲演录《美国学者》中阐述过这样一个基本思想，即在分裂的或者说是在社会的现状下，人已经丧失了自己的完整性，所谓"人"只是部分地存在于所有的个人之中，个人站在社会派给他的岗位上，每一个人都像是从身上锯下来的一段肢体——一个手指、一个颈项、一个胃，但不是一个完整的人。栽种植物的人很少感觉到他的职务的真正尊严，他只看见他量谷子的箩筐与大车，此外一无所视，于是就降为一个农民（而不是"人"在农场上）；商人从不认为他的生意也有一种理想的价值，灵魂只为金钱所奴役；律师成了一本法典；机师成了一架机器；水手成了一根绳子……爱默生的关于“人”的理想是,每个人若要完整地掌握自己,就必须时时从他自己的“岗位”回来,拥抱一切。梭罗则说:“人类已经成为他们的工具的工具了,饥饿了就采果实吃的人已变成一个农夫,树荫下歇力的人已变成一个管家。最杰出的艺术作品都表现着人类怎样从这种情形中挣扎出来,解放自己。”从梭罗回答哈佛的问卷中所述,我们可以看出,梭罗的一生便是有意体现这一“人”的理想、“解放自己”的一生(爱默生在日记里曾诙谐地写道:“梭罗的个性中缺少点雄心壮志……他不当美国工程师的领袖而去当采黑果队的队长。”梭罗这种“不争第一”的人生姿态与那个时代业已开始的以竞争为机制和本质的现代社会显然背道而驰,而我确信这一机制和本质正是“人类在大地上生存失败”的根本原因)。

梭罗在《瓦尔登湖》中曾这样说明自己:“我在我内心发现,我有一种追求更高的生活,或者说探索精神生活的本能,但我另外还有一种追求原始的行列和野性生活的本能。”梭罗的这种源于生命的非实用主义或反物质文明倾向,以及他的审美地看待世界的目光、诗意的生活态度,早在哈佛大学的毕业论文中就有所表露:“我们居住的这个充满新奇的世界与其说是与人便利,不如说是令人叹绝,它的动人之处远多于它的实用之处;人们应当欣赏它,赞美它,而不是去使用它。”梭罗上述自我表白和说法,可以有助于我们认识和理解他的“否定了一切正常的谋生之道,趋向于在文明人中过一种不为生计做任何有规则的努力的印第安人式生活”(霍桑语)的非凡一生(为梭罗这种人生提供保障的,是他自己宣称的“我最大的本领是需要很少”。我想如果梭罗与现代环境保护主义有关,也主要在于他这种自觉降低消费的生活态度)。自1839年二十二岁的梭罗与其胞兄约翰乘自造的“马斯克特奎德号”船在康科德与梅里马克河上航行一周起,旅行便几乎成了他生活的核心。而瓦尔登湖,由于梭罗在湖畔的居住及他的以之命名的不朽著作,则已是梭罗的象征。1862年5月6日,梭罗因肺结核在康科德不幸病逝,时年四十五岁。在梭罗的葬礼上,痛致悼词的爱默生满怀深情地说道:“这个国家还不知道,或者仅有极个别人知道,它已失去了一个多么伟大的儿子。”

梭罗是难以谈尽的。自1873年梭罗的生前好友钱宁率先为其写传以来,关于梭罗的传记和著述已数不胜数。这两年由于《瓦尔登湖》在国内的频繁出版,谈论梭罗的文章(或颂扬或贬损)亦不时出现。对此,我在前面提到的那封信中曾表述了这样的看法:“……人们谈论梭罗的时候,大多简单地把他归为只是个倡导(并自己试行了两年,且被讥为并不彻底)返归自然的作家,其实这并未准确或全面地把握梭罗。梭罗的本质主要的还不在其对‘返归自然’的倡导,而在其对‘人的完整性’的崇尚。梭罗到瓦尔登湖去,并非想去做永久‘返归自然’的隐士,而仅是他崇尚‘人的完整性’的表现之一。对‘人的完整性’的崇尚,也非机械地不囿于某一岗位和职业,本质还在一个人对待外界的态度:是否为了一个‘目的’或‘目标’,而漠视和牺牲其他(这是我喜欢梭罗——而不是陶渊明——的最大原因)。”当我们了解了梭罗在他的“漫游与著述”生涯中,并没有无视美国当时的奴隶制,并与之进行了不懈的斗争(多次撰文;为此拒绝纳税而不惜坐牢;在家中收容逃亡的奴隶,帮助他们逃往加拿大;组织营救被捕的废奴主义领袖约翰·布朗;以及同情并帮助印第安人)等事后,我们便会认同当年他接管过的康科德学院学生对他的评价:他是一个“富有爱心的人”。

1998年5月

导读二

梭罗小传

爱默生,1862年5月9日

仿佛是清风送来了他,
仿佛是麻雀教会了他,
仿佛是神秘的路标指引着他,
觅见了远方土壤中怒放的兰花。

亨利·大卫·梭罗是他家族里的最后一代男性子嗣。他的祖先是法国人,很久以前从格恩西岛迁至美国,他的个性中偶尔也显示出格恩西岛血统,与十分强烈的撒克逊禀赋混合形成独特气质。

梭罗1817年7月12日出生于马萨诸塞州的康科德镇,1837年毕业于哈佛大学,但是在文学方面并不出名。他在文学上提倡打破旧学,很少感谢学校对他的栽培,对学校都持藐视态度,然而他实在得益于大学不浅。离开大学后,他曾跟哥哥在私立学校教书,但不久便放弃了。他的父亲是石墨铅笔制造商,亨利一度专注于这门手艺,自信能够造出一种铅笔,比现有的更好用。完成试验后,他向波士顿的化学家们和艺术家们展示了自己的作品,获得了优质证书,证明它与伦敦最好的产品质量相当,然后满足地回到家里。朋友们向他道贺,盛赞他已打开了财富之门。但是他却说以后再也不做铅笔了。"我为什么还要做铅笔呢?已经做过一次的事情我决不再做。"他重新开始他无穷无尽的行走和各种各样的研究,每天对自然界都有一些新的认识,不过还从未谈及动物学和植物学,因为,虽然他对自然界的事实充满好奇,但是他对学术的和书本的自然科学不感兴趣。

此时,他正是一个身强力壮、刚刚从大学毕业的青年,所有的同学都在选择职业,或是急于要开始某种报酬丰厚的工作,当然他也不可避免地要考虑这些情况。他那种抗拒一切惯常道路,保存他孤独自由的决心,实在是难能可贵——这需要付出极大的代价,辜负他的家人和朋友们正常的期望。他绝对正直,严格要求自己独立,也如此要求每一个人,所以他的处境只有更艰难。但是梭罗从未动摇。他是个天生的新教徒。他不肯为了任何狭隘的手艺或者职业放弃他在学问和行动上的抱负,他寻求一种更广阔的行业,生活的艺术。如果他藐视和公然反抗了其他人的观点,那仅仅是因为他更愿意使自己的行为与信仰一致。他从不虚度光阴或自我放纵,需要金钱时,他更喜欢通过一些适合他的手艺活来赚取,如修小船、搭篱笆、种植、嫁接、勘测,或其他短工,而不愿长期受雇于他人。由于他吃苦耐劳,需求甚少,又精通木工,擅长算术,所以他有能力在世界上的任何角落谋生。与其他人相比,他只要花费较少的时间就能满足自己的物质需求,因此他可以保证有足够的闲暇时间。

测量好像是他天生的技巧,源于他的数学知识,而且他有一种习惯,总想确定他所感兴趣的物体的大小和距离,树的高矮、河湖的深广、山的高度、他钟爱的山峰的直线距离——再加上他对康科德地区非常熟悉,使他不经意中成了一位勘测员。对于他,这个职业的好处是能够不断地引领他进入新的偏僻的地域,有助于他研究大自然。他勘测的精确性和工作技能很快被赏识,在这行业里他不愁找不到工作。

他能不费力地解决勘测中的难题,但他每天都被更重大的问题困扰着,并且勇敢面对。他质疑每一种习俗,并希望在一个理想的基础上进行他的实践。他是极端的新教徒,很少有人像他这样,生平放弃这么多的东西。他没有受过职业培训,从未婚配,孤独一生,他从不去教堂,从不参加选举,他拒绝向政府纳税,不吃肉,不喝酒,不知晓香烟的作用;他虽然是个自然学家,却从不使用陷阱或猎枪。他为自己选择做一个献身于思想和大自然的单身汉，这无疑是英明的。他没有敛财的天赋，却知道怎样清贫而丝毫不显得肮脏或粗鄙。也许，他在不经意间采取了这种生活方式，后来以成熟的智慧赞成它。他在日志中写道："我常常想到，即使我富可敌国，我的目标仍然是一样的，手段基本上也是一样的。"他不受诱惑，没有欲望，没有所谓的激情，对浮华的琐事没有兴趣。好房子、漂亮衣服、受过高等教育者的礼节和谈吐，他都置之不理。他比较喜欢质朴的印第安人，认为言谈举止的文雅妨碍了交流，他希望用最简单的方式和同伴相处。他拒绝参加晚宴，因为那种场合每一个人都在妨碍他人，他无法与别人进行有意义的交流。他说："他们以晚餐的昂贵为荣，而我以在晚餐上节俭为傲。"当问及他最喜欢桌上哪道菜时，他回答，"离我最近的那道。"他不喜欢酒的味道，一生没有任何恶习。他说："我模糊地记得未成年时吸干百合花梗似乎有点快感，当时我常常预备着一些。我从来没吸过更有害的东西。"

他宁愿减少他日常的需要，并且自给自足——这也是一种富有。在他的旅行中，只有在需要跨越许多与当前目标无关紧要的村庄时，才使用铁路。他会步行成百上千里的路，避免住客栈，只在农人和渔夫的家里付费住宿，因为比较便宜，而且他觉得这样更舒服，也更容易打听他所关心的人和信息。

在他的个性中有种不屈服的军人气质，很有男子汉气魄，很能干，但是缺少些温柔，好像除了反对，他就感觉不到自己的存在。他希望揭穿谬误，嘲弄愚蠢，我可以说，只需要一点胜利的感觉，几槌鼓声，他就能把他所有的能量发挥出来。否定什么对他而言不费吹灰之力，实际上，他发现这比肯定什么容易得多了。仿佛他的第一本能就是去反对他听到的意见，他对我们日常思维定势的限制如此不耐烦。当然，这种习惯有点给交流的兴致泼冷水；尽管同伴们最终能看到他没有任何恶意或虚伪，但是这不利于交流。因此，没有一个平等的同伴能和如此单纯和坦率的人成为亲密挚友。他的一个朋友说，"我爱亨利，但是我不喜欢他。至于握他的手臂，我宁愿考虑去握榆树的手臂。"

尽管他是个隐士，淡泊寡欲，但是他很有同情心，他能全身心地、孩童般地投入到他喜爱的年轻人中去，愉快地招待他们，给他们讲他在田边、在河畔所经历的各种无穷的奇闻轶事，那也只有他能做到。他总是想着要领导一个采浆果远足队，或搜寻栗子、葡萄。有一天，当谈及一场公众演说，梭罗评论道，凡是在听众中获得成功的东西都是糟糕的。我说，"谁不愿意写些像《鲁宾逊漂流记》那样的，让所有人都读得懂的东西？看到自己的文章没有一种每个人都喜欢的现实主义手法，谁能不感到遗憾？"当然，梭罗相当反对，并夸耀道，更好的演讲是只讲给少数人听的。晚餐上，一位姑娘得知他将去讲堂演讲，尖锐地问道，他的演讲是不是一个好听的、有趣的故事，像她想听到的那样，还是那种她从不关心的陈旧的哲学话题。梭罗看着她，陷入思考，我看出他正试图相信自己有适合她和她兄弟的内容，如果演讲对他们口味，他们会认真去听。

他是真理的代言人和实践者——生来就是，也因此不断陷入戏剧性的境遇中。在任何事件中，所有旁观者都很想知道梭罗将会持什么态度，说什么话。他也不负众望，对每一突发事件都有新颖的评价。1845 年，他在瓦尔登湖畔修建了一间小木屋，独自生活了两年，边劳动边研究。这种行为对他来说很天然、很适宜。了解他的人不会责备他有做作之嫌。他的思想比他的行为更加与周围人不同。他用尽了这隐居生活的优点，就立刻放弃了它。1847 年，由于不满财政支出的某些用途，他拒绝缴纳镇里的课税，被关入监狱。一个朋友替他缴了税，他才获释。来年，相同的麻烦又找上门。但是，因为朋友们不顾他的抗议仍旧替他缴了税，我相信他停止了抵抗。任何反对或是嘲笑，他都不以为然。他冷静而全面地阐述了自己的观点，并不假装相信它也是大家的意见。即使在场的每个人都持相反的意见，那也没有关系。有一次，他去大学图书馆借几本书，图书管理员不借给他。梭罗先生去找校长，校长告诉了他借阅的章程和惯例：允许借书给住校研究生，本校毕业的牧师，以及学校周围方圆十英里的居民。梭罗先生向校长解释道：铁路的出现颠覆了原有距离远近的概念，所以按照校长的章程，不但图书馆没有用了，而且连校长和大学也没有用了；他从大学获得的唯一益处就是图书馆；此时，他不仅急切地渴望读书，而且需要读大量的书。他明确地告诉校长，他，梭罗，而不是那位图书管理员，才是这些书最合适的保管人。简而言之，校长发现这申诉者令人敬畏，而那些章程看起来也如此之可笑，便终于准许梭罗享受借书的特权，这特权在他手中变成了无限的。

没有比梭罗更纯粹的美国人。他对家乡和环境的爱是真挚的。他厌恶英国和欧洲的繁文缛节，几乎达到藐视的程度。他没有耐心去听伦敦周边收集来的新闻或者名言警句。尽管他试图保持礼貌，但那些奇闻轶事实在令他厌倦。人们互相模仿，在狭小的模子里生活。为什么他们不尽可能彼此远离些，做个有个性的人？他追求的是最有活力的天性，他想去俄勒冈州而不是伦敦。他在日记中写道："罗马人的踪迹遍布英国的每个角落：罗马人的骨灰坛、营地、马路、住所，但是至少新格兰不是建在罗马废墟上的。我们完全没必要把房屋建在古文明的废墟上。"

他是理想主义者，支持废除奴隶制，废除关税，几乎要支持取缔政府，然而不用说，他发现自己不仅在现行政纲中找不到代表，而且几乎同样反对每一类改革派。然而他自始至终对反对奴隶制的政党都表现出尊重。其中一位与他有私人来往的，他格外尊敬。在还没有人为约翰·布朗上校说过一句好话时，在被捕事件之后，梭罗给康科德镇的大部分住户发了通知说，他将在周日晚，在公共舞会上演讲约翰·布朗的背景和人格魅力，欢迎大家参加。共和党委员会及废奴主义委员会传话给他说，时机尚不成熟，此举不明智。他回应："我发通知并不是要征求你们的意见，只是宣布我将要演讲。"会堂里早早就被所有党派的人士挤满，他对英雄的热忱颂词，让在场的所有人肃然起敬，许多人都惊讶地发现自己产生了共鸣。

据说，普罗提诺①对自己的身体感到羞愧，并且很可能是有充分理由的——他的身体不听使唤，他没有应付物质世界的技能，抽象思维者往往如

① 普罗提诺(Plotinus，约205—270年)希腊哲学家。——编注

此。但是,梭罗先生有一副非常合适好使的身板。他身材短小精干,浅色的皮肤,一双炯炯有神的、严肃的蓝眼睛,一副庄重的表情——他晚年还留了一把胡子,颇为适宜。他感官敏锐,体格结实强壮,使用工具的手有力而灵巧。身体与思维配合得非常好,他可以步测出十六杆长的距离,比别人用测杆和链子量得还要准确。他说,他能在月光下的森林里寻找路径,用脚胜于用眼。他能非常准确地目测出一棵树的高度,可以像牲口贩子那样估计出一头牛或一头猪的重量。从装着一蒲式耳或更多铅笔的盒子里,他能迅速准确地一把抓出一打铅笔。他善于游泳、跑步、溜冰、划船,在一天的长途步行中,可能任何乡民都不是他的对手。身体与思维的关系比我们所描述的还要精妙,他说他的双腿所走的每一步都是他想要的。他路走得多长作品就有多长。如果关在家里,他就完全不会写了。

他有很强的常识,如同司各特小说中织工的女儿罗丝·佛兰莫克称赞她父亲的那样,像一根尺,量麻布与尿布,也照样能量花毡与金缎。他总有一些新办法。我植树的时候,买了一加仑的橡实,他说只有一小部分是好的,于是开始检查它们,拣出好的。但是发现这样做很费时间,他又说,"我想,你如果把它们扔进水里,好的就会沉下去。"我们做了试验,果真如此。他能设计一座花园、一幢房屋、一个谷仓;他能胜任领导一支"太平洋探险队",也可以在最重大的私人或公众事件中给予明智的忠告。

他为当前而生活,不为过去所烦累和困扰。如果昨天他向你提出一个新的建议,他今天会向你提出另一个,同样地富于革命性。他是一个非常勤奋的人,像一切有条不紊的人那样珍视自己的时间,可他又似乎是全城唯一的有闲之人,总是愿意参加任何看上去有乐趣的远足旅行,愿意一直交谈到深夜。他谨慎有规律的日常生活从不影响到他尖锐的观察力,无论什么新局面他都能应付。他喜欢吃最简单的食物,然而,当有人提倡素食时,梭罗认为所有饮食都是细枝末节，他说“射杀美洲野牛的人比在格雷厄姆素食馆①用餐的人生活得好”。他说：“你可以贴着铁轨睡觉而不被打扰：人的天性知道应该听什么，潜意识已经决定了你不会去听汽笛声。”而一切事物都尊敬虔诚的心灵，没有什么可以打断心境的神往。他注意到，他屡次遇到这种事情：从远方收到一种稀有的植物之后，他不久就会在他常去的地方找到同样的植物。他还有那种只有精于赌博的人才碰得到的好运气。一天，他与一个陌生人同行，那人问他哪里可以找到印第安人的箭头。他回答“到处都有”，说着就弯下腰，立刻从地上捡起一个。在华盛顿山，塔克曼峡谷，梭罗重重摔了一跤，扭伤了脚。正在爬起来的时候，他第一次看见了能治扭伤的山金车花的叶子。

他有丰富的常识、有力的双手、敏锐的感觉、顽强的意志，但这些还不能解释他在简单的隐居生活中出类拔萃的原因。我必须加一条重要的事实：他有杰出的智慧，那是为数不多的一流人士才有的，它向梭罗展示物质世界是一种手段和符号。这种发现偶尔为诗人产生时断时续的灵感，给他们的写作锦上添花，对梭罗而言则是一种时刻警醒的洞察力。纵使可能受性格中的缺点或障碍所遮蔽，他还是顺从着超凡的想象力。在他青年时代，有一天，他说，“另一个世界是我全部的艺术，我的铅笔不会画别的，我的折刀不会雕刻别的，我不会把它当作工具。”这是艺术灵感和天赋在指引着他的观点、交谈、学习、工作和一生。这使他成为一名目光锐利的判官。他第一眼就会打量对方，尽管不会注意一些细微的文化教养，却能目测出对方的分量和能力。这使得他的谈话常给人以天才的印象。

他一眼就能理解手头的事情，能看出和他交谈的人的弱点和贫乏，没有什么可以逃过这样一双可怕的眼睛。我不止一次地发现，感性的年轻人片刻便转而相信这就是他们一直寻觅的人，人中之人，他可以告诉他们该做的

---

① 源自素食主义者 S. Graham 博士，他提倡健康饮食，包括以全麦饼干为主食。——编注

一切。他对待年轻人并不慈爱,而是高傲的、说教的。他鄙视他们短浅的行为,勉为其难地答应(或根本不答应)到他们家里去或在自己家招待他们。"他不能和他们一起走走吗?"——"他不知道。对他而言,没有什么像他的散步一样重要,他没有多余的散步可以浪费给别人。"恭敬的团体邀请他访问,被他拒绝了。钦佩他的朋友自费请他去黄石河、西印度群岛、南美洲游玩。尽管没有什么比他的拒绝更深刻、更慎重,却还是令人想起花花公子布鲁梅尔在大雨中一位绅士请他搭乘马车时回答的话,"那么你坐到哪儿去呢?"——他的朋友们都还记得领教过怎样谴责般的沉默,怎样透彻不可抗拒的演讲,击溃所有的抗辩。

梭罗先生以全部的热爱将他的天赋献给了故乡的田野、山脉和河流,他让所有识字的美国人和海外的人了解它们,对它们感兴趣。他出生和去世都一直依傍的那条河流,从它的发源地到它最终汇入梅里麦克河处,他全都熟悉。他连续几个寒暑夜以继日地观察它。由马萨诸塞州委派的水利委员最近一次的勘查结果,他早在几年前就在私人实验里得到了。河床里,河岸上,或是河上的空气里发生的每一件事;各种鱼类,它们的产卵活动,它们的巢,它们的习性,它们的食物;一年一度在某个夜晚飞满空中的蜉蝣,被鱼类吞食,由于吃得太饱,很多鱼竟胀死了;浅水处圆锥形的一堆堆小石头,有时候一货车都装不下一堆,这是小鱼儿们巨大的巢;常到河上来的鸟,苍鹭、野鸭、秋沙鸭、潜鸟、鱼鹰;岸上的蛇、麝鼠、水獭、旱獭与狐狸;在河岸上歌唱的海龟、青蛙、雨蛙与蟋蟀——他全都熟悉,就像它们是同乡、同类,以至于人们如果单独叙述这些生物中的某一种,尤其是用尺寸来描述它的大小,或是展览它的骨骼,或是把一只松鼠或小鸟浸在白兰地里做标本,他都觉得荒诞可笑,或是认为这是一种暴行。他喜欢谈及河流的习性,将它说成一个受自然规律支配的生物,而他的叙述总是非常精确,永远以观察到的事实作为依据。他熟悉这条河,同样熟悉这一地区的池塘。

他使用过的武器之一,比其他勘测员用的显微镜或酒精瓶更重要,是他的一个奇想,在自我放任中产生,然而却以最庄重的陈述表达,那就是,把他的家乡及周边赞誉为最适合自然观察的中心。他曾表示,马萨诸塞州几乎拥有全美所有重要的植物——大多数橡树,大多数柳树,最好的松树、岑树、枫树、山毛榉,还有坚果。他退还了从朋友那里借来的凯恩的《北极航海记》,评论道:"记录的大多数现象都可以在康科德镇观察到。"他好像有点羡慕极地人,在那里日出日落同时发生,或在六个月后才有五分钟的白昼:这是一个壮观的现象,是安努尔斯纳克山所不曾给予他的。他曾在散步时发现过红色的雪花,他告诉我他希望在康科德镇找到王莲。他是本地植物的代言人,承认偏爱杂草胜于进口植物,正如偏爱印第安人胜于文明人。他很高兴地看到邻居的柳树豆架已经长得比豆子好。他说:"看这些杂草,无数的农夫曾花了整个春夏把它们铲除,可现在又长满了,正在所有小路、牧场、农田、花园里扬眉吐气,这就是它们的活力。我们曾用卑贱的名字侮辱它们——如猪草、虫草、鸡草、鲱鱼花。它们也有漂亮的名字——仙果、星星花、无忧草、不凋花等等。"

他喜欢对每件事都以康科德镇的子午线作参照物,我认为这不是出于对其他经纬度的无知和鄙视,而是有趣地表达他相信地域全都无关紧要,对每个人而言,最好的地方就是脚下这个地方。他曾这样表达:"如果你不觉得你脚下的这块土地比这个世界上——或任何世界上的其他地方更可爱,我认为就不能对你寄予任何希望。"

他用来征服科学上的一切阻碍的另一武器就是耐心。他知道如何坐在那里一动也不动,像他身下那块石头的一部分,一直等到那些躲避他的鱼鸟爬虫又都回来,继续做它们惯常做的事,甚至好奇地到近前来端详他。

和他一起散步是一件愉快而荣幸的事。他像狐狸或小鸟一样熟悉乡村,自由自在地在他自己的小路上穿行。他熟悉雪地里或者地面上的每一道足迹,知道是哪一种动物在他之前走过这条小路。我们对于这样的一个向导必须绝对服从,而这也是非常值得的。他胳膊下夹着一本旧乐谱来采集植物标本,口袋里装着他的日记簿和铅笔,还有一只看鸟的小望远镜、一个显微镜、一把大折刀和一团麻线。他戴着草帽,穿着结实的鞋子和深灰色裤子,可以通过矮橡树与菝葜,也可以爬到树上去找老鹰或松鼠的窝。他趟水到池塘中去找水生植物,强壮的双腿也是他盔甲中重要的一部分。我所说的那一天,他去找睡菜,看见它在那宽阔的池塘对面,他检验了那小花以后,断定它已经开了五天。他从胸前的口袋里掏出日记簿,念出了应当在这一天开花的所有植物的名字,他记录这些,就像一个银行家记录票据几时到期。杓兰要到明天才开花。他想如果他从昏睡中醒来,在这沼泽里,他可以通过植物分辨出是几月几日,误差不超过两天。红尾鸟四处飞翔;后面跟着优美的蜡嘴鸟,它那鲜艳的猩红色"使冒失看它的人不得不揉眼睛",它优美清脆的啼声被梭罗比作一只医好了沙哑喉咙的唐纳雀。不久他听到了一种被他称为"夜鸣鸟"的啼声,他始终不知道那是什么鸟,他找了十二年,每次刚一看见,它就钻进一棵树或是矮丛中,再也不见踪影;只有这种鸟白昼与夜间同样地歌唱。我告诉他要当心,一旦找到了它,把它记录下来,生命对他而言可能不再有重要的事情了。他说:"你耗尽半生一直寻觅不到的东西,有一天却在饭桌上和它不期而遇。你寻找它就像一个梦,而一找到它,你就成了它的俘虏。"

他对花卉和鸟儿的好奇心是发自心灵深处的,与大自然联系在一起——而他从来不试图去定义大自然的含义。他不会把他的观察报告交给自然史学会。"为什么我要这样做呢?把这记录与我脑子里的种种联系分离,对我而言,它就不再真实和有价值:而他们不想要它的附属品。"他的观察力似乎显示出某种超常的感觉。他像是在用显微镜看,在用助听器听,他的记忆力就是一台记录所见所闻的摄像机。然而,没有人比他更清楚,重要的不是事实,而是那事实在你心灵中产生的印象或影响。在他心目中每一事物都光辉灿烂,代表着整体的秩序和美。他决定研究自然史是天性使然。他承认,自己有时感觉像一头猎犬或黑豹,如果出生在印第安人中,他将会是一个凶猛的猎人。但是,受马萨诸塞州文化所限,他以植物学和鱼类学的温和形式结束了这场游戏。他和动物的亲昵关系让人联想到托马斯·富勒关于养蜂家巴特勒的记录:"不是他告诉了蜜蜂一切,就是蜜蜂告诉了他。"

蛇盘在他的腿上;鱼游进他手里,由他捧出水面;他抓住土拨鼠的尾巴将它从洞里拽出来;他保护狐狸免遭猎人捕杀。我们这位自然学家是绝对的慷慨,他没有什么秘密;他会带你到苍鹭出没的地方,甚至到他最为珍视的植物学湿地——或许知道你绝不可能再找到它,但他愿意冒这个险。

没有任何学院授予他荣誉证书或者教授的职位;也没有一个学术团体请他做联络秘书、发现者或会员。也许这些学术团体害怕他的存在引来嘲讽。但是,很少有人知道如此多的大自然的秘密和天赋,更没有人能将其综合到更宏大的、宗教性思想里。他对任何人或团体的观点没有半点恭敬,而唯独对真理本身充满敬意;他发现博士中流行谦恭礼貌,便对他们失去了信任。渐渐地,小镇上的人开始尊重他、赞美他,而他们最初只是把他当作一个怪人。雇用他勘测的农场主们很快发现,他有出众的准确性和技能,并且,他所掌握的有关土地、树木、鸟类、印第安遗迹之类的知识,使他能向农场主讲述他们自己以前所不知道的农场故事,以至于每人都开始觉得梭罗先生好像比他自己更有权利待在这块土地上。他们也感受到那样一种人格的优越性,带着与生俱来的威信与所有人交谈。

康科德周围有丰富的印第安人遗物——箭头、石凿、石杵、陶器碎片;在河岸边有大堆蛤壳和篝火灰烬标志着过去常有野人出没的地方。这些关于印第安人的点滴细节,在他的眼中都是重要的。他的缅因州之旅主要是出于对印第安文化的热爱。他很高兴看到了独木舟的制造过程,还在急流中亲手架控小舟。他对如何制作石质箭头很好奇,在最后几天还托一个去落基山脉的青年找一位能够教他的印第安人:“为了学会这个去一趟加利福尼亚也值。”有时候,佩诺布斯科特印第安人的小团队会访问康科德镇,夏天他们会在河边搭起帐篷住上几周。他没有放弃去结交他们中的精英,尽管他深知问印第安人问题就像是盘问海狸和野兔一样。最后一次访问缅因州时,他很满意地结交了约瑟夫·波利斯,那是老镇上一位聪明的印第安人,给梭罗当了几周的向导。

梭罗对自然界的每件事同样感兴趣。他深刻的洞察力发现了整个自然界的相似规律。我不知道还有哪个天才能如此迅速地从一个事实推断出普遍规律。他不是某一学科的学究。他的眼睛看到的是美,他的耳朵听到的是音乐。他发现这些,并不是在特别的环境下,而是在他去过的任何地方。他认为最好的音乐是单弦;他能在电报机的嗡嗡声中找到诗歌创作的灵感。

他的诗亦好亦坏。无疑,他还需要有抒情诗人的文笔和技巧,但是他诗歌的源泉来自他的悟性。他是一个优秀的读者和评论家,他在诗歌方面的判断力深刻透彻。任何一篇文章中有没有诗歌元素都瞒不过他,而对这元素的渴求使他忽视或鄙视肤浅的高雅。他可能会忽略很多优雅的格律,但是却能在一卷书中发现每一处有生命的诗节或诗行,而且熟知在散文中哪些地方能找到相同的诗意魅力。他如此恋慕精神上的美好,以至于鄙视所有当前发表的诗歌。他钦佩埃斯库罗斯和品达,但是当有人也赞美他们时,他会说:"埃斯库罗斯和希腊人在描写阿波罗和奥菲斯时没有写颂歌,至少没有一首好歌。琴音不应该拔起树木①,而应该向神灵们唱一首赞美歌,驱赶走他们头脑中的旧思想,输入新思想。"他自己的诗句常常是粗糙的、不完美的。金子还不纯,还是粗糙而含有杂质的;百里香和香花薄荷还不是蜂蜜。但是,即使他还需要抒情的文笔和技巧,即使他还没有诗人的气质,他却从来不缺乏逻辑思考,这显示了他的天赋比他的才能优越。他知道幻想的价值,它能够提高人生,安慰人生;他喜欢将每一个思想都化为一种象征。你所说的事实是没有价值的,只有它的印象有价值。因此他的存在如诗如画,永远惹起别人的好奇心去探究他内心的秘密。他在许多事上都是有保留的,他不愿意去展示,他不愿那些亵渎的眼神看他认为神圣的东西。他知道如何为他的经历蒙上一层诗意的面纱。凡是读过《瓦尔登湖》这本书的人,都会记得他怎样用一种神话的格式记录他的失望:——

"很久以前我丢失了一条猎犬、一匹枣红马和一只斑鸠,至今仍在寻找。

① 奥菲斯是希腊神话中的乐神,他将阿波罗送的七弦琴弹奏得出神入化,树木都会连根拔起走到他的身边听得出神。——编注

我曾对许多旅行者说起过它们，描述它们的踪迹，以及它们对什么样的呼唤会有回应。我遇见过一两个人曾经听到猎犬的吠声和奔马的蹄声，甚至还见到斑鸠飞入云层后面。他们也急于要找回它们，就像是自己失去的一样。”

他的谜语值得一读，我得承认，即使有时候我不理解他的表达，然而那词句仍旧是恰当的。他的真理这样丰富，他犯不着去堆砌空洞的字句。他题为“同情”的一首诗显露了禁欲主义重重钢甲下的温情，以及由它激发的精妙思维。他的经典之作“烟”使人想起西蒙尼德斯，而又比后者的任何一首诗都好。他的传记就在他的诗里。他日常的想法使他所有的诗都成为赞美诗，颂扬那万因之因，颂扬将生命赋予他并且控制他的神灵：——

“我本来只有耳朵，现在却有了听觉，
以前只有眼睛；现在却有了视觉；
以前是一年年过，而今活在每一刹那，
以前只知道学问，现在却能辨别真理。”

尤其是在这宗教性的诗里：——

“其实现在就是我诞生的时辰，
也只有现在是我的全盛时期；
我决不怀疑那默默无言的爱，
那不是我的身价或欲念买来，
从青年到老年它都把我追求，
它引领我，将我带到这个傍晚。”①

① 源自梭罗的诗歌“灵感”。——编注

尽管他的作品在涉及教堂和牧师时会使用一种任性的语言，但他却有一种罕见的、温柔的、纯粹的宗教信仰，是一个在行动和思想上不可能有任何亵渎的人。当然，属于他独特思想和生活的孤独感把他与社会宗教行为隔离。对此并不需要责难或者惋惜，亚里士多德很久以前就给出了解释："一个人在道德上逾越他的市民同胞，就不再是那城市的一部分，他们的法律不适用于他，因为他就是自己的法律。"

梭罗是真挚的化身，或许他神圣的生活可以坚定伦理预言者的信念。那是一种拒绝被置于一旁的积极经历。他是真理的代言人，擅长最深刻最严谨的谈话；他是救治灵魂创伤的医生；他是一个朋友，不但知道友谊的秘诀，而且几乎受到少数人的崇拜，他们视他为神父和预言家，知道他的思想和博大心灵的深刻价值。他认为没有宗教或某种奉献，伟大的事情就不能完成；而且他认为偏见的宗派主义者最好把这个观点牢记在心。

当然，他的美德有时也会走进极端。我们很容易追溯到一种凡事求真相的苛刻要求，其严苛使这位自愿隐居者比他希望的更加孤独。他是绝对正直的人，对别人也不肯降低要求。他厌恶犯罪行为，世俗世界的成就也不能掩饰它。他发现体面的、富裕的人和乞丐一样会敷衍了事，他对他们一样蔑视。处事中这种危险的坦率使他被崇拜者们称为"可怕的梭罗"，好像他沉默时还在说话，他人离开了影子还在那里。我认为理想的严肃性妨碍了他发展健全而充分的人际交往。

现实主义者习惯于发现事物表里不一，这使他喜欢以悖论的方式讲话。凡事对抗的习惯损害了他早期的作品——这一种修辞手法在他后期的作品里也没有完全淡出，专用对立相反的形式来代替直接的词语和思想。他赞美荒凉的山脉和冬天森林中"家庭的"空气，他能在雪中或冰里发现炙热，他称赞荒野像罗马和巴黎。"它是如此的干燥，以至于你可以称之为潮湿。"

他喜欢放大每一瞬间，在眼前的一个物体或组合中读出一切自然规律。在那些不能像哲学家那样洞察事物一致性的人看来，梭罗的这种倾向当然是可笑的。在他眼中无所谓大小。池塘是一个小海洋,大西洋就是一个巨大的瓦尔登湖。每一件小事他都引证宇宙的定律。虽然他的原意是要公正,但是他似乎一直认定当代科学假装详尽完备,而他发现专家们忽视了某一植物变种,未能描述它的种子或数清它的萼片。我们回应道:"也就是说,那些呆子不是生在康科德镇;但是谁说他们是呢?出生在伦敦、巴黎或罗马是他们莫大的不幸;但是,可怜的人们,他们也尽力而为了,鉴于他们从未见过贝特曼池塘、九亩角或者贝基斯托沼泽。况且,如果不是为了补上这观察结果,你又为何生到这个世上呢?"

他的天赋如果仅仅是冥想,他是适于这种生活的。但是他旺盛的精力和实践的能力,仿佛天生就是发号施令、成大事的人。我很遗憾失去了他少有的行动力,因此我忍不住要把缺乏雄心壮志算作他的缺点。由于他胸无大志,没能为整个美国出谋划策,而只是做了采浆果远足队的首领。为了有朝一日锤炼帝国的目标而锤炼豆子是有益的,但如果年复一年到头来还只是豆子呢!

但这些缺点(内在的或是表面的)很快消失在一个健壮而智慧的灵魂不断成长的过程中,他用新的成功抹去了失败。他对自然界的研究是他头顶持久的光环,鼓舞朋友们带着好奇心去看他眼里的世界,听他冒险的经历。其中有各种各样的兴趣。

他有许多自己的讲究,尽管他藐视俗套的讲究。他不能忍受自己的脚步声,砂砾的摩擦声;因此他从不愿意在马路上散步,而喜欢漫步在草地上、山中和森林里。他的感官敏锐,他说每所住宅在夜晚都排放出糟糕的气味,像是一个屠宰场。他喜欢草木犀纯粹的芬芳味。他对某几种植物有特别的偏爱,尤其是睡莲,其次是龙胆属、蔓泽兰、"长生草"以及他每年都要去看望的七月中旬开花的椴树。他认为嗅觉是一种比视觉更加妙不可言的探索力——更微妙、更可靠。当然,嗅觉能察觉其他感官所不能察觉的。他通过嗅觉发现泥土气息。他很喜欢回声,说那是他听到的唯一一种有血缘关系的声音。他如此热爱自然,在它的幽静中享受快乐,以至于他非常警惕城市,警惕它们那些精细矫饰对人及其居住地产生的可悲作用。斧头总是毁掉他的森林。他说:“感谢上帝,他们不能砍掉云朵!”“这种含纤维的白色颜料把各种图画绘在蓝色的背景上。”

我附上一些摘自他手稿的句子,不仅是记录他的思想和感情,也是为了记录他描写的能力和文学造诣:

> “年轻人收集材料准备修建通往月亮的桥梁,也可能是一座宫殿,或者地球上的庙宇,而最终中年人决定用它们修建一所木棚。”
>
> “糖对于味觉不如声音对于健康的耳朵那样甜美。”
>
> “蓝鸟把天空背在背上。”
>
> “唐纳雀从绿叶间飞过,像要点燃这些叶子。”
>
> “没有什么比恐惧本身更可怕,相比之下,也许无神论更受上帝本人的欢迎。”
>
> “没有性格的播种,我们怎能期待思想的收获?”
>
> “只有能对期望报以青铜雕像般的面容者,才可以托付天资。”
>
> “我请求被熔化。你只能要求金属屈服于熔化它们的火。除了火,它们决不屈服。”

植物学家知道有一种花——和我们的夏季植物“长生草”同是鼠麹草属,生在提洛尔山的危崖上,几乎连羚羊都不敢上去。猎人被它的美丽或是被爱情引诱着(因为瑞士姑娘们非常珍视这种花),爬上悬崖去采它,有时候被发现摔死在山脚下,手里拿着这朵花。植物学家称它火绒鼠麹草,但是瑞士人叫它雪绒花,它象征“高贵纯洁”。我觉得梭罗仿佛一生都希望能采到这植物,它理应属于他。他进行的研究规模之大,需要有极长的寿命才能完成,所以我们完全没想到他会突然逝世。美国还不知道(或许知道一点点)她失去了一位多么伟大的儿子。他的任务还没有完成就这么离开了,而没有人能替他完成,这似乎是一种伤害,对于这样高贵的灵魂,又仿佛是一种侮辱——他还没有真正让同辈看到他是怎样的一个人,就离开了人世。但至少他是满足的。他的灵魂是应当和最高贵的灵魂做伴的;他在短短的一生中已将这世界上的可能性用得淋漓尽致;无论在什么地方,只要有学问,有美德,有美,他会找到一个家。

经 济 篇

当我写下后面的记录,说得确切点,写下其中的大部分时,我独住林中,距离任何邻居都有至少一英里之遥,就在马萨诸塞州康科德镇瓦尔登湖岸上,我亲手盖的一栋房子里,全靠自己双手的劳动度日。我在那边住了两年零两个月。如今,我又回到文明生活中寄迹了。

要不是镇上的人对我的生活方式特别关注,东询西问,我本不会如此冒昧描述自己的经历,以引起读者注意的。有人认为询问这类事不恰当,可我却不这么看,鉴于当时的具体情况,倒是十分自然而又恰当的。有人问我当时拿什么充饥;是否感到孤独害怕;如此等等。另一些人出于好奇心,想知道我把收入中多大的份额捐献给慈善事业,而那些有一大家子的人想知道我收养了多少个穷孩子。因此,要是我在本书中尝试对若干此类问题作答,务请对我并不特别感兴趣的读者多加包涵。在多数书中,第一人称"我"常被省去;可是本书却加以保留;这一点,就自我意识而言,正是最大的不同之处。我们通常很容易忽略:归根到底,发言者总是第一人称。要是我能做到知彼有如知己,那我就不会如此喋喋不休老谈自己了。不幸的是,我阅历浅薄,只能囿于这个主题。再者,就我而言,我要求每个作家迟早要能对自己的生活作一个朴素忠实的描述,而不只是写他道听途说得来的别人的生活;这种描述要仿佛是他从远方寄给自己亲人的,因为要是他过着诚实的生活,那一定是在于我很遥远的地方。也许,这些记录格外适合穷学生阅读。至于其余读者,则可各取适合他们的部分。我相信,没有人会去干撕开缝线穿衣裳的事,因为衣服只有合体,才会穿起来舒适。

我乐意谈的，与其说是有关中国人和三明治岛[1]上居民的事，不如说是和你们有关的事，你们是本书的读者，据说都生活在新英格兰；我要谈的是有关你们的境况，特别是你们在这个世界上、在这个城里的外部境况，或者说是环境，我要谈谈它的现状，谈谈是否非得在这么糟糕的环境里度日，是否它已到了无法改进的地步。我在康科德旅行了很多地方，所到之处，不论商店、办公场所，还是田野，所有的居民在我看来全都是在用千百种令人惊异的苦行赎罪。我曾经听说婆罗门教徒的情况正是如此，他们毫无遮掩地坐在四面皆火的地方，眼睛直盯着太阳；或者身体倒悬，头垂在火焰之上；或者侧着身子转望天空，"直至他们的身体再也无法恢复原状，这时除了液体外，别的任何食物都无法通过扭曲了的脖子输入胃中"；或者终生用一根链条拴在树下度日；或者像毛毛虫那样，用自己的身体来丈量巨大帝国的广袤幅员；或者用一只脚站在柱子上面——甚至这类有意识的赎罪行为，也未必比我每天目睹的景象更加难以置信，更加令人惊讶。赫拉克勒斯的十二件苦差，和我邻居所做过的那些比较起来，简直是小菜一碟，因为苦差只有十二件，而且有个尽头，可我总也见不到这些人宰杀或者擒获任何一头怪兽，或者做完任何苦差。他们也没有伊俄拉斯[2]这样的朋友，用一块烧红的烙铁来烧灼九头蛇的头颈，所以割去一个蛇头，便又长出来两个蛇头。

我看到一些年轻人，我的同乡，他们的不幸在于非得去继承农庄、房屋、谷仓、牲口和农具不可，因为这些东西是得来容易摆脱难。要是他们出生在空旷的草场上，由狼喂大，那就好得多，因为这样一来他们更容易看清自己得在怎么样的一片土地上劳动。是谁把他们变成了土地的奴隶？当世人命中注定只能忍辱过活时，他们又怎么会享受60英亩地的出产呢？为什么他们生下来就得开始自掘坟墓呢？他们必须过人的生活，推着所有这些东西前进，尽力之所及把日子过得更好些。我曾碰见过多少个可怜的、不死的灵魂，几乎都被生活的重担压得透不过气来，在生活的道路上匍匐前进，推着一座75英尺长、40英尺宽的谷仓向前去，还有一座从未打扫过的奥吉亚斯

---

① 美国夏威夷群岛的旧称。——编注

② Iolas 是 Hercules 的朋友。把九头蛇的颈上烫出疤，蛇头就不能再生。——编注

王[1]的牛棚,100 英亩的土地、耕地、草地、牧场和小林地！那些没有继承产业的人,虽不必缠身于这类继承下来的牵累,也觉得不拼命干活,便无以安抚和养育几立方英尺的血肉之躯。

可是,人是在一种错误的笼罩之下劳动的。人的大半截很快就被犁入泥土中去,化成肥料。正像一本古书所说的,人受到一种看似真实的、通常称为"必然"的命运的指使,总是把金银财宝储藏起来,接着,蛀虫和铁锈便来腐蚀,小偷则入室盗窃。这便是蠢人的一生,生前他们未必清楚,但一旦走到了生命的终点站,就会恍然大悟。据说,丢卡利翁和皮拉[2]从头顶往身后扔石头,从而创造了人类:

Inde genus durum sumus, experiensque laborum,
Et documenta damus quâ simus origine nati.[3]

或者,像雷利用铿锵的音韵译成的诗行:

从此人变成了硬心肠,忍苦耐愁,
证明我们的身躯,生来铁石结构。

对错误的神谕一派盲从,把一块块石头从头顶往身后扔,它们掉到哪里连看也不看。

大多数人,甚至在这个较自由的国度里的人,也由于无知加上错误,满脑子装的都是些人为的忧虑,干的全是些不必要的耗费生命的粗活,这就造成了他们无法去采摘生命的美果。他们的手指因干苦活过度而笨拙不灵,颤抖得格外厉害,要采摘美果已无能为力。的确,从事劳动的人无暇日复一日地使自身获得真正的完善;他无法保持人与人之间的最高尚的关系;他的劳动一进入市场便会贬值。他除了充当一部机器外,没有时间做别的。他

---

① Augeas,传说中的希腊国王,三十年未清洗过他的马厩。——编注

② Deucalion 是希腊神话中普罗米修斯的儿子,他和妻子 Pyrrhe 乘船在宙斯引发的大洪水中逃生,成为后来人类的祖先。——编注

③ 奥维德《变形记》,I 414—415,引自沃尔特·雷利(W. Raleigh)爵士著《世界史》。

如此经常动用他的知识,又怎能想起自己的无知呢?——而这是他成长的需要。对他进行评价之前,我们有时还得免费供应他吃饭、穿衣,并用提神的饮料使他恢复精力。我们天性中最优良的品质,一如水果上的粉霜,只有小心轻放才能保全。可是,我们对待自己也好,彼此相待也好,都不那么体贴。

大家知道,你们当中有些人是贫困的,度日维艰,有时可以说连气都喘不过来。我毫不怀疑,阅读本书的人当中,有的确实吃了饭而无力付还全部饭钱,或者无力偿付那些快要或已然磨坏了的衣服和鞋子,可你们还是从债主那里挖走了一个小时,用这段借用或偷来的时间阅读这本书。显然,你们许多人都过着十分低微卑贱的生活,这个我靠磨炼出来的经验一眼就看得清;你们老是处于没有回旋余地的境地,想要着手干点营生,设法摆脱债务,而这却是一个十分古老的泥坑,拉丁文称之为 æs alienum——别人的铜币,因为古时有些钱币是用铜铸造的;你们仍然靠这个别人的铜币活着、死去、埋葬掉;你们老是答应明天要偿还,明天要偿还,可今天却死掉了,无法偿债;你们老是设法去讨好人家,求人照顾,使尽各种方法,只要不是犯罪进监牢;你们撒谎、阿谀、投票,自己缩进一个谦恭礼貌的硬壳里,要不就自己膨胀起来,笼罩在一层浅薄浮夸的慷慨大方的气氛之中,这样才能使左邻右舍相信你们,让你们给他做鞋、制帽、做衣服、造马车,或替他添置杂货;你们把钱物藏在一口旧箱子里,或藏在一只外面涂上泥灰的袜子里,或为了更加保险起见,藏在一个用砖头砌成的库房里,无论藏在什么地方,也无论钱物是多还是少,你们以为这样一来便可积蓄点钱物来应付生病的日子,殊不知反而把自己累病了。

有时令我惊奇的是,我们竟会如此轻浮(我几乎可以这么说),去专注于这种虽然罪恶却多少是从外国搬进来的黑奴苦役形式。我们有着这么多又精明又阴险的奴隶主,把南方和北方一齐囊括起来奴役。和一个南方的监工打交道已不容易;和一个北方的监工相处就更加困难;但最坏的是你成为你自己的奴隶监工。你在谈人的神圣吗?请看看公路上那个赶马的人吧,他日夜兼程直奔市场;难道他的内心还激荡着一种神圣之感?他的最高职责无非是照顾马匹吃饲料和喝水。他的命运,同运输的赢利比较起来,还算一回事吗?难道他不是在替一位名声赫赫的老爷赶马吗?哪里还有他的神圣,还有他的不朽呢?你看他那副提心吊胆和卑躬屈膝的样子,整天都弄不清在担忧着什么,哪里是什么不朽或神圣,而是心甘情愿地认定自己是奴隶和囚徒,这是他靠身体力行给自己赢得的名声。公众舆论同我们的个人意见比较起来,只不过是个软弱无力的暴君。一个人对自己有着怎样的想法,这决定了他的命运,确切点说,指明了他的命运。甚至要在西印度地区提倡想象力与创造力的自我解放——有哪个威尔伯福斯①在那边去实现它呢?再想想那片土地上的妇女吧,她们在编织着梳妆用的坐垫,等待着临终之日,对自己的命运不显出过于青嫩的关心!仿佛是可以消磨时间而又不会损害永恒。

大多数人过着忍气吞声的绝望生活。所谓听天由命无非就是一种习以为常的绝望。你们总是从绝望的城市走到绝望的乡村,并用水貂和麝鼠的盛装来安慰自己。甚至在人类所谓游戏和消遣的背后也隐藏着一种模式化而又不为人察觉的绝望。在这类游戏中并无娱乐可言,因为娱乐是随工作而来的。须知不做绝望的事才是智慧的特征。

当我们应用问答教学法的语言来思考问题:到底什么是人的主要目标,什么是生活的真正必需品和手段时,看起来仿佛人们特意选择了这种共同的生活方式,原因是他们更喜欢这种方式而不是任何别的。不过,他们确实相信已经没有选择的余地。然而清醒健康的人永远牢记:太阳升,万物明。抛弃我们的偏见永远都不会太迟。世上任何一种思想方法或行为方式,不管它多么古老,如不经证明便不能信赖。今天每个人视为真理而随声附和或予以默认放过的事,明天可能被视为虚假,纯属空言,可有些人却曾把它当作一片祥云,以为会化作甘霖洒落在他们的田野上。老年人认为你们办不到的事,你们做了努力,发现自己办得到。老人老办法,新人新办法。老人可能一度不很懂得添点燃料便可保持火种长燃不熄;新人却把一点干燥的木头放到水锅下面,他们绕着地球转,像鸟飞得那么快,真是那句成语说的:“有点要气死老人的味道。”年增岁长未必就更适于充当年轻人的导师,因为所得往往不及所失。我们几乎可以质疑,最聪慧的人又能否从生活中

① 威尔伯福斯(William Wilberforce,1759—1833),英国政治家兼慈善家,主张废除奴隶贸易,废除英国海外属地的奴隶制。——译者注

学到点具有绝对价值的东西？老实说，老年人并没有什么十分重要的忠告可以赠送给年轻人，他们本身的经验残缺不全，而他们的生活明摆着已是一场场悲惨的失败，他们对此谅必心中有数，无须明言。可能他们心中还留下一些与那经验不相一致的信念，只是他们没有以前年轻了。我在这个星球上已经生活了约莫三十年，还从未听到过我的长辈给我哪怕是只言片语有价值的或诚恳的忠告。他们从未告诉过我什么东西，也许无法告诉我什么中肯的东西。面前摆着的是生活，对我来说是一场在很大程度上未曾体验过的实验；尽管老一辈人对此有过切身的体验，但于我并无助益。要是我拥有什么我自认为有价值的经验的话，那我确信我的前辈导师们对此连提也没有提过。

有个农夫告诉我："你无法光靠吃蔬菜过活，因为蔬菜不能提供任何长骨骼的东西。"因此，他虔诚地把每天的部分时间用于给他的身体提供长骨骼所需的养料；他边走边说话，跟在耕牛后面，这些耕牛靠吃蔬菜长的骨架，猛拉着他和他那副重犁前进，不顾那一个个障碍。在某些环境里，例如对于走投无路的人和病人，某些东西的确是生活必需品，同样这些东西在另一些环境里只能是奢侈品，而到了又一些环境里却成了完全陌生、一无所知的东西。

人生的一切境界，上至高山之巅，下至低谷之底，在某些人眼里似乎已为他们的先辈踏遍，而所有的东西也无一不为前人关注所及。根据伊夫林的说法，"智慧的所罗门制定了一些条例，规定树木之间应有的距离；而罗马的执政官则做出决定，你可以多少次到邻居的土地上去捡掉下来的橡实而不会犯侵害罪，橡实中多少份额应归邻居所有"。[①] 希波克拉底甚至还留下了医疗说明书，指导我们如何剪指甲：指甲应剪得不长不短，要与手指头平齐。毫无疑问，把丰富多彩而又充满欢乐的人生化为乌有，这种单调乏味而又无聊之感和亚当一样古老。可是人的能力却从未获得估量；我们也不能根据任何先例来判断人能够做些什么，因为至今为止他尝试过的事是很少的。不论至今为止你有过什么样的失败，"别苦恼，我的孩子，有谁会指定你

① 约翰·伊夫林著《森林志》，又名《森林和木材增产论》(1664 年)。

去做你迄今未做完的事呢”?①

我们可用一千次简单的试验来测验我们的生命;例如,使我的豆子成熟的同一个太阳,也同时照亮了像我们地球一样的星球系。要是我记住了这一点,那便可以防止一些错误。我为豆子锄草松土时还没有感应到这样的光亮。星星是一个个多么奇异的三角形的顶点!在宇宙各种各样的星宿中,有着多么遥远而又不同的生命在同一个时间里凝望着同一颗星星!大自然和人生正如我们不同的体制那样各不相同。谁说得准,生活会给别人提供个什么样的前途?还有什么比我们彼此的目光一瞬间的对视更伟大的奇迹吗?我们应该在一小时之内经历这个世界的一切时代;唉,所有时代的所有世界。历史,诗歌,神话!——我不知道还有什么比像这样阅读别人的经验更让人惊异和增长见闻。

我的邻居视为好的那些东西,我灵魂深处却相信大部分是坏的,要是我还对什么事感到后悔,那大概就是我的循规蹈矩了。是什么魔鬼迷住我的心窍,让我的行为这么规矩?老年人,你可能会说出你能够说出来的最聪明的话——你已经活了七十年了,也有过某种荣誉,可我却听到一个不可抗拒的声音,要我不去遵循你所说的那一套。一代人放弃另一代人的事业,就像离开搁浅的船一样。

我认为我们可以完全信赖的东西要比我们现在所信赖的多得多。我们少为自己操点心,便可诚心诚意地在别处多给他人以关怀。大自然既能适应我们的长处,也同样适应于我们的弱点。有些人整天没完没了,忧心忡忡而又过度紧张,这几乎形同不治之症。我们都生来喜欢夸大自己所做的工作的重要性;可是我们没有做的还有多少呀!还有,要是我们病倒了又怎么样呢?我们是多么的警惕!下定决心不靠信仰生活,只要能够避开;我们整天处在警惕之中,到了夜晚不情愿地做祷告,把自己交托给变化莫测的运数。我们被迫生活得极其精打细算,极其真诚,崇敬我们的生活,否定变革的可能性。我们说,这是唯一的生活之道;可是,生活之道多种多样。正如从一个中心可以画出许多条半径一样。一切变革都是值得思考的奇迹;不过那是时刻都在发生的奇迹。孔夫子说过:“知之为知之,不知为不知,是知

① 《毗湿奴往世书》,H. H. 威尔逊译文(伦敦,1840)。

也。"[①]当一个人把他想象出来的东西当成他所知的东西时,我可以预见到:所有的人最终将会把他们的生活建立在这样一个基础之上。

让我们来思考一下:我所谈到的那些麻烦事和令人担忧的事情中,大部分是些什么?有多少我们必须为之操心,或者至少应小心留意?尽管我们置身于物质文明世界之中,可是过一过原始边远地区的生活一定会有好处,哪怕只是为了懂得什么是生活的一般必需品,了解人类曾采用过一些什么样的办法去获取它们;或者甚至翻阅一下商人们往日的流水账,看看人们在杂货店里最常买些什么,储藏些什么货物,也就是说,最大宗的杂货是些什么。因为时代的演进对人类生存的基本法则影响甚微;正如我们的骨骼很可能和祖先的骨骼没有什么区别。

"生活必需品"这几个字,我指的是一个人靠他自身的努力所得到的某些东西,它们从一开始就特别重要,或在长期的应用中变得对人类的生活异常重要,以至于几乎没人会试着不用它们来过日子(不管是由于野蛮、贫困,或是哲学上的原因),即便有,也是极个别的。对许多人来说,具有这种意义的生活必需品只有一种,即食物。对于美洲的草原野牛来说,生活必需品无非是几英寸厚的丰美草地,加上可饮用的水,除非它还要找寻森林和山岳作掩蔽地。没有任何一种野兽需要食物和掩蔽地之外的东西。人类的生活必需品在这种气候下可以准确地分为下列数类:食物、住所、衣服和燃料;因为在获得这些必需品之前,我们是无法自由地考虑人生的真实问题以及成功的前景的。人类已经创造出来的不仅有房屋,还有衣服和熟食;而且很可能是由于偶然发现火能生温,以及随后对火的应用(开初当成奢侈品),这才使得现在烤火取暖成为生活的必需品。我们注意到猫狗获得了同样的第二天性。靠着适当的住所和衣着,我们便理所当然地保存住体内的温度;但如衣着和住所的温度过高,或者燃料的温度过高,也就是说,外部的温度高于我们体内的温度,这不就等于说烧烤开始了吗?自然科学家达尔文谈及火

① 《论语·为政篇》,第 17 章。

地岛的居民时说，当他那些穿得暖和又坐近火旁的随行人员还远没感觉太热的时候，这些一丝不挂的野蛮人尽管待的地方较远些，却让他惊讶地看到，他们竟“在这样的烘烤之下汗流浃背了”。[1] 所以，我们听说，新荷兰人[2]裸着身体泰然行走若无其事，可欧洲人穿着衣服却在打冷战发抖呢。是否就无法把这些野蛮人的结实同文明人的智慧结合在一起呢？按照李比希[3]的意见，人的身体是一个火炉，而食物则是保持肺部内燃的燃料。天气冷时我们吃得多些，天热则吃少些。动物的体温是缓慢的内燃造成的，一旦内燃过旺，便出现疾病与死亡；反之，由于燃料不足，或因通风不良，火便熄灭了。当然，生命的体温不宜与火混为一谈；类比就到此为止吧。从上面列举的来看，“动物的生命”几乎就成为“动物的体温”的同义词了，因为食物可视为保持我们体内火焰不熄的燃料——而一般所说的燃料只是用以煮熟食物或从体外增加我们体内的热量，住所与衣着也只供保持在这种情况下产生和吸收的热量。

因此，对我们的身躯来说，最必需的是保持温度，是保持体内的生命体温。我们花费很大力气去求得的不但是食物、衣着和住所，还有床铺。床铺也就是我们的睡衣，我们是靠夺取鸟巢和鸟胸上的羽毛来营造这个住所中的住所，正像鼹鼠在地洞的一端营造它用树叶和草做成的铺一样。穷人总惯于诉苦，说这是一个冰冷的世界；我们总是把自己的大部分苦恼直接归因于冰冷，身体上的冰冷，同时也是社会上的冰冷。夏天在某些气候区里面，使人有可能过着天堂般的生活。燃料除了用来煮熟人的“食物”之外，这时没有需要了，太阳就是人的火；太阳的光线足以充分地烤熟许多果实；食物一般说来更加多种多样，也更易得到，至于衣着和住处则是全不必要或半不必要的。当前，在这个国家里，我根据自己的经验发现，一把刀、一柄斧头、一把铁锹、一辆独轮车等少数工具就足够了；对于勤奋好学的人来说，则还有灯光、文具再加上几本书，这些东西的重要性仅次于必需品，只花一点点钱就能买到。可是，另一些不那么聪明的人，跑到地球的另一边，到那些野

① 查尔斯·达尔文《英国皇家军舰贝格尔号航行期间的考察日记》(纽约,1846)。

② 大洋洲土著的旧称。——编注

③ Liebig(1803—1873),德国化学家。——编注

蛮而又不卫生的地区去，全副身心投入生意中去，一晃就十年二十年，目的是谋生——也就是说，求得舒舒适适地过温暖的生活，可到头来还是死在新英格兰。那些过着奢侈生活的富人就不是只保持舒适的温暖，他们要的是很不自然的热；正如我前面指出过的，他们是被烧烤着，烤得自然很是时髦。

大多数的奢侈品以及许多所谓使生活过得舒适的东西，不但不是必不可少的，而且是确确实实有碍于人类的进步。谈到奢侈舒适，大智者往往比贫困者更为俭朴。中国、印度、波斯和希腊的古哲学家，都是同一种类型的人，身外的财富再怎么匮乏，可内在精神生活却丰富无比。我们对他们了解不多。可我们所知道的竟已如此丰富，这真是了不起的事。更近代的一些改革家和各族的恩人的情况也如此。一个人只有站在我们称之为甘贫乐苦的优越地位上，才能成为一个公正无私或有见识的观察者。奢侈生活结出来的果实也是奢侈的，不管是在农业或商业方面，还是在文学或艺术领域。当今之世，有哲学教授而无哲学家。可是，教授哲学是令人羡慕的，正因为过着哲人的生活一度令人神往。当一名哲学家不仅要有敏锐的思想，甚至不仅要建立一个学派，他要热爱智慧，从而按照智慧的指示去生活，过一种简单、独立、宽宏和信任的生活。他要解决一些生活问题，不但要在理论上，而且要在实践中。伟大的学者和思想家的成功通常是朝臣式的成功，而不是帝王式的、也不是英杰式的成功。他们循规蹈矩，力求把生活对付过去，实际上和父辈的所作所为一样，所以他们也绝不是人类更高贵的祖先。但人类到底是怎样退化的？是什么使得各个家族没落衰亡？那种造成国家萎靡不振和崩溃毁灭的奢侈，到底具有什么样的性质？我们能否确信在自己的生活里并非如此？哲学家甚至在其生活的外在形式上也走在时代的前面。他的衣食住所及取暖，都和他的同时代人不同。一个人如若不用比别人更优越的方法去保持他的生命之热，又怎能成为一个哲学家呢？

当一个人用我描述过的那些方式求得温暖的生活时，他接下去还需要什么呢？肯定不是更多同一类型的温暖，如更多更丰富的食物，更宽敞更豪华的房子，更漂亮更多样的衣服，更多久燃不熄和更炽热的火炉，等等。当他已得到了那些为生活所必需的东西之后，便会选择别的东西而不必再去谋求同样的多余物了；现在可以大胆冲出谨小慎微的生活，他不必再干那种卑微的苦活的假期开始了。看来土壤适宜于种子，因为种子已经把它的胚根向地下伸扎了，所以现在它也可以满怀信心把它的嫩枝往上面伸展。为什么人牢牢地在土地上扎下了根之后，却无法同样地向天空伸展呢？——那些更高贵的植物，是根据其远离土地、在空气和阳光里最终结成的果实来评价的，它们受到的待遇与那些卑微的蔬菜不同，蔬菜尽管可能是两年生的植物，却只被栽培到生好了根茎时为止，而且为了要让根茎长大，时常把上面的枝叶剪掉，使大部分人在开花时节辨认不出它们。

我无意给那些具有坚强勇敢性格的人制定规章，因为他们不论是上天堂还是下地狱都会把自己的事安排得妥妥帖帖，而且营造起房屋来可能比最富裕的人更豪华，也更挥金如土，却不会使自己穷困潦倒，不知道自己在怎样生活着——说实在的，我不知道是否真有像上面设想的那种人；我也无意给另一些人制定规章，他们恰好就是从当前的真情实况中获得鼓舞和灵感，并如情侣那样情投意合，珍惜着此情此景——在某种程度上，我把自己也列入其中；我这番话不是对那些在任何境况下都能安居乐业的人说的，他们都懂得自己是否安居乐业。我的话主要是对那些心怀不满，对自己艰难的命运或时世空发牢骚的人说的，其实他们对那些境况是能够加以改善的。有这么一些人，发起牢骚来慷慨激昂，没完没了，因为据这些人自己的说法，他们是在尽义务的。我还想到那看上去像是富裕，实则是一切人中最贫乏的一类人，他们积累了一堆杂七杂八的东西，却不懂得该怎样去利用或摆脱，结果是金脚镣、银脚镣，自己锻来自己戴。

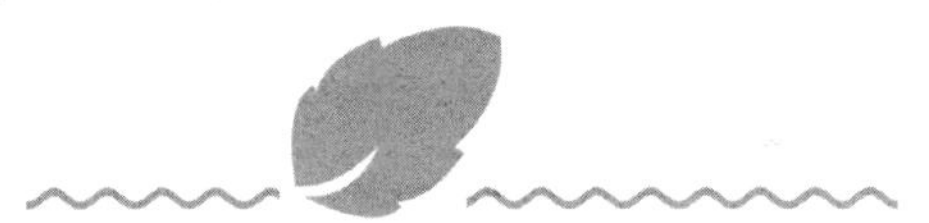

要是我想把过去若干年中希望如何度日的想法讲出来，可能会使那些略知我生命中这段历史真相的读者感到诧异；也一定会使那些对这段历史一无所知的人为之惊讶。所以我只略谈几件一直挂在心头的事就行了。

无论白天还是黑夜，在任何天气、任何时辰，我都渴望抓住关键时刻，并在我的杖上刻痕记下这个时刻；我渴望立足于过去和将来这二者的汇合点，也即现在这一刻，准备起跑。希望你们对若干晦涩难懂之处予以原谅，因为在我这个行当，秘密比起别的行当来格外多，这不是说我故意要保守秘密，而是因为它和这个行当所特有的性质分不开。我倒乐意把举凡知道的事和盘托出，绝不在自己的门口贴上“不准入内”的字样。

很久以前我丢失了一条猎犬、一匹枣红马和一只斑鸠，至今仍在寻找。我曾对许多旅行者说起过它们，描述它们的踪迹，以及它们对什么样的呼唤会有回应。我遇见过一两个人曾经听到猎犬的吠声和奔马的蹄声，有人甚至还见到斑鸠飞入云层后面，他们也急于要找回它们，就像是自己失去的一样。

不只是期望着看日出和黎明的到来，而且可能的话，还要看自然本身！夏天和冬季，有多少个早晨，在任何一个邻居忙于料理他的事务之前，我早已把自己的事安排妥了！毫无疑问，我的许多同乡都见到过我办完事回来，那些黎明时动身到波士顿去的农民，或者动身去干活的伐木工人，都曾碰到过我。的确，我从未在太阳升起的过程中出过什么力，可是，不容置疑的是，太阳升起时你正好在场，这才是最重要的。

多少个秋日，唉，还有冬日，我是在城外度过的，我试听着有什么事情将要发生，一经听到立即传送。我把全部资本往那里面投，我迎着这种消息奔跑，几乎连气都喘不过来。要是这种消息与两个政党有关系，毫无疑问，它一定会成为最新的消息登在报上。别的时候，多守望在悬崖或树顶的瞭望台上，电告任何一个新到来客的消息；或黄昏时刻在山巅等待着天黑下来，好抓到点什么，尽管我不曾抓到很多东西，而这些东西像天赐的食物那样，阳光一照便消失。

在很长一段时间里，我曾担任一家发行量不大的报纸的记者，这家报纸的编辑从不认为我的大量稿件适于刊登，所以，正如作者们经常碰到的情况那样，我费尽了力气得来的只是一番辛劳。不过，既然是这样，我的辛劳也就是其本身的报酬。

多年以来，我是一个自行任命的暴风雪和暴风雨的监察员，并忠实地履行我的职责；我还自任检查员，要是不检查公路，便是检查林间小道和所有近路，以确保道路畅通，深谷上面的桥梁一年四季都可通行，大众的足迹证明了它们的便利。

我也曾照料过镇上的野兽，这些野兽总是要越过篱笆，给忠实的牧人带来一大堆麻烦；我还得照料农庄各个人迹罕至的偏僻角落，尽管我并不总知道约拿斯或者所罗门今天是否在某一块田地上劳动，这跟我没有什么关系。

我得给红越橘果、沙樱、荨麻树、赤松、黑梣、白葡萄和黄色紫罗兰等浇水，这些植物在干燥的季节不浇水便会枯萎。

总之，我一直这样做了很长时间，我可以毫不自夸地这么说，我一丝不苟地对待我的工作，直到后来情况越来越清楚：原来镇上的人并不愿意把我列入镇公务员的名单里，也没有给我一份领干薪的闲职。至于我的账簿，我敢发誓说我一直把账目记得清清楚楚，然而却从来没有人查过，更不要说有谁来承兑，来付账和结清账目了。不过，我从未把心思放在这种事儿上。

不久以前，有个流浪的印第安人跑到我邻居一位著名律师的住所兜售篮子。他问道："你要买篮子吗？"回答是："不，不要。"那个印第安人走出大门时惊异地喊叫着说："你是不是想让我们饿死？"看到他那些勤奋的白人邻居生活得那么富裕——那位律师只需把他的辩词编织起来，然后就像魔术一样，财富和地位也便接踵而至，印第安人对自己说：我要做买卖，我要编篮子，这是我能够做的事。他想：编好了篮子，他就算是完成了自己分内该做的事，接下去责任就在白人身上，轮到他们去买这些篮子了。可他没有发现：他必须使篮子值得别人去购买，或者至少使别人认为值得，或者就做点别的什么东西值得别人去购买。我也编织了一种结构精巧的篮子，但我没有使别人感到值得去买。可是，就我而论，我也同样认为值得去编织。我没有去研究如何把篮子编得让人们感到值得去买，而是研究如何才能避免非得去出售这些东西不可。为人们赞扬并认为成功的生活，只不过是生活中的一种。为什么我们非得夸大其中之一而贬低其他的生活呢？

我发现我的同胞们不大可能会在县政府办公大楼里给我谋求一席之地，也不会让我担任个牧师副职或在别的什么地方给我一个糊口的职位，我必须自己另想办法，所以我越来越把整个注意力转到森林上去，那边的一切我更加熟识。我决定立刻投入生意活动，不像通常那样，等待资本凑足才干，我用的就是手头这点微薄的资金。我到瓦尔登湖去的目的不是去过俭省的生活，也不是去过挥霍的生活，而是去障碍最少的地方经营一些私人业务，因为缺少点业务常识、经商营业的才能就不去完成它，似乎不仅有些悲哀，更有些愚蠢。

我总是力求养成严格的生意习惯；这种习惯对每个人都是不可或缺的。要是你是和天朝做买卖的，那么，在某个塞勒姆港的岸上设立个小小的账房也就够了。你可把本国出产的物品,全是些土产,许多的冰和松木,还有一些花岗石,由本地货轮装载输出。这都是些好生意。你对所有细枝末节,凡事都亲自监督;既是领港员和船长,又是业主与保险商;买进、卖出兼记账;阅读收到的每一封信;发出的信件全都亲自起草或过目;日夜监督进口商品的卸货工作;你几乎是在同一个时间出现在海岸的许多地方;——水运装载最多的货物经常在泽西岸上卸货;充当你自己的电报机,不知疲倦地扫视着地平线,对那些沿着海岸线行驶的过境船只通报情况;坚持稳定地迅速发送商品,以供远地一个贪多务得的市场的需求;让自己消息灵通,知道各个市场的情况,了解各地战事与和平的前景,预测到贸易和文明的趋向——利用一切探险的成果,利用新航道和航海技术上一切改进的措施;——还要研究航海地图,各个暗礁、新的灯塔和浮标的位置应加查明,对数表要不断加以校正,因为由于某个计算人员的失误,船只常常会触礁破裂,无法抵达友好的码头——这里有着拉佩鲁兹[①]的未被透露的命运;——还有那应齐步跟上的宇宙科学,要研究所有伟大的发现者和航海者,伟大的探险家和商人的生活,从汉诺[②]和腓尼基人直至今天;总之,要时刻登记库存货物,这样你对自己的境况才会心中有数。这对一个人的能力来说是一种磨炼——其中牵涉到赢利和损失的问题,利息的问题,净重计算法的问题和各种估量,这都需要有广泛的知识。

我曾想到瓦尔登湖应该是个做生意的好地方,不仅仅因为有铁路再加上可做冰块贸易;这里还提供了种种有利条件,把这类条件吐露出来恐非明智之举;这是一个优良的港口,也是一块好基础。这里没有像涅瓦河上那样的沼泽地需要去填充,虽然你必须到处去打桩奠基。据说一次涨潮加上西风,加上涅瓦河上的冰块,便会把圣彼得堡从大地的表面上席卷而去。

① 拉佩鲁兹(La Perouse,1741—1788),法国航海家,曾远航到西伯利亚、澳大利亚,其船只在太平洋上遇难。——编注

② 汉诺(Hanno),活动于公元前约5世纪,迦太基人,曾在非洲西海岸探险和殖民航行。——译者注

由于经营这种生意一开始就缺乏通常拥有的资本,所以很难揣测能在何处筹集到此类事业依然不可或缺的用品。至于衣服,这一下子就接触到问题的实质上去,我们购买衣服时总是喜欢新奇,重视人们的意见,而不注意衣服的真正实用性如何,让一个有工作做的人回想一下穿衣的目的吧:首先,是要保持生命必需的热量;其次,在当前这个社会状况下,是要把赤裸的身躯遮盖起来。他就可以做出判断:有多少必要的或重要的工作可以完成,而又不用给他的衣橱增添东西。帝王和皇后一套衣服只穿一次,尽管这衣服是由裁缝专门制作的。看来皇上陛下是无法尝到穿一套称身衣服那种舒适的感觉了。皇上陛下实际上无异于一架挂着清洁衣服的木头架,可我们的衣服却一天天更加和我们自己浑然一体,从而更具穿衣者的性格特征,以至我们舍不得将其弃置,正如对待自己的躯体那样,要弃之不顾,哪能没有依依不舍之情,哪能不求助于医疗器械的治疗,哪能没有黯然凝重之感。没有人会因为衣服上有个补丁便在我心目中降低了地位;可是我确信,通常人们更渴望穿上时髦的、最少也是干干净净没有补丁的衣服,而不问良心是否完美无缺。但是,即使衣服上的口子没有补好,暴露出来的最糟糕的缺点无非就是粗心大意吧。我有时用这样的方法来试验我的熟人——谁会穿上一条膝盖上有补丁或多了两条缝线的裤子呢?多数人好像都相信,如果这么做就会毁掉一生的前途。他们就是拖着一条跛腿蹒跚进城,也要比穿着一条破裤更好受些。要是一位绅士的腿意外受伤,总有办法使之好转痊愈,可是如果同样的意外把他的裤脚管弄破,那可就无救了,因为他考虑的不是什么东西真正值得尊敬,而是什么东西受到了尊敬。我们认识的人并不多,可认识的衣服和裤子却很不少。你用最后一身行头去给稻草人打扮起来,你没有行头陪站在一旁,谁不立刻向稻草人致敬呢?前些日子我经过一片玉米地,靠近那根戴帽穿衣的木桩,我认出了那个农田的主人。他只是比我上次见到时稍为受到风吹日晒的侵蚀。我听说过有这么一条狗,它对凡是穿着衣服、走近主人房屋的任何一个陌生人都吠叫起来,可却很容易让一个光着身子的小偷弄得一声不叫。这里有个很有趣的问题:要是人们脱掉了衣服,他们相对的等级地位还能保持到什么程度?在这种情况下,你能否在一群文明人里面确切地说出哪些人属于最受尊敬的阶级?当法伊弗夫人从东向西作环球探险旅行走到俄罗斯的亚洲部分时,她说:前往会见地方当局时，她觉得自己应换掉旅行服装，因为她“现在身在一个文明国家里，这里是根据人的衣衫来评价人的”①。甚至在我们民主的新英格兰各个城镇里，人们偶然拥有财富，并在衣着和设备上显露出来，就使得财富的占有者几乎无往而不受尊敬。但是，那些产生这种敬仰的人，数目很多，却都是些异教徒，所以应给他们派去个传教士。另外，凡是衣服就需缝纫，而缝纫却是一种你可称之为没完没了的工作；至少妇女的衣裳就是从来也做不完。

一个终于找到工作做的人，并不需要穿上一套新衣去工作；对他来说，那套满是灰尘、不知在阁楼上放了多久的旧衣裳也就够了。一位英雄穿旧鞋的时间，要比他的仆从穿的时间更长些——要是英雄也有仆从的话；打赤脚要比穿鞋子的时间更长，英雄光着脚板走路也能适应。只有那些前往参加晚会和到议会厅去的人才非得穿上新衣不可，衣服经常变换，正像那里面的人经常变化一样。但如果我的外套和裤子、我的帽子和鞋子都适合于穿去向上帝做礼拜，那么它们便是合适的，难道不是吗？有谁曾看到他自己的旧衣服——他的外套破得分解成当初的原料，就是拿去送给哪个穷孩子也谈不上是一种施舍行为了呢？——说不定这个穷孩子还要拿去送给一个更穷的孩子，或者应该说是一个更富有的孩子，因为他能做到什么都不要便把日子打发过去。我说，要提防所有那些要求穿新衣而不要新穿衣人的企业。要是没有新人，新衣怎能合身？如果你面前摆着一份工作，你可以穿着旧衣裳去试试看。一切人所需要的不是去利用什么，而是去做什么，或更准确点说，去成为什么。也许，我们不应去谋求添新衣，不管旧衣裳已经变得多么破损、肮脏，就这样一路做下去、经营下去，或航行下去，直到自己觉得像是新人穿旧衣，并且觉得，保持这种情况像是旧瓶装新酒一样。我们去旧迎新的时刻，正如禽类换羽毛的季节，必然是生命中一个重大的关键时刻。潜鸟隐藏到偏僻的池塘去换毛。蛇也是这样蜕皮，毛虫也这样脱壳，全都是由于体内机能的运作和扩张造成的；因为衣服无非是我们披在最外面的一层护膜，也是一番尘世的烦恼。不然的话我们将发现自己是在虚伪的幌子下扬帆前进，不可避免地最终要被自己和人类的意见所唾弃。

我们一件接一件穿上衣服，好像我们是一些外生植物，要依靠外加的东

① 伊达·法伊弗(Pfeiffer)《一位夫人的环球航行》(纽约，1837)。

西来生长似的。穿在外面的常常是薄而花哨的衣服，无非是一层表皮或假皮，它并不分享我们的生命，这里那里剥下来也不会有致命的损害；经常穿的较厚的衣服，是我们的包壁或皮层，而衬衣则是我们的韧皮或真树皮，这层皮一旦给剥掉便不能不留下伤痕，从而给人造成损害。我相信，所有的种族在某些季节里都会穿着相当于衬衫的东西。一个人最好应穿得非常简单，使得他在黑暗中能一伸手便摸到身体，同时最好在各方面生活得十分紧凑，做好准备，如果敌人占领了城市，他也能像古代那个哲学家，空手不慌不忙地走出城门。一件厚衣服在多数情况下顶得上三件薄衣服，而便宜的衣服也能以顾客感到合适的价钱买到；一件厚上衣花 5 元钱即可买到，一穿就是几年，厚裤一条 2 元钱，牛皮长统靴 1 元 5 角一双，夏天帽子一顶 2 角 5 分，而冬天的帽子则为 6 角 2 分半，或者自己在家里做一顶更好的帽子，价钱微不足道，一个人穿上这么一套他自己赚来的衣服，哪里能穷到无法找到些聪明人来向他表示敬意呢？

当我要定做一件特别款式的衣服时，那位女裁缝用一派认真的神情告诉我说："时下人家都不做这种款式了。"说时并不加重"人家"一词的语气，仿佛她是在引证命运之神那样非人的权威，于是我发现我想要做的款式难以做成，原因无非是她不敢相信我说的是真的，不相信我如此轻率。当我听到这种神谕般的词句时，顷刻间我堕入了沉思之中，暗自把每个词分别加以重读，以便抓住其确切的意义，弄清楚"人家"和"我"有多大程度的血缘关系，以及人家在这件对我有如此密切影响的事情上拥有什么权威。最后，我颇想用同样神秘的方式来回答她，也不对"人家"一词加重语气——"的确，人家近来不曾做这种款式的衣服，不过现在人家又在做了。"要是她只量我的肩宽而不量我的性格，仿佛我只不过是一根挂衣服的钉子，那么这样给我量身又有什么用处呢？我们崇拜的不是美惠三女神，也不是命运三女神，而是时髦女神。她权威十足地纺纱、编织和剪裁。巴黎的猴王戴上了一顶旅行帽，美国所有的猴子便全都来学样。我有时感到绝望，在这个世界上要借助于人们的力量去办成几件简单而朴实的事，简直是不可能的。他们首先必须用一架强力压榨机压过去，把脑子里各种旧观念挤出来，压得他们无法立刻站起来走动，然后那里面还会有个人脑子里怀着那么一条蛆虫，谁也不知道是什么时候放进去、孵出来的，甚至连火也消灭不了，你的气力都白花了。不管怎样，我们不会忘记，有一种埃及小麦据说是由一个木乃伊流传到我们手里的。

总的说来，我认为不能说在这个国家或其他任何国家，衣服已经上升到艺术那样的崇高地位。目前，人们总是能弄到什么就穿什么。他们像失事船只上的水手一样，在海滩上能找到什么就穿上什么，并隔了一点距离，不管是空间还是时间的距离，互相嘲笑着对方的装束服饰。每一代人都在嘲笑老式样，可又虔诚地追求新式样。我们一见到亨利八世或伊丽莎白女王的装束便给逗乐了，仿佛这是食人岛上的大王和王后的装束似的。一切服装一旦不穿在人身上便会显得可怜或古怪。只有穿衣者眼神严肃，生活真诚才能抑制住笑声，使任何人的装束受到尊重。一个穿着五颜六色补丁衣服的丑角突然一阵腹痛发作，他的服装也便带有这股腹痛的味道。当士兵被炮弹击中时，破旧的衣服也形同君王的紫袍。

男男女女对衣服新式样的这种既幼稚又原始的爱好，使多少人为之心神不定，眯着眼睛看万花筒，指望可以发现这一代人今天所需要的图案。制造商都懂得，这种爱好完全是反复无常的。两种式样的不同之处，无非是某种颜色的线多了或少了几根，一种式样会很快销售出去，而另一种式样则摆在架上无人过问，然而经常出现这种情况：过了一个季节，后者又变成了最时髦的式样。对比之下，文身算不得是所谓的丑陋风俗。不能仅仅因为刺花是在皮肤上，无法改变，就说它野蛮。

我不能相信，我们的工厂体系是为人们提供衣着的最好方式。技工们的情况正日益变得像英国技工的情况，这也难怪，因为就我所听到或注意到的情况而言，公司的主要目标不是为了使人类穿得更好更实在，而毫无疑问的是为了公司自身赚钱。从长远来看，人们只能击中自己所瞄准的目标。因此，尽管一时难免会遭到失败，他们最好还是瞄准更高的目标。

至于住所，我不否认，现在这是一种生活必需品，尽管有很多实例说明，人们在比这儿更寒冷的国度里可以长期无需住所而照样生活。塞缪尔·莱恩说："拉普兰人穿着皮衣，头上和肩上罩着个皮袋，一夜接一夜睡在雪地上——那种寒气凛冽的程度足使一个穿着任何毛衣露宿在外的人丧命。"

他曾见到他们这样睡着。不过,他接着又说:“他们并不比其他的人更结实。”[1]但也许人类生活在地球上不久便发现住在一幢屋子里的方便,家的舒适,这话最初可能更多指房屋令人称心满意,而不是指家庭;然而在有些地方,房屋一词在我们的脑子里主要和冬天或雨季联系在一起,而一年有2/3的时间只靠一把遮阳伞也就够了,所以,房屋令人称心满意的说法在那里是片面的,并非经常如此。夏天,在我们这种气候带,以前几乎就只要夜里有块遮身之物。在印第安人的记录里面,一间棚屋也就是一日路程的象征,而在一棵树的树皮上刻下或画上一排棚屋,则意味着他们曾宿营那么多次。人类没有与生俱来的巨大而强健的四肢,所以他必须设法缩小他的世界,找一个适合于他的空间用墙给围起来。人类起初全都赤身裸体,生活在户外;但是,尽管在白天天气晴朗暖和时都很愉快,可是一到雨季和冬天(更不必说在炎炎烈日之下),人类要不是赶紧让自己有个栖身之所,说不定他的种族在萌芽阶段就给消灭掉了。根据传说,亚当和夏娃在穿上衣服之前就先用树荫为亭了。人类需要有个家,也就是一块温暖或舒适的地方,首先是身体上的温暖,随之而来的是感情上的温暖。

我们可以想象,当人类正处于摇篮时期,有些富有进取心的人爬进一个岩洞去寻求掩蔽。每个小孩都在某种程度上重演人类对世界的体验,他喜欢待在户外,甚至在湿雨和寒冷的天气里也如此。小孩出于本能,扮着过家家的游戏,还有骑竹马的游戏。谁不想起自己年轻时看着倾斜的岩石或任何通往洞穴之路而兴致盎然的情景?这是我们原始时代的祖先心中那份天然情怀至今留在我们身上。我们从住洞穴进展到用棕榈叶、用树皮树枝、用亚麻织物、用草皮和稻草、用木板和木瓦、用石头和瓦片做屋顶的房子。最后,我们终于不知道生活在露天是个什么样子,生活家居化的程度比我们想得更大。从壁炉边到旷野是一段很大的距离。要是我们更多的白昼的黑夜都与天体之间毫无障碍,要是诗人不是在屋脊下滔滔说那么多,要是圣人不在屋子里住那么久,那也许就好了。鸟儿不在山洞里唱歌,鸽子也不在鸽棚里爱护它们的纯真。

然而,要是一个人打算建造一所住宅,他就应该发挥点新英格兰人的机

---

① 塞缪尔·莱恩(S. Laing)《挪威日记》(伦敦,1837)。

智，免得到头来发现自己住的是一座劳教所，一个没有路标的迷宫，一座博物馆，一个救济院，一所监狱，或一座壮丽的陵墓。首先请想想看：怎样微小的遮身之所是绝对必要的？我曾见到过佩诺布斯科特河流域的印第安人，就在这个城镇里，住在用薄棉布制成的帐篷里，周围的雪差不多有一英尺深，我那时在想，要是雪积得更深能挡住风，他们一定会很高兴。怎样去正直地谋生，而又给自己留下追求正当目标的自由？在以前这是一个比现在还要令我苦恼的问题，因为不幸的是我现在变得有点麻木了。那时我时常在铁路旁见到一个大箱，6 英尺长 3 英尺宽，工人夜里便把工具锁在里面，这件事给我一个启示：每个度日维艰的人都可以用一元钱买到一个箱子，接着他可以给箱子钻几个孔，至少让空气能够进去，这一来，下雨天和夜晚他可以躲进里面，把盖子盖上，这样他便可以自由地爱他之所爱，他的心灵也得到了自由。这并不是什么特坏的事，同时无论如何也不是一种可鄙的选择。你喜欢不睡觉坐到多晚就坐到多晚，而当你起身往外走时，也不会有个大房东或二房东盯住你要租金。多少人为了给一个更大更豪华的箱子付租金而被折磨到死，可他要是住在像这样的一个箱子里是不会冻死的。我绝不是在说笑话。经济学是一门可视之如鸿毛、却不容置之不理的学科。以前在这里造过一幢舒适的房子，里面住着一些粗鲁强壮、大部分时间生活在户外的人，这幢房子几乎全是用自然界提供的那种随手可得的原料盖成的。马萨诸塞殖民地印第安人的总管古金于 1674 年写道："他们最好的屋子遮盖得十分整齐，既牢固又温暖，用的是汁液旺盛季节从树干上脱落下来的树皮，并在树皮还呈绿色时，用沉重的木料把它们压成大块的薄片。较简陋的房屋则用灯芯草之类编成的席子遮盖，也还算紧密、温暖，不过没有前面所说的房屋那么好……我见过一些房屋，计有 60 或 100 英尺长，30 英尺宽……我常在他们的棚屋里寄宿，觉得跟英国最好的房屋一样暖和。"①他又说，这些房屋通常都铺着或在墙上挂着精制的绣花席，并备有各种用具。印第安人已经进展到这样的程度：在屋顶的通风口悬挂着一张席子，用一根绳子来拉动，便可调节通风效果。这样的棚屋当初最多花上一两天的功夫即可盖成，用上几小时便可拆掉再重新搭起来；每个家族都拥有一幢棚屋或

① 丹尼尔·古金（D. Gookin，1612—1687）《新英格兰印第安人史料汇编》。

其中的一个隔间。

在野蛮原始时期,每个家族都拥有一幢相当于最佳的蔽身之所,这个处所足以满足其粗犷而单纯的需要;但我认为,我一点也不过分地说:尽管空中的飞鸟有自己的巢,狐狸有自己的洞,野蛮人有自己的棚屋,可是在现代的文明社会里拥有房屋的家庭不过半数。在一些文明特别发达的大城镇里面,拥有房屋的人数只占一小部分。其余的人每年都得付出一笔税金,使自己有这么一件在夏日与冬天都已必不可少的外衣,这笔税金本来足以买下一整片印第安人的棚屋,可现在却造成他们一世贫穷。我无意硬说租屋较之买屋不利,不过显而易见的是,野蛮人之所以拥有自己的住所,是因为花钱极少,而文明人之所以租屋,通常则因为他买不起房;而从长远看来,他付了租金也未必就轻松些。可是,有人出来说,那个贫穷的文明人只靠着付出这笔租金,便可获得一幢住所,而这住所和野蛮人的棚屋比起来简直就是宫殿。他每年只需付出一笔25元到100元的租金(这是乡间价格),便可得到那些经过世代不断改进才得来的实惠,宽敞的套房、干净的涂料和墙纸、拉姆福德壁炉①、内抹灰泥的墙面、软百叶窗、铜质抽水机、弹簧锁、宽敞的地窖以及其他很多东西。但这到底是怎么一回事:被认为享有这些东西的人,通常总是文明而"贫",而不拥有这些东西的野蛮人却野蛮而富?如果确认文明是人类的状况的真正进步(我也作如是观,尽管只有智者才能用好有利的条件),那么就必须证明:文明造出了更好的住所而又没有提高其价格;而一件物品的价格,我拟称之为需要为它付出的"生命",不论是立即付出还是最终付出。这个地区的普通房屋大概价钱为800元一幢,要积蓄这么一笔钱,需要花上一个劳动者10年到15年的生命,即使他并没有家庭的拖累。——这是根据一个人劳动的货币价值一天一元钱来计算的,因为有的人收入虽多于此数,另一些人却少于此数。因此,通常他必须花掉半辈子的生命才能获得他那间棚屋。假定他是租屋住的,那也无非是从两害之间做了个可疑的选择。难道野蛮人会根据这样的条件,拿他的棚屋去换一座皇宫?

人们会猜测我把拥有这种多余的房地产的全部好处,就个人而论,主要

① 一种无烟炉,以其发明者拉姆福德伯爵(1753—1814)的名字命名。

归之于可支付办丧事所需的费用。不过,一个人也许不必埋葬自己。可是,这件事却表明了文明人与野蛮人的重大区别所在;毫无疑问,他们是为了我们的利益而花费这个心机的,他们把文明人的生活变成了一套制度,个人的生活在很大的程度上被其吸纳,目的是要维护种族的生活并使之更加完善。但我要指出,现在获得这种好处要付出多么大的代价,与此同时,我还要指出,我们本来完全可以一无所失而得到所有这种好处。你说常有穷人和你们同在①,或者父亲吃了酸葡萄,孩子的牙也酸倒了,你说这些话是什么意思?②

“主耶和华说,我指着我的永生起誓,你们在以色列必不再有用这俗语的因由。”③

“看哪,世人都是属我的,为父的怎样属我,为子的也照样属我,犯罪的,他必死亡。”④

我想到我的邻居,康科德的农夫,他们至少也和别的阶级一样富裕,我发现他们中大部分人辛苦劳作长达20年、30年或40年之久,为了成为其农场的真正主人,这些农场通常是他们带有抵押权而继承下来的,或者是用借来的钱买下的——所以我们可以把1/3的这种苦活视为他们房屋的代价。通常他们还没有付清购房屋的款项。的确,那种抵押权有时超过了农场的价值,结果农场本身变成了一个大累赘,可是依然发现有那么一个人继承它,据他说是因为对它十分熟悉。我在向估税员询问情况时,惊异地发现:他们竟然无法一下说出十来个在这城里清清爽爽完全拥有自己农场的人来。若想要了解这些家宅的历史,你可以到银行询问房产被抵押的情况。那种确实用劳动还清了自己的农场债务的人,为数微乎其微,每个邻居都能把他指出来。我看康科德里面未必能找出三个这样的人。据说商人中大多数人,几乎100人之中有97人都肯定要失败,对农民来说也如此。不过,关于商人,有一个倒说得很中肯:商人大部分的失败都不是真正金钱方面的失败,而只是没有履行诺言,因为不方便;也就是说,信用道德垮掉了。但这使

① 见《马太福音》26:11。
② “父亲……牙也酸倒了”见《以西结书》18:2。
③ 见《以西结书》18:3。
④ 见《以西结书》18:4。

问题更加糟糕透顶,此外,还令人想到说不定百人中的那3个人也无法拯救自己的灵魂,比起那些失败得堂堂正正的人来,可能是一种更糟糕意义上的破产。破产和拒付债务是一条条跳板,我们的文明大多就从这里一次一次跳起来翻筋斗表演的,可是野蛮人却一直站在饥饿这块没有弹性的厚木板上。然而米德尔塞克斯耕牛展览会却每年在这里辉煌举行,好像农业机器的所有联结都很顺畅。

农夫一直在努力解决生活问题,可是用的办法却比问题本身更加复杂。为了获得他的小额资本,农夫做起牲畜投机买卖来。他用十分完善的技艺安设细弹簧陷阱,企图借此捕捉到舒适和独立自由,当他要走开时,自己的一条腿却掉进了陷阱。这就是他过穷日子的原因;由于相类似的原因,我们全都是贫困的,比不上野蛮人有上千种安逸的乐趣,尽管我们四周到处都是奢侈品。查普曼唱得好:

> "这虚伪的人类社会——
> ——为了尘世的伟大
> 把天上的欢乐淡化得无影无踪"。①

农夫占有了他的房屋,并不因此更富,反而是更穷了,因为房屋占有了他。据我理解,这正是莫摩斯针对密涅瓦建造的那幢房屋而提出来的精辟意见。莫摩斯说:她"没有建造出一幢可以移动的房屋,可移动才能避免和坏邻居凑在一起"②;这个意见如今仍然可以提出来,因为我们的房屋是如此笨重的财产,我们不是住进去而是被关进去;至于那个应该避开的坏邻居则是我们卑鄙的自我。在这个城市里,我认识至少一两个家庭,他们在几乎一代人的时间里,曾一直想要把城郊的房屋卖掉,搬到乡村去,可始终未能实行,要获得彻底解放,只能是死而后已了。

即使多数人最后终于能拥有或租赁一幢现代的房屋,里面有更臻于完

① 乔治·查普曼(G. Chapman,1559?—1634)《恺撒和庞培的悲剧》, v ii。

② 约翰·伦普里尔《古典图书馆》(纽约,1842)。莫摩斯(Momus)是希腊神话中非难指责与嘲弄之神;密涅瓦(Minerva)是掌管智慧、发明、艺术和武艺的女神。

美的装修,可是,文明虽使我们的住房得到改进,却未曾使居住者也同样得到改进。文明创造了宫殿,可要创造出贵族和国王就不那么容易。要是文明人所追求的不比野蛮人更有价值,要是他把一生的大半时间仅用于求得粗俗的必需品和享受,那他为什么非得比野蛮人住得更好呢?

另一方面,那贫穷的少数人又过得怎样呢?大概你会发现这样的情况:一些人的外部境况被置于野蛮人之上越高,另一些人也就与此成比例地被贬得越低。一个阶级的奢侈是由另一个阶级的贫困来维持平衡的。一边是宫殿,另一边就是贫民所和"默默无言的穷人"。[①] 千千万万建造法老陵墓金字塔的人,吃的是大蒜头,死的时候很可能都没有像样埋葬。做完了皇宫飞檐的石工,夜晚可能回到一间比棚屋还不如的小屋子里去过夜。如果认为在一个随处存在着文明迹象的国家里,相当大一部分居民的境况不会像野蛮人那样卑微,那可就错了。我指的是那些变得卑微的穷人,现在没说那些变得卑微的富人。要了解这件事,我不必往更远处看,只需看一下铁路附近到处可见的那些简陋小屋就行,铁路,这是文明改进的最新成果。我每天散步时在那里见到一些人住在肮脏的房子里,整个冬天不关门,好让光线照进去,也没有见到任何供取暖用的木材堆,经常连想象都想象不出。老人和青年人由于怕冷加上疼痛而习惯于缩成一团,体态变成了老是蜷缩起来的样子,四肢及其官能的发展也因而受阻。自然应该看看这个阶级的生活状况,正是由于他们的辛勤劳动,那些显现出这一代人特色的工程才得以完成。在英国这个世界大作坊里,各种类型的技工的情况多少也是这样。我也可以跟你说说爱尔兰的情况,这个地方在地图上标明是白种人地区或开明地区。让我们把爱尔兰民族的身体状况跟北美洲印第安人或南太平洋上的岛民或尚未因接触文明人而衰退的野蛮人种族作一对比。我不怀疑该民族的统治者和一般文明人的统治者一样聪明,他们的状况只是证明:卑劣可能与文明并存。现在我无需去提及那些生产出本国主要出口品的南方各州的劳动者,他们本身就是南方的主要产品。我要谈的只限于那些据认为是处于中等境况的人。

---

① 对自己的贫困忍气吞声的人,这样做的目的在于避免被送进贫民院。18 世纪时康科德筹集了一笔基金来帮助他们。

大多数人似乎不曾考虑过一幢房屋意味着什么，他们确实是穷了一辈子（尽管并不必如此），因为他们认为必须像邻居那样拥有一幢房屋。好像一个人必须穿上裁缝给他剪裁的衣服，或者，慢慢不再戴棕榈叶帽或土拨鼠皮帽，便埋怨起度日维艰，因为他买不起一顶王冠！人们完全有可能创造出比现在更加舒适、更加豪华的房屋，不过大家都承认付不起这笔钱。我们是否要不断求得更多这类东西，而不是有时满足于少一点？我们尊敬的公民是否要用言传身教来严肃地教导青年人，要在死之前备好一些多余的亮胶鞋、雨伞，并为不存在的客人准备好一些空客房？为什么我们的家具不应像阿拉伯人或印第安人那样简单？当我想到那些我们奉为天上的使者，把天神的礼物带给人类的民族恩人时，我想不起有任何随从人员跟在他们后面，也想不起有整车时兴家具。如果要我认可说，我们的家具应该比阿拉伯人的家具更加复杂，使之与我们在道德上和智慧上的优越性更相配，那又会怎样呢？——那不是一种奇怪的认可吗？现在我们的房子堆满家具，弄得很脏，一个好的主妇宁愿把大部分时间扫进垃圾坑，而不愿让她的晨活摆着不做。晨活！在曙光女神的红霞和门农[①]的音乐声中，人们在这个世界上的晨活该是什么呢？我的桌子上本来有三块石灰石，但使我吓了一跳的是，我发现它们每天都要掸灰，可我脑子里家具上的灰尘还没有打扫干净呢，于是我带着厌恶的情感把它们丢出窗外。那么，我怎能拥有一间摆设着家具的房子呢？我宁愿坐在露天的地方，因为草地上没有积聚灰尘，除非人们已经在那里破土动工。

正是那些奢侈纵乐、放荡挥霍的人搞出了新花样，芸芸众生便亦步亦趋地紧跟其后。那些在所谓最豪华的旅馆过夜的旅游者很快就觉察到这一点，因为旅馆的老板们把他当成萨丹纳帕路斯[②]，要是他听凭他们去奉承摆布，无须多久便会弄得男子汉气概荡然无存。我想起在火车车厢里，我们往往更多地把钱花在享受奢侈而不那么关注安全与方便，车厢还没有达到安全与方便，恐怕就变成了一个现代客厅，里面有长沙发、土耳其垫脚凳、百叶

---

① 门农，尼罗河边的雕像，据说日出时分会发出乐声。——编注

② 萨丹纳帕路斯（Sardanapallus）是传说中的亚述国王，以其奢侈的生活方式而闻名。——译者注

窗，还有其他上百种东方的物品，我们把这些东西带到西方，它们原是为天朝的六宫粉黛和弱不禁风者而创造的，约拿单①要是听到这些东西的名称都会觉得羞耻。我宁愿坐在一个南瓜上，一人独占，而不愿坐在天鹅绒的垫子上，你挤我，我挤你。我宁愿坐上一辆牛车，在人间世上随意漫游，而不愿坐游览火车的高级车厢上天堂，一路上呼吸着乌烟瘴气。

原始时代人类生活那种简单朴素和不加掩饰至少具有这种好处：它让人类依然是大自然中的一个过客。当他吃饱睡足，精神抖擞起来时，就又打算重新上路了。可以说，他住在天地之间的帐篷下，不是穿过山谷，便是越过平原，或登上山巅。可是，你瞧！人类已经变成他们工具的工具。往日饥饿时便自己去采摘果实的人，如今变成了农民；而以前待在树荫下寻求遮蔽的人如今变成了管家。我们现在再也不宿营过夜，而是结庐在人境，再不念穹苍。我们接受了基督教，仅仅把它当成是一种**农业**的改良方法。我们已经为这个世界建造了家庭宅第，为来世建造了家庭坟墓。最好的艺术品是表现人类力图从这种状况下解放出来，但是我们的艺术效果只不过使这种卑微的状况变得舒适些，而更高一层的境界却被置诸脑后。在这个村子里，美术作品的确无立足之地——就算有美术作品传到我们这里的话。因为我们的生活，我们的房屋和街道，都不能为美术品提供适当的垫座。你找不到一根可以用来挂画的钉子，也找不到一个陈列架可以承受一位英雄或圣者的半身像。当我在思考我们的房屋是如何建造，如何花钱或不花钱，以及房屋的内部经济是如何安排和保持时，我感到奇怪的是，当一位来宾在赞美壁炉台上那些华而不实的装饰品时，地板并没有塌下去，让他掉进地窖里，掉到那块虽是泥土但却坚固可靠的地基上去。我不能不看到，这种所谓富裕和高雅的生活，无非是一种跳上去攫取的东西，我无法欣赏那些装饰生活的美术品，我的注意力全部在这个跳跃上面；因为我记得，人类肌肉所能达到的真正最高的跳高纪录，是由某些流浪的阿拉伯人创造的，据说他们从平地上跳过了 25 英尺。要是没有人造的东西支撑，一个人跳上那个高度之后，肯定还得再回到地面上来。我很想要向这种不适当产业的业主提出来的第一个问题是：是谁在支撑着你？你是不是 97 个失败者当中之一？还是那

① 约拿单（Jonathan），《圣经》中的勇士，扫罗之子。——编注

3 个成功者之一？你得先回答我这两个问题，接着，也许我会来看看你那些花哨的小玩意，发现它们有装饰价值。马匹前头挂车子，既不美又无用。在我们能给房屋装配上美丽的物品之前，必须把墙壁剥干净，我们的生活也同样必须剥干净，而美好的家务管理和美好的生活必须作为基础。但须知，对美的品味大多是在户外培养起来的，而户外却没有房屋，也没有管家。

老约翰逊在他的《神奇的造化》[①]中谈及本镇与他同时代的首批移民："他们在山坡下面打地洞作为最初的栖息处所，把泥土高高地盖在木材上面，在最高的一边生起冒着浓烟的火来烘烤泥土。"他说他们"自己不营房造屋，直至老天爷赐福，让土地长出庄稼来养活他们时为止"。头一年的庄稼收成寥寥无几，使得"他们迫不得已在漫长的一季里吃很薄的面包。"1650 年，新尼德兰[②]秘书长用荷兰文给想要在那里经营土地的人传递信息时阐述得格外详细，他说："那些在新尼德兰，尤其是在新英格兰的人，初时是无法按照自己的愿望去建造农舍的，他们在地里挖一个四四方方的坑，样子像个地窖，六七英尺深，长度和宽度酌情而定，然后用木板把土坑的四壁围起来，再用树皮或别的东西把木板蒙住，以防泥土坍陷；他们给这个地窖铺上厚木板，顶部盖上天花板，搭起一个用圆木做成的屋顶，再用树皮或绿草皮盖在上面，这一来，他们全家便可在这些干燥而暖和的屋子里住上两年、三年、四年；不言而喻，屋子里有一些隔间，视家庭的大小而定。新英格兰在殖民初期，那些富裕的显贵开头盖的正是这种样式的住房，原因有二：首先是为了不在建筑上浪费时间，并使下一个季节不至于缺少粮食；其次是为了使他们从祖国大批招来的贫困劳工不至于气馁。在三四年的期间里，农村已适于经营农业，于是他们便给自己建造漂亮的房屋，花上几千元钱。"[③]

我们的祖先在那儿所采取的办法，至少显示出一种审慎态度，仿佛他们的原则是首先要满足那些更迫切的需求。可是，那些更迫切的需求现在是否得到满足了呢？当我想到要为自己求得一幢当今那种豪华的住宅时，我

---

① 爱德华・约翰逊《新英格兰史》。

② New Netherland，17 世纪荷兰在北美洲的殖民地。——编注

③ 见 E. B. 奥卡拉汉（O'Callaghan）《纽约史料汇编》（奥尔巴尼，1851）。

便感到心灰意冷，因为可以说，这片国土尚适应不了人类文化的种植，我们仍然不得不把精神面包削薄，削得比我们祖先做的全麦粉面包还要薄得多。这不是说所有的建筑物的装饰都可被忽视，哪怕是在最原始的时代。我的意思是让我们的房屋从一开始就从内部美丽起来，从与我们的生活息息相关的地方开始，就像贝壳的内壁那样，而不是外在堆砌的美。可是，哎呀呀！我曾经走进一两幢房屋，知道它们内部是个什么样子。

尽管今天我们还没有退化到住在山洞或棚屋里，或穿上兽皮就绝对活不了，但是，对人类的发明和工业所提供的种种好处，虽然要用高昂的代价才能得到，仍以接受为佳。在这样的地区里，木板和木瓦、石灰和砖头都较便宜，而且与适于居住的山洞、整块圆木、大量的树皮甚至回火黏土或平整石板比起来，也更易得到。我对这件事言之成理，因为我无论在理论上或实践上都熟识此事。只须略增智慧，我们便能应用这些材料使我们比当今最富有的人更加富裕，并使我们的文明成为一种祝福。文明人也就是一种更有经验、更加聪明的野蛮人。不过，还是让我赶快来进行我自己的试验吧。

1845 年临近 3 月底，我借来一把斧头，走进瓦尔登湖旁的森林，到最靠近我打算造房子的地点，开始把一些笔直高耸的年轻白松砍倒当木材用。着手做事时不借用点东西是很困难的，不过这也许是一种最慷慨的做法，可以让你的伙伴对你的事业感兴趣。斧头的主人把斧借给我时说：这是他最珍爱的东西；但我还给他时，斧头比我借用时更加锋利。我劳动的地方是一片令人愉快的山坡，处处松木，透过松树我望见湖水和林中一小片开阔地，上面生长着细嫩的松木和山胡桃木。湖中的冰还没有消，尽管已出现几处化冰的地方，呈暗黑色，水面溶溶。我在那里劳动的那几天，还下过几场小雪；但大部分时间当我出来爬上铁路线往家走时，路边的黄沙堆一直向前伸展，在一片雾蒙蒙的气氛中闪烁，而铁轨则在春天的阳光下闪闪发光，我听见云雀和小鹟还有其他的鸟儿已经来和我们一起迎接新的一年了。这是愉快的春日，在这些日子里，人们心情的冬天正和冻土一起解冻，而处于蛰伏状态的生命也开始舒展身躯。有一天，我的斧头柄掉落了，于是我砍下了一段青绿色的山胡桃木做楔子,用石头把它打进去,然后把整根斧头浸在湖水的深凹处,好让木头膨胀。我看见一条有条纹的蛇钻进水里,躺在湖底,显然没有什么不适之感,我在那边时它一直躺在那儿,也就是说有一刻多钟;也许这是因为它还没有完全从蛰伏状态中苏醒过来。据我看来,似乎是由于同样的原因,人类才停留在今天这种低级、原始的状态之中;但要是能感受到令万物复苏的春天力量的召唤,他们必然会上升到一种更高级、更加升华的生活中去。我曾经在霜晨的小径上见到一些蛇,它们的躯体有的部分还处于麻木僵硬的状态,等着太阳出来晒暖它们。4 月 1 日下雨,冰融化了,这天一大清早,浓雾迷漫,我听见一只失群的孤雁在湖上徘徊,好像因迷途而哀鸣,也像是雾里的精灵。

我这样好几天继续伐木,砍削木料、还有门柱和椽木,全都用的是我这把窄斧头,我并没有那么多可宣告的或学者般的思想,我只是兴之所至,信口吟成——

人人都自称知道很多的事;
可你瞧!个个都已青云展翅,——
艺术和科学,
还有千般工具;
只有吹着的风
才是全部所知。

我把主要的木料劈成 6 英寸见方,大部分门柱只劈两侧,而椽木和地板用材则只劈一边,其余地方都留下树皮不动,这一来,它们同锯出来的木料一样直而且更加坚固。每根木头都小心地依据截口开了榫眼或劈出榫头,因为这时我已经借到了一些别的工具。我在林中待的时辰并不很长,但常常把牛油面包带去当午餐,中午阅读着包午餐的报纸,坐在我砍下来的青绿松树枝上,这给我的面包增添上一些香味,因为我的手上粘了一层厚厚的松脂。在我收工之前,我成了松树的朋友而不是敌人,尽管我砍倒了几棵松树,毕竟我对松树更加熟悉了。有时在林中漫步的人被我丁丁伐木斧声吸引过来,于是我们便隔着劈下来的木屑愉快地聊起天来。

因为我干活并不急于求成，而是讲究淋漓尽致，所以到了4月中旬，我的房屋的框架才做好，准备竖立起来了。我买下了在费奇伯格铁路上工作的爱尔兰人詹姆斯·柯林斯的棚屋，用来提供木板。柯林斯的棚屋据认为是很难得的好房子。我去看房子时他不在家。我在屋外附近走走，起先屋子里的人并没有觉察到，因为窗户又高又深。屋子的面积很小，尖屋顶，没有多少东西可看，污泥沙土在四周堆了5英尺高，像是一堆肥料。屋顶算是最完好的部分，虽说相当一部分被太阳晒得翘起来，变脆了。没有门槛，门板下面有一条可供家鸡随时进出的通道。柯林斯夫人走到门口，请我到里面去看看。鸡群因为我走近了纷纷跑进屋里。屋子里很黑，地板大部分都很脏，阴寒潮湿，摇摇颤颤，只有东一块木板，西一块木板，都经不起搬动。她点了一盏灯让我看屋顶和墙壁，看那片延伸到床下的地板，又提醒我不要走进地窖，那无非就是一个两英尺深的尘土洞。用她自己的话说，“顶上是好木板，四周也是好木板，还有一个好窗户”——原先是两个齐整的方块，只是近来猫儿从那里钻出来了。还有个火炉、一张床、一块可以坐的地方，一个在屋子里出生的婴孩，一把丝绸的女式遮阳伞，一面镀金框的镜子，一个簇新的咖啡豆研磨机，固是在一根小橡木上，这就是全部了。这笔买卖很快就成交，因为詹姆斯这时已经回来了。今天晚上我得付4元2角5分，而他则应于明早5时搬出去，不得在此期间把东西卖给任何人。6点钟时我就取得所有权了。他说，最好是抢在前头到这里，免得有人就地租和燃料提出某种不确定的完全无理的要求。他向我保证说，这是唯一的额外负担。6点钟时，我在路上和他一家擦肩而过。一个大包裹装着他们的全部家产——床、咖啡豆研磨机、镜子、母鸡，只少了一只猫，它逃进林子里变成了野猫，后来我听说它踩上了诱捕土拨鼠的夹子，到头来成了一只死猫。

当天早上，我就把这幢房子拆掉，把钉子拔出来，用小车把木板运到湖边，在草地上铺开，让太阳把木板晒白并矫正过来。推车走在林中小径上，一只早起的画眉给我送来了一两支小曲。年轻的巴特里克诡诈地告诉我：邻居爱尔兰人西利在车子推走的时间里，把一些还凑合的、比较直的、可以敲钉的钉子、U形钉和墙头钉通通放进自己的口袋，接着，当我回来和他打招呼时，他站在那里一副得意扬扬、无忧无虑、遐想绵绵的模样，望着那片拆掉了房屋的废墟；正如他所说的：没有多少活可干。他要在那里代表观众，并使这件看上去像是微不足道的事变成一件撤走特洛伊众神的事件。

我在一座向南倾斜的小山旁边挖我的地窖，以前曾经有一只土拨鼠在那边挖它的地洞，我挖到漆树和黑莓的根，挖到植物残留在最下面的痕迹，一直挖掘到细沙土上，范围计 6 英尺见方，7 英尺深，那边马铃薯可以过冬不受冻。地窖内壁倾斜而不砌上石头；但太阳从不晒到上面，所以沙土不会塌。这只须花上两个钟头的劳动。我特别喜欢这种破土动工的事，因为几乎在所有纬度的地区，人们都会挖进地里求得无甚变化的温度。在城市里最豪华的房屋下面仍可找到地窖，人们像古时那样把块根储藏在里面，就在上层建筑消失了很久之后，后代人仍能在地里发现凹陷部分的遗迹。房屋无非就是地洞入口处的一种门廊罢了。

最后，5 月初，我在一些熟人的帮助下，把房屋的框架立了起来，这并非出于必要，而是借此机会增进睦邻的气氛。从帮忙建屋者的品质看，没有一个比我更荣幸。我确信，他们注定有一天要帮助建立更崇高的大厦。7 月 4 日，房屋一铺好地板、盖上屋顶，我便开始搬进去，由于木板的边缘被精细地削薄，一块叠一块，所以防雨性极佳。铺木板之前，我已在房子的一端打下了建造烟囱的基础，把满满装了两车子的石头亲手从湖边抱到山上去。我在秋天锄地之后，在需要生火取暖之前就把烟囱砌造起来，在这个期间，我总是一大清早便在户外做饭：我至今仍认为这种方式在某些方面比家常做法更加方便，更惬人意。每逢我的面包还没有烤好就大雨滂沱时，我便拿来几块木板遮挡在火堆上头，自己坐在里面照管面包，就这样度过很愉快的时刻。在那些日子里，我手头工作很多，无暇读书，可是散落在地上的几张纸片、一块端菜用的布垫，或者一块桌布都给我以极大的乐趣，实际上达到和《伊利亚特》同样的目的。

要是人们比我更加周密地去建造房屋，那是有益的，例如，考虑一扇门、一个窗户、一座地窖、一间阁楼，在人性中有什么基础，或许，在我们找到一个比满足一时之需更好的理由之前，不要去着手建立什么上层建筑。人建造自己的房屋和鸟筑造自己的巢，有着某些相同的合情合理之处。谁知道呢，要是人们亲手建造自己的住房，并十分朴素而又诚实地养活自己和家庭，他们的诗歌天赋会不会得到普遍的发展，像鸟儿做同样的事情时歌声传遍了四方呢？可是，哎呀！我们倒十分像那些牛鹂和杜鹃，把蛋下在别的鸟儿筑造的巢里，唱出来的是一片叽叽喳喳没有半点音乐味的叫声，不曾使旅行者得到些许的快乐。我们是否要把建房造屋的欢乐永远交给木匠去享受？建筑物在大部分人的经验里相当于什么呢？在我担任过的各种职业中，我从未碰见过一个人从事像建造自己的房屋这么既简单又自然的职业。我们都属于社团里的人。并非只有裁缝属于九分之一个人；传教士、商人、还有农民的情况也是这样。这种劳动分工到底分到何处才算终了？它最终服务于什么样的目标？毫无疑问，别人也可以替我思考；但并不能因此就认为，别人包办而不让我自行思考也是可取的。

的确，在这个国家里有一些称为建筑师的人，至少我曾经听说过一位建筑师，他有一种想法：要使建筑上的装饰物具有一种真实性的精髓、一种必然性，因而是一种美，仿佛这是神灵给他的启示。从他的观点看来也许这已是十全十美，而实则并不比凡夫俗子那种浅尝辄止的品味高明多少。他是一个建筑学领域里感伤派的改革者，一开始就从檐口着手，而不是着眼于基础。这无非是想如何把真实性的精髓放到装饰物里面去，使每一块小小的糖果里面确实含有一粒杏仁或贡蒿籽（不过，我认为杏仁还是不含糖最健康），而不是使居民，也即住在屋里的主体，如何把内内外外真真实实地建造起来，至于装饰物则不妨听其自然。有理智的人哪会认为装饰物是一种外表的东西，只属皮层的——哪会认为乌龟壳上的斑点，贝壳上的珍珠色泽，都是像百老汇的住户订承包契约建造三一教堂那样得来的？其实，一个人跟他房屋的建筑风格关系不大，如一只乌龟跟龟壳的斑点关系不大一样：一名士兵不会无聊到要在军旗上涂抹体现他英勇的准确色彩。敌人会搞清楚的。一旦考验的时刻到来，他可能脸色变白。这个建筑师在我看来仿佛俯身于檐口之上，羞羞答答地向那些其实比他更明白的住户说些半真半假的悄悄话。现在我所见到的建筑之美，我知道那是由内向外慢慢地发展起来的，是出自居住者的需要和性格，他们才是最好的建筑者——美出自某种没有意识到的真实性和高尚情操，丝毫没有半点装点门面的想法；要产生此类附加的美，先要有同样未意识到的生命之美。画家知道，这个国家里面最有趣的住宅，通常是贫穷人家毫无虚饰的简陋木屋和农舍；住宅是居民的外壳，而使得房屋别具风姿的是居民的生活而不只是房屋表面上任何别出心裁的装饰；市民盖在郊外的箱形小屋也可以同样令人感兴趣，只要他们的生活简朴，与想象相宜，没有拼命去追求住所的风格效果。大部分建筑上的装饰物确实是虚有其表，9 月一阵风便可把它们吹得无影无踪，而无损于房屋的主体部分，正像脱下一件借来的漂亮衣服一样。那些地窖里没有橄榄和美酒的人没有建筑学也能过。要是在文学作品里花费同样的心机去搞体裁上的装饰，而我们《圣经》的建筑师也和教堂的建筑师一样，把许多时间都花费在檐口上，那会出现什么情况呢？纯文学和美术及其教授就是这样造就出来的。几根木条该怎样斜安在他的上头或下方，他那间箱子该涂上什么颜色，这对某些人来说真是事关重大。如果从任何认真的意义上说，是他把木条斜斜地安装起来，并把房屋涂上颜色，那还有某种意义；但精神既然已经离开了居住者的躯体，就成了与制作他自己的棺材无异——这就是坟墓建筑学，而“木匠”无非就是“棺材匠”的别称。有一个人说，在绝望或者对人生已无所谓的情况下，抓起脚下的一把泥土来，就用这种颜色来涂饰你的房子。他是否想到了他最后那间狭小的屋子呢？就掷个钱币来决定命运吧。他一定有大量的空闲时间！为什么抓起一把泥土呢？最好是用你的肤色来涂你的房屋；让房屋的颜色替你变得苍白或者替你害臊变红。这是一项改进村舍建筑风格的创举！一旦你准备好我的装饰物，我就会披上它们。

冬季之前，我建造了一个烟囱，并在给已经防雨的屋子四周盖上木瓦。木瓦用原木上砍下来的第一层木头做成，粗糙朴拙，饱含树汁，我只好用刨子将其边缘刨平。

我就这样盖成了一间严严实实、铺上木瓦、涂上灰泥的屋子，10 英尺宽 15 英尺长，柱高 8 英尺，里面有个阁楼和一个盥洗间，每侧有个大窗，有两个活动天窗，顶端有个门，对面是个砖砌的火炉。我的房屋的准确价格，只算我所用材料的通常价格而不计人工（因为全都由我一人包了下来），总数如下。我之所以算出这笔细数，是因为很少有人能够准确说出他的房屋花了多少钱，至于其中种种材料的价格，能够一一说清的人就更少了——如果有的话。

木板 ………………………… 8.035 美元(多属棚屋木板)
屋顶及四壁用的废旧木瓦 ………………………… 4.00 美元
条板 ………………………… 1.25 美元
两扇装有玻璃的旧窗 ………………………… 2.43 美元
一千块旧砖 ………………………… 4.00 美元
两桶石灰 ………………………… 2.400 美元(价钱高了)
毛丝 ………………………… 0.31 美元(超出我的需要)
壁炉架用铁 ………………………… 0.15 美元
钉子 ………………………… 3.90 美元
铰链及螺丝钉 ………………………… 0.14 美元
门闩 ………………………… 0.10 美元
粉笔 ………………………… 0.01 美元
搬运费 ………………………… 1.40(大部分自己背)
共计 ………………………… 28.125 美元

上面这些就是全部的材料,其中不包括我作为在公地上合法占住者而有权取用的木料、石头和沙子。我还在附近盖了一个小小的木料间,主要是用盖房子留下来的材料盖成的。

我还想要给自己盖一幢房子,论豪华和舒适都超过康科德大街上的任何一幢,条件是这幢房子要同样使我心旷神怡,而造价不高于我现在这一幢。

因此,我发现,想要找个地方住宿的学生,可以得到一所终生拥有的房子,其费用不高于他现在每年交付的租金。要是我看上去有点过分夸大,我的辩解是:我是为人类而非为我自己夸耀;而且,我的诸多缺点连同前后不一致之处都不影响我陈述的真实性。尽管存在着不少浮夸和伪善(我发现这像是一些很难从我的麦子上分离出去的糠秕,不过,我也和任何人一样为此感到遗憾),在这件事上,我还是会痛快呼吸,伸直腰杆的,这让心灵和身体都能如此释然;我下定决心,决不毕恭毕敬去变成魔鬼的代理人。我要试着替真理说句好话。在剑桥大学,一个学生住比我这个稍大一点的房子,光是房租每年就得付30美元，而那家公司一本十利，在一个屋顶下面连排盖上32间房子，住宿者因邻居人多嘈杂而要忍受诸多不便，而且说不定住在四层楼上。我不由这么想：要是我们在这些方面有更多的真知灼见，那就不但无需办那么多的教育（因为人们其实早已受过许多教育），而且教育方面的花销也必定大部分不复存在了。学生在剑桥或别的地方要求得到的便利，按花费掉他或别人的生命来计算，其代价是双方处理得当情况下所需花费的10倍。需要花最多的钱去买的东西，决不是学生最需要的东西。例如学费在学期账单中是一笔巨大的账目，可是学生在和那些文化修养极高的同时代人交往时所得到的教育价值高得多，却无需付出分文。建设一所学院的方式，通常总是弄一份署名认捐多少元多少角的册子，接着便盲目按照分工的原则一分到底，其实这是一条非经慎重判断不宜遵循的原则。——于是招来了一个把这件事当成是投机买卖的承包商，他又雇用了一些爱尔兰人或其他的技工，便真的干起奠基工作来了，至于那些将来要进来寄宿的学生，据说会慢慢适应起来。为了这种失策，未来一代代学生都得付出代价。我想，学生或那些想从学校得益的人，干脆自己来奠基也会比这好得多。学生通过系统躲避人类所必需的一切劳动，从而获得他那令人羡慕的安逸和清闲，他所得到的只是一种不光彩而又无益的安逸，自己也失去了唯一能使空闲时光结出丰硕成果的那种经验。“可是”，有人说，“你的意思不是说学生应该用手而不是用头脑去进行工作吧！”我不完全是那个意思，但我指的意思他可能会认为很接近于那样。我的意思是，他们不应该只游戏生活，或者只停留在研究生活，而社会却得在这场昂贵的游戏中供养他们；他们应该自始至终真诚地生活。青年人除了立刻进行生活实践，怎能有更好的方法来学习生活呢？在我看来，这样做才会像数学那样使他们的心智获得锻炼。例如，要是我希望孩子懂得点艺术和科学方面的东西，我就不会去按常规办法行事，那无非就是把孩子送到附近某个教授那里，那边什么都教，什么都练，就是不教生活的艺术；用望远镜或显微镜观察世界，可就是不用他的肉眼；研究化学，可就是不懂得他的面包是怎样做成的，或者研究力学，而不懂得面包如何挣来；发现了海王星的一些新卫星，可发现不了他自己眼里的微尘；或者发现不了他自己是什么流浪汉的卫星；或者就要被一些在他周围转来转去的妖怪吞吃掉，却在全神贯注地盯着一滴醋里的怪物。

一个孩子用他自己采掘并熔炼的矿砂做成折刀,同时把为此需要阅读的材料都读了,另一个孩子则与此同时在学院里上冶金课,并从他父亲手里拿到一把罗杰斯牌折刀,你说这两个孩子到了月底哪个进步更大?哪一个的手指头最可能让折刀给割破呢?——令我吃惊的是,在我离开大学之日,据说我已经学过航海了!啊唷,要是我到港口兜上一圈,我懂得的有关航海的事肯定要多得多,甚至穷学生也在学习并且只学政治经济学,可是那门作为哲学的同义词的生活经济学呢,在我们的大学里却未曾认真讲授过。于是就产生了这么个后果:他在攻读亚当·斯密、李嘉图和萨伊这些经济学家的著作之日,也正在置他父亲于百劫不回的债务之中。

对大学来说情况如此,对许多“现代进步”来说,情况也同样如此;人们对它们存在着幻想,但并不总能取得积极的进步。魔鬼早就在其中入股,许多后续的投资接踵而至,接着便不断逼着要给他算复利,一直算到最后一笔。我们的发明常常只是一些好看的玩具,把我们的注意力从严肃的事物上分散开去。它们只改进了手段而未能改进目标,而这个目标早已是极易达到的了,正如直达波士顿或纽约的铁路那样。我们急急忙忙要从缅因州架设一条通往得克萨斯州的磁性电报线,可是缅因和得克萨斯或许并没有什么重要的事情可交流。双方的处境都十分尴尬,就像一个男子热切希望能把他介绍给一位耳聋的著名妇女,可到了给他做介绍,并且助听器的一端也拿在他手里的时候,他却无话要说。仿佛主要的目的是要说得快,而不是说得有意义。我们热切地希望在大西洋海底凿条隧道;让旧世界通往新世界缩短几周的路程;但说不定泄漏出来、传入宽阔下垂的美国人耳朵里的第一个消息,却是阿德莱德公主患百日咳。总之,那个骑着马一分钟跑一英里的人不会带着最重要的信息;他不是福音传教士,也不是来吃蝗虫和野蜜的①。我看飞童②未必曾把大量的玉米带到磨坊去。

有个人对我说:“我很奇怪你怎么不攒钱。你喜欢旅游,你可以乘车,今天就到费奇伯格去见见世面”。可我比这更加聪明。我懂得最快速的旅行是步行。我对我的朋友说,让我们来试试看谁先到那边。距离是 30 英里,

① 《圣经》中说施洗者约翰在荒野中修行,以蝗虫和蜂蜜为食。——编注

② Flying Childers,18 世纪著名的英国赛马。

票价90分，这差不多是一天的工资。我记得，过去就在这条路上打工的人，一天的工资是60分。好吧，现在我步行出发，夜晚之前便到达那边；我用这个速度连续旅行了一周。在这个期间，你将会挣到你的车费，并于明天某个时候到达那里，也可能今天傍晚到达，要是你很幸运及时找到一份工作的话。不过你不是到费奇伯格去，而是花了一天的大部分时间在这里工作。这一来，要是铁路绕世界一圈，我想，我仍然会走在你前头；至于见见世面，获得那一类经验，那我就一定要和你完全断绝往来。

这就是谁要斗智也斗不过的普遍法则，就连说到铁路也是一样。建造一条供全人类使用的绕世界一圈的铁路，等于要筑平这个星球的整个表面。人们有一种模糊的概念，认为只要他们长期坚持用合股经营，加上铁锹挖地，所有人最终都能乘火车到达某个地方，几乎用不了多少时间，也不必花钱；可是，尽管成群结队的人奔向车站，而列车员大声喊道："大家上车！"——在黑烟吹散，蒸气凝结的时候可以看到，有些人爬上了车，其余的人被辗过去，这将被称为，也的确是"一件可悲的意外事故"。毫无疑问，那些挣到车费的人，最终还是能够坐上车的，也就是说，只要他们还活着，不过话又说回来，到那时也许他们已经失去了爽朗的心情，不想旅游了。把大半生时光花费在挣钱上，目的是期望在一生最没有价值的一段时光里享受到很成问题的自由，这种情况使我想起那个英国人，开头时跑到印度去发财，希图将来返回英国时可以过着诗人般的生活。其实他应该立即爬上阁楼去。"什么！"一百万个爱尔兰人从全国的棚屋里冒出来大声喊道："我们已经建成的这条铁路难道不好？"我回答说，嗯，是比较好的，也就是说，或许还可能做得更糟；不过，因为你们是我的兄弟，所以我希望，你们的时光应过得比挖掘泥土更好。

在我建造好房子之前，我希望靠诚实而又令人愉快的方法挣到10或12美元，以供我额外开支之用。我在屋旁栽种了约莫两英亩半沙土地的作物，主要是菜豆，但小部分种了土豆、玉米、豌豆和萝卜。整片地皮包括11英亩地，大部分长着松树和山胡桃树，上一个季度每英亩卖到8美元零8

分。有个农民说,这片地"什么好处都没有,只能养一群吱吱叫的松鼠。"我没有给这块地施肥,因为我不是土地的主人,只不过是占住者,不指望以后再栽种很多东西;而且我也没有把地全都锄了。我犁地时挖出了几"考得"[1]的树根,可供我一段长时间烧柴之用,这就留下了若干小圈未开垦过的松软沃土,夏季菜豆在那里长得格外茂盛,所以很容易区别出来。我屋后那些枯死的和大多没有销路的木材,以及从湖中捞上来的浮木,供应了我的其余部分燃料。我不得不雇用一个人和一组马来犁地,不过掌犁的还是我自己。我第一季度的农场支出,用在工具、种子、劳务等方面的费用为 14 美元 7 角 2 分 5。玉米种子是人家送给我的。这方面花费的钱微不足道,除非你种得太多。我收割了 12 蒲式耳菜豆、18 蒲式耳土豆,此外还有些豌豆和甜玉米。黄玉米和萝卜种得太晚,没有收益。我从农场得到的全部收入为:

	23.44 美元
扣除支出	14.725 美元
结余	8.715 美元

除了我用掉的和此刻还留在手头上的产品之外,估计价值为 4 美元 5 角——我手头上的这笔款拿来抵销掉我没有种植的一点蔬菜的费用还是绰绰有余的。通盘考虑之后,也就是说,考虑到人的灵魂和今日之日的重要性,尽管我进行实验所占的时间极短,不,一定程度上甚至是因为这项实验的短暂性,我确信这要比当年康科德任何一个农民所做的更好些。

第二年我做得还要好,因为我把自己所需要的地都铲平了,约莫 1/3 英亩,我从这两年的经验中认识到了一个事实,而丝毫没有让那些农业巨著吓倒,其中包括阿瑟·扬[2]的著作。我认识到,要是一个人生活简朴,只吃自己种植的庄稼,并且种的不多于吃的,也不拿这些庄稼去换取更加奢侈、更加昂贵的供应不足的东西,那么,他只须种几平方杆[3]的土地就够了。铲平

① 考得(cord),木材堆的体积单位,每考得约为 128 立方英尺。——译者注
② Arthur Young(1741—1820),英国经济学家,著有《农业经济学》。——编注
③ 一平方杆约等于 25.3 平方米。——编注

那块地的费用,比用牛犁还要便宜些;并且,不时挑选一个新的地点耕种,也比在老地方施肥要便宜。夏季有空闲时他可以轻轻巧巧把一切必要的农活都干掉,这一来,他就不必像现在这样,和一头公牛或一匹马、一头母牛、一头猪捆缚在一起。在这一点上我想说句不偏不袒的话,我是作为一个对当今社会经济状况的成败采取超然态度的人来看问题的。我比康科德任何一个农民都更具独立性,因为我不定居在一幢房子或一个农庄里,而是按自己天赋的意向行事,这意向时刻变换,飘忽不定。我不仅境况比他们已经好了许多,而且要是我的房子给烧掉,或者庄稼歉收,我还是可以几乎和过去一样好。

我时常在想,与其说是人管牛群,不如说是牛群在管人,因为牛群更加自由自在。人与牛在交换劳动,但要是我们只考虑必要的工作,那么牛群看来比人要强得多,它们的农场也比我们大得多。人用6个星期割草晒干,作为交换劳动的一部分,这不是件易做的事。当然,没有哪一个各方面都生活得很简单的国家,也就是说,没有哪一个哲学家的国家,会犯这么大的错误,去利用牲畜劳动。的确,从来没有,近期看来也不会有一个哲学家的国家,我也不能确定出现一个这样的国家是否就是称心惬意的。然而,我也不会去驯一匹马或一头牛,把它束缚起来,让它替我干活,因为我生怕自己会变成一个十足的马伕或牛倌;要是社会这么做了,看上去似有所得,那我们是否确信,一人之得,非另一人之失?是否确信小马倌与其主人均得满足?即使某些公共工程的建立离不开牛马的帮助,从而得让人去和牛马共享此类光荣,是否由此就要认为人在那种情况下不能完成更加与人相配的工作?当人们在牛马的协助之下,开始做那种不但是不必要的或艺术性的工作,而且是奢侈无用的工作时,不可避免的情况出现了:有些人就老是和牛做交换工作,或者,换句话说,变成了强者的奴隶。这一来,人不但替体内的畜生工作,而且,作为这方面的一个象征,他也得为体外的畜生工作。尽管我们有许多用砖头或石头盖成的坚固房屋,可是一个农民的兴旺还是要看牲口棚超过房屋的程度而定。这个城镇据说拥有这一带最大的马房和牛棚,而在公共建筑方面也不落后;但在这个县里,可供敬神自由和言论自由之用的厅堂却为数极少。国家不应靠建造高楼大厦来为自己树立丰碑,可为什么不靠抽象思维的力量来树立呢？印度教《薄伽梵歌》[1]比起东方所有的废墟来更加令人钦佩神往！高塔与寺院都是帝王的奢侈品。思想纯朴和独立的人，是不会唯帝王之命是从，去奔走卖力的。天才不是保留给任何帝王使用，也不是为物质的金、银或大理石而保留，最多也只是保留微不足道的一点点。请问锤打这么多的石头到底目的何在？当我住在世外桃源阿卡迪亚时，没有看见任何人在锤打石头。有些国家怀着疯狂野心，念念不忘要留下一堆敲打出来的石碑来纪念自己，以期永垂不朽。要是这些国家花同样的力气来精雕细琢自己的风度，情况又会如何呢？一份明智的理性，要比一座高如悬月的纪念碑更值得纪念。我更喜爱见到放在适当位置上的石头。底比斯城的宏伟是一种庸俗的宏伟。围绕着一个诚实人的田地的短短一道石墙，要比那座远远脱离真正的生活目的、有一百个城门的底比斯城更得体。那种野蛮的异教徒宗教和文化建立起辉煌的寺院；可是你们可以称之为基督教的却没有去造这种庙宇。一个国家锤锤打打的石头，大部分后来只不过变成了墓碑。它活埋了自己。至于金字塔，在那里面最令人感到惊异的也无非是下面的事实：竟会有这么多的人屈辱到如此地步，把毕生浪费在给某个野心家笨蛋建造坟墓，对这个笨蛋，本来更聪明、更果断的办法是把他淹死在尼罗河里面，然后把他的尸体捞上来喂狗吃。本来我可以给他们和他找个借口，可我没有时间。至于建筑者的宗教和对艺术的爱好，全世界都是一样的，不管那座建筑物是埃及的神庙还是美国的银行。它付出的要比得到的更多。主要的原因是虚荣心，加上对大蒜和黄油面包的爱好。巴尔科姆先生是一位很有前途的年轻建筑师，紧紧追随维特鲁威[2]，用硬铅笔和直尺设计出个图案，这件工作接着交给多布森父子采石公司承包。当30个世纪开始俯视着它的时候，人类却仰望着它。至于你们那些高塔和纪念碑，这个城市曾经出过个疯狂的家伙，他着手要挖一条通往中国的隧道，并且已经挖得那么深，据他说，已经听见中国茶壶和水锅咯咯响的声音；不过我认为，我决不会心神颠倒，羡慕起他所挖掘的那个洞来。许多人都在关心西方和东方那些纪念碑，想知道是谁建造它们。就我而论，我倒想要知道，在那

---

① *Bhagavad Gita*，印度教的重要经典，收在印度史诗《摩诃婆罗多》中。——编注

② 维特鲁威（Vitruvius），罗马建筑师。——编注

些日子里谁不建造纪念碑——谁站得高，不去干那些无聊事。不过，还是来继续做我的统计工作吧。

在村子里这个时间，我靠着做丈量、做木工和打各种各样的零工，挣到了 13 美元 3 角 4 分，我所做的行当和手指头一样多。下面列出了为期 8 个月的伙食开销，从 7 月 4 日到 3 月 1 日，即这些估计数字制订的时间，尽管我在那边住了两年多。其中不计我所种的土豆、少量甜玉米和一些豌豆，也不考虑结账之日仍留在我手里那些东西的价钱：

项目	价钱	
米	1.735 美元	
糖浆	1.73 美元（最便宜的一种糖）	
黑麦粉	1.0475 美元	
玉米粉	0.9975 美元（比黑麦便宜）	
猪肉	0.22 美元	
面粉	0.88 美元（比玉米粉贵，花钱又麻烦）	全告失败的试验。
糖	0.80 美元	
猪油	0.65 美元	
苹果	0.25 美元	
苹果干	0.22 美元	
甘薯	0.10 美元	
一只南瓜	0.6 美元	
一只西瓜	0.2 美元	
盐	0.3 美元	

不错，我一共吃了 8 美元 7 角 4 分；不过，要不是我知道读者中多数人的罪过和我一样大，而他们的行为一旦公诸于世看来也不比我好的话，我是不该这样公布我的罪过而不脸红的。到了第二年，我有时捕一网鱼来下饭吃，有一次我竟然杀了一头钻到我菜豆田里搞破坏的土拨鼠——照鞑靼人的说法，实现灵魂转生，我把它吃掉，多少是试试口味。我得到了暂时的享受，只是有一股麝香味，但我知道长期食用也不是件好事，即使可以让乡下厨师加工你的土拨鼠。

在同期,衣着和杂费这个项目虽为数甚微,但合计也达:

	8.4075 美元
油和若干家用器具	2.00 美元

洗衣和补衣大部分拿到外面去做,应付多少钱尚未收到账单。除此之外,全部金钱支出如下——它们就是这个世界这块地方非得付出不可的花销项目,可能还多了些:

房屋	28.125 美元
农场一年的开支	14.725 美元
8 个月的食物	8.74 美元
8 个月的衣服等	8.4075 美元
8 个月的油等	2.00 美元
共计	61.9975 美元

现在我是针对那些要谋生的读者而说的。为了支付这笔开支,我卖掉农场产品计:

	23.44 美元
打零工挣得	13.34 美元
共计	36.78 美元

从支出的数目中减去此数,差额是 25.2175 美元——这个数目很接近我起步时所拥有的资金,和预料中要承受的花费;而另一方面,我除了得到悠闲、独立以及健康外,还得到一幢舒适的房子,我想住多久就住多久。

这些统计资料,尽管看似信手拈来、不足为训,但因都颇为完备,所以也有一定的价值。凡是我得到的没有一笔不上账。从上面的估计看,单是食物一项每周约需2角7分。在这之后将近两年的时间内,我的食物是黑麦、不发酵的玉米粉、土豆、米、少量腌肉、糖浆、盐,还有我的饮用水。像我这样一个十分喜爱印度哲学的人,以米饭为主食是合适的。为了对付一些吹毛求疵者的反对意见,我还是声明一下为好:要是我偶尔外出吃饭(我是经常这样做的,并且相信将来还有不少机会这样做),时常会有损于我的家务安排。可是我已经说过,到外面吃饭是恒有因素,一点也不会影响这份比较性的报告书。

我从两个年头的经验中懂得,即使在这个纬度地区,要获得一个人的必要口粮,困难也是极少,少得令人难以置信;而且一个人可以吃得像野兽那么简单,而能保持健康与体力。我曾吃过一顿很满意的饭,从几方面看都令人满意,我吃的是一碗马齿苋(Portulacaolerdcea),这是我从玉米田里摘来煮熟加盐做成的。我之所以附上个拉丁文学名,是因为这种名称平凡的蔬菜实在美味可口。请问,一个通情达理的人在和平时期日常吃午饭时,吃上了十分丰盛的鲜嫩甜玉米,外加点盐,还能希望再增添别的什么菜肴吗?即使我变点小花样,也只是适应口味上的需求,而不是出于健康上的需要。可是,人们已经到了这种地步:他们时常饥饿,不是由于缺乏必需品,而是由于缺乏奢侈品;我认识一位善良的妇女,她认为她的儿子之所以丧命,是因为他养成一种只喝水的习惯。

读者将会发现,我是从经济观点而不是从营养观点来处理这个问题的,他也不敢把我这种饮食有节制的做法拿来试验,除非他有丰富的贮藏。

我制作面包开头纯用玉米粉加盐,这是真正的玉米饼。我是在户外一块盖屋板上,或者搁在盖房子时锯下来的木条一端烤出来的,但这一来很容易把饼熏黑,带有松脂的味道。我也试用过面粉,不过最后发现黑麦加玉米粉最方便、最惬意。在寒冷的日子里,连续烤上几个这样的小面包,小心照料和翻转它们,就像埃及人孵蛋时那样,这是令人兴致勃勃的事。它们是我培养成熟的真正谷类果实,我感到它们有一股像其他高品位果实的香气,我用布把它们包起来,好让香气尽量长久保存。我研习了历史悠久、不可或缺的面包制作工艺,向能找到的权威求教,一直追溯到远古时代首次发明未发酵的面包,当时人类从吃坚果食生肉的野蛮状态初次进展到这种温和文雅的饮食。渐渐地我又读到有关面团偶然发酸的事,据信这个现象教会了人们懂得发酵的过程。而接下去,我阅读了各种各样的发酵法,终于读到了"优质、美味、健康的面包",即生活的必需品。发酵剂,有人视之为面包的灵魂,是面包细胞组织里无往而不有的 spirtitus(精神),它像圣灶上的火焰被虔诚地保留了下来——我想,大概有几瓶珍贵的发酵剂开头时由"五月花"运进来,给美国解决了问题,它的影响至今还继续在谷类食物的滚滚巨浪中上升、膨胀、扩大,拍击着这片国土——这种酵母我经常虔诚地从村子里拿到,直至有一天早晨我忘记了规则,竟用开水把酵母给烫坏了;由于这次意外,我发现连发酵这种事也并不是必不可少的——我的发现不是靠综合法,而是靠分析法。从那时起,我便高高兴兴地免去了酵母,尽管大部分家庭主妇都认认真真要我相信,不用酵母便不可能做出安全而健康的面包,年纪大点的人还预言生命活力会因而迅速衰退。可是,我发现酵母并不是什么必需的成分,我经过了一年时间不用它,还不是仍然好好地活在人间:令我感到高兴的是现在可以免去口袋里装小瓶子的麻烦事了,这有时会砰的一声碰碎,里面装的东西散了出来,弄得狼狈不堪。免掉这个东西反而更简单,也更像样。人这种动物比别的任何动物更能适应各种气候和各种环境。我也不把什么苏打或其他酸、碱放进面包。看上去我似乎是按照加图①大约写于公元前2 世纪的制作法来做面包的。"Panem depsticium sic facito. Manus mortariumque bene lavato. Farinam in mortarium indito, aquæ paulatim addito, subigitoque pulchre. Ubi bene subegeris, defingito, coquitoque sub testu."②这段话的意思我认为说的是:"按此方法揉面。把你的手和揉面槽洗干净。然后把粗粉倒进糟里,慢慢和水,把面粉揉透。揉均匀了便可捏成面包,然后盖上盖子烘烤",也就是说,放在烤炉里烘烤。这里对酵母只字未提。不过我也并不经常用这种生活必需品。有一段时间,我因囊空如洗,整整一个多月未见面包。

每个新英格兰人都很容易在这片适于黑麦与玉米生长的土地上生产出他自己的面包原料,而不必依靠远方那些价格起落不定的市场。可是我们

---

① Marcus Porcius Cato(公元前 234—前 149),古罗马政治家兼文学家,拉丁散文文学的开创者。著有《农书》流传至今。——译者注

② 《农书》第 74 章。

与朴素而又独立的生活离得太远了，以致在康科德镇店里很难见到有新鲜、甜美的玉米粉出售，而更粗一点的玉米片和粗粮就更加没有人吃了。农民把自己生产的大部分谷物拿去喂牛喂猪，而花更高的价钱到店里买来一些至少不会更有益于健康的面粉。我知道，我能够很容易地栽种出一二蒲式耳的黑麦和玉米，因为黑麦能在最贫瘠的土地上生长，而玉米也不需要最好的土地，我可以用一架手磨机把它们碾碎，没有米没有猪肉日子照样过得好好的；要是我一定要吃点高糖甜食的话，我凭实验发现自己能用南瓜或甜菜做成非常好的糖浆，我还知道，我只须栽种点槭树便能更容易得到糖浆，而当这些还在生长的时候，我还可以用其他各种代用品，“因为”，正如我们的祖先所歌唱的：

“我们能用南瓜、萝卜，还有胡桃树的叶片，制成美酒，让自己的双唇啜得甜甜。”①

最后，谈到盐，这是食品杂货店里最基本的食品，要得到它，我们正好有机会到海边去跑一趟，或者，要是我完全不吃盐，也许我还可以少喝点水。我没有听说印第安人曾经为了寻求食盐而烦恼过。

这一来，就食物而论，我便可以避免经商和搞物物交换了，并且由于我已经有个蔽身之所，所以剩下来所需的只是衣服和燃料而已。我现在所穿的裤子是在一个农夫家里做成的——谢谢老天爷，在人的身上还保存着如此多的美德；因为我觉得，从一个农夫降为一个技工，正如从一个人降为一个农夫那样重大而值得纪念；而在一个新的乡村里，燃料简直是一种累赘。至于住处，要是不允许我继续免费定居下去，我会按我耕耘过的土地的售价，也即 8 美元 8 角来购买一英亩地。事实上，我认为由于我定居在这里，已使得土地的价值为之大增。

有一些怀疑论者，他们有时会提出这样的问题：我是否认为自己能够光靠吃素食过日子；为了一下击中这个问题的根基——因为根基是信念，我习

① 编入约翰·沃纳·巴伯（J. W. Barber）著《马萨诸塞……史料汇编》中一首无名氏诗歌。

惯于这样回答:我能够靠吃木板上的钉子过活。他们要是不能理解这一点,也就无法理解我要说的许多事了。至于我,我倒乐于听到这类事有人正在实验,比如有个青年试图半个月的时间里光吃连皮带穗的硬玉米,把自己的牙齿当成石臼一样。松鼠族就尝试过同样的事并获得成功。人类对这类实验是有兴趣的,尽管有些丧失能力或在面粉厂里拥有亡夫三分之一遗产的老妇人可能对此感到惊恐。

我的家具一部分是自己做的,其余也值不了多少钱,所以我没有记账。其中包括:一张床、一张桌子、一张书桌、三把椅子、一面直径三英寸的镜子、一把火钳和柴架、一个水壶、一个长柄平底锅、一个煎锅、一只长柄勺、一个洗脸盆、两副刀叉、三个盘子、一个杯、一把调羹、一个油罐、一个糖蜜罐,还有一台涂漆的灯。没有人会穷到非得坐在南瓜上不可。那是抱残守缺的无能表现。在乡村的阁楼里有很多我最喜欢的椅子,想要便可以带走。家具!谢谢老天爷,我无需家具店的帮助也能坐能站。一个人看到他的家具包扎起来装上运货马车,在光天化日、众目睽睽之下往乡村那边拉,一看就知道是些寒碜的空箱子,你说除了哲学家之外,有谁不感到害臊呢?这是斯波尔丁[①]的家具。打量这样一车家具,我总是说不准它是属于富人还是穷人所有;家具的主人看上去似乎总是穷困不堪。实际上,你拥有这类东西越多就显得越穷。每一车似乎载着 12 间简陋棚屋里的家具;要是一幢棚屋意味着贫困,那么这便意味着 12 倍贫困。请问,我们为什么老是搬迁,难道不是为丢掉我们的家具,丢掉我们的 exuviæ(蜕皮)?为什么不从这个世界迁入另一个布置了新家具的世界,而把老家具付诸一炬呢?看来像是所有这些圈套都拴在人的腰带上,只要他一走动,越过我们那些崎岖不平的村野时,便不能不拖动圈套。那只把尾巴丢在陷阱里的狐狸是很幸运的。麝鼠也会把自己的第三条腿咬断以便脱身逃命。难怪人是已经失去了他的灵活性了。他老是处于绝境!“先生,恕我冒昧,敢问你所说的绝境是什么意思?”要是

① 斯波尔丁(S. Spaulding,1761—1816)美国传教士。——编注

你是一个富于洞察力的人,无论什么时候碰见谁,你都会清清楚楚地知道他拥有些什么,唉！也知道还有些东西他假装成不是自己的,藏在身后,你甚至知道他有什么厨房用具和不愿烧掉的无用杂物,这一来他看上去就成为一个套在家具上的人,拼命拉着它们往前走。一个人已经钻过绳套或通过了门口,可他后面那一车沉重的家具却无法通过,我想这个人就是处在绝境之中。当我听到一个一表人才、身体结实、看上去似乎没有别的事情缠身,衣服也已束得紧紧,一切都准备就绪的人,谈及他的"家具"是否保了险时,我不禁对他产生一种怜悯之情。"可我的家具怎么办呢?"我可爱的蝴蝶这时被蜘蛛网给缠住了。甚至那些长时间以来似乎并没有什么家具的人,要是你细加盘问,也会发现,在什么人的棚屋里还寄存着他的几件家具。我看今天的英国就像是一个年老的绅士带着一大堆行李旅行,这堆中看不中用的什物是长期安家度日中添积起来的,他拿不出勇气将它们烧掉;大衣箱、小衣箱、硬纸匣,还有包袱。最低限度得把前面三样丢掉。今天一个健康的人要带着他的床铺上路也是力所难及的,我当然要劝告生病的人放下床铺跑吧。当我遇见一个背着全部家当蹒跚行进的移民——看上去像是脖子后面长出了个大肉瘤,我便觉得这个人怪可怜,倒不是因为他的家当全在这里,而是因为他要带着所有那些东西。要是我必须拖着圈套,我会留心拖个轻的,不让它夹住我的关键部分。但也许最聪明的办法是不要把自己的手放进去。

我还想顺便提一下,我不花任何钱买窗帘,因为我不需要把任何窥视者的视线遮住,至于太阳和月亮,我愿意让它们朝里面观看。月亮不会让我的牛奶变酸,也不会让我的肉腐坏;太阳也不会损害我的家具,或者让我的地毯褪色,即使它有时像是一个热情过度的朋友,我仍觉得跑到大自然所提供的帘幕后面避一避,较诸在家用细目中再添上一个项目更加节约。一位夫人有次想送给我一张地席,但因为我屋子里腾不出地方铺它,也腾不出时间来在屋里屋外把它抖干净,所以我谢绝了,宁可进门前在草地上把脚底擦干净。最好是罪恶刚一露头就避开它。

不久前我出席过一个教会执事的财产拍卖会,因为他的一生并非徒劳而无获:——

“人作的恶，死后仍流传。”①

和通常的情况一样，大部分都是无用的摆设，是他父亲在世的时候开始积藏下来的。其中还有一条干绦虫。这些东西在他的阁楼和其他尘封的垃圾坑里堆了半个世纪，现在也没有给烧掉；非但没有一把大火或者说消毒焚毁，反倒搞了一场拍卖，或者说让它们延年益寿了。邻居聚集在一起看这些家具，把它们全都买走，小心谨慎地运到他们的阁楼和垃圾坑里，就堆在那儿，直至他们的家产结算清楚，这些家具才又再一次搬出门。人死万事休。

有些野蛮民族的风俗我们如加以仿效可能很有好处，他们每年至少好像要蜕掉一次皮；他们有这么一种想法，不管实际上是否做得到。像巴川姆所描绘的摩克拉斯印第安人的那种风俗，要是我们也这样举行“迎新节”或“新果节”，岂不很好吗？“当一个城镇举行迎新节时”，他说，“人们预先准备好新衣、新罐、新锅和其他家用器物和家具，把所有破衣服和其他乌七八糟的东西收集起来，打扫冲洗房子、广场和整个城镇，把那些脏东西连同陈谷子和其他的陈年存粮倒成一堆，点把火销毁。在服药和禁食三天之后，城镇里面的火全都熄灭了。在这段禁食期间，他们戒绝了食欲和任何欲念的满足。并且颁布大赦令，所有犯罪分子都可返回到城镇去。”

“到了第四天早晨，大祭司把干柴拢在一起，在广场上生起了新火，城镇里的每家住户便从那里得到新的、纯洁的火焰了。”

他们随后享用着新的谷物和水果，整整三天载歌载舞，“在接下去的四天里，他们接待来访的客人，和来自邻近城镇的朋友们共享欢乐，这些朋友也都以同样的方式净化、准备好了”。②

墨西哥人也每隔52年要举行一次相类似的净化仪式，他们相信世界每隔这么长时间就得终结一次③。

我从未听说过比这更加真诚的圣礼，也就是说，像词典里所下的定义那样，是“一种内在的灵性美德的外在表现”，我也不怀疑，他们最初是在天意

---

① 莎士比亚《尤利乌斯·恺撒》Ⅲ，ii 76。

② W. Bartram（1739—1823），《南北卡罗来纳旅行记》（费城，1791）。

③ 普雷斯科特（W. H. Prescott）《墨西哥征服史》（纽约，1843）卷一，第4章。

的直接传授下这样做的，尽管他们没有一部《圣经》来记录这种启示。

在为期5年多的时间里，我只靠自己双手的劳动来养活自己，我还发现，一年中只需劳动约莫6个星期便可满足生计所需的一切开销。我整个冬天和大部分夏天都空闲无事，可全部用于学习。我曾经全力以赴从事办学，但发现我的支出和收入相抵，说得确切点，是不相抵，因为我必须相应地穿戴、训练，且不说还要按规矩思考、信仰，另外我还损失了时间。由于我执教不是为了同胞的利益，而完全是为了生计，这就是失败。我曾尝试过做生意；但我发现，要在这条路上走顺畅得花上10年的时间，到了那个时候，大概我也就快跑到魔鬼那边去了。我实际上还担心，到那个时候我可能在做某种所谓的好生意。以前我曾寻思能够做些什么以求得谋生之道，那种依照朋友们的愿望行事的可悲经历清楚地浮现心头，使我用尽心机要另想办法，我时常认真地想去采摘黑浆果，这我肯定能干得了，并且它的薄利也使我感到满足——因为我最突出的长处就是所求不多。它只需一点点资金，且对我惯常的心情干扰甚微，我就是这样愚蠢地想着。当我的熟人断然投身于商业或就业时，我以为自己这份职业和他们的职业最相似；整个夏天我在山上来回跑，把一路上见到的浆果摘下来，然后便随意处理；这就样，看管着阿德墨托斯①的羊群。我也梦想过，不妨去采集些野花野草，或用运干草的马车给喜欢森林的村民运些常青植物，甚至运到城里去。但后来我便认识到，商业给它涉及的一切带来诅咒；即使经营的是从天堂带来的福音，也仍带着商业的全部诅咒。

由于我对事物有所偏爱，尤其是格外珍惜自由，还由于我能吃苦并能取得成功，所以我不愿把自己的时间花费在求得华丽的地毯或其他优雅的家具、精致的厨房、希腊式或哥特式的房屋上。要是有谁能不觉麻烦地获得这些东西，而且在得到这些东西之后懂得如何去加以使用，那么我会拱手把这方面的追求让给他们。有些人很“勤奋”，似乎喜欢为劳动而劳动，也许是

① 当阿波罗从天上被放逐时，被迫去看管国王阿德墨托斯的羊群共达九年之久。

为了让自己不去胡搞妄为;对此我现在还不想说什么。对那些享有比现在更多的清闲时间就会不知如何是好的人,我倒要劝他们加倍勤劳工作——一直干到能养活自己,取得自由证明书。至于我自己,我发现短工是所有工作中最具独立性的,尤其由于一年中只需花上30或40天便可维持一个人的生计。劳动日随着太阳下山而结束,这时他便可自由自在去干他一心向往的与工作无关的事情;可是他的雇主月复一月地干着那投机营生,一年到头连喘个气休息一下都不行。

总之,根据信念和经验,我确信,只要我们过的是简朴而又聪明的生活,那么在这个世界上谋求自立并非苦事,而是娱乐;正如一些更加简朴的民族,他们的日常工作正是更复杂民族的娱乐。一个人要谋求生计,没有必要干得汗流满面,除非他比我更易流汗。

我认识一个青年人,继承了几英亩地,他告诉我说,要是他有办法,他一定要像我这样生活。我不愿让别人出于任何原因选择我的生活方式,因为在他对我的生活方式了解得较透彻之前,可能我已经给自己找到另一种生活方式了。除此之外,我希望世界上会有尽可能多种不同的人,只是我希望每个人都能小心寻找和追求自己的道路,而不是走着他父亲、母亲或者邻居什么人的老路。青年人可以去从事建筑、种植或航海,只要他自己说喜欢干的事不受到阻挠便行。我们的智慧只是在数学抽象意义上的,正如水手或逃亡的奴隶眼睛盯着北极星那样;这就足以指引我们一生了。我们在可预计的期间里或许到达不了港口,但会保持着一条正确的航线。

毫无疑问,在这里,对一个人来说正确的事,对一千人就更加正确,因为一座大房子按比例计算起来,并不比一幢小房子更加昂贵,因为几个房间可以共用一个屋顶、一个地窖和同一堵墙。但就我而论,我倒喜欢独屋独户。再者,一般说来,自己建造整幢房子比说服别人去建一堵公墙更加便宜。即使你说服了人家,这堵公墙如果要便宜,就必定很薄,而合用这堵墙的可能是个坏邻居,他那一边坏了不修理。通常能够行得通的合作总是极有限而且是表面上的;凡是有一点点儿真心真意合作的地方,表面上似乎看不见,却有一种无声胜有声的和谐。要是一个人有信心,他会用同样的信心在任何地方与人合作;要是他没有信心,他便会继续像世界上其他人那样生活,不管他和什么人结伴。所谓合作,无论就其最高层次或最低层次的意义来说，都意味着让我们生活在一起。我最近听人提议说让两个青年一起环球旅行，一个没有钱，所到之处，得去站在船桅的前头或跟在耕犁后面干活挣取路费，而另一个却是口袋里放着一张旅行支票。很容易看出，他们两人无法长时间结伴或合作，因为其中一个根本不工作。在他们的旅游中头一次碰上个有趣的危机就会分手。首先，正如我已经指出的，单独上路的人，今天想出发就可以出发；可是和别人结伴旅行的人，却必须等到另一个准备好，说不定要等很久才能成行。

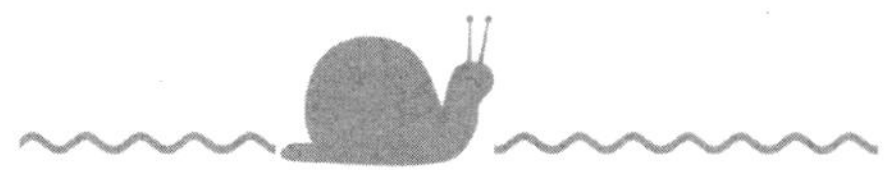

我曾听到过一些同乡们说，可这都是很自私的啊。我承认，到目前为止，我很少从事慈善事业。我曾为责任感做出过一些牺牲，其中也包括牺牲掉这种欢乐。有人使出浑身解数，想劝说我出来帮助城里的一些穷人家；要是我没有事做——魔鬼专找无所事事的人，我大概会在这一类消遣上试显身手。然而，当我有时想在这方面出点力，把一切都包下来让某些穷人各方面都能生活得和我一样舒适，我甚至主动表示愿意给他们提供帮助，可这些穷人一个个全都毫不犹豫地表示乐意继续贫穷下去。当我的城镇里那些男男女女全都在千方百计为同胞谋福利时，我相信至少可以省出一个人去干别的不那么慈善的事。办慈善事业正如办别的任何事业一样，必须有天赋。至于“做好事”，那是一个人员已满的行当。何况我确曾做过点尝试，说来似很奇怪，我确信我的性格和办慈善事业格格不入。也许，社会要求我做好事，以拯救宇宙于毁灭，我不应自觉地、蓄意地把这个特殊的号召推开；而且我相信，正是别处某种类似于此而又坚定无数倍的力量，当前使宇宙得以保全。但我不会去阻挡任何人发展他的天赋；对那个全心全意终身做着这项工作的人，尽管我不同意这种工作，我还是要说，坚持下去！即使全世界说这是在干坏事（世人很可能这么说）。

我绝不认为我的事例属于特殊情况；毫无疑问，读者当中许多人也会作同样的辩护。在做某项工作时（我不能担保说我的邻居会说它就是好事），我会毫不迟疑地说，我会成为一个第一流的雇员；但做出来的工作是好是坏，还得让我的雇主去评说。我所做的好事（按照这个词通常的意义）必须是在我主要轨迹之外，而且大部分都不是故意去做的。人们从实际出发说：

万事始于足下,照你的本色去做,不要一心想变成个更有价值的人,要以慈善为怀到处行善。要是我用这种语调去说教,我倒要说:你去做好人吧。他们仿佛认为太阳的光芒达到了月亮或六等星的亮度之后便该停下来,像好小子罗宾[1]那样从每个村舍的窗外偷看,令人发疯,让肉变坏,使黑暗的处所能看得清楚,而不是不断增加自己温煦的热量和恩惠,直至其光芒耀眼,凡人无法直视,同时按自己的轨道绕着世界走,施恩行善,确切点说,正如更真实的哲学所发现的,世界绕着太阳转得到了好处。当法厄同[2]想用施恩行善来证明自己出身天上,他驾驶着太阳车不过一天,便越出了轨道,把天堂下面几条街道的房屋都给烧掉了,还烧焦了地球的表面,烤干了每处泉源,造成了撒哈拉大沙漠,直至朱庇特一个霹雳把他击倒在地,太阳由于悲悼他的丧命,竟整整一年黯然无光。

没有比德性走了味更坏的气味了。这也就是死人腐肉的气味,死神腐朽的气味。要是我确知有个人正朝着我的屋子走来,存心要为我做好事,那我非逃命不可,就像逃避非洲沙漠刮来的那种干燥火热的西蒙风,这种风一刮,便把你的嘴巴、鼻孔、耳朵和眼睛全都蒙上沙土,直至你窒息闷死为止,因为我怕他的好事做到我身上——怕其中有些病毒混入我的血液。不行,在这种情况下,我宁可听其自然地忍受坏事。在我饥饿时提供给我食品,在我受冻时给我温暖,或者在我掉进沟里时把我拉上来的人,我不会因此就认为他是个好人。我可以弄到一条纽芬兰狗让你看,这些事它全都会做。慈善事业不是最广义上的爱同胞之情。霍华德[3]按其本人的方式而言无疑是一个极慈善而可尊敬的人,并且也得到了好报;可是,就比较而言,要是他们的慈善事业不能在我们处于最佳状态,最值得帮助时来帮我们,那么,一百个霍华德又跟我们有什么关系呢?我从未听说过哪个慈善大会上有人真诚地建议要给我或者像我这样的人行善做好事。

耶稣会会友也让印第安人弄得不知所措,当印第安人被捆绑在火刑柱上烧死的时候,却向那些折磨他们的人推荐新的折磨方法。既然不为肉体

---

① 好小子罗宾(Robin Goodfellow)英国民间传说里一位顽皮的妖精。——编注

② Phaeton,希腊神话中太阳神的儿子。——编注

③ 约翰·霍华德(John Howard, 1726—1790)是英国监狱改革者。

的痛苦屈服,他们有时可能也就不需要传教士所能提供的任何安慰;待人如待己的原则,在那些不在意别人怎样对待自己的人听来,就不那么有说服力了,因为他们用一种新的方式去爱敌人,已经近乎原谅对方所做的一切。

要确定你给予穷人的帮助正是他们所最需要的,尽管是你的榜样让他们落后了一大截。要是你给了钱,你就得亲自监督钱有个花法,不能只丢给他们不管。我们有时会犯一些奇怪的错误。穷人看上去一副既肮脏,又褴褛,又粗鲁的样子,但不见得他挨冻受饿也那么厉害。这当中有一部分是出于他的爱好,而不一定都是厄运。要是你把钱给他,说不定他便拿去买更多破烂货。我习惯于对那些手脚笨拙的爱尔兰工人产生怜悯之情,他们在湖上挖冰,穿得十分难看破烂,可我穿着一身整洁而又更加时新的衣着,却冷得发抖。后来有一天天气寒冷,有个掉进水里的工人跑到我屋里取暖,我看到他脱下了三条裤子、两双袜子,这才见到皮肉,尽管这些裤子袜子确实肮脏破烂不堪。他可以不要我送给他的**额外**衣服,因为他有许许多多的**内部**衣服。看来他唯一需要的就是全身湿淋淋浸一次水。接着,我开始可怜起自己来,我觉得要是送给我一件法兰绒衬衣,比起送给他整个廉价成衣店来更加慈善。一千个人在胡乱砍劈罪恶的枝条,只有一个人在砍斫罪恶之根。情况很可能是:那个把大量时间和金钱用于扶贫的人,正好就是用自己的生活方式极大地制造苦难的人,这种苦难他虽想消除却徒劳无功。正如那个道貌岸然的蓄奴主把十分之一的奴隶收益,拿来为其余的奴隶购买星期天的自由。有些人雇用穷人到厨房里工作,以此表示其慈善为怀。要是他们自己雇用自己,岂不是更加慈善吗?你夸口说你把收入的十分之一用于捐助慈善事业,看来你该捐出十分之九才算数。否则社会获得弥补的仅仅是财产的十分之一。这到底是财产占有人的慷慨呢,还是审判官的疏忽失误呢?

慈善事业几乎是受到人类充分赞赏的唯一美德。不,它受到大大过高的评价;正是我们的自私使得慈善事业受到过高的评价。有个身体强健的穷人,在一个阳光明媚的日子里,在康科德这里向我赞美他的 位同乡,因为,据他说,这个人对穷人好,他指的是对他好。人类慈善的伯父伯母,比起真正的精神上的父母更受到尊敬。有一次我听到一位神父在作有关英国的演讲,这位演讲者是个学识与才智兼优的人,他在列举了英国科学、文学和政治上的杰出人物:莎士比亚、培根、克伦威尔、弥尔顿、牛顿等人之后,接下去谈起基督教英雄人物来了,而且仿佛出于自己职业上的需要,把他们捧得比别人都高,成为伟大人物中的最伟大者。他说的是佩恩、霍华德、弗赖夫人。任何一个人都会觉出这当中的谬误虚假。最后这三个人并不是英国最优秀的男人与妇女;也许,只能算是英国最佳的慈善家。

我绝不想去从慈善事业受之无愧的赞美之词中减掉任何东西,我只要求公平对待所有用自己的生活与工作造福于人类的人。我在评价一个人时,并不把他的正直与善良看成高于一切。也可以说,正直与善良只是他的茎叶而已。有些植物,绿叶一枯萎,我们便将其煎成汤药供病人服用,这些植物只获得低级的使用,而且使用者大多是江湖医生。我要的是一个人的花朵与果实;有些香气会从他那里飘送到我这儿,而他的成熟则增添了我们交往的风味。他的善行决不是一种局部的、短暂的行为,而是一种持之以恒的溢出,这种溢出对他无所损,而他也无所感觉。这是一种遮盖了许多罪恶的慈善。慈善家老是让人类置身于他自己所散布的悲哀气氛之中,并称之为同情心。我们应该传授给人类的是我们的勇气而不是绝望,是我们的健康与舒适,而不是疾病,并留意不会让疾病传染。到底从南方的哪片平原上升起了嚎啕之声?在哪个纬度地区居住着一些我们应该给送去光明的异教徒?谁是我们必须加以解救的放纵残忍之徒?要是有什么病痛使一个人不舒服,弄得他无法完成自己的任务,要是他痛在肚肠——那是同情心所在之处,他便会立刻跑去改造这个世界。由于他本身就是一个微观世界,他发现(这是一个真正的发现,而他正好是发现的人)世界都在吃青苹果。其实,在他看来,宇宙本身就是一个巨大的青苹果,一想起人类的孩子在它还未成熟时就去加以啃咬,那是可怕极了。他的激进的慈善事业立即去找寻爱斯基摩人和巴塔哥尼亚人,并拥抱人口众多的印度乡村和中国乡村。就这样,靠着几个年头的慈善活动,有权有势的人在此期间利用他来达到自己的目的,毫无疑问,他医好了自己的消化不良症,而地球的一边面颊或双颊上现出淡淡的红晕,好像它开始成熟了,生命去掉了生涩,再度显得更甜蜜更健康,值得生活下去了。而我从未想到会有一种比我所犯过之罪更大的罪恶。我过去没有见过,将来也绝不会见到比我自己更坏的人。

我相信,使一个改革者忧心伤神的不是对穷苦同胞的同情,而是他私人的烦恼，尽管他是上帝最虔诚的孩子。让这种情况获得矫正，让春天来到他身边，让黎明在他的卧榻前升起，而他将会连一句道歉的话都不说便抛开他那些慷慨的同伴。我之所以不斥责抽烟，是因为我从未抽烟；那是戒除了烟瘾的人所必须交付的罚金；不过我也尝过许多东西，我能够加以斥责。要是你被误导去做任何此类慈善事业，那你一定别让你的左手知道你的右手在做什么，因为这是不值得知道的。你一救起了溺水的人，便把鞋带扎好。从从容容，着手去做些自由的劳动。

我们的风俗由于和圣徒交往而败坏。我们的赞美诗集回荡着音律优美的诅咒上帝之声并且永远在忍受他。可以说，甚至先知和救赎者也只安慰了人的恐惧，而不是加强人的希望。任何地方都找不到对生命的赋予表示出朴素而无法抑制的满足之忱，找不到任何对上帝的令人难忘的赞美。一切健康和成功都给予我以好处，不管它看上去显得多么遥远、渺茫；一切疾病和失败都造成我的悲哀，促成我的祸灾，不管它对我或者我对它有多大的同情心。那么，如果我们真的要用真正的印第安式的、草木的、磁性的，或天然的方式来恢复人类的天性，那首先就让我们自己像大自然那样朴素和健康，驱散眉宇间的阴云，将一点生命精气吸入身心。别充当一名济贫扶困的神职人员，而要努力成为一个生活在世界上的高尚的人。

我从设拉子诗人萨迪①的《蔷薇园》中读到这样的词句："他们问过一位哲人说：至尊之神创造的许多著名树木参天蔽日，却都没有被称为 azad，或自由的，只有不结果实的柏树除外；此中有何奥妙？他回答道：每种树都有其适当的成熟期、特定的季节，在这段时间里它鲜艳、开花，而过了季节便枯萎、凋谢，柏树的情况不是这样，它常青常茂；azad 或宗教上的独立派就属于这种性质。——别把你的心倾注在那种转瞬即逝的事物上；底格里斯河在历代哈里发绝种之后仍将奔流不息穿过巴格达：如果你手头很充裕，就像枣树那样慷慨大方吧；但如果拿不出什么东西给人，那就成为 azad 或自由人，像柏树那样。"

① Sa'di（1209—1291）波斯诗人，代表作有《果园》和《蔷薇园》。——编注

补充诗篇

贫困的做作

你的手伸得太长,穷困的家伙,
想在天上安顿个栖息之所,
你那间陋室,像个木桶做成的窝,
培养出来的德行,是迂腐懒惰,
阳光不要钱,阴凉的泉水身旁流,
要吃有块根,还有野菜;在那儿,你的右手
把人类高尚的情操从心灵中夺走,
正是这情操,使美德之花吐艳昂首,
你让人性堕落尽,感官麻木透,
像女妖戈耳工,把活人变石头。
我们不需要一个单调的社会
硬叫你自我克制,谨小慎微,
不需要不合人情的愚蠢行为,
弄得不知道什么是乐,什么是悲;
也不需要你那假装高贵的被动刚毅
来取代主动积极。这一切卑贱可鄙,
变成你的奴性,全扎根在平庸里,
但我们只把允许恣肆的美德树立,
英勇慷慨的行为,庄严宏伟之气。
洞察万物的远见,和无限高尚的情谊,
还有那一派英雄威武的刚毅,

对此无以名之，自古不曾留下个称谓之词，
留下的只有典型，像赫拉克勒斯，
阿喀琉斯，忒修斯。滚回你该死的藏身之地；
当你见到一片新的文明天空之时，
你该力求懂得什么才有价值。

——T. **卡鲁**①

① 托马斯·卡鲁(T. Carew)《不列颠的天空》Ⅱ，642—668。

我生活的地方，我生活的目的

一个人到了生命的某个阶段，习惯于把每个地点都视为可能安家落户的处所。我就这样把方圆十来英里内乡下地区的方方面面，都作了一番调查。我在想象中把所有的农庄接二连三地全都给买了下来，因为所有的农庄都得被买下来，而且我已知道它们的售价。我漫步走到各个农民的田地上，品尝他的野苹果，同他闲聊起庄稼，照他的开价买下他的田地，随便任何价钱，心里想反正可以抵押给他；甚至会出一笔更高的价钱；我把每件东西都买下来，就是没立契约——把他说的话当成契约，因为我非常喜欢谈天；我栽培了这片田地，同时，我相信，也在某种程度上栽培了他，我在尝够了欢乐之后便离开了，让他去继续耕耘下去。这段经历使我被朋友视为某种房地产经纪人。不管我坐在哪里，我都会在那里住下来，而风景也就由我而辐射出去。住宅不就是一个座位(sedes)吗？——如果是乡村里的座位那就更好。我发现许多可以营造住宅的地点短期内不大可能被改进，有些人会认为这里距离乡村太远，但在我看来，倒是乡村离它太远。好吧，我说，我可能在那里住下来；我的确在那儿住下了，一个小时，过了夏天和冬天的生活；看到我怎样让岁月流逝，把冬天打发走，迎来春天。这个地区未来的居民，不管把住宅建造在哪里，都可以相信有人比他们捷足先登了。只需一个下午就足以把一片土地设计成果园和牧场，决定哪几棵最好的橡树或松树宜留在门口，每一棵枯萎的树在什么地方可以有最好的效果；然后，我就让那片土地搁置在那里，也许可称之为休耕地，因为一个人的富裕程度如何，就看他能放得开多少东西。

我的想象力把我带得很远很远，我甚至得到了几个农场的优先取舍权——取舍权正是我所要的东西，但我从没有让实际占有这种事弄得苦恼不堪。我差一点做到实际占有是在我买到霍洛韦尔农场的那次，当时我已经着手挑选种子，捡起一些木料做独轮车，以便把这件事推下去或拉下去；可是，就在农场主交给我一份契约之前，他的妻子——每个人都有这样一位妻子——改变了主意，想把农场保留下来，于是他赔我 10 美金，解除了约定。现在，说句实话，在这个世界上我只有一角钱，我已算不清我究竟是身有一角钱的人，或者是拥有农场，或身有 10 元钱的人，或者是兼而有之的人。不过，我把 10 元钱退还给他，农场也物归原主，因为我已经走得够远了；或者说，是我做得宽宏大量，我把农场卖给他的价钱，正是我买农场的价钱，并且，由于他不是富人，我送给他 10 元钱，何况我还留下了一角钱，外加种子以及制造独轮车的材料。因此我觉得我始终是一个无损于自己贫穷本色的富人。不过我把风景保留了下来，从那时起我每年无需用独轮车便把美景所产生的果实带走。谈起风景，请看：

> “我君临万象，风光尽收眼底，
> 不容置疑，我拥有一切权利。”①

我时常看到，一个诗人在欣赏了农场上最珍贵的部分以后便离去，而那个粗鲁的农夫则认为他只不过拿到几个野苹果。哎，诗人把农场入诗，而农场的主人却经过了许多个年头还不知道。须知这诗歌是一道最美妙的无形篱笆，诗人把农场几乎全围起来，挤出它的奶汁，刮走它的奶油，得到了全部乳脂，留给农场主的只是脱脂奶。

在我看来，霍洛韦尔农场真正迷人之处在于：它远离市井，距乡村约两英里之遥，离最近的邻人也有半英里，并且有一片宽阔的田野把它和公路隔开；它位于河畔，据农场主说，河上起雾，使得农场春季时节不会霜冻，然而我对此无所谓；农舍和棚屋那灰蒙蒙的颜色，东歪西倒的景象，还有坍坏了的篱笆，在我与上一位居住者之间形成了一段间隔；让野兔子啃空了树心

① 威廉·柯珀（W. Cowper，1731—1800）“孤独吟，据传出自亚历山大·塞尔柯克”。

的、覆满地衣的苹果树,可以看出我得和什么样的邻居打交道;但最主要的是我早年溯河而上的那次旅游记忆犹新,当年屋舍掩在密密的枫林红叶中,我听到那深处传来了家犬的吠声。我急急忙忙要把这农场买下来,不能等业主把石头搬掉,把空心的苹果树砍倒,并掘掉一些生长在牧场上的白桦树幼苗,总而言之,做出进一步的改进措施。为了享受这些好处,我乐意把它扛起来;像阿特拉斯那个顶天巨神一样,让我肩扛天宇——我没有听说过他为此得到什么补偿。除了能花一笔钱然后安安稳稳不受干扰地拥有这农场之外,我做所有这些事没有别的动机或借口;我始终认为,只要我能任这片地自由生长,那它一定能生产出我所需要的最丰富的庄稼。但后来的结果却如上所述。

那么,关于大规模从事农耕一事(我一直在培育着一座花园),我所能说的只是:我已经把种子准备好了。很多人都认为种子随着岁月而优化。时间会区分出良莠,我对此毫不怀疑;到了最后我要去种植时,我大概是不会失望的。但我想给我的同伴们交个底说:尽可能长久地自由自在地、不受束缚地生活。束缚在一个农场里,同关进县牢里并没有多大区别。

老加图所写的《农书》对我起了"栽培者"的作用,他说(不过我所见到的唯一译文简直是糟糕透了):"当你想要买下一个农场时,你得把它放在心上反复掂量,别贪得无厌地去购买;别怕花力气去看它,也不要以为到那边转一圈就够了。要是那片农场的确很好,那你越是常到那边就越喜欢它。"我想我是不会贪得无厌地去购买的,我会一趟又一趟地到那边转转,一辈子这样,死了就埋葬在那儿,这会使我最终获得更大的欣慰。

摆在面前要写的是我对这类事的下一次实验,我打算更加详细地加以描述;为了方便起见,我打算把两年的经验合并为一年。我已经说过,我无意歌颂垂头丧气,而要像雄鸡站在栖木上起劲地放声报晓,只要能把邻居唤醒就行。

当我首次定居于我的林中住所,也就是说,开始日夜都待在那里时,刚好是美国独立纪念日,即 1845 年 7 月 4 日。这时我的屋子还没有竣工,无法过冬，只能供避雨之用，屋子尚未粉刷，也无烟囱，墙壁用的是饱经日晒雨淋而斑驳变色的粗木板，到处是大裂缝，一入夜屋子里就变得凉爽起来。削得笔直的白色立柱，还有刚刚刨平的门窗外框，使屋子看上去既清洁又通风，尤其是在早晨，屋子的木料饱含着露水，以至于我猜想，到了中午会有一种甜树脂渗出来。在我的想象中，这幢房子整天都多少仍保存着这种晨光熹微的特色，使我不禁想起前年我游览过的一座山上小屋。这是一幢没有粉刷的通风小屋，适于款待云游的神仙，也适于一位女神在里面轻曳罗裳。在我住所上空掠过的风，一如那股在山脊上横扫而过的风，响起了裂帛般的旋律，或者在人间响起了那种只应天上有的曲调。晨风永远吹拂，创造性的诗篇永不中断；但能够听见这种乐音的耳朵却不多。奥林匹斯山只不过是大地的外部，无处不有。

如果不把一条船计算在内，那么以前我所拥有的唯一房屋就是一顶帐篷，夏天我偶尔外出旅游时使用，这顶帐篷现在仍然卷着放在我的阁楼上；不过那条船在几经易手之后，已随时间之流并逝了。如今我拥有更坚固的蔽身之所，可以说我在这个世界上定居落户已取得了一些进展。这幢房屋的框架，虽然包装得很单薄，却是一种在我周围的结晶形式，对营造者产生了影响作用。这令人想起画中的素描。我无需到户外呼吸新鲜空气，因为屋子里的空气一样新鲜。我坐的地方与其说是在屋内，不如说是在门后，甚至大雨滂沱的天气也如此。哈利梵萨说："鸟儿不到的住宅，就像不加作料的肉。"[①]那不是我的住宅，因为我发现自己突然与众鸟为邻；我用的办法不是把鸟儿关在笼中，而是自己住在一只靠近它们的笼子里。我不但和一些时常飞到花园和果园的鸟儿更加亲近，而且还和一些更具野性而扣人心弦的林中鸣禽接近起来，这类鸣禽从不（或极少）向村里人唱小夜曲——它们是林中画眉、韦氏鸫、猩红裸鼻雀、野雀、三声夜莺等等。

我坐在一个小湖的岸边，大约在康科德村南面约一英里半的地方，地势比村子略高一点，就在市镇与林肯之间的一大片森林中间，在我们唯一闻名于世的战场"康科德战场"南面约 2 英里处；但我所处的地点是在林中极低

---

① 哈利梵萨（Harivansa）是印度史诗《摩诃婆罗多》的补充。梭罗从 M. A. 朗格卢瓦（Langloir）的法文译本翻译。

的地方，所以半英里外那片和别处一样林木葱郁的对岸，就成了我最远的地平线。在头一个星期，不管什么时候我往湖上眺望，它就像是个高高悬挂在山边的冰川湖，底部比其他湖泊的水面高出很多。当太阳升起时，我看见它脱下了夜晚的雾衣，湖上轻柔的涟漪或波平如镜的湖面也逐渐地在各处显露出来，雾气就像幽灵一样，神不知鬼不觉地从各个方向隐入森林，像一次夜间秘密集会散场那样。正是这露水白天还披在树上，像在山腰那样，比通常停留的时间更长。

8月一阵阵急雨轻扫，乍雨乍晴的天气，与这个小湖为邻最为珍贵。在这个季节里，完全风平浪静，但天空却乌云密布，下午才刚过半便已一派黄昏宁静的气氛，画眉在四周歌唱，隔岸相闻。这样的一个湖没有比此时此刻更平静了；湖上那片澄空变得不那么深远，乌云把它遮暗。波光潋滟的水面变成一个下界的天空，显得更加夺目。从一个不久前被砍掉林木的山顶附近，隔湖向南望是一片令人心旷神怡的景色，对岸的山峦间有一个开阔的缺口，两侧的山坡相向倾斜，使人觉得有一道溪流穿过郁郁葱葱的山涧，从那个方向流出，不过那边并没有溪流。我于是从近处的翠绿山峦之间或之上眺望天边的远山和更高的山峰，那些层峦染成了蔚蓝色。的确，我踮着脚便能望见西北角一些更加蔚蓝更加遥远的连绵山脉，苍天从自己的模子里印铸出来的那种纯蓝，还能瞥见乡村的一角。可是，换了个方向，甚至从同样的立足点，我却什么也看不见，看不透，因为四周的林木把我的视线挡住。附近有点活水是很惬人意的，水给土地以浮力，让它漂浮起来。甚至最小的一口井也有这样一个价值：你俯瞰井底时，发现大地并不是连成一片的陆地而像是孤立的岛屿。这一点很重要，正如井可冷藏黄油一样。当我从这个山峰眺望湖对面的萨德伯里草地时（在涨水期间，我觉得那片草地升高起来了，这大概是水气蒸腾的溪谷里海市蜃楼的感觉吧），它像是水盆里的一枚铜币，湖外的土地看上去成了一层薄薄的外壳，被这片小小的水面隔开并浮载起来，我这才注意到，我所住的这块地方原来只是一片干燥的土地。

尽管从我的门口望出去，视野更加狭小，但我丝毫没有拥挤或禁闭之感。这里有一片够大的牧场可供我的想象力驰骋。对面河岸顶上那片生长着低矮橡木的高原，向西部大草原和鞑靼干草原伸展开去，为所有流浪人家提供一片宽阔的活动空间。当达摩达拉的牛羊需要新的、更大的牧场时，他说:“世界上没有比自由地享受着广阔地平线的人更加幸福的了。”①

地点与时间都转换了,我的居住更接近宇宙中最令我神往的那些地区和那些时代。我生活的地方遥远得有如天文学家每夜观测的许多天体。我们惯于想象那遥远的天边一角,在仙后座背后,远离喧闹与杂乱的世界,有一些令人格外心旷神怡的地方。我发现我的房屋实际上正好位于宇宙间这么一块偏僻但却终古常新、不受玷污的地方。要是住在靠近昴宿星团或毕宿星团,靠近毕宿五或牵牛星的地方是值得的话,那么,我正好住在那里,距离那让我抛在后面的凡世生活一样遥远,发出一缕同样柔美的光线,朝着最靠近我的邻居闪烁,不过只有在月黑的夜晚他才能看见。这便是我所占据的宇宙中那个地方——

“有个牧人在那儿住过,
他的思想像高山巍峨,
山上放牧着他的羊群,
给他营养,时时刻刻。”②

要是他的羊群不断朝着比他的思想还要高的牧场上跑,那么我们对牧人的生活该作何感想呢?

每个早晨的降临都是一次令人愉快的邀请,使我的生活变得和大自然本身同样朴素,也可以说,同样纯洁无瑕。我始终像希腊人那样,是曙光女神的真诚崇拜者。我很早起床,到湖里洗澡;这是一种宗教仪式,也是我所做的最称心的事情之一。据说成汤王的浴盆上刻有大意如下的文字:“苟日新,日日新,又日新。”③我能够理解个中道理。黎明带回了英雄时代。曙光初露,我敞开门窗坐着,一只蚊子穿过我的房间作一次看不见也无法想象的旅行,发出了微弱的嗡嗡声,这声音对我的影响,一如我听到号角昂扬、歌颂英雄的美名时那样。这是荷马的安魂曲;它本身就是空中的《伊利亚特》和

① 达摩达拉(Damodara)是印度教克利须那神的名字之一。

② 英国詹姆斯一世时期一位无名氏的诗歌片断,见于罗伯特·琼斯“缪斯乐园”以及托马斯·埃文斯的“老民谣”。

③ 《大学》“汤之盘铭”。

《奥德赛》,唱出了自己的愤怒与漂泊。这里有着一种宇宙为怀之感,是在宣扬世界上活力长存、生生不息,直至被禁止时为止。早晨是一天中最难忘的时刻,是觉醒的时光。此时此刻我们最少睡意;至少有一个小时,我们身体的某个部分从整天整夜的沉睡状态中清醒过来了。是被自己的天赋之资唤醒,而不是被一个仆从机械地轻轻推醒,是被我们自己内心重新获得的力量和渴望所唤醒,伴随的不是工厂的门铃,而是天籁回荡的乐调,还有扑鼻的芬芳——要是我们从睡眠中清醒过来时没有像这样上升到一个更高的生活境界,那么这个白天,如果可称之为白天的话,还能有什么指望呢;就这样,黑暗结出了它的果实,证明它本身是好的,不比白昼差。一个人如不相信每天都包含着一个没有被他亵渎过的更新、更神圣的曙光时辰,那么他对生活已告绝望,正在走一条黑暗的下坡路。感官生活部分地停止了一阵之后,人的心灵,更确切点说,是心灵的器官,每天都重新恢复元气,他的天赋之资也再度试图实现它可能创造的崇高生活。我应该说,一切令人难以忘怀的事件都发生在早晨的时间和早晨的氛围里。《吠陀经》说:“一切知,俱于黎明中醒。”诗歌和艺术,以及人类最美好最令人难忘的行为,都始于这个时刻。所有的诗人和英雄,一如门农那样,都是曙光女神之子,在日出时弹奏出他们的乐音。对一个思想敏捷活跃,与朝阳同步的人来说,白昼是一个长长的早晨。不在乎时钟怎样鸣,也不在乎人们态度如何或干的什么活。早晨就是我清醒过来心中有一片黎明的时刻。精神上的改革就是力图驱散睡意。要是人们不曾一直处在沉睡之中,又为什么会把他们的白昼说得那么乏味呢?他们并不是一些很差劲,不懂得琢磨的人。要不是让睡眠弄得昏昏沉沉,他们应能做出一番事业。几百万人清醒到可以从事体力劳动;但一百万人中只有一个人清醒到足以从事有效的智力活动,而一亿人中只有一人清醒到投入诗歌或神圣的生活。清醒即活着。至今我还未见到过一个十分清醒的人。所以我又怎能面对面直视着他呢?

我们一定要学会再觉醒,并保持清醒,办法不是靠机械的助力,而是寄无穷希望于黎明,因为黎明不会在我们熟睡中抛弃我们。人类毫无疑问有能力靠自觉的努力去提高自己的生活,我认为这是世间最鼓舞人心的事实。能够画出一幅独特的画卷或刻出一件雕像,从而使一些事物为之美化,这多少总是一种收获;但更加辉煌的是雕刻出和画出那种气氛和环境本身,使我们得以透过它去看事物,在精神上我们可以做到这样。能对平日的质量施加影响,这就是艺术的最高境界。每个人都应磨炼自己,使他的生活,甚至生活的细节,经得起其最高尚最严苛时刻的审视。要是我们拒绝,更确切点说,耗费掉我们所得到的那点无价值的消息,那么,神谕必然会清楚地告知我们如何能做到这一点。

我到林中去,是因为我希望过深思熟虑的生活,只是去面对生活中的基本事实,看看我是否能学到生活要教给我的东西,而不要等到我临死时才发现自己并没有生活过。我不愿过着不是生活的生活,须知生活无限珍贵;我也不愿过消极顺从的生活,除非必须这样做不可。我要深入地生活,吸取生活中所有的精华,刚强地、像斯巴达人那样坚毅地,清除一切不成其为生活的东西,大刀阔斧加以扫荡,仔仔细细加以清理,把生活逼到一个角落去,将其置于最低的条件之中。要是它被证明是卑微的,那么,就把整个真正卑微的情况弄清楚并公诸于世;要是它是崇高的,那就去体验它,在我的下一次出行中作一个真正描述。因为在我看来,大多数人对于生活到底属于魔鬼还是属于上帝,还是摇摆不定,并且有些匆忙地下结论说:人类在这里的主要目标是“赞美上帝并永远享受神赐”。①

可是我们仍然生活得很卑微,像蚂蚁一样;尽管寓言说很久以前我们就被变成了人;可我们却像希腊神话中的小矮人一样,总是在和仙鹤战斗;这是错上加错,糟而又糟,而我们最美好的德性却带上了多余的、原来可以避免的一副可怜相。我们的生命在琐事中浪费掉。一个诚实的人需要计算的数字,无需比十个指头更多,在极罕见的情况下,他可以加上十个脚趾,其余全可笼而统之。简单,简单,再简单!我说,你的事情要安排成二三件,而不是成百成千件;不是按百万计,而是按半打计算,账目可以记在你大拇指的指甲上。在这个惊涛骇浪的文明生活海洋里,一个人如果不想栽下去,沉入海底,以致永远无法入港的话,就必须靠精确的计算,把可能出现的乌云与风暴,流沙与一千零一件事故都估计进去,成功的人必然是一个精明的计算家。要简化,再简化。如有必要,就每天只吃一餐而不是三餐;不是一百道菜,而是五道菜;别的东西也按比例递减。我们的生活就像德意志联邦,是

① 引自《短篇教理问答》的前数行;见于17世纪加尔文派教徒的课本《新英格兰入门》。

由众多小邦组成的，它的边界始终变动不定，所以连德国人也无法随时告诉你确切边界在哪里。这个国家本身，连同它所有那些所谓内部的改进设施（顺便说一句，那其实全是些徒有其表的装门面的东西），都是些不切实际的畸形发展的机构，到处乱糟糟地堆满家具，自作自受，由于奢侈和任意挥霍，缺乏深谋远虑和高尚的目标，一切都给破坏掉了，正如这片土地上百万户人家的情况一样。要对国家进行治疗，正如对各户人家进行治疗一样，只有厉行节约，实行严格的、比斯巴达人更为简朴的生活方式并提高生活目标。现在生活太放纵了。人们认为国家毋庸置疑必须拥有商业，把冰块出口，用电话通话，一小时跑30英里，无论他们自己是否这样做；可是我们到底应该生活得像狒狒还是像人却有点不那么确定。要是我们不做枕木，不锻造铁轨，日夜埋头工作，而是把时间花在修缮我们的生活上，借此改进生活，那么，还有谁去建筑铁路呢？要是铁路没有筑成，我们又怎能及时到达天堂呢？可是，如果我们待在家里，只管自己的事，那么又有谁需要铁路呢？不是我们在铁路上驱车，反而是铁路躺在我们身上。你可曾想过，铺在铁路下面的那些枕木是什么？每一根枕木就是人，爱尔兰人或北方佬。铁轨就放在他们身上，而上面又盖上了沙子，车辆就平稳地在他们身上奔驰而过。我可以向你保证，他们就是熟睡的“枕木”。每隔数年，便有一批新的枕木安放下来，车辆又在上面奔驰；因此，要是有些人喜欢乘车在铁轨上奔驰，就会有另一些人很倒霉地被压过去。当他们从一个梦游的人，也即一根出轨的多余枕木上辗过去，并把他惊醒过来时，他们急刹住车，大喊大叫，好像这只不过是一次例外。我很高兴地获悉，每隔五英里便需要安排一批人来使枕木平平稳稳地像现在这样躺在床上，因为这表示，枕木有时也可能会起床站起来。

为什么我们要生活得这样急急忙忙，这么消耗生命？我们是下定决心要未饥先挨饿。人们说，小洞不补，大洞吃苦，因此，他们今天缝上千针，就为免得明天缝上九针。至于工作，我们并没有什么了不起的工作。我们都患有舞蹈病，无法保持头部静止不动。我只须拉几下教区钟楼的绳子，发出火警的信号，就是说，还没有让钟声长鸣，康科德郊区的农场上的任何一个人（尽管今天早上他多次借口说工作十分繁忙）——任何一个男人，任何一个孩子，任何一个妇女，我敢说，都会放下所有的工作，朝着钟声的方向跑去，这主要倒不是要去从火中救出财产，而是，如果我们实事求是地讲，要去观火，因为火既然烧起来了，而且事实明摆着，又不是我们放的火；——或者去看大家如何把火扑灭，要是做起来不费劲的话，也可帮上一把救救火；不错，甚至教堂本身失火也是这样。一个人饭后打了半小时的盹，当他醒过来时，便会抬起头来问道："有什么新闻？"好像世界上其余的人都在为他放哨。有些人指示别人每半小时叫醒他一次，显然并没有别的原因；随后，为了报答人家，他们便谈起自己做了一些什么样的梦。通宵睡眠之后，新闻成了早餐一样必不可少的东西。"请给我谈谈世界上任何地方发生的任何新鲜事好吗？"——于是他在喝咖啡，吃面包卷时阅读新闻，知道当天早晨在瓦奇托河上有一个人眼睛给挖掉了，而他做梦也没有想到，他自己就生活在世上深不可测的大黑洞里，眼睛早已退化了。

至于我，我没有邮局也能照样过得好好的。我认为很少有重要消息要经由邮局去传递。严格地说，我一生中至多收到一两封值得付邮资的信——我几年前是这么说的。通常花费一便士的邮寄制度，是你通过邮局认真地向一个人出价一便士买他的思想，可他的思想却十有八九以玩笑的方式提供给你。我相信，我从未在报上读到一则值得注意的新闻。要是我们读到的就是一个人被抢、被杀或因意外事故丧命，或一幢房子烧了，一架飞机失事，一艘汽船被炸毁，一头牛在西部铁路上被车子辗过去，一只疯狗被打死，或者冬天来了一大群蝗虫——那就再也不需要读别的新闻了。一条新闻就够了。如果你熟识了原则，又何必去关心各种各样的实例及其应用呢？对一位哲学家来说，所有所谓新闻，无非就是些说长道短的东西，而编辑和阅读它们的人，则都是些正在喝茶的老太婆。可是，不少人却对这类闲扯听得津津有味。我听说，前几天突然有一大群人蜂拥前往报社，想了解最新的外国新闻，竟把该机构的几大块厚玻璃板给挤碎了——我认真地在想，这种新闻，一个头脑灵敏的人在12个月或者12年之前便可相当准确地先写了下来。以西班牙为例，如果你懂得把唐卡洛斯和公主、唐佩德罗和塞维利亚以及格拉纳达等字眼搬来搬去，不时调动，只要摆得恰当就行——自从我读报至今，这些字眼可能有点小变动；当其他可供消遣的新闻找不到时，便把斗牛端上来，包您准确，它让我们了解到的西班牙的现状或衰败情形，一如从那些最简明的西班牙报道中得到的概念一样。至于英国，几乎可以说,来自那个地区的最重要的新闻片断就是1649年的革命。如果你已知道英国谷物每年平均产量的历史,那你就不再需要去注意这件事了,除非你所做的纯粹是与金钱相关的投机买卖。要是一个很少读报的人能做出判断,那么,外国其实未曾发生过什么新的事,法国大革命也不例外。

什么新闻!懂得什么永不衰老,这要重要得多!"蘧伯玉(卫大夫)使人于孔子。孔子与之坐而问焉,曰:'夫子何为?'对曰:'夫子欲寡其过而未能也。'使者出。子曰:'使乎!使乎!'"[①]在周末的休息日里(因为星期天是过得很窝囊的一周的适当结尾,而不是另一周的焕然一新的勇敢开端),牧师不应用另一套又长又臭的说教来在昏昏欲睡的农民耳边唠叨,而应用雷霆般喊叫道:"停!停下!为什么表面上很快,实际上慢得要命?"

虚假和欺骗被奉为最可靠的真理,而真实却被视为谎言。要是人们注意到的始终只是真实的东西,不容许自己受骗,那么生活和我们现在所知道的这类事比较起来,就像神话故事和《天方夜谭》了。要是我们重视的只是那种不可避免的和有权存在的事物,那么音乐和诗歌就会沿街回荡起来。一旦我们不慌不忙而又智慧明达,我们就会领悟到,只有那些伟大而又有价值的东西才会永恒地真正存在下去——琐细的忧喜只不过是真相的阴影罢了。真相始终令人振奋而又崇高。人们由于闭上眼睛打瞌睡,同意被表面现象欺骗,这才到处建立并巩固起他们的日常生活惯例,这种生活规律仍然是建立在纯粹的幻想基础之上的。小孩子在嬉戏中生活,比大人更清楚地辨认出生活的真正规律,而大人却无法生活得有意义,可他们还以为自己更加聪明,就凭有经验,也就是说,有失败。我曾经在一部印度书中读到:"有个王子,幼年时被逐出他的城市,由一个林区居民抚育,他就在这样的状况下长大成人,也以为自己属于那个和他生活在一起的野蛮种族。他父亲的一个大臣后来发现了他,透露了他的出身,于是角色的误认消除了,他知道自己是个王子。"印度哲学家接着说:"所以,灵魂寄托的环境使得它错认了自己的性格,直至一位圣师把真相透露出来为止。这之后,灵魂知道它自己是属于婆罗门。"我领悟到:我们这些新英格兰居民之所以过着这种卑贱的生活,是因为我们没有透过事物的表面看问题。我们以为事物一如其外貌。

① 《论语·宪问篇》,第26章。

如果一个人穿过这座城市，并且只看见真相，那么，你想想看，“磨坊水坝”又会在哪里呢？如果他把在那里见到的真相给我们作一番描述，我们一定认不出他所描述的那个地方。你看看一个聚会所，或一座县政府大楼、一所监狱、一家店铺、一幢住宅，说出你见到的东西在真正的洞察之下是个什么样子，它们在你的描述中一定全都会分崩瓦解。人们尊崇渺茫的真理、体系之外的东西，在最遥远的星体背后，在亚当之前、人类灭绝之后。在永恒之中的确存在着真理和崇高的事物。但所有这些时间、地点和场合都存在于此时此地。上帝本身在此时此刻才至高无上，决不会随着时代的逝去而更加神圣。只有永远沐浴和沉浸于我们四周的现实之中，才能领会什么是崇高与宏伟。宇宙经常顺从地和我们的构想相适应；不管我们走得快还是慢，总是有条路为我们而铺设。就让我们毕生致力于构思设想之中吧。诗人或艺术家迄今尚未提出一个美好而崇高到无人能实现的设计——至少总有一些后代能够加以实现。

让我们像大自然那样从容不迫地度过每一天，不让任何一片落在铁轨上的坚果壳或蚊子翅膀把我们抛出轨道。让我们黎明即起，迅速吃顿早餐，平心静气，毫不心烦；任客人来来去去，任钟鸣孩子哭——下决心过好这一天。我们为什么要屈服，要随波逐流？让我们不要在那个位于子午线浅滩区被称为午餐的可怕急流与漩涡中被打翻、淹没。经受住这阵危险，你也就平安无事了，因为再往前去都是下山的路。不放松神经，带着清晨的活力，绕过它，转过头去，像尤利西斯抵御海妖那样把自己绑在桅杆上。要是发动机发出了啸叫声，就让它去吼叫到喉痛声音嘶哑吧。要是钟鸣起来，为什么我们要跑呢？我们会想它像什么样的音乐。让我们自己平静下来，把我们的两只脚踩进那污泥般的意见、偏见、传统、错觉和表面现象中去，这个冲积层把地球全给蒙蔽住了，穿过巴黎和伦敦，穿过纽约、波士顿和康科德，穿过教会和国家，穿过诗歌、哲学和宗教，我们两只脚一直在踩着，直至踩到一片可称之为现实的坚硬的地面和岩石上，这时我们会说：就是这里，错不了。然后，由于有了这个支点，你可以在山洪、冰冻和火焰下面开始筑墙或建造一个国家，或安全地立起一根灯柱，也许可以安装一个测量器，不过不是水位测量标尺，而是真相测量器，使得未来的时代知道，虚假与表面现象的洪流有时竟积得如此之深。如果你直面事实，你会看到它两面都反射着阳光，看上去似乎是一把东方的曲剑，你会觉得那快意的锋芒把你的心脏和骨髓都给劈开，这样你就可以愉快地结束你的有生之年。不论生还是死，我们需要的只是真实。要是的确快要死了，就让我们听到喉咙里发出来的咯咯声，四肢也感到冰冷；要是活着，就让我们去干自己的事。

时间无非就是供我垂钓的河流。我饮着河水，但当我喝水的时候我看见河底的沙，发现河流是多么浅。它那薄薄的流水逝去不复还，可是永恒却留了下来。我要更痛饮一番；到空中去钓鱼吧，天上的河底到处嵌着卵石般的星星。我一个也数不出来。我不懂得字母表中的第一个字母。我始终引以为憾的是我的智慧还不如出生之日。智力是利器，它能洞彻事物的奥秘。我不希望手头的活计超过必需的程度。我的头脑就是手和足。我感到我所有的才能全都集中在头脑之中。天性让我懂得，我的头脑是深入发掘奥秘的器官，正如某些动物运用它们的口鼻和前爪那样，我将用头脑在山中挖掘和开辟出我的道路。我认为最丰富的矿脉就在这附近。因此，靠着这根魔杖和升起的薄雾，我便能做出判断；我要在这里开始进行开采。

阅　　读

在选择职业时如果更加慎重一点，所有人大概基本上都会成为研究者与观察者，因为毫无疑问，这二者的性质和命运是所有人都感兴趣的。在为自己或后代积累财产上，在成家或立国上，甚至在追求声誉上，我们都是凡人；但在对待真理上我们却是不朽的，无须害怕变化，也无须害怕意外。最古老的埃及哲学家或印度哲学家曾揭起神像上的一角轻纱；至今那件微颤着的罩袍仍然撩开着，而我则见到天上的光辉，和当年一样鲜艳，因为是“他”中的“我”当年无所畏惧；而现在是“我”中的“他”在重新仰望那神光。那件罩袍上没有一点尘埃；自从那神灵显现出来至今，时间没有逝去。我们确实在善用或可以善用的时间，没有过去，没有现在，也没有未来。

我的住处和一所大学比较起来，不但更适宜于思考，而且也更适宜于认真的阅读。尽管我置身于一般流通图书馆的借阅范围之外，可是我却更加深入到那些传遍全世界的图书影响范围之内，这些图书的词句开头写在树皮上，现在只是不时抄写在布纹纸上。诗人米尔·科马尔·乌迪恩·马斯特说：“静坐而驰骋于精神世界；我在书中自能得到此种好处。美酒一杯令人陶醉；当我沉醉于奥秘学说的琼浆中时，便体验到了这种乐趣。”[①]整个夏天我把荷马的《伊利亚特》放在桌上，尽管我只偶尔才翻开来看看。开始我手头有着没完没了的活要干，因为同时，我的房子还要修建，我的菜豆还要

① 见塔西（Cacin de Tassy）《印度文学史》（巴黎，1839）。Mîr Camar Uddîn Mast 是 18 世纪的印度诗人。

松土，这使我无法阅读更多的书。然而将来能从事这种阅读的希望鼓舞了我。我在工作的间隙读一两本粗浅的旅游书籍，直至我感到干这样的事很害臊，于是我问道：那时我到底住在什么地方。

学生们可以阅读希腊文的荷马或埃斯库罗斯的作品而无放荡奢靡的危险，因为这表示他在一定程度上力图仿效他们的英雄，并把早晨的时间奉献给阅读。这些英雄诗篇，即使是用我们本族语的文字印刷出来，也始终是一种引不起颓唐时代反应的语言；而我们则必须花费很大力气去查明每个词和每行诗的意义，尽我们的智慧、胆魄和气量，揣摩出一种比普通用法所许可的更为宽广的含义。现代那些廉价而又多产的出版社，尽管出版了那么多的译作，却不曾使我们更加接近古代的史诗作家。这些作家依然和以往一样寂寞，而印出的他们的文字依然稀罕而难以理解。花费青春岁月和宝贵时光是值得的，如果你学习到古代语言中某些词语，它们是从街谈巷议的琐事中升华出来，具有永恒的启发和令人振奋的价值。农夫把听到的几个拉丁词牢记在脑子里并不时拿出来应用，这并非徒劳无益。人们有时发表意见，似乎对古典作品的研究最后会让位给更现代更实际的研究；但有进取心的学者却会把古典作品研究下去，不管它们用什么语言写成或有多古老。因为古典作品不就是用文字记载的人类最崇高的思想吗？它们是唯一不衰微的神谕，其中有着对最现代的探询的答案，是特尔斐和多多纳①所不曾给出过的。我们干脆把研究大自然也搁到一边去好了，因为大自然如此古老。阅读好书，也就是说，阅读蕴藏着真挚精神的真诚的书，这是一种高尚的锻炼，会使读者获得比当前受到推崇的做法更好的锻炼。这需要接受像运动员那样的训练，也即一生锲而不舍地献给这个目标。书本是经过深思熟虑、含蓄地写下来的，阅读时也应如此。书本中所用的那个民族的语言，你即使能说也还是不够的，因为在口语与书面语，也即听到的和读到的语言之间存在着一个值得注意的差异。前者通常瞬息即逝，只不过是一种声音、一种吐字、一种方言，几乎是粗野的，我们不自觉地学习它，就像野蛮人从母亲那边学到的一样。后者则表现为口语的成熟和经验的积累；如果说前者是我们的母语，那么后者便是我们的父语，是一种被保留下来的、精选的表达法，其

① 特尔斐（Delphi）和多多纳（Dodona）是古希腊神谕发布地。——编注

意义不能光凭耳朵来听,我们要说这种语言就得重生。那些只会说中世纪希腊语和拉丁语的老百姓,绝不会生来就能读天才作家用这两种文字写成的作品;因为这些作品不是用他们所懂得的希腊文和拉丁文写的,而是用精选的文学语言写的。他们不曾学习过希腊和罗马那些更加卓越的方言,而写有这些作品的材料在他们看来无非一堆废纸,相反的,他们却对那些廉价的当代文学给予极高的评价。但当欧洲几个国家获得了它们自己虽粗鲁却独特的语言,足以满足其正在兴起的文学上的需要时,早期的学问复活了,学者们能从远古的年代里辨认出古代的珍品。当年罗马和希腊的民众听不到的,许多世纪过去之后,少数学者却读到了,但只有少数学者现在依然继续在阅读。

不管我们多么赞赏演说家那种脱口而出的雄辩之才,最崇高的书面词语通常都远远地隐藏在瞬间即逝的口语背后,或在它之上,正如繁星点点的太空隐藏在浮云后面一样。星星就在那儿,那些能辨认的人可以去辨认。天文学家永远在评论和观察它们。它们不像我们日常的谈吐和呼气那样的蒸发物。讲台上所谓雄辩在书房中看来通常也就是修辞学。演讲者在瞬间机会中的灵感驱使下,向他面前的一群人讲话,对那些能够听他的人讲话;可是对一个作家来说,更平静的生活构成他的机会,那种使演讲者受到鼓舞的人群与事件,却使他心烦意乱,作家是在诉诸人类的智慧和心灵,是在向任何时代能够理解他的一切人说话的。

难怪亚历山大出征时随身带着装有《伊利亚特》的宝匣。文字是最珍贵的文物。它既是一种和我们更亲密无间的东西,同时也是比其他任何艺术品更具普遍性。它是最接近生活本身的艺术品。它可以被译为任何一种语言,不但可以阅读而且的确可以从人们口中吟诵出来——不只是描绘在油画布上或刻在大理石上,而且是用生命本身的气息雕刻成的。一个古代人的思想象征,变成一个现代人的口头语。两千个夏天给那些希腊文学的丰碑,正如给她的大理石雕像那样,披上的只是更成熟的金秋的色彩,因为它们把自己宁静的天上的气氛带到所有的国土,使其得以抗拒时间的侵蚀。书籍是世界上最宝贵的财富,也是世世代代一切国家的合适遗产。书籍,最古老也最优秀的书籍,自然适于放在家家户户的书架上。书籍不需要为自己辩护,可是当它们使读者豁然开朗,获得支持的时候,常识使读者懂得不可以无书。书籍的作者在任何一个社会里都是天生而不可抗拒的贵族，对人类施加比国王或皇帝更大的影响。当那些没有文化、也许还白眼看人的商人，靠经商和勤劳赢得自己梦寐以求的空闲与独立，并被接纳到富人和时尚的上流社会里去时，他最终不可避免地还是要转向那个更高而又难以接近的智识与天才的领域，只会认识到自己缺乏文化，认识到自己的一切财富全属浮华虚荣，不足齿数。于是煞费苦心，尽力为孩子们谋求他感到强烈需要的智力文化，进一步证明他有见识；这一来，他变成了家庭的始祖。

那些读不懂古典作品原文的人，对人类史的知识一定很不完整；令人感到奇怪的是，这类古典作品竟然没有任何一种现代语言的译本加以再现，除非我们的文明本身可以视为就是这种内容的再现。荷马至今没有用英文出版过，埃斯库罗斯，甚至维吉尔也是这样——他们的作品几乎和黎明本身一样优雅，一样完整，一样纯美；因为后来的作家，不管我们怎样去描述他们的天才，很少能比得上古代作家精心刻画出来的完美与优雅，以及毕生崇高的文学劳动。不懂这些作品的人们才只谈论要把它们忘记掉。等我们拥有学识和才能，能够专心去研究和欣赏它们时，再去忘记也不迟。当那些我们称为古典著作的遗迹以及更古老、更少为人读懂的各民族经文积累得更多时，当梵蒂冈收藏的满是《吠陀经》、《阿维斯陀古经》[①]和《圣经》，满是荷马、但丁和莎士比亚的著作，而继起的一切世纪接连不断地把它们的纪念品在世界性的广场上堆放时，那个时代的确是非常富有的。靠着这样大堆的宝藏，我们可望最终能攀登上天堂。

伟大诗人的作品至今尚未被人类读懂，因为只有伟大诗人才能读懂。人们读这些诗作的情况，一如芸芸众人看星星。至多是占星术的看法，而不是天文学的看法。多数人学习的目的是贪图微不足道的舒适方便，正如他们学习算术，目的是能够记账，做生意时不致受骗；可是把阅读当成一种崇高的智力锻炼，他们却知之甚少，或一无所知；可是，从更高的意义上来说，算得上阅读的不是那种像奢侈品哄骗我们，使我们更加崇高的官能为之昏昏欲睡的事物，而是那种我们必须殷切期望去阅读，把我们最机灵、最清醒的时间用上去的东西。

① 《阿维斯陀古经》(Zendavestas)是波斯琐罗亚斯德教的经书。——编注

我认为，我们识字之后，就应该阅读文学中最优秀的东西，而不是老待在四五年级里面，一辈子停留在最低等、刚起步的地方，将 a—b—ab 反反复复念个不停，反复背诵着一些单音节词。大多数人自己能够读或听人读就感到满足，可能由于一本好书——《圣经》中充满智慧的至理名言而内心受谴责，在余生的岁月里，就阅读一些轻松的读物，过着单调的生活，把自己的聪明才智浪费掉。在我们的流通图书馆里面，有一部多卷的著作，书名为《小读物》，我相信书名指的是一个我未曾到过的市镇的名称。有这么一类人，像鸬鹚和鸵鸟那样，甚至在吃了一顿肉菜都很丰盛的大餐之后，仍能把这一类东西都给消化掉，因为他们不容许浪费掉任何东西。如果说别人是提供这种食物的机器，那么，他们就是这类东西的阅读机器。他们在阅读第九千个有关泽布伦和赛福罗妮亚的故事，读这两人如何相爱，从没有人如此相爱过，而且他们真心相爱的道路也不平坦——无论如何，他们是如何相爱，如何栽跟斗，如何再爬起来，走下去。某个可怜的不幸的人是如何跑到教堂的尖塔上去的，他最好是不爬到那么高的钟塔上去；那位快乐的小说家却毫无必要地把他扶上那里，并敲起钟来好让全世界的人都集合来听，哦，天哪！他怎样再爬下来！对我来说，我认为他们最好是把小说世界里所有这些往上爬的英雄人物都变成风向标，一如他们经常把英雄人物摆在金光闪闪的星座中一样；让他们去随风转，一直转到生锈时为止，别让他们跑下来用恶作剧搅得老实人心魂不定。下一次小说家再敲钟时，即令聚会所烧塌下来我一动也不动。“《脚尖一点就上天》——中世纪传奇，《小不点托尔坦》的著名作家撰写，按月连载；连日抢购，购者从速。”他们眼睛睁得又大又圆，认认真真的一副天生好奇心、带着贪得无厌的胃口来阅读这些东西，胃里的皱褶也无需磨练，就像一个 4 岁小孩坐在凳子上看他那本两分钱的封面涂金的《灰姑娘》一样——就我所知，他们读后在发音、重音、加强语气或在提取和加入寓意方面都毫无进步。结果得到的只是目光迟钝，生机停滞，以及所有智力的瓦解与丧失。这类像姜饼般华而不实的货色每天都在出炉，比起纯麦面包、黑面包或玉米面包都更勤于出炉，在市场上更有销路。

甚至那些被称为有教养的读者也不读优秀的读物。我们康科德的文化算什么呢？在这个城市里，除了极少数例外，人们甚至对英国文学中最优秀的作品或非常好的书籍也不感兴趣，这些书籍中的词语大家都能读也会拼写。甚至各处大学毕业或受过所谓自由教育的人对英国古典作品也知之甚少或一无所知；至于那些记载下来的人类知识——古代经典和《圣经》，对任何想知道它们的人都是很容易获得的，可是很少有人肯花点功夫去熟识它们。我认识一个中年的伐木者，他订阅了法文报纸，据他说不是为了读新闻，因为他超然于新闻之上，而是为了"保持练习"，因为他血统上属于加拿大人；当我问他认为什么是他在这世上能够做的最好的事时，他说，除了这件事外，是继续努力把英语提高。这就是大学出身的人的一般做法或想法，他们为此而订一份英文报纸。一个刚阅读过一本也许是最优秀的英语书籍的人，可以跟多少人谈论这本书呢？假定他读的是原文的希腊或拉丁古典著作，就是所谓文盲的人也熟悉对它的赞美，可他却根本找不到一个可以来谈论的人，而必须对此默默无言。的确，在我们的大学里，未必有哪个教授不仅掌握了语言的难点，也相应地掌握了一个希腊诗人的才智与诗情的难点，同时还能以同情之心把这种奥妙让敏锐而豪迈的读者共享。至于神圣的经文，也即人类的圣经，这个城市里面又有谁能够把那些书名给我说出来呢？多数人不知道希伯来人以外的民族也有圣经。一个人，任何一个人，都会不怕麻烦地去捡起一块银币；但我们面前摆着的是金玉之言，是古代最有见识的人所说的，后来各个时代的有识之士也使我们对这些语言的价值确信不疑——尽管如此，我们学习的仍只是简易读物，识字课本和点名记分册，而当我们离开学校后，读的也只不过是"小读物"，一些供小孩子和初学者看的故事读本；我们的阅读、会话和思想都处于极低的水平，只配得上侏儒和矮人。

我渴望认识一些比我们康科德这片土地上生产出来的更加聪明的人，他们的名字这里还没有人知道。难道我会听到柏拉图的名字而不读他的书？好像柏拉图是我的同乡而我从未见过他——是我的隔壁邻居，而我都从未听过他说话，也从未倾听过他那些智慧之言。但实际的情况怎样呢？他那部包含着不朽见解的《对话录》摆在旁边的书架上，可我却还未曾读过。我们都是些教养不良而又粗俗的文盲；这方面我承认，我对同乡中那些完全目不识丁的文盲，和那些只会读儿童读物和低智力作品的文盲，看不出有什么了不起的区别。我们应该像古代那些高尚的人物一样好，但在一定程度上首先要弄清楚他们好在哪里。我们都是些低下的人物，在智力上再高也飞不过报纸专栏的高度。

并不是所有的书都像它们的读者那么迟钝。也许书中有些词语的确是针对我们的情况说的,这些词语如果我们真的能加以倾听并且理解,那将会比清晨和春天对我们的生活更有助益,甚至还可能使我们周遭事物面目一新。多少人由于阅读一本书而使他的生活出现了一个新纪元。一本书也许为我们而存在,能解释我们的奇迹并揭示新的奇迹。那些目前无法用语言表达的事物,我们可能发现在别的地方已经说得一清二楚了。当今使我们心烦意乱、伤透脑筋和迷惑不解的问题,也曾同样发生在一切聪明人的心上;任何一个也没有漏掉;并且每个人都按自己的能力,用自己的话,根据自己的生活经验来回答这些问题。而且,有了智慧,我们便能学会心胸宽阔。那个住在康科德郊外农庄上的孤独雇农,获得重生和特殊的宗教经验,并且自己觉得,信仰使他进入了一种静穆和与世无争的境界,他也许会认为这不真实;可是琐罗亚斯德数千年前便走过这条路并获得同样的经验;但是这位先哲由于才智高超,懂得这是具有普遍性的,因而以宽阔的胸怀对待邻人,据说还在人们中间创建了敬神活动。就让他恭顺谦卑地去和琐罗亚斯德沟通精神,并且通过一切杰出人物的自由影响,也和耶稣基督本人沟通精神,让"我们的教会"被置诸脑后吧。

我们夸耀说,我们属于19世纪,比任何国家迈着更快的步伐前进。但鉴于这个村镇为其自身文化所做的事如此之少,所以我不打算去恭维我的市民,也不愿被他们恭维,因为这对我们双方的进步都无好处。我们需要的是受到鞭策——像牛群那样在驱赶下快步疾跑。我们有一个相当不错的公立学校体制,只为幼儿服务的学校;但除了冬天有个处于半穷困状态的讲堂,和新近那个根据政府法令勉强开始创办的图书馆之外,没有我们自己的学校。我们为身体的营养或身体的疾病把钱花到五花八门的项目上,可是对精神食粮,花的钱却少得多。是时候了,我们该去办一些不寻常的学校,而不是一开始成为成年男女就把教育置于不顾。是时候了,应该是村镇即大学,村镇里年纪较大的居民都是研究员,过着清闲的生活——要是他们确实很富裕的话,在余生的岁月里自由求学。世界难道永远只局限于一个巴黎或一个牛津?难道学生就不能寄宿在这里,在康科德的天空下获得自由的教育？难道我们就不能聘请一位像阿伯拉尔[1]那样的人物来给我们讲学？哎呀！一方面由于养牛，一方面由于照管商店，使得我们羁留在校门之外为时太久，而我们的教育也可悲地受到忽视。在这个国家里面，村镇在某些方面应该取代欧洲贵族的地位。它应该成为美术的保护人。它很富裕，只是缺乏气量与优雅的风度。凡是农民和生意人重视的事它都肯花钱，可是，想把钱花在那些知识水平更高的人认为更有价值的事情上，可就被视为是一种乌托邦空想了。感谢运气或政治，这个市镇花了 1 万 7 千元盖了一座市政厅，可是，要让它把同样的钱花在有生命力的智力投资上，也就是说，让那个空壳子真正变得有血有肉，那大概就是磨上一百年它也不干。每年冬天给讲堂捐助 125 元，比起这个市镇所筹集的任何一笔同样数额的资金花得更有意义。如果说我们是生活在 19 世纪，那我们为什么不去享受 19 世纪所提供的种种便利呢？为什么我们的生活各方面都非得这样偏狭不可？如果我们要读报纸，为什么不把波士顿报纸上那些闲扯淡的东西略过去，立刻订阅一份世界上最优秀的报纸呢？——不去吮吸“中立派”报纸的糊糊，也不去在新英格兰这里啃“橄榄枝”[2]。让各种学术团体的报道都摆到我们面前，我们就会看到他们是否知道些什么。为什么要让哈珀兄弟出版公司和雷丁公司去选择我们的读物呢？一如那个高品味的贵族周围摆的全是些能补益他的文化素养的东西——天才、学识、机智、书籍、绘画、雕像、音乐、哲学工具等等，让我们的村镇也这样做吧。不要聘请了一个教师、一个牧师、一个教堂司事，办了一个教区图书馆，选了三个市镇行政委员就到此为止了，因为我们那些前辈的移民就是靠着这些，在光秃秃的岩石上度过严冬。集体行动是与我们制度的精神相符的；我相信，随着我们的环境日趋繁荣，我们的办法也会比贵族的更多。新英格兰能聘请世界上所有博学之士前来执教，在这段时间里在这里食宿，毫无乡气之感。这就是我们所需要的不寻常的学校。让我们建立起一些高尚的居民村，而不是去当贵族。如果有必要，就让我们在河上少造一座桥，多走点路绕过去，但至少要在那环绕着我们的那片更加黑暗的无知的深渊上架起一座拱桥。

---

① 阿伯拉尔（Abelard，1079—1142），法国神学家和哲学家。——编注

② “橄榄枝”是在波士顿出版的卫理公会周刊刊名。

声　音

可是，当我们局限于书本——虽属最杰出最优秀的书本，并只阅读特殊书面语——那本身无非就是某一地的方言，我们便有忘掉那种不用隐喻而说出万物的语言的危险，须知只有这种语言才是词汇最丰富而又标准的。发表者多，印出者少。从百叶窗照进来的光线，一旦百叶窗完全打开之后，便不再被记得了。没有任何一种方法或训练能代替时刻保持敏锐的必要性。无论怎样精选出来的历史课、哲学课或诗歌课，也无论什么最好的社会、最吸引人的生活习惯，怎能和永远看到值得看的东西这种训练相比呢？你愿意当一个读者，一个学生而已，还是当一个洞察者呢？洞察一下你的命运，看看在前头等着你的是什么，迈步走向未来。

第一个夏天我没有读书，我用锄头给菜豆松土。不，我时常比这做得更好。有时我不忍把当前宝贵的时间牺牲在任何工作上，不论是用脑的还是用手的。我喜欢给生活留出宽阔的余地。有时在夏天的早晨，我按习惯沐浴之后，便在阳光普照的门口坐下来，从日出坐到中午，沉浸在幻想之中，四周都是松树、核桃树和漆树，一派孤独与宁静，鸟儿在四周歌唱或无声地迅速飞过屋子，一直到太阳射入我的西窗，或远方的公路上传来旅客马车的噪音，这才提醒我时间的流逝。我在那样的时光中成长，正如玉米在夜间成长一样，这些时日远比做任何手头工作要好得多。它们不是从我的生命中减去的时间，而是付给我比平常更多的津贴。我终于理解东方人所说的沉思与无为的原意了。我多半不大留意时间是如何过去的。白昼向前移，好像只是为了照亮我的某些工作；这是早晨，哟，现在是傍晚了，什么值得注意的事也没有做。我不是像鸟儿那样歌唱,而是默默地对着我无尽的幸福微笑。正像那麻雀停在我门前胡桃树上啾啾叫,我也有高兴的暗笑或抑制着的歌声,它也许会从我的巢中听到。我的日子不是一周中的日子,带有异教徒神祇的标志;它们也没有被剁碎变成一个个的钟头,没有被时钟的滴答声所烦恼;因为我像布里印第安人那样生活,据说“他们用以表示昨天、今天和明天的只有一个字,表达不同意义的办法是:指背后表示昨天,指前面表示明天,指头上表示正在流逝的今天”。[①] 毫无疑问,在我的市镇同乡看起来,这纯属懒惰;可是,如果鸟儿和花木用它们的标准来考验我,就不会发现我是不够格的。一个人必须在自己身上找时机,这话一点也不错。自然的日子非常平静,也不会责备这就是懒惰。

至少我的生活方式比起那些非得到社会、到戏院,总之到外头去寻欢求乐的人要高出一筹,因为我的生活本身成了我的欢乐,而且永不失去新意。那是一出多幕剧,没有结尾。要是我们确实是根据学到的最新最好的方式来谋生,来调整我们的生活,就绝不会为无聊所苦恼。紧紧地遵循你的天赋,它就时时刻刻都能给你展示出一片鲜明的前景。做家务是一种愉快的消遣。当我的地板脏了,我便一早起床,把所有的家具都搬到门外草地上,把床铺床架堆成一堆,然后把水泼在地板上,再把从湖里捞上来的白沙子撒在上面,接着,用扫帚将地扫得干净洁白。在乡里人吃完早饭之前,太阳已经把我的屋子晒得很干,完全可以把家具搬回去,而我则依然浮想联翩,没被打断。见到我的全部家产都摆在草地上,堆成吉普赛人那样的小行李堆,而我那张三脚桌子,上面的书籍、笔和墨水都没有拿掉,摆在松树和核桃树的树荫里,这是多么令人心情愉快的事。它们似乎都很乐意待在外面,似乎不愿意让人再搬回屋里去。有时我忍不住在这些东西上头撑一张遮篷并在那里就座。花点时间看着阳光照射在它们上面,听着风抚摸着它们是很值得的;大部分最熟识的东西在户外看上去比在屋内更有意思。一只鸟栖息在邻近的树枝上,长生草长在桌子底下,黑莓藤缠绕着桌脚;松实、栗子和草莓叶布满四周。看上去像是这些形态就这样转变成了我们的家具,变成了桌子、椅子和床架——因为它们曾一度置身于这些中间。

---

① 法伊弗夫人《一位夫人的环球航行》,布里印第安人曾是巴西东部的本地居民。

我的房子坐落在一个小山腰上，紧挨一片大森林的边缘，在一片刚成林的油松与核桃树中间，距离湖边有6杆远，有一条窄窄的小道从山腰通到湖边。在我的前院里面，生长着草莓、黑莓、长生草、狗尾草、黄花、矮橡树、野樱桃、蓝莓和野豆。近5月底时，野樱桃(*Cerasus pumila*)在短短的树干四周开着一簇簇小伞形的柔美的花朵，把路的两旁打扮得十分美丽，最后到了秋天，沉甸甸的长成了又大又美的野樱桃，像一串串的花环垂了下来，看上去仿佛一道道光芒在四周摇曳。我出于对大自然表示景仰之情而品尝一下野樱桃，尽管它们未必可口。漆树(*Rhus glabra*)在屋子四周长得很茂密，穿出我建造的堤围，头一个季节里便长了五六英尺。它那宽阔羽状的热带作物的叶子，看上去虽有点奇怪但却令人感到愉快。暮春时节，从一些看似已经枯死的枝条上突然冒出巨大的蓓蕾来，魔术般地长成柔美的绿枝，直径达一英寸。有时我坐在窗口，见到这些枝条毫不经心地生长，沉重地压着幼嫩的枝节，我听见一枝新长出来的嫩条突然像一把扇子掉到地上，这时空中连一丝风都没有，它完全是被自身的重量压断。8月里有大量的浆果，它们在夏季开花时节曾引来了许多野蜂，慢慢地浆果呈现出鲜明的天鹅绒般的绯红色，同样又是被自身的重量压弯下去，折断了柔嫩的枝条。

这个夏天的下午，我坐在窗口，几只鹰隼在我那片林中旷地上空盘旋；野鸽在急飞，三三两两地掠过我的视野，或者不安地栖息在我屋后的白松枝上，向空中发出一片叫声；一只鱼鹰在平静如镜的湖面上激起一阵涟漪，叼走了一尾鱼；一只水貂偷偷地从我门前的沼泽地爬出来，在岸边捉住了一只青蛙；莎草被芦苇鸟飞飞停停的点掠压弯下去；最后半个小时，我听见铁路上火车哐当哐当行驶的声音，时而消逝下去，时而又回复过来，就像鹧鸪在拍着翅膀，把旅客从波士顿载往乡下。因为我不那么与世隔绝，不像那个小男孩——据说他被送到城镇东面一个农民家里，可是不久便跑回家，鞋跟都磨破了，他实在想家，他从没有见过那么无聊而又偏僻的地方，那边的人全都跑光了，啊唷，你甚至连吹口哨的声音都听不见！我看现在马萨诸塞州未必有这样的地方：——

“真的，我们的村庄变成了靶子，
成为某支铁路飞矢的目标，
和平的原野上传来它安慰的声音——康科德。”①②

费奇伯格铁路到达距离我住处南面约莫100杆的湖区。我时常沿着堤道前往村子里，我好像就是靠着这个和社会联系在一起似的。那些坐在货运列车上跑遍全线的人，像遇见老朋友般和我点头，他们时常从我面前来来去去，显然把我当成雇工；我的确如此。我也很愿意成为地球轨道某处的路轨修理工。

夏天和冬天，火车头的汽笛声响彻我的森林，像是在农家庭院上空翱翔的一只老鹰发出的尖啸，它告诉我：许多焦躁不安的城市商人正在进入市镇之内，或者是一批乡村的投机商人从相反方向来到这里。进入视线范围，他们彼此间互相喊叫，让对方离开轨道以免发生危险，有时这喊叫声两个市镇四周都听得到。乡村啊，你们的杂货到了；老乡！你们的食粮到了！农庄上没有任何一个人生活独立到能够拒绝那些东西。乡下人的汽笛声尖叫起来了：这就是你们的报酬！木材犹如长长的攻城槌，以每小时20英里的速度撞向城墙，住在城里那些疲倦不堪，负担沉重的人，现在全都有椅可坐了。乡村以如此兴师动众的礼节向城市送上一把椅子。所有印第安黑果的山头全给采光了，所有长蔓越橘的草地也采摘一空运进城里。棉花上来，纺织品下去；蚕丝上来，毛织品下去；书籍上来，可是著书的智力却下去了。

当我碰见火车头带着一列车厢像行星那样运行——更确切点说，像一颗彗星，因为观看的人不知道火车以这样的速度朝着那个方向驰去，是否还能回到这边来，它的运行轨道看上去不像一条会回转过来的曲线；它的水蒸汽像一面旗帜，编织出一个个金花环、银花环在后面飘扬，像是我见过的一团团轻似绒羽的云朵，高悬天际，扩散开来，让阳光映照——像是这个正在旅游的半神半人，驱云赶霞，不久便要把夕阳映染的天空制成他的列车的衣

① 钱宁(E. Channing)《瓦尔登湖的春天》，Ⅱ，30—32，见《樵夫及其诗篇》(波士顿，1849)。

② 英文Concord(康科德)又有“和谐”之义。——编注

裳；当我听见铁马鼻息如雷，让山谷发出回声，它的脚步使土地为之抖颤，鼻孔里呼火喷烟（我不知道他们会把什么样的飞马或火龙放进新的神话里），仿佛大地现在已经得到了一个种族，配得上去居住在它上面。如果一切都像表面看上去那样，而人们则把各种元素都变成服务于崇高目标的工具，那该有多好呀！如果火车头上面的云朵就是创建英雄业绩的汗水，或者像飘荡在农田上的雨云那样对人有益，那么，各种元素和大自然本身都会心甘情愿地和人们形影不离，为其服务，成为他们的捍卫者。

我眺望着早车驶过去，感情上一如我观看朝阳升起，日出也未必能比这更加准时了。火车后面拉了一串长烟，越升越高，火车开往波士顿，烟则升上了天空，一时间把阳光都给遮住，把我远方的田野笼罩在阴影之中。这串长长的烟云是天上的列车，而它旁边紧挨大地的那列小车辆，只不过是一把标枪上的倒钩。在这个冬天的早晨，铁马的驾驭者一早就起床，在群山中星光照耀下喂马，套上马具。火也同样一早就被唤醒，好让它体内获得生命的热量，以便奔驰。要是这件事能做得既这么早又真正无害，那该有多好呀！如果积雪很深，他们便给它穿上雪鞋，用一支巨大的雪犁开出一条从群山中通往海滨的犁沟，而列车则像挂在后面的播种机，把所有骚动不安的旅客连同流动商品当成种子般撒在田野里。一整天这匹火马飞奔过田野，只有在它的主人要休息时才停一停，而我则半夜里被它的沉重的跳振声和叛逆的喷气声给吵醒，这时在林中某个峡谷里，它被冰雪围困住了；只有到了启明星出现时，铁马才能到达马厩，接着又是无需休息睡眠便再度登程了。说不定在黄昏时刻，我听见铁马在马厩里把一天剩下来的能量释放掉，让神经安静，让脏腑和脑袋冷静下来，让它可以有几个小时的钢铁睡眠。要是这事业的英勇而又威严的气概，能像铁马那样持久而不知疲倦为何物，那该有多好呀！

在城镇边缘人迹罕到的深林里，以往只有猎人白天时才跑进去，如今这些灯火通明的客车却在漆黑的夜里当地居民沉睡不知晓时疾驰而过。此刻车子停在市镇某个灯光辉煌的车站里，一群社交界人物正聚集在那里，过了一会儿车子已经来到了“黑沼泽”，吓得猫头鹰和狐狸飞的飞，跑的跑。火车出站与到站的时间，如今成了村子里每天的大事。车子来来去去规律而准时，汽笛的声音传得很远，所以农民便据以校正钟表，就这样，一个组织妥善的机构，使整个国家都受它调节。自从发明了铁路以来，难道人们在守时方面没有得到些改进吗？他们在车站上说话和想事，不是比在驿站更快些吗？车站有一种激动人心的气氛。我对它所产生的奇迹般的影响感到惊讶；我有一些邻居，我本来预言他们是绝不会去乘坐这么迅速的交通工具到波士顿去的，现在却是车铃响时人已来了。“用铁路方式”办事现在成了一句口头禅；应该听取权力机关经常真诚地提出来的告诫，要离开铁轨远一些。这玩意儿不会停下来宣读取缔闹事法，也不会对乱民鸣枪示警。我们已经创造了一种命运，一个阿特洛波斯①，那是不会避让的。（就让它成为你机车的名称吧。）人们读广告懂得某时某刻这些箭要朝着特定方向发射出来；然而它并不妨碍别人的事，孩子们乘车在另一条轨道上去上学。我们生活得更加稳定。我们全都被教育成为退尔②之子。空中到处都是肉眼看不见的弩箭。除了你自己的道路外，条条道路都是命运决定的路。那么，就继续走你自己的路吧。

商业之所以在我看来可取，是因为它具有进取性与勇气。它不拱手向朱庇特祈求。我每天都见到这些商人多少带着点勇往直前和心满意足的神态投入商业活动，他们做的比自己预料的更多，也许比自己有意识计划的干得更好。那些在布埃纳维斯塔火线③上坚持了半个小时的人，其英雄气概对我所产生的影响，还比不上那些把铲雪机做为自己过冬住房的人，他们表现出坚定而又愉快的豪迈气概，不仅有着波拿巴认为是最难得的早晨 3 点钟的作战勇气，而且他们的勇气不会太早跑去休息，只有当暴风雪入睡时或者他们铁马的筋骨冻僵了才会去睡觉。在这个大雪的早晨，说不定风雪还在猛刮，还在冻结人们的血液，我便听见他们火车头压抑低沉的铃声，从列车呼出的冰冷的浓雾中传出来，宣告列车来了，并未误点，置新英格兰东北暴风雪的否决权于不顾。我看到那些铲雪工身上覆盖着雪花和冰霜，头部隐隐约约露在推土板上头，而被推土板翻过去的不是雏菊与田鼠窝，而是像内华达山脉上的巨砾，这些巨砾占据了宇宙的外界。

---

① 阿特洛波斯（Atropos）是希腊神话中命运女神之一，掌管剪断生命之线。——译者注

② 退尔（Tell）是瑞士传奇英雄，被迫向放在他儿子头上的苹果射箭，一发而中。——译者注

③ Buena Vista，1847 年墨西哥战争期间的战场。

商业出人意料地自信而又沉着、机灵、富于进取心,不知疲倦为何物。然而,它所采取的方法却是很自然的,比起许多充满幻想的事业和带感情色彩的试验来尤其如此,因此它取得了非凡的成功。当一列货运列车从我旁边呼啸而过时,我感到精神抖擞,心胸开阔,我闻到了各种补给品的气味,从"长码头"到尚普兰湖一路上散发着它们的香气,令我想起外国各地,想起了珊瑚礁、印度洋、热带地区以及浩瀚的地球。我一看见那些明年夏天就会戴在许多新英格兰人亚麻色头发上的棕榈叶,一看见马尼拉大麻和椰子壳、旧缆绳、黄麻袋、废铁和生锈的钉子时,便觉得自己更像个世界公民。这一整车的破帆比起它们造成纸、印成书更易读也更有趣。谁能够把它们经历的惊涛骇浪的历史,像这些破帆那样生动地描绘出来?它们都是一些无需修改的校样。经过这里的是来自缅因森林的木材,这些木材在最近的一次河水暴涨时没有运出海,每千根涨价 4 美元,原因是有的木材运了出去或者被劈开;松木、云杉木、雪松——分为一级、二级、三级和四级,不久前还都属于同一个等级,在熊、麋鹿和驯鹿的上方摇曳。下一列滚滚而来的列车运的是托马斯顿的石灰,第一流的货色,要在群山中穿行老远老远,才放缓速度停下来。这些捆成一大包一大包的破旧衣服,各种款式、各种等级齐全,是棉料和亚麻织品的身价下降的最低点,也是衣服的最终归宿——现在再也没有人去称赞它们的式样了,除非在密尔沃基市;因为那些光彩夺目的衣裳,英国、法国或美国的印花布、方格花布、平纹细布等等,从各地搜集来,有上流社会的,也有穷人的,都将变成了单色或只有几种色彩的纸张,在这些纸张上,当然要写出真实生活的故事来,高级的、低级的,反正都来自事实!这辆密封车散发出咸鱼的气味,一股强烈的新英格兰商业气味,使我想起"大岸滩"[①]及其渔业。谁不曾见过一条咸鱼呢?为我们这个世界而精心腌起来,目的是使世间无物能使它变坏,并使那些坚韧不拔的圣人相形见绌,为之赧颜。有了咸鱼,你可以去扫街或铺路,劈柴火,驾车的人和他的货物可以躲在它后面避避烈日和风雨——至于一个商人,那可以像康科德镇某个商人曾经做过的那样,开张营业时把咸鱼挂在门旁当招牌,一直挂到老主

---

① 大岸滩(Grand Banks)是大西洋北美大陆架的一部分,位于加拿大纽芬兰东南部,是一个国际渔场。——译者注

顾都说不清这到底是动物、植物还是矿物,可是,它却会像雪花那样洁白,如果放在锅里煮,还可以烹调出一道可口的暗褐色鱼羹,供星期六宴会之用。其次是一张张西班牙皮革,尾巴还保持着卷曲和翘起,正是当年披着这些皮革的公牛在南美大草原上猛冲的姿态——这是最顽强固执的典型,表明一切性格上的缺陷几乎形同绝症,不可救药。我承认,实际上,当我了解一个人的本性时,便觉得在这种生存状况之下是无望使其变得更好或更坏的。一如东方人说的:"一条野狗的尾巴可以加热、碾压、用带子扎,在这上面花费了12年的精力之后,它仍然保持着原来的老样子。"对这种像狗尾巴所显示出来的根深蒂固的本性,唯一有效的疗法是把它们熬制成胶,我相信,通常对付它们采用的就是这个办法,它们也就一动也不动粘在那里了。这里是一大桶糖蜜或白兰地酒,运往佛蒙特的卡廷斯维尔交约翰·史密斯收,那是格林山区的商人,是给林中空旷地的农民们进口货物的,现在也许就站在他的岸上想着最近运到岸上来的货物对价格会产生什么影响,此刻他会告诉他的顾客——今天早晨他已经这样告诉过他们20次,说他预期下次车会运来些高质量的货物。这件事在《卡廷斯维尔时报》上登过广告。

这批货物上来,另一批货物下去。听见一阵嗖嗖的声音,我放下了书抬起头来,见到一些从遥远的北山上砍下来的长长的松木,穿过格林山和康涅狄格,像箭一般10分钟之内就穿过了城镇,眼睛还来不及看,它已成为:

"一艘旗舰
上面的桅杆。"①

啊,听!运牲口的列车来了,运载着千山万岭的牛羊,运载着空中的羊栏、马厩和牛棚,带着棍子赶牲畜上市的人,羊群中的牧童,除了山中的草场外全都来了,宛如山中的树叶被9月一阵阵大风刮走急飞一样。空中充满了牛犊和小羊的咩咩叫声,还有公牛挤来挤去,仿佛一个放牧的山谷就在旁边闪过去。当那头走在前面的老带头羊叮叮当当地响起铃声时,大山的确就像公羊那样蹦过去,小山也像羊羔那样跳起来。一整车赶牲畜上市的人

① 弥尔顿《失乐园》,Ⅰ,293—294。

也挤在这中间，现在和他们的畜群处于同等地位，他们的职业已经成为过去了，可是却仍然牢牢抓住毫无用处的赶牲口的棍子，当成是他们办公室的徽章似的。可是他们那些牧犬又到哪儿去了呢？对它们来说这是一场大溃退，它们的确被抛弃了，它们已失去了追踪目标的线索。我觉得，我似乎听见它们在彼得伯勒山背面吠叫，或者气喘吁吁地在爬上格林山的西坡。它们不会见到牛羊被宰的场面。它们也失业了。它们的忠诚和精明现在已经没有什么价值了。它们会偷偷地一副丧家之犬的样子溜回它们的狗窝，或者变成野狗，与狼和狐狸结盟为伍。你的草原生活就这样地急卷而去。可是铃声响了，我必须离开铁路，让火车过去——

铁路对我有何意义？
我从未跑去看个彻底
弄清它的终点在哪里。
它把一些坑坑洞洞填起，
给燕子筑堤，
让黄沙吹散堆积，
黑莓有个生长的场地。

可是我跨过铁路，就像越过林中小径一样。我可不愿意让火车的黑烟、蒸气和嘶叫声把我的眼睛弄瞎、耳朵变聋。

火车既然开走了，整个不安的世界也跟着它离开了，池塘里的鱼再也感觉不到车子行驶时的辘辘声，我比任何时候都更加孤寂。在长长的下午的其余时间里，我的沉思冥想也许只被远方公路上一辆马车或牛车嘎拉嘎拉的微弱响声打断了一下。

有时在星期天，我听见钟声，来自林肯、阿克顿、贝德福德或康科德的钟声，当刮的是顺风时，一种微弱、甜美、可以说是自然的旋律，真值得加入到荒野中。在森林上空相当远的地方,这音响发出某种颤动连续的低鸣。仿佛地平线上的松针是一架竖琴上的弦线,这声音就从它上面掠过。在最远距离里听到的一切声响,都产生出同样的效果,这是宇宙竖琴的颤动声,一如横亘在中间的大气使得远方的山脊带上天蓝色,看上去十分悦目。既然是这样,传到我这里的就是经空气过滤的旋律,它和森林里每片叶子、每根松针进行了交谈,也即被自然元素吸收的那一部分音响,经过调节变调,发出回声,从一个山谷传到另一个山谷。回声在某种程度上是一种原创的声音,回声的魔力与魅力也在此中。它不只是把钟声里值得重复的部分加以重复,而是还部分地包含了森林的声音,这是林中仙女日常谈话和吟唱的曲调。

黄昏时刻,森林外的地平线上传来了远方哞哞的牛叫声,声音甜美而富有旋律,开头我误以为是吟游诗人有时对着我唱小夜曲的声音,他们往往翻山越谷在那儿游荡;但没有多久,当声音延长变成了牛叫声这种廉价的自然音乐时,我虽然失望了,但又没有不愉快之感。我不是想去挖苦,相反的,当我说我清楚地感到他们的吟唱声近似牛哞的音乐时,我要表达的是对那些青年人的吟唱的欣赏之情,吟唱声与牛叫声最终都是天籁之音。

很准时,在夏天的部分时间里,一到7点半钟夜班列车开过去之后,夜鹰便停在我门旁的树桩上或房梁上,唱上半个小时的晚祷曲。它们每天傍晚几乎像时钟那样准确,在一个特定时间前后不超过5分钟,对着夕阳开始歌唱。我得到了一个难得的机会去熟识它们的习惯。有时我一次听到四五只夜鹰在森林的不同地方歌唱,偶然一只比另一只落后了一小节,而且和我距离是这么近,使得我不但能听清每个音符后的咯咯声,还时常听见像苍蝇缠在蜘蛛网里发出的那种特有的嗡嗡声,只是声音更大些罢了。有时一只夜鹰会在林中距离我数英尺的地方不停绕着我盘旋,像是给一根线拴着似的,说不定这时我刚好跑到它下蛋的地方附近。它们整个晚上不时歌唱,而在黎明前后尤其像乐音般悦耳。

当别的禽鸟全都寂然无声时,刺耳的猫头鹰鸣叫声接了上去,像居丧妇女发出自古相传的"呜—噜—噜"的哀号。它们悲哀的尖叫声是真正本·

琼森[①]式的。智慧的午夜女巫！它们不是诗人所吟诵的那种真实、直白的“都噎—都呼”；不是开玩笑，这是一曲庄严的墓地哀歌，是一对自杀的情人在阴间的丛林里想起崇高爱情的苦痛与欢乐时互相安慰之声。然而，我喜欢听他们的哀诉，他们阴惨惨的你问我答，这声音沿着森林边缘发出颤抖的音响，有时令我想起了音乐与鸣禽，仿佛这是音乐中阴郁、催人泪下的一面，是不得不去歌唱的悔恨与叹息之情。它们是堕落灵魂的幽灵，一种低沉的情绪和令人抑郁的不祥之兆，一度被赋予人形在大地上梦游，干着黑暗的勾当，现在就在那些罪恶场景中用悲歌或悼亡之曲来为自己赎罪。它们给予我一种新的感觉，体会到我们共同居住的这个大自然之多样性和包容力。“哦—呵—呵—呵—呵——我从未出生—生—生！”湖的这一边一只猫头鹰发出这样的叹息，带着绝望不安的情绪在空中盘旋，终于停落在一株灰色橡树上。接着，在湖的那一边，另一只猫头鹰带着颤抖而真挚的感情发出回声：“我从未出生—生—生！”接着，远远从林肯森林里又微弱地传来了“出生—生—生！”

一只森鸮也向我唱起了小夜曲。近在咫尺，你可以把它想象成大自然中最忧郁的声音，仿佛这种鸟有意使人类临终的呻吟模式化，并通过它的合唱队永远保留下去——这呻吟是凡人可怜的脆弱的遗物，他们把希望留在后面，在进入冥府的幽谷时像动物那样嚎叫，但却带着人的啜泣声，其中某种“咯尔咯尔”的旋律反而使得它听起来更加可怕——当我试图模仿这音调时，我发现自己一开口就念出“咯—尔”两个音。它表示心灵已进展到胶粘、霉变的阶段，一切健康和勇敢的思想全告坏死。令我想起食尸鬼、白痴和疯子的嚎叫。但现在一只猫头鹰从远处的林中发出应答之声，由于遥远，声调听起来旋律优美——“胡—胡—胡，胡拉—胡”；的确，这声音大都只引起愉快的联想，不管你听到时是白昼还是黑夜，是夏天还是冬天。

我感到高兴的是这里有猫头鹰。就让它们去替人类做些愚蠢而又疯狂的嚎叫吧。这种声音最适宜于沼泽地带和日光照不亮的昏暗森林，使人想起那个尚未为人类认识的广大而未开化的自然。它们代表着尽人皆有的昏

① 本·琼森(Ben Johson)，英国剧作家、诗人兼评论家，主张文学应符合“自然”，符合“生活”，“酷似真实”。——译者注

暗无知与不惬意的思想。太阳整天照在一片蛮荒的沼泽地上，孤零零一株云杉，披着松萝地衣矗立在那儿，一些小鹰隼在上空盘旋，山雀在常绿树中唧唧，而鹧鸪和野兔则在下面躲躲藏藏；可是现在一个更阴沉而合适的白昼到来了，于是就有一群别样的生物醒过来在那儿表现大自然的意义。

夜深了，我听见远方马车过桥时的辘辘声——这声音在夜里比别的任何声音传得更远，犬吠声，有时又是远方牛棚里传出来的郁闷的牛叫声。与此同时，牛蛙的奏鸣声响彻整个湖岸，古代酒鬼和纵饮狂欢者那股挤死拼活的兴致，依然没有悔改，还试图在他们那个冥河般的湖上唱一首轮唱曲——但愿瓦尔登湖上的仙女会原谅我做这样的比较。尽管这个湖儿乎没有杂草，可是却有青蛙——它们还是喜欢把古老宴席上的狂欢习惯保持下去的，虽说它们的声音已渐渐变得嘶哑和严肃低沉，它们嘲笑欢乐，酒也失去了美味，变成了只不过是填充肚子的液体，美酒也不再来浇去昔日的记忆，而只不过是一种灌足、浸满、涨大。那个最高级的青蛙委员，下巴靠在心形的叶子上，叶子成了它流着口水的嘴巴下面的餐巾，就在这北岸下面，它痛痛快快喝了一大口曾一度受蔑视的水酒，接着便把酒杯传过去，吐出一串“特尔—尔—尔—龙克，特尔—尔—尔—龙克，特尔—尔—尔—龙克”的声音，立刻，从远处湖湾的水面上传来了同样的口令，在那儿有一只资格和肚皮均数第二的青蛙把轮到它的一大口酒喝了下去。当这种礼仪绕岸一周举行过之后，那只司仪的青蛙长官满意地喊叫出：“特尔—尔—尔—龙克”！随后，每只青蛙依次同样重复着，一直传到那膨胀最小、漏水最多和肚皮最松的青蛙，一切不出差错。接着，酒杯一遍又一遍轮番传下去，直至太阳驱散了晨雾，这时只有青蛙长老没有跳下湖里，还待在那里徒劳无功地不时大声喊叫着“特龙克”，又停下来等候回音。

我拿不准是否曾在林中空地听见过公鸡报晓，所以我觉得也许值得去喂一只小公鸡，当成听音乐，当成一只鸣禽。这一度曾是印第安野鸡的啼叫声，毫无疑问是所有鸟类中最杰出的，要是它们能迁来而不被驯化的话，公鸡的啼声一定很快就会变成我们林中最著名的声音，胜过大雁的嘎嘎声和猫头鹰的鸣叫；再想一想母鸡吧，夫君的号角声刚一停下来，她们便用咯咯叫的声音来填补空隙！难怪人类把这种禽类编入驯养的家禽中去——更不必说鸡蛋和鸡腿了。一个冬天的早晨，漫步于这类禽鸟很多的林子里，在它们出生的老林中，听到野公鸡在树上啼，声音嘹亮而又尖锐，声传数英里，在大地上发出回响，把其他禽鸟较微弱的啼叫声全都淹没掉——试想想看！这啼声会使全国格外警醒。谁不会早起，在一生的日子里一天天起得更早，直至他变得无比健康、富有、聪慧？这种外国鸟的歌声受到一切国家的诗人的赞美，与他们本国鸣禽的歌喉一样。任何气候都适合于威武的雄鸡。雄鸡甚至比本地的禽鸟更加土生土长。它永远健康，嗓音洪亮，神采从不衰退。甚至大西洋和太平洋上的水手也都是闻鸡鸣而觉醒，可是它那尖锐的啼叫却不曾把我从酣睡中唤醒，我不养狗，不养猫、牛、猪，也不养母鸡，所以你可以说这里缺少了驯养的声音；这里也没有搅乳器，没有手纺车，甚至没有水壶的响声，茶壶的嘶嘶声，也没有孩子的哭叫声来安慰人。一个老式守旧的人到此可能会丧失理智或闷闷不乐而死。甚至墙壁里面连耗子也没有，全都饿跑了，更确切点说，没有什么东西引诱它们进来过——只有松鼠在屋顶上、地板下，夜鹰在房梁上，有冠的蓝背樫鸟在窗下尖叫，一只兔子或土拨鼠在屋子底下，一只仓鸮或猫头鹰在屋后，一群野雁或一只发笑的潜鸟在湖上，还有一只狐狸在夜里呜呜叫。甚至连一只云雀或黄鹂这类温柔的园林鸣禽也未曾访问过我的林中空地。庭院里既没有小公鸡在啼，也没有母鸡在咯咯叫。根本就没有庭院！有的只是那没有篱笆围住的大自然，一直通到你的门口。一片幼林在你的窗前欣欣向荣，野漆树和黑刺莓的蔓藤爬进你的地窖；茁壮的油松树由于缺乏发展的场地，拼命向墙面板挤过来，它们的根则穿到屋子的正下面。不是天窗或百叶窗让狂风给刮跑——而是屋后一株松树的树枝给折下来或拔起树根当柴烧。不是大雪中没有一条通往前庭的门，而是没有门，没有前庭，没有一条通往文明世界的路！

孤　　独

这是一个美妙的黄昏，全身就是一个感官，把欢乐吸进每个毛孔。我在大自然中奇妙地自由来去，成为她的一部分。当我只穿衬衫，沿着布满石子的湖岸漫步时，尽管天凉，多云，有风，没有什么特别的东西吸引着我，整个自然环境却与我格外适宜。蛙鸣阵阵，宣告夜幕来临，而夜鹰的乐调则随着吹起涟漪的微风从湖上传来。赤杨摇曳，白杨晃动，令人产生戚戚之感，使我几乎停止呼吸；然而，就像湖水一样，我那宁静的心境微微起了涟漪，却并未起伏不平。晚风吹起的阵阵微波就像平静如镜的湖面，距离暴风雨还很遥远。尽管现在天色黑了下来，风仍在林中吹着、呼啸着，波浪仍在撞击，一些生物用它们的音调为别的生物催眠。可是并没有完完全全的宁静。那些野性十足的野兽就不平静，此刻正在寻找可供捕食的动物；狐狸、臭鼬和兔子正漫游在田野和林中，不知恐惧为何物。它们是大自然的看守者——是联系着生气勃勃的白昼的一个个环节。

当我回到自己的屋子里时，发现有些客人曾来过，留下了他们的名片，像一束花、一个常绿树枝的花环，或用铅笔写在黄色胡桃叶上或木片上的名字。那些很少到林子里的人，把森林的一小片什么东西拿在手里一路把玩，他们或是故意，或是偶然，把这些东西留了下来。有个人剥去了柳枝的外皮，把它编成戒指，丢在我的桌子上。我总能看出在我外出时是否有客人来过，这可以从弯倒的枝条或青草，或从他们的鞋印看出来，而且一般说来，还能从留下来的蛛丝马迹推断出来客的性别、年龄及性格，例如掉在地上的一朵花，一束被拔起又扔掉的青草，即使是在半英里之外的铁路那边，或者雪茄烟或烟斗残留下来的气味。我甚至时常能从旅行者的烟斗发出的气味，知道60杆外公路上有个旅客经过这里。

我们的四周通常有一片足够大的空间。我们的地平线从不近在身旁。茂密的森林并不刚好在我们的门口，湖泊的情况也是这样，总是有一块我们熟识而经常使用的空地，被占用并围上某种形式的篱笆，这样，这片地就从大自然那里开拓出来了。凭什么理由人们要将这么大范围的一片地，几平方英里人迹罕至的森林，放弃给我，供我隐居之用？我与最近的邻居相距一英里，四周都看不见房子，除非登上距离我住处半英里之遥的山顶。我的地平线给森林团团围住，完全属于我一个人；极目远望，一边是铁路伸到湖边，另一边则是沿着山林公路的篱笆。但就绝大部分来说，我所住的地方就如在大草原上一样孤寂。这里既是新英格兰，同样也是亚洲或非洲。我似乎有着自己的太阳、月亮和星星，似乎有着一个完全属于我自己的小世界。夜里，从没有一个旅客经过我的屋子或来敲我的门，就仿佛我是第一个或最后一个人；除非是春天，村子里偶尔有人跑来钓鳕鱼——他们在瓦尔登湖里钓到的显然更多是自己的天性，把黑暗当钓饵装在鱼钩上。不过他们很快就退走了，经常提着轻飘飘的鱼篓，把“世界留给黑暗和我”①，而黑夜的核心却从未遭受到人类邻居的亵渎。我相信，人类一般说来仍然有点害怕黑暗，尽管妖巫全都给吊死，而基督教和蜡烛也已介绍进来。

可是我有这样的体验：甚至一个可怜的厌恶人类者，一个最忧郁的人也能在自然界的事物里面找到最甜蜜温柔、最纯洁最鼓舞人的朋友。对一个生活在大自然中而且还有感觉的人来说，不可能会有太过暗淡的忧郁。对于健康而又纯洁的耳朵来说，不管是什么样的暴风雨都是风神弹奏的音乐。世间没有任何东西能有理由使一个单纯而又勇敢的人堕入庸俗的悲哀之中。当我享受着四季的友情时，我相信任何东西都无法使生活成为我的负担。今天洒在我豆田上并把我留在屋子里的轻柔细雨，并不使人感到沉闷忧郁，而是对我也有益处。尽管细雨使我不能出去给豆田松土，可是下雨比起松土价值要大得多。要是下雨的时间太长，会造成地里烂种，并使低地的马铃薯坏掉，可它对高地的草还是有好处的，既然对青草有好处，对我也就

① 托马斯·格雷《墓园挽歌》(1751)，1，4。

会有好处。有时我拿自己和别人做了比较,觉得诸神对我似乎格外垂青,超过了我自己感觉应得之份;好像我有保证书和担保单在诸神手里而我的那些伙伴们却没有,我因此获得特别的指导和保护。我并不过高估计自己,可能的话,倒是他们抬举了我。我从未感到寂寞,也丝毫没有为孤独感所烦恼,但有一次,那是我进入森林几周之后,当时有整个钟头的时间,我产生了疑问,要过宁静而健康的生活是否还是非得有人类作为近邻不可。处于孤独的状态是有点不愉快。但与此同时,我也意识到自己的情绪中有着一种轻微的失常状态,并似乎预见到自己会康复。在微雨中正当我这方面的思想占上风时,我突然感到大自然里面,在雨点的滴答声中,在我屋子四周听到和见到的每一事物中都存在着一种美好而又仁爱的友情,这种无穷无尽、难以解释的友谊一下子像一股支持我的气氛,使得那想象出来的人类邻居的种种好处变得微不足道,从那时起我再也不去想什么邻居的好处了。每一条小小的松针都舒展扩大,胀满了同情,待我如挚友。我非常清楚地感到,这里存在着一种对我亲如骨肉的关系,甚至也存在于一般人称之为荒凉阴郁的处所之中,我还意识到,和我血统最接近而又最富于人性的并不是一个人,也不是一个村民,所以我觉得,再也没有一个地方在我看来会是陌生的了。——

“哀悼使悲伤的人未老先衰;
在生者的土地上时日无多,
托斯卡的美丽的女儿啊。”①

我有些最愉快的时刻是在春天或秋季暴风雨久下不停的时候,下午和上午我都给关在屋子里,它们不停的咆哮和猛扫安慰着我;早到的黄昏迎来了漫长的晚上,在这段时间里,许多思想有时间去扎下根并发展。在那来自东北方向的阵阵瓢泼大雨中,村子里的房屋都受到考验,这时女佣都带着拖把和水桶站在门口做好准备,以防雨水溢进屋里,而我则坐在自己小屋的门后,屋子就只有这么一道门,可我却完全享受着它的保护。在一次猛烈的雷

---

① 《克罗马》Ⅱ,52—54,见帕特里克·麦格雷戈《莪相诗中留真迹》(伦敦,1841)。

阵雨中,闪电击中了湖对岸的一棵大油松树,从树顶到底部划下了一道十分明显而又极有规则的螺旋形沟纹,深度约莫一英寸多,宽四五英寸,就像手杖上那种沟纹一样。那天我又经过这棵树,抬头见到这道痕迹,为之懔然敬畏,它此时格外清晰,就是在那儿,八年前一道可怕、不可抗拒的闪电曾从无害的天空降下。人们常对我说:“我想你待在老远的地方一定感到很寂寞,一定想跟人们挨近些,尤其是在雨雪天的白天和夜晚。”我总想如此回答:我们所居住的整个地球,在宇宙中只不过是一个小点罢了。试想想看,远方那个星球上最遥远的两处居民相距能有多远?那个星球的宽度我们的仪器都无法测量出来呢。为什么我会觉得孤寂呢?我们这颗行星不就在银河上吗?你所提出来的问题在我看来似乎并不是最重要的。到底什么样的空间把一个人同他的伙伴们分隔开,并使他变得孤独呢?我发现,两条腿无论怎么努力奔跑,也无法使两颗心互相更加贴近。我们希望住的地方最挨近什么呢?当然不是挨近许多人、挨近仓库、邮局、酒吧间、聚会所、校舍、杂食店、灯塔山或五点山等人们最常聚集的处所,而愿住在靠近我们生命永驻之源,我们从经验中发现活力是从那里流出,正如柳树生长在水边,总是要把自己的根朝向水流所在的那个方向伸展一样。这会因不同的性格而异,但这里却是一个聪明人要挖他的地窖的处所……有个晚上,在瓦尔登湖的路上我追赶上一个镇里的同乡,他赶着两头牛去市场,他积聚了所谓的“一笔可观的财产”——尽管我没看到有什么好瞧的。当时他问我怎么会甘心情愿地放弃这么多人生的乐趣。我回答说,我确信自己相当喜欢这种生活;我不是在开玩笑。就这样,我回到家里上床睡觉了,让他在黑暗泥泞中小心行路,前往布赖顿——或者光明之城①。他到达那里时应是早晨的某个时刻。

任何觉醒或苏醒过来的前景,对一个死人来说,都会让处于何时何地变得无关紧要。能发生这种事的地方始终是一样的,它令我们的全部感官体验不可言喻的快乐。我们多半把一些无关的暂时的境遇当成自己的要务。实际上,它们是造成我们分心的原因。最接近万物的是那创造万物的力量。在我们近旁是那些最崇高的法则在不断起作用。在我们近旁并不是我们所

① 英文 Brighton 音译为布赖顿,又有光明城之意。——编注

雇用的工人(我们总是喜欢与他谈话),而是创造了我们本身的那位工匠。

“神鬼之为德,其盛矣乎!”

“视之而弗见,听之而弗闻,体物而不可遗。”

“使天下之人,斋明盛服,以承祭祀,洋洋乎,如在其上,如在其左右。”①

我们是一个实验的材料,我对此兴趣不小。在这些情况下,难道我们就不能把那个说长道短的社交界暂时搁在一边,让自己的思想振奋自己?孔子说得好:“德不孤,必有邻。”②

我们可能会产生一种健康意义上的精神游离,浮想联翩。靠着心灵的自觉努力,我们就能够超然于行为及其后果之外;而一切事物,无论好坏,都像一股急流从我们身边流过去。我们并没有完全置身于大自然之中。我可能是溪流中的浮木,或者是从空中俯瞰下界的因陀罗。③ 我可能会为戏剧表演所感动;但另一方面,我可能不被一件和我关系极大的真实事件所打动。我只知道自己是一个存在着的人,可以说是一个思想和感情的舞台;我意识到自己具有某种双重人格,因此我能够超然置身远处,看自己如同看别人那样。无论我的体验何等强烈,但我感觉到我的一部分出来批评我,似乎这并不是我的一部分,而是一个旁观者,并没有和我分享共同的体验,而只是注意到它罢了;那不是我,就如不是你一样。当这场可能是悲剧的人生戏剧一告剧终,看客便继续走自己的路。就看客而论,那是一种虚构的东西,无非是想象力的产物。这种双重人格有时很容易使我们变成差劲的邻居和朋友。

我发现孤独在大部分时间里都是有益于身心健康的。和别人在一起,甚至和最要好的友伴在一起,很快就令人感到厌烦,浪费精力。我喜欢孤独。我从没有发现一个像孤独那样好的伴侣。我出去置身于人群中间,多半觉得比待在自己的室内更加孤独。一个在进行思考或从事劳动的人总是孤独的,随便他在哪儿。孤独并不是根据一个人与同伴相隔多少英里来计量。真正勤奋的学生在剑桥大学最拥挤的地方,也和沙漠里的托钵僧一样

① 《中庸》第十六章,1—3。

② 《论语·里仁篇》,第25章。

③ Indra,印度教中主管空气、雨水、雷电、土地的主神。

孤独。农夫可以整天在田地上或森林里独自劳动，锄地或伐木，而无孤独之感，原因是他从事劳动；但当他晚上回到家里，却无法单独一个人坐在室内胡思乱想，而必须待在他能“见到人”的地方去调剂一下精神，照他的想法就是补偿他一天的孤独。因此，他觉得难以理解的是，学生怎么能够整夜并几乎整天待在屋子里而不觉得无聊和烦闷呢？不过这个农夫并未认识到，学生虽然待在屋子里，却依然是在他的田野上工作，在他的森林里砍伐，正如农夫在自己的田野和森林里劳动那样，并且反过来学生也要寻求像农夫所寻求的娱乐和社交，尽管形式可能更加浓缩一些。

社交通常价值不高。我们聚会的时间很短促，没有时间去让彼此得到任何新的价值。我们一日三餐时见面，互相让对方重新尝一尝我们这陈腐的乳酪。我们必须公认一些被称为礼节与礼貌的准则，以便这种经常的聚会相安无事，避免公开冲突。我们在邮局见面，在联欢会上见面，每晚围坐在炉火旁；我们生活在一个人挤人的环境里，互相妨碍，互相绊脚，我想我们因此而不那么互相尊重了。重要而又热情的交往当然次数少点也够了。试想一想工厂里的女工吧——从来就没有孤独过，甚至在梦乡中也难得孤独。要是一平方英里只有一人，像我住的地方那样，那一定会好得多。一个人的价值不在于他的皮肤，我们不是非得摸到他。

我听到过有个人在森林里迷路，饿得要死，疲惫不堪地躺在树底下，他面前浮现出一些怪诞的幻影，这使得他的孤独感也消失了，由于身体衰弱，他的病态的想象力让这些幻影浮现在四周，他相信这都是真的。同样的，由于身体上和精神上的健康有力，我们也能不断地获得相类似的，不过是更加正常、更加自然的陪伴与鼓舞，并进而懂得我们从不孤独。

我在自己的屋子里有着许多伴侣，尤其是早晨没有人跑来看我的时候。让我来做点比较，或许可把我的情况传达出去。我不会比湖中放声大笑的潜鸟更孤独，也不比瓦尔登湖本身更孤独。请问那个孤独的湖有什么伴侣呢？在它蔚蓝色的水面上没有忧愁的魔鬼，只有蓝色的天使。太阳是孤独的，除了乌云密布的天气，偶然会出现两个太阳，但其中一个是假的。上帝是孤独的——可魔鬼却绝不孤独，他看见许多伙伴，他有一大帮。我不比单独一朵毛蕊花更孤独，也不比牧场上的一棵蒲公英，或一片豆叶，一根酢浆草，一只马蝇，一只大黄蜂更孤独。我不比米尔溪更孤独，也不比风向标、北极星、南风、四月的阵雨、一月的溶雪，或新屋子里的第一只蜘蛛更孤独。

在冬天的长夜里，雪急飘，风在林中怒号的时候，偶或有个老移民兼领主来我这里串门，据说他曾挖掘过瓦尔登湖，铺上了石头，湖边种上松树。他告诉我一些古时的故事和新的永恒的故事，我们一起度过一个愉快的夜晚，这种交往令人神怡，对事物的看法也令人欣悦，尽管没有苹果和苹果酒助兴。——他是一个极聪明幽默的朋友，我非常喜欢他，他比戈夫或惠利①保有更多的秘密。尽管人们认为他已经死了，可没有谁能说出他埋葬在哪里。有位老夫人，也住在我的附近，多数人见不到她，有时我喜欢跑到她那个芳香的百草园里漫步，采集点药草，听她讲些寓言故事；因为她有一种举世无双的丰富创造力，她的记忆力可追溯到比神话更早的时期，她能告诉我每一个寓言的来源，以及每个寓言所依据的事实，因为这些事发生在她年轻的时候。她是个红光满面、精力充沛的老太太，对各种气候、各个季节都喜欢，看来很可能要比她所有的孩子活得更长。

大自然那难以形容的纯洁与慈善——阳光、风雨、夏季、冬天，如此的健康，如此的欢乐，它们永远提供不息！它们对我们人类具有如此的感应，所以要是任何人由于正当的原因而伤心悲痛，大自然也会为之感动，太阳为之失色，风会富有人情味地为之悲叹，云为之泪下成雨，森林落下片片树叶，仲夏的日子里披上丧服。我能不与大地共其情怀吗？难道我不是部分地由绿叶与植物构成的吗？

是什么药物使我们得以保持健康、安详和满足呢？不是你我曾祖父的药物，而是我们的大自然曾祖母的万能的植物性药材。她就是靠这种药材而永葆青春，比当年许多老帕尔②活得长，用他们腐朽的脂肪衬托她的健康。我的万灵药不是那些庸医用冥河水和死海水制成的混合剂，装入小药瓶里，从那些又长又浅像黑帆船似的大篷车上倒出来，还是让我来吸一口没有稀释的早晨的空气吧。早晨的空气！要是人们不在一天的源头处喝到这种泉水，哎呀，我们甚至必须将泉水装入瓶子里，拿到店里出售，这是为世界

---

① 戈夫(Goffe)和惠利(Whalley)，英国大革命中的重要将领，因“弑君”罪名而逃亡到美国。——编注

② 托马斯·帕尔(Parr)系英国人，据说生于1483年死于1635年，享年152岁。

上那些失去早晨预订券的人着想。但要记住,这种瓶装泉水即使是保存在最冷的地窖里,也不能过午,而必然早早就冲开瓶塞,跟随着曙光女神的脚步西行。我不崇拜健康女神,她是老草药医神的女儿,在纪念碑上,她一手捉住一条巨蛇,一手握住一个杯子,而那条蛇不时就从杯子里喝水;我宁愿崇拜那青春女神,她是朱庇特的斟酒女神,是朱诺和野生莴苣的女儿,能使神与人永葆青春活力。她也许是地球上出现过的最健康、最有活力的少女,她走到哪里,哪儿就是春天。

访　客

我认为，我也和大多数人一样喜欢社交，我做好充分准备，让自己像一条吸血的水蛭那样，把跑到我这里来的任何一个血气旺盛的人给紧紧吸住不放。我本性不是隐士，要是我的事情让我来到酒吧间的话，我很可能要比那些一坐下来就不想走的常客坐得更久。

我的屋里有三把椅子，一把供孤独一人之用，两把供促膝谈心，三把则为满足社交上的需求。来访者如果是大批到来，人数出乎意料之外，这里也只能给他们腾出第三把椅子，不过他们通常总是站着节省地方。令人惊异的是一间小小的屋子竟能容纳下如此多的男男女女。在我的屋子里曾经同时有 25 或 30 条灵魂连同其所依附的躯体前来做客，可是我们分手时并没有意识到相互间曾经如此接近过。我们的许多屋子，不论是公家的还是私人的，有几乎数不清的房间，以及一个个贮藏各种酒类及其他和平时期军需品的酒窖，在我看来，对那些住在里面的人来说是太大了，简直是浪费。这些房屋如此大而豪华，住在里面的人看上去只不过是一些寄生在里面的虫豸，有时令我不胜惊异的是：当通报人员在特里蒙特、阿斯特或米德尔塞克斯等大宅前大声通报来访者之时，却见一只可笑的老鼠偷偷爬过游廊，随即又慌慌张张钻到人行道的洞里去。

在这么小的屋子里，我有时会体验到一种不方便之处：当我们开始用大词藻表达宏伟的思想时，难以和客人保持一段足够的距离。你需要有足够的空间，让你的思想进入扬帆状态，并在入港之前行驶一二个航程。你的思想的子弹必须能克服横跳和跳飞，在传入听者的耳朵之前，进入它最后稳定的飞行弹道，否则它会另辟途径从听者的脑袋旁边穿出来。同样的，我们的句子也需要空间来展开和形成队列。个人也像国家那样，必须有适当宽阔和自然的边界，甚至在边界与边界之间要有一片相当大的中立地带。我曾发现和对岸的一位同伴隔湖而谈是一种了不起的享受。在我的屋子里，我们太过接近，弄得无法聆听——我们无法既轻声说话，又让别人听得清；这情况一如你把两块石子投进平静的水里，石子挨得过近，互相破坏对方的涟漪。如果我们只是喋喋不休、大声说话的人，那么，我们倒可以紧挨在一起，互相感到对方的气息；但要是我们说话含蓄而又富有思想内容，那便会希望双方站得远点，使所有那些动物性的热气和湿气有机会蒸发掉。要是我们想要与各人内在那种不可言传，只能意会的东西有最亲密的交流，那么，我们就不但要沉默，而且一般说来身体要离得远些，使彼此听不见声音。谈及这个标准，言语无非是为了那些听力不好的人的方便；可是有很多美好的事物，要是我们大声喊叫的话，就无法言传。谈话的调子越来越崇高，越庄重，我们也慢慢把椅子越来越往后移，直至碰到后面的墙角，这时，通常就会觉得房子的空间不够大。

然而，我“最好”的屋子，也就是我退隐的屋子，随时准备接待客人，阳光很少照在它的地毯上，这屋子就是我屋后的松林。夏天贵宾来临时，我带他们到那边，一个十分难得的管家已经打扫了地板，清除掉家具上的灰尘，把一切都安排得井然有序了。

要是来一个客人，有时就会分享我那节约的饭食，我一边搅拌着速煮的麦片糊，或者看着一条面包在灰火中膨胀烤熟，而这并不会打断我们的谈话。但要是来了20个人，坐在我的屋子里，这时便不谈吃饭的事，尽管家里还有足供两个人吃的面包，吃饭仿佛成了一种大家都已戒掉的习惯。我们自然而然地实行禁食了，这件事并无怠慢客人之嫌，反而被视为是一种通情达理之举。通常需要补偿的肉体生命上的消耗，在这种情况下似乎奇迹般地放慢了，而生命的活力却能坚守住阵脚。这么一来，我就是接待1000个客人也和接待20个一样；要是有来访者看到我在家，却带着失望的情绪或饿着肚子走出我的家门的话，他们至少可以相信我是同情他们的。建立起新的更好的习惯来代替旧习惯是很容易的，尽管许多主妇对此有所怀疑。你无需靠请客吃饭来树立你的声誉。就我而论，守护冥府入口的三条狗都难以有效地阻止我经常到某人家里去做客,可是那个大摆筵席请我吃饭的人却把我吓住了,我把这看成是恭恭敬敬地兜圈子暗示我以后不要再去麻烦他。我想我绝不会再去访问那些地方了。我会自豪地用下面几行斯宾塞的诗做我的陋室铭,这是一位来访者在一张当作名片用的黄胡桃叶上写下的:

"来到那儿,他们挤满了小屋,
不寻求不存在的款待欢娱;
休息便是筵席,一切称心如意;
最高贵的心灵最善于满足。"①

当年温斯洛,即后来普利茅斯殖民地的总督,带领一班人步行穿过森林去拜访印第安大酋长,在到达酋长的棚屋时又疲倦又饥饿,他们受到酋长的盛情接待,可是当天始终没有提及吃饭的事。当夜幕降临之时,引用他们自己的话来说是:"他让我们跟他夫妻两个睡在一张床上,他们睡在一头,我们在另一头,这张床无非就是一块离地一英尺的木板,盖着一张薄薄的草席。他的两个头目,由于床上没有余地,紧紧地挤着我们,压在我们身上。这一来,我们住宿下来比起旅途上还要累。"第二天1点钟,大酋长"把他打到的两条鱼送来",约有鲤鱼的3倍大,"鱼正在煮时,至少有40个人期待着分到一份。大部分人总算吃到了,这是我们在两夜一天的时间里吃到的唯一一顿饭。要不是我们当中有人买到了一只鹧鸪,那我们这次旅行就变成了禁食旅行了。"由于害怕因缺少食物和缺乏睡眠而头晕目眩,同时也为了在还有力气旅行时回家,所以他们就启程了——睡不好还因为有"野蛮人的野蛮歌声(他们惯于给自己唱歌催眠)"。住宿上接待确实很差,尽管客人所感到的不方便之处,无疑本是出于一种礼遇。至于食物方面,我看未必能比印第安人做得更高明。他们本身也没有东西可吃,他们十分聪明,懂得道歉代替不了提供给客人的食物;所以就勒紧了自己的裤带,而对食物的事只字不提。还有一次温斯洛前往拜访他们,那是个食物丰富的季节,所以这方面

① 斯宾塞《仙后》,I 第一篇,第35节。

就没有不足之感。[①]

至于人,任何地方都少不了人。当我住在森林里面时,我的访客比我一生中任何时期都要多;我的意思是说,我还是有一些客人的。我在那里碰见几个人,那儿的环境比别的任何地方更加优越。但很少人是因为无谓的琐事而来见我的。在这方面,我离城太远就等于把前来访问的客人筛选了一遍。我隐退入孤独的大洋深处,条条社会之河流入其中,就我的需要而论,在我周围沉淀下来的大半是最美好的沉积物。此外,大洋另一边那片尚未探索和开发的大陆也有迹象飘荡到我这儿。

今天早晨来到我住处的是一位真正的荷马式或帕夫拉戈尼亚[②]人——他起了一个非常适当而富有诗意的名字,我很遗憾不能将其写在这里。他是一个加拿大人,一个伐木做柱子的人,一天能给50根柱子凿孔。他吃的上一顿晚饭,是他的狗捉来的一只土拨鼠。他也听到过荷马,而且说"要不是有书本",他"真不知道下雨天该干什么",尽管好几个雨季过去了,也许他并没有通读过一本书。有个能念希腊文的牧师,在他那遥远的家乡教区里教他读过《圣经》中的诗篇。现在,他手里拿着书,我必须给他翻译有关阿喀琉斯责备普特洛克勒斯愁容满面的一段。"普特洛克勒斯,你干吗流泪,哭得像个女孩?"——

"是否你自己从毕蒂亚[③]听到什么消息?
据说阿克托耳的儿子墨诺提俄斯还活着,
埃阿科斯的儿子珀琉斯也活着,在迈密登人中间,
除非他俩有一位死了,我们才应该悲恸。"[④]

---

① 爱德华·温斯洛《英国在新英格兰普利茅斯殖民始末记》(伦敦,1622),此书更为人所知的书名为《穆尔特叙事》。

② 帕夫拉戈尼亚(Paphlagonia),古安纳托利亚的一个地区,北滨黑海,公元4世纪成为罗马的一个行省。——译者注

③ 毕蒂亚(Phthia),古希腊一地区,是迈密登人(Myrmidon)的故乡,他们追随阿喀琉斯远征特洛伊。——编注

④ 《伊利亚特》,XⅥ,8,16—19。

他说:“诗写得好。”他的胳膊下面挟着一大捆要带给一个病人的白栎树皮,这是他这个星期天早晨搜集来的。他说:“我想今天去找这种东西没有关系吧。”在他看来,荷马是个伟大的作家,尽管他并不知道荷马写的是什么。要找到一个更朴素、更自然的人是不容易的。罪恶与疾病给世界罩上一层阴暗颜色,对他来说却似乎不曾存在过。他约莫28岁,12年前离开了加拿大和他父亲的家来美国工作,打算挣一笔钱买一个农场,大概是在他自己的家乡吧。他是从一个最粗糙的模型里铸造出来的,长着一副强壮却迟钝的身躯,但姿态优雅,脖子粗壮,晒得黑黑的,一头浓密的黑发,一对无神昏昏欲睡的蓝眼睛,偶然也闪现出表情的光芒。他戴着一顶灰色的平顶布帽,身穿暗黑的羊毛色厚大衣,脚穿一双牛皮长统靴。他很能吃肉,时常用铁桶装着饭菜,带到两英里外的工作地点上去,从我的屋前经过——因为整个夏天他都在伐木砍树。冷肉,时常是冷的土拨鼠肉,还有装在石头罐子里的咖啡,用一根绳子挂在他的腰带上,有时他还请我喝一口。他很早就过来,穿过我的豆田,不过并不急着动手工作,像美国北方佬那样。他不愿损害自己的身体。就是只能做到换口饭吃,他也不在乎。当他的狗在路上捉到一只土拨鼠时,他时常会把饭菜留放在灌木丛里面,接着往回走上一英里半路,把土拨鼠收拾好,放在他住宿处的地窖里,在此之前他花了半个钟头考虑是否能把土拨鼠丢在湖水里安全地浸到晚上——他喜欢花长时间思考这类问题。他早上路过时总会说:“鸽子真是飞得密密麻麻!要是我不用每天工作,那我只凭打猎便可弄到我所需要的全部肉食——鸽子、土拨鼠、兔子、鹧鸪——天哪!我一天便可得到一星期要用的一切。”

他是个熟练的伐木工,喜欢玩一些艺术花样。他砍树时能砍得和地面齐平,这一来,往后长出来的新芽就会更加茁壮,并且运木料的雪橇也可以从树桩上面滑过去;他不是把整棵树用绳子拉倒,而是把树削成一根细条或劈成薄片,最后你只需用手一推便能把树推倒。

他之所以使我产生兴趣,是因为他这样安静、孤独而又这样愉快;有许多幽默感和满足的神情洋溢在他的眼神里。他的快乐没有掺杂着其他的成分。有时我见到他在森林里工作,把树砍倒,他会用一种无法形容的满意的笑声和带加拿大腔的法语来迎接我,尽管他也会说英语。当我走近他时,他便会把工作放下来,带着抑制不住的喜悦躺在他砍倒下来的松树干旁边,把里层的树皮剥下来卷成一个球,边谈笑,边啃着它。他如此生气蓬勃,以致有时什么东西使他想起某事而心里痒痒时,他会一下子倒在地上打滚,放声大笑。他一边环顾着四周的树木,一边大声说道:——“真的!在这里伐木真称心!哪还找得到比这更好的消遣。”碰上空闲的时候,他带上一把小手枪整天在森林里寻开心,每隔一段时间便鸣枪向自己致敬。冬天他生了堆火,中午在火旁把壶里的咖啡重新煮热;当他坐在一根木头上吃午饭时,山雀有时便飞过来,停在他的手臂上,啄食他手上的土豆,他说“喜欢周围有这些小家伙做伴”。

他身上主要是发展着人的犷悍之性。在体力的耐劳与满足方面,他与松树和岩石不相上下。有一次我问他,经过一整天的劳动,是否有时夜里也会感到疲倦;他目光真诚而又严肃地回答道:“老天爷见证,我这辈子从来没累过。”但他身上的智力,也即所谓精神的东西却在沉睡着,一如婴孩。他受过的教育,只是天主教神父教导土著居民时所采用的那种简单低效的方法,学生不可能靠这种方法被教育到自觉的程度,而只能达到信任和尊敬。一个孩子并没有被培养成人,而是依然像个孩子。大自然培育他时,给了他一副强壮的体魄,使他满足自己的命运,并在各方面都用尊敬与信任去支持他,使他得以像儿童般活过 70 岁。他为人十分真诚、质朴,所以完全无需为他做介绍,正如没必要给你的邻居介绍土拨鼠一样。他得逐步认识自己,像你那样。他不扮演任何角色。人们因为他的工作给他发工钱,这一来便帮助他解决衣食的问题,但他从不和他们交换意见。在他身上,简朴和自然与谦卑化为一体(如果从不追求什么的人可称为谦卑的话),以至于谦卑在他身上不是一种明显的性格,而他自己也不觉得。在他看来,见识较宽广的人简直就是下凡的天神。要是你告诉他这么一个人就要到来,他似乎觉得这么隆重的事一定和他无关,它自己会担起一切责任,就让他被忘记掉吧。他从未听到过赞美之词。他格外尊敬作家和传教士,他们的行为妙不可言。当我对他说我写过很多东西时,他很长时间以为我指的只是书法,因为他也能写出一手相当好的书法。我有时发现公路旁积雪上用很秀丽的笔法写着他家乡教区的名字,上面标上法语的重音,所以我知道他曾从这里经过。我问他是否曾想过要把自己的思想写出来。他说他曾替那些不识字的人念过信、写过信,不过他未曾试图写下自己的思想——不,他不能,他搞不清该先写什么,这会把他折磨死的,况且与此同时还得留意拼写!

我听说有个杰出的聪明人兼改革家曾经问过他是否希望改变这个世界,可他却发出惊异的笑声,不知道以前有人考虑过这个问题,他带着加拿大腔回答道:“不,我很喜欢它。”对一个跟他打过交道的哲学家来说,这件事会给人以很多的启发。在一个陌生人眼里,总的说来他显得对事物一无所知;可是,我有时在他身上看见我以前从未见到过的人。我说不清他到底是和莎士比亚一样聪明,还是像小孩那样单纯无知,也说不清他有美好的诗意还是笨拙不堪。一个市镇居民告诉我,当看到这位老兄戴着一顶又小又紧的帽子逍遥自在地穿过村子,边走边吹口哨时,他不禁想起一个微服出行的王子。

他仅有的书是一本年历和一本算术,对于后面这本书他颇精通。前一本书在他看来属于百科全书一类,他以为里面包含着人类知识的荟萃,在相当大程度上它确实如此。我喜欢试探他对当代各种改革问题的看法,他的看法总是异常简单而又实际。以前他从未听到过这类事。我问道:没有工厂他能行吗?他说,他过去穿的是家里做的佛蒙特州的灰色衣服,那也很好嘛。他不喝茶不喝咖啡也能行吗?这个国家除了水之外,还提供什么饮料吗?他曾把铁杉叶浸在水里,认为热天喝起来比水好。当我问他没有钱是否也能行时,他给我证明钱的方便之处,用的方法令人想起(也完全符合)货币起源的纯哲学说明,符合 Pecunia① 这个词的词源——如果一头牛是他的财产,他想到店里去换点针线,他很快便会觉得每次要把这头牛的一部分拿去抵押,这样一路做下去既不方便,也不可能。他能够替许多制度辩护,比任何哲学家更加高明,因为他所描述的都和他自己有关,他给出了这些制度之所以盛行的真正理由,他的思考没有旁及其他。有一次,他听到柏拉图给人下的定义——没有羽毛的两足动物,还听到有个人展示一只拔掉毛的公鸡,并称之为柏拉图式的人时,他认为这只鸡存在着一个重大的不同之处,那就是膝关节的弯向相反。有时他会大声喊着说:“我多么喜欢聊天呀!真的,我能够谈上一整天!”有一次,我好几个月没有见到他,便问他这个夏天是否有什么新的想法。“老天爷!”他说,“一个像我这样必须去工作的

① “钱”的拉丁语根,原意为“牛”。——译者注

人,要是他没有忘记他脑子里装的想法,那就好喽。和你一起锄地的人,说不定就是想要和你比赛的人,天哪!你的心思一定放在那里了,你想的就是除杂草的事。"碰到这种情况,有时他会先问我,我是否有什么进步。有个冬天我问他是否总是对自己感到满意,希望以存在于他内心深处的东西来代替外在的牧师,暗示更崇高的生活目标。"满意!"他说,"有的人满足于这种东西,有的人满足于那种东西。哪个人要是已经应有尽有了,说不定他就乐意坐下来整天背烤着火,肚皮靠着饭桌,老天。"可是我无论采用什么方法,都无法使他看事物时着眼于精神方面;他能想到的最高级的东西,无非就是纯粹于己有利的事,这你可以从动物的行径中见到;实际上大多数人也都是如此。要是我建议他在生活方式上有所改进,他便会只回答着说,这已为时太晚了,说时毫无遗憾之感。不过他完全信奉诚实及与此相类似的各种美德。

在他身上人们能察觉到有某种确实的创造力,无论其多么微弱,我有时注意到,他正在考虑并表达自己的意见,这种现象极少见,所以无论哪一天我都愿意跑 10 英里路前往观察,这等于重新追溯到许多社会制度的创造源头。尽管他有所犹豫,也许还不能清楚地表达自己的见解,但他背后总有一种拿得出来的思想。他的思想十分原始,融在他的野性生活之中,所以尽管和那些只有学问的人比起来更有希望,但很少能成熟到可加以报导的地步。他让人想到在生活的最低阶层里面会有一些天才人物,不管这些人如何长久处于卑微而又文盲的状况之中,他们始终有自己的见解,也绝不会不懂装懂;他们像人们想象的瓦尔登湖那样其深无底,尽管他们可能只是黑黝黝,混沌沌。

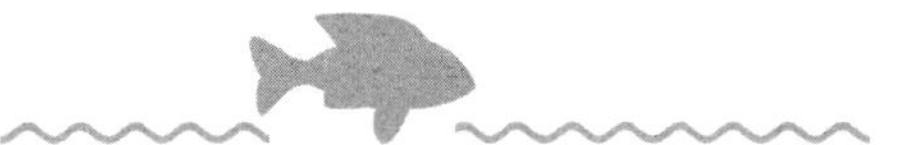

许多旅行者绕道跑来看我和我的屋子内部,向我要杯水喝,以此作为访问的借口。我告诉他们我从湖里喝水,并指着湖的方向,借给他一把水勺。尽管我住得很远,但我想每年大概是 4 月 1 日左右,大家纷纷上路,寻朋访友,我也免不了要受到访问,也分享到一份好运气,尽管在我的访客里面会冒出几个稀奇的怪人来。来自救济院和别处的一些智力上有缺陷的人也来看我,不过我还是尽力让他们施展出全部才智,对我畅所欲言。在这种情况下，智慧便成为我们谈话的主题，这一来，我也有所得了。其实，我发现他们当中有些人比起那些所谓教会济贫管理员和市镇行政委员更聪明，我认为现在该是掉换一下的时候了。至于智力，我觉得在低与不低之间并无太大的区别。特别是有一天，有个不令人讨厌的纯朴穷人跑来看我，表示希望能像我那样生活。过去我时常见到他同其他一些人被当成栅栏般的材料使用，总是站着或坐在田里一个筐子上看牛，不让牛和他自己走失。他告诉我他"智力低"，说时态度异常纯朴真诚，比所谓的谦恭行为更高一筹，确切点说是更低一档。这就是他的原话。上帝把他造就成了这个样子，可是他却认为上帝关心他和关心别人一样。"我一直就是这样，"他说，"从小就是，我一直没什么脑子。我不像其他的小孩，我的脑袋不管用。我觉得，这是上帝的意志。"他在证明他这话的真实性。对我来说，他是一个玄妙的谜。我很少碰到一个前途如此美好的人——他所说的全都是非常纯朴、诚恳而又真实的。的确，他表现得越自卑也就越高贵。开头我不知道这就是一种聪明行为所产生的效果。看来在这个脑筋迟钝的穷人所建立的真实而又直率的基础上，我们的谈话反而可以进展到比那些哲人的谈话更高的境界。

我还有一些客人，通常不大会被算入城市贫民之列，但其实应该算进去，他们无论如何应归入世界贫民之中。这些客人所求于你的不是好客，而是你的慈善。他们殷切地期望能得到帮助，但一开口就先给你一个消息，说是他们下定决心，首先是绝不帮助自己。我要求来访者不要真正饿着肚子来，尽管他可以是世界上胃口特别好的人，不论他是如何养成这个好胃口的。慈善救济的对象不是客人。有些人不懂得他们的访问已该结束了，即便我又着手从事自己的工作，从越来越远的地方回答他们的问题。几乎各种不同智能的人都在候鸟迁徙的季节跑来访问我。有些人的智能多得自己不知道怎么用；一些逃跑的奴隶带着种植园的习惯不时留心在听，就像寓言里面的狐狸，仿佛听到猎犬在追捕它们时发出的吠叫声①，于是带着恳求的神情，等于在说：——

① 伊索的《公鸡与狐狸》。

"啊,基督徒,难道你会把我送回去吗?"

其中有一个真正的逃亡奴隶,我曾帮助他朝北极星的方向跑。那些只有一个心眼的人,就像带着一只小鸡的母鸡,或者带的是一只小鸭;那些千谋百虑的人,脑子里乱糟糟,就像母鸡带了一百只小鸡,全都在追逐一只小虫,其中有二十来只小鸡便在每天晨露中跑失——结果弄得羽毛又脏又乱;那些用思想而不是用脚走路的人,是一种脑力蜈蚣,会使你全身起鸡皮疙瘩。有人建议我准备一个簿子,让来访者把名字留在里面,就像在怀特山[1]那边的情况;不过,可惜!我的记性很好,没有这个必要。

我不能不注意到我的访客的一些特性。女孩、男孩和少妇一般似乎都喜欢在森林里面,看看湖水,看看花木,充分利用时间。一些商人,甚至农民,想到的只是孤独与工作,还有我的住所距离别处多么远;尽管他们自称有时也喜欢在森林里漫步,可实际上情况显然并不如此。那些无休无止承担着任务的人,全部时间都花费在谋生或维持生计上;牧师们开口闭口都是上帝,似乎他们享有这个主题的专利,不能容忍各种不同的意见;医生、律师,还有爱操心的管家婆在我外出时偷偷跑去看我的碗橱和睡床——不然的话某夫人怎么知道我的被单没有她的干净呢?已经不年轻的年轻人认定走老路的职业最安全。——所有这些人一般都认为在我的位置上没多少好处。哎!难就难在这里。年老的,体弱的和胆子小的,无论什么年龄与性别,想得最多的是疾病、意外和死亡。在他们看来,生活似乎充满着危险——有什么危险,要是你想也不去想它的话?他们认为谨慎的人会小心选择安全的职业,在那儿,医生随请随到。对他们来说,乡村确确实实就是一个社区(com-munity),[2]一个共同防守的联盟,你会想象到,他们要是不带药箱就不会去采蓝莓。这件事总的意思是说,一个人要是活着,就始终存在着可能会死去的危险,尽管应该承认,如果他一开始就处于半死不活的状态,这种危险是要相应小一些。一个人坐着不动,其危险性不亚于撒腿奔

① 怀特山(White Mountains)位于美国新罕布什尔州中北部和缅因州西部,其主要山峰以历届总统的名字命名,因此有"总统峰群"之称。——译者注

② 英语"community"一词意为"公社","社区";拉丁语里"com"意为"共同","munire"i意为"防守"。——译者注

跑。最后,有一些自封的改革家,这是所有的人当中最讨厌的,他们以为我一直在唱歌——

> 这是我造的屋子;
> 这是住在我造的屋子里的人;

可是他们并不知道第三行是:——

> 正是这些人烦死了
> 住在我造的屋子里的人。

我不害怕捉小鸡的老鹰,因为我不养小鸡;可我却害怕捉人的老鹰。

我的访客中令人愉快的多于上述后一类人。小孩子跑来采集浆果,铁路职工星期天早晨穿着洁净的衬衫来散步,渔人和猎人,诗人和哲学家,一句话,所有诚实的朝圣者,他们为了自由的缘故跑到森林里来,的确把村庄抛在背后,我准备如此去迎接——“欢迎,英国人! 欢迎,英国人!”[1]因为我曾经和那个民族有过交往。

---

① 印第安人萨莫塞特(Samoset)在普利茅斯对移民的欢迎词。

豆　田

这时我所种的豆子,如果一行一行加在一起,已经有7英里长了。它们急待松土,虽然最后一批豆苗还没有播种下土,但最早种下去的已经长得很高了,的确,豆苗是不容拖延的。这小小一件赫拉克勒斯[①]式的劳动,干得如此扎实而又有自尊心,其意义何在,我不知道。我终于爱上了一行行的豆田,爱上了我的豆子,尽管它们的数量大大地超过我的需要。它们把我和土地联结在一起,这一来使我获得了像安泰[②]所拥有的力量。可是我为什么非得种豆不可呢?只有天晓得。整个夏天我干的就是这么一件奇妙的劳动——拾掇这一块大地的表面,让这片以前只生长委陵菜、黑莓、狗尾草之类,生长甜蜜的野果和悦目的花朵的地面上,现在来生长豆子了。我对豆子会有些什么了解,或者豆子对我会有些什么了解?我爱护它们,给它们锄土,每天早晚都照看着它们,这就是我一天的工作。宽阔的叶子真好看。我的援军是滋润这片干土的雨露,以及含在土壤中的肥料,尽管这土壤就其绝大部分来说是贫瘠而枯竭的。我的敌人是害虫、天冷,尤其是土拨鼠。土拨鼠把我1/4英亩的土地啃得精光。可是,我有什么权利去清除掉狗尾草之类的植物,把它们那个古老的百草园瓦解掉呢?但剩下来的豆了很快就会长得十分茁壮,不怕野草,能够前进去对付新的敌人。

---

① 赫拉克勒斯(Hercules),希腊神话中力大无比的英雄,因完成赫拉要求的十二项任务而获得永生。——编注

② 安泰(Antæus),希腊神话里地神之子,战斗时只要身体不离开土地,便百战百胜。——译者注

我记得很清楚，四岁的时候，我从波士顿被带到我这个家乡来，就是经过这些森林和这片田野来到湖畔的。这是铭刻在我记忆中最早的情景之一。今夜，我的笛声唤起了同样这片湖光水色的回响。松树依然矗立在那儿，岁月比我更长；或者，要是有些松树已倒下，我曾用它们的树桩煮饭，而一些新发的松树则在四周不断成长，让新一代未成年人将来看到的是另一番景象。在这片牧场里，几乎同样的狗尾草从多年生草根上生长出来，我甚至终于给我童年梦境里绝妙的美景披上一层外衣，我来到这里之后所产生的影响之一，可以从这些豆叶、玉米叶片和土豆藤上看出来。

我栽种了约莫2英亩半的高地田。这片地是15年前才开垦出来的，我自己挖出了两三考得的树桩，所以我没有给它施肥。但在夏季期间，我锄地翻土时掘出了一些箭头来，显出古时有一个现在已经灭绝了的民族在这里住过，在白种人来到这里开垦土地之前就已经栽种过玉米和豆子了，所以在某种程度上已把地力给耗尽了。

在还没有一只土拨鼠或松鼠跑过大路或太阳升上矮橡树之前，到处都披着露珠，我开始平整我豆田中那些横乱丛生的杂草，把泥土覆盖在草上。——我奉劝你要尽可能趁着露珠未干时做你的一切工作，尽管农民告诫我别这样做。一大清早，我便打赤足劳动，像个造型艺术家轻踏着露水浸湿松塌的沙土，但稍为迟一点，日上中天，我的脚便让阳光烫得起泡了。太阳照着我去锄豆，我在那长达15杆的一行行绿叶之间，在黄砂砾的高地上来回慢走，一端的尽头处是矮橡树林，可让我坐在树荫下休息；另一端挨着黑莓田，我每走一个来回，那儿青绿浆果的颜色也更深一层。我除去杂草，在豆茎四周培上新土，协助我所种的这一种杂草生长，让这片黄色的土壤用豆叶与豆花来表达盛夏的思想，而不是用苦艾、芦管和狗尾草来表达，让大地说出豆子，而不是说青草蔓生——这就是我每天的工作。由于我没有牛马、雇工或小孩的帮助，也未获得改良的农具的助力，所以我工作的进展格外慢，因此我跟我的豆子也更加亲密。不过用手劳动，即使达到了做苦工的程度，也许还不成其为虚度光阴的最糟糕的形式。这里有着一个长存不可磨灭的真谛，对于学者来说，它产生出一种古典效果。在那些向西经过林肯和韦兰，前往谁也不知道什么地方的旅行者眼里，我成了一个 agrieola laboriosus[①]了；他们自由自在地坐在双轮轻便马车上，手肘放在膝头，缰绳松散地挂得像花彩装饰；我则是不出远门的勤劳的本地务农者。但我的家宅和土地他们很快就眼不见，心不想了。因为大路两旁相当长的距离里，我的土地是唯一一片开阔的耕地；所以他们格外重视它，有时在地里劳动的人听到那些旅行者在说话，那不是要说给他听的，而是闲聊加上评头论足："菜豆种得这么晚！豌豆也这么晚！"——因为别人已开始除草松土时，我仍在继续栽种。我这个半路出家的庄稼人却从未想到过这些。"这些玉米，我的孩子，是做饲料用的，是饲料玉米。""他住在那里吗?"那个灰外衣黑帽子问道；面貌坚毅的农民勒住他那匹感激的老马，问你在干什么，他见犁沟里没有肥料，于是建议应该撒些细垃圾，或随便什么废料都行，也可以是灰烬或灰泥。可是，这里只有两英亩半耕地，一把当马车用的锄头，是靠两只手拉的——我对其他的马车和马抱有反感，而细垃圾又在很远的地方才有。那些结伴旅行的人，坐车辚辚经过时大声把这里的田地和他们一路上见到的做比较，这使我得以知道我在农业世界里所占的地位。这是没有列入科尔曼先生报告[②]中的一块田地。顺便提一下，大自然在人们尚未耕作过的更荒凉的土地上所生产出来的庄稼，谁又去估计它们的价值呢？英格兰干草的收成被小心地称过，其含水量也经过估计，里面所含的硅酸盐和碳酸钾也经过测算；但在所有的小山谷、林中洼地、牧场和沼泽地都生长着丰富多样的作物，只是未为人们所收割罢了。至于我的田地就像是介于荒野与耕地之间；就像有些国家是文明的，另一些是半文明的，还有一些则属野蛮的或未开化的。所以我的田地属于半开化的田地，但这并不含有坏的意义。我所栽培的那些豆子愉快地返回到野生原始状态去，而我的锄头则给它们唱起牧歌。[③]

就在附近，在一株白桦树的梢头上，一只棕色嘲鸫（有人管它叫作红画眉鸟）整个早晨都在歌唱，喜欢与你做伴，要是你的田地不在那儿，它就会找

---

① 拉丁文 agricola laboriosus 意为"劳苦的农夫"。

② 亨利·科尔曼（Colman，1785—1849）于1837年授权对马萨诸塞的农业进行调查。他所写的四份广泛详尽的报告由州政府于1838年到1841年先后发表。

③ 原文为 Ranz des Vaches，一首瑞士放牛人的牧歌。

到另一个农夫的田地。当你在播种的时候,它便唱道:“撒下去,撒下去——盖上去,盖上去——拔起来,拔起来,拔起来。”但这不是玉米,所以这作物不会受到它这样的天敌损害。你也许会感到疑惑不解:它那些絮絮叨叨,它用一根琴弦或20根琴弦进行的业余帕格尼尼①式的演奏跟你的播种有何关系,可是你却宁愿听演奏而不去准备过滤的灰烬或灰泥。这就是我全部信心所寄托的一种价格低廉的顶肥。

当我用锄头在一行行作物周围翻出新土时,也把编年史上没有记载的民族的废墟给翻了出来。这些民族曾在远古的岁月里生活在这片天空下,他们那些狩猎和打仗的小工具终于在现代见到天日。它们和其他的天然石头混杂在一起,其中有一些带有印第安人用火烧过的痕迹,有一些则被烈日晒过,还有零零散散的一些陶器和玻璃,则是近代的耕种者带到这里来的。当我的锄头碰在石头上发出叮当声时,音乐之声便回响在林中和空际,成为我劳动的伴奏,即时产生出无法估量的收获。我锄的不再是豆子,也不是我在锄豆子。我带着怜悯而自豪的心情忆起我那些跑到城里观看清唱剧的熟人,要是我还会忆起的话。夜鹰在阳光充足的午后(因为我有时干一整天)高高地盘旋在空中,像眼中的微尘,或天空眼里的微尘。夜鹰不时猛扑而降,听那叫声,天空好像给撕破了,终于撕成一些破布条一样,可是,最后留下来的却依然是无缝的天衣。空中小小的精灵,它们把蛋产在平沙地或在山顶的岩石上,可很少有人发现;它们像湖中卷起的涟漪,既优美又细长,像风卷树叶在空中轻轻飘动——大自然里面就存在着这般亲缘的关系。苍鹰是波浪在空中的兄弟,它在波浪上空翱翔俯瞰,它那鼓满空气的完美羽翼,就是要回应大海那没有羽毛的强大翅翮。有时我注视着一对鹞鹰在高空中盘旋,轮番地一上一下,相互间忽即忽离,仿佛它们是我思想的体现。有时我被一群野鸽所吸引,它们从这片森林飞向那片森林,带着轻微颤动的振翼之声急飞而去。有时我的锄头从烂树桩下面挖出一只懒洋洋的、又丑又怪、满身斑点的蝾螈来,这是埃及和尼罗河的遗迹,可也是和我们同时代。当我停下来倚锄休息,我便能从垄中任何一处听到和见到这类声音与景象,这是乡村生活所提供的无穷乐趣之一。

---

① 帕格尼尼(Paganini, 1782—1840),意大利小提琴家和作曲家。

碰上节日,城里放了礼炮,回声传到森林里像气枪声一样,有时偶然也从远方飘来几声军乐。对我来说,在城外另一头的豆田里,大炮声听起来就像马勃菌的爆裂声;而当这儿在进行一次我不知情的军事行动时,我有时整天模模糊糊地感到地平线上酝酿着某种发痒的病症,似乎立刻就要出麻疹,不是猩红热就是马蹄疫,直到最后一阵好风急速地掠过田野,吹上韦兰公路,给我带来了"训练手"的信息。远方传来一阵嗡嗡声,似乎什么人养的蜂正成群飞离蜂巢,于是邻居便按照维吉尔的办法,用一块薄薄的铃锤碰击他们声音最响亮的家用器皿,用这办法让蜂群重返蜂巢。等到声音差不多都消失了,嗡嗡声停了下来,而最解人意的微风也不再讲故事了,这时我知道,他们已把最后一只雄蜂平安无事地引回米德尔塞克斯的蜂房,现在专心考虑的是那涂满蜂房的蜂蜜了。

获悉马萨诸塞和我们祖国的自由都获得妥善的保护,我感到自豪。重新致力于耕作时,我充满了难以形容的自信,愉快地从事劳动,对未来信心十足。

要是这儿有几个乐队,全村就好像变成一个大风箱,而所有的建筑物便在喧闹声中一下张开,一下压缩。但有时传到森林里来的确实是崇高而鼓舞人心的旋律,喇叭吹奏着荣誉,我感到我会高高兴兴举刀去刺一个墨西哥人——我们干吗总是非得容忍一些琐事呢?于是我在四周寻找土拨鼠或臭鼬,来实现我的骑士精神。这些军乐的旋律仿佛和巴勒斯坦一样遥远,使我想起十字军在地平线上进军,而悬垂在村庄上空的榆树顶端则在轻轻摇曳和颤动。这就是伟大日子的一天;尽管从我的林中空地眺望,天空带着它每天那种永恒的本色,我看不出有何不同之处。

我获得了非常奇特的经验,这是由于长时间和豆子打交道培养出来的,由于种植、锄地、收割、打谷、挑拣,乃至拿去出售——最后这件事最难,我还得加上吃,因为我确实品尝了。我下定决心要了解豆子。当豆子正在生长时,我经常是从早上5点钟一直锄地到中午,其余的时间通常是用来安排其他的事情。想想一个人同各种杂草打交道会达到何种亲密而又奇妙的程度——对此加以描述就会出现重复说了又说的情况,因为劳动中有不少重复。毫不留情地把杂草的微妙的结构全给搅乱掉,用锄头来进行这种不公平的区分,一方面把一整个品种全给毁掉,另一方面又小心周到地培植着另一个品种。这是罗马苦艾——那是苋草——那是酢浆草——那是芦苇草——打击它，劈掉它，把它的根翻起来晒太阳，别让它在阴凉的地方留下一根纤维，假使你这么做了，它转一个身子便又露出头来，只需两天时间又绿得像韭菜一样。这是一场长期战争，不是与鹤作战，而是与杂草作战，是和那些有太阳雨露为之助阵的特洛伊人作战。豆子每天都目睹着我带着锄头前来救援，把敌人的队伍消灭了许多，战壕里填满了杂草的尸体。许多盔饰飘扬、强壮结实的赫克托耳[①]，比成群的同伴高出整整一英尺，都在我的武器前头纷纷倒下去，滚落尘埃。

在夏季的日子里，我的一些同龄人在波士顿或罗马醉心于美术，另一些人在印度敛心默祷，还有一些人在伦敦和纽约做生意，我则和新英格兰的其他农民一样，献身于农事。不是我想吃豆，我生性是个毕达哥拉斯的信徒[②]——就豆子而论，不管它意味着可以当粥吃，还是当选票用，我用它交换大米。但也许，就算是为了让寓言家将来有一天能创造出一些转义语词和表达方式，也得有人在田里工作。总的说来，这是一种罕见的娱乐，但若持续的时间太长，也许会成为一种虚耗。尽管我没有给豆子施肥，也没有一次给它们全都锄过一遍，但我给它们松土时总是尽量做得很出色，而且最终得到了补偿。"的确，"一如伊夫林所说的，"任何混合肥料或粪肥都比不上不断挥动锄头铲子翻土。""土壤，"他在别处又说，"特别是新开垦的土壤，里面含有某种磁力，能吸引盐、力量或美德（两种叫法随你选用）来赋予土地以生命，土地也是一切劳动的逻辑，我们要在土地上保持活动，以维护我们自身；所有的粪肥和其他肮脏的东西无非就是这方面改进的代用品罢了。"[③]再者，这片土地是"一片地力耗尽、被弃置的土地，正处于休闲之中"，大概正如狄格拜爵士[④]猜想的那样，已经从空气中吸取了"生命活力"。我收获了 12 蒲式耳的豆子。

但我想更加详细列举些项目，因为有人抱怨科尔曼先生，说他报道的主

---

① 赫克托耳（Hector），特洛伊战争中的英雄，后被阿喀琉斯所杀。——译者注

② 毕达哥拉斯信徒过着纯洁的生活，不吃豆类，认为豆类不够纯净。——编注

③ John Evelyn，《土壤：关于土地的哲理之谈》（伦敦，1729）。

④ Kenelm Digby（1603—1665），英国军官和哲学家，因发现氧气对植物生命的必要性而闻名。

要是一些有身份的农民所做的不惜工本的试验。我的支出如下：

一把锄头 ………………………………………………… 0.54 美元
耕、耙、犁 ……………………………………… 7.50 美元(太多)
豆种 ……………………………………………………… 3.125 美元
土豆种 …………………………………………………… 1.33 美元
豌豆种 …………………………………………………… 0.40 美元
萝卜种 …………………………………………………… 0.06 美元
篱笆白标线 ……………………………………………… 0.02 美元
耕马和 3 小时雇工 ……………………………………… 1.00 美元
收获时用马及车 ………………………………………… 0.75 美元

共计 ……………………………………………… 14.725 美元

我的收入(Patrem familias vendacem, non emacem esse oportet)①来自

出售 9 蒲式耳 12 夸脱豆子 …………………………… 16.94 美元
5 蒲式耳大土豆 ………………………………………… 2.50 美元
9 蒲式耳小土豆 ………………………………………… 2.25 美元
草 ………………………………………………………… 1.00 美元
茎 ………………………………………………………… 0.75 美元

共计 ……………………………………………………… 23.44 美元
正如我在别处提及的,尚有盈余 ……………………… 8.715 美元

这就是我种豆的经验中所得到的结果:大约在 6 月 1 日种下一般那种白色小小的矮菜豆,行垄 3 英尺长 18 英寸宽,要小心挑选新鲜的、圆的、没有掺杂的种子。首先要提防害虫,并在没有出苗的地方重新补种。接着要

① 拉丁文,意为:"家主应善于销售,不该光顾进货。"加图《农书》,第 2 章。——译者注

提防土拨鼠,要是栽种的那片地无遮无拦的话,它们经过时会把刚刚长出来的嫩叶几乎啃个精光。还有,当嫩嫩的卷须长出来时,土拨鼠便会注意到,于是像松鼠那样直坐着,把豆芽和初生的豆荚全给啃掉。但最重要的还是要尽早收获,如果你想避免霜冻并收成一批较好的、卖得出去的豆子的话。

我还取得进一步的经验:我对自己说,下一个夏天我用不着这么勤奋拼命去种豆种玉米了,而要种真诚、真理、朴素、信心、单纯等种子,如果这些种子尚未丧失的话。我要看看,这些种子能否在这片土壤里生长,甚至少花劳力少施肥,能否维持我的生活,因为地力肯定没有被这些作物消耗到枯竭的地步。哎呀!我对自己说过这些话;但现在,另一个夏天过去了,而且接着过了一个又一个,我必须告诉你,我的读者,我所栽种的种子,要是它们确实是具有那些品质的种子,都给虫蛀掉了,或失去了生机,所以全都没有长出来。通常人们的勇敢只会像他们父辈的一般,而胆怯也是这样。这一代人确信每个新的年头种豆种玉米,和印第安人许多世纪前做过并教给那些最早的移民做的完全一样,仿佛命该如此。几天前我见到一个老人,令我感到惊异的是,他用一把锄头挖一个个的洞,至少是第70次做这样的事,而且不是为了让自己躺进去!可是,为什么新英格兰人不该去大胆尝试干些新的事业,不要把重点老是放在栽种谷子、土豆、禾本作物以及果树上呢?——为什么不种另一些作物呢?为什么老是关心豆的种子而不关心人类新的一代呢?要是我们遇见一个人,并确信他身上具有我已经提到过的一类品质,这些品质我们虽然比其他的产品更加珍惜,却大部分已经散失四方,游离莫定,可在他身上却生根成长起来,这时我们的确会感到满足而又愉快。一种微妙而难以言喻的品质,譬如真理和正义一类,虽其量甚微或属于新的品种,正沿着大路而来。我们的大使应该接到指示,将像这一类的种子寄回国内,而国会则协助把种子分配到全国各地。我们在对待真诚时不应讲究客套。要是有价值的事物和友情的精华已经出现在我们面前,我们就不应该用庸庸碌碌的态度来互相欺骗、互相侮辱、互相排斥。因此,我们会面时不应匆匆忙忙。大多数人我根本就没有见过面,因为他们似乎都没有时间;他们都忙于豆子的事情。我们不去跟这样的人打交道,他老是埋头苦干,工休时倚身锄头或铲子上,不像一只蘑菇,而有一部分拔地而起,不只是直立,像燕子飞落下来,在地上行走。——

“当他说话时，翅膀不时张开，
像是要飞，可又合起来。”[1]

这一来，我们误以为自己是在和天使谈话呢。面包可能并不总是在滋养我们，但从人与大自然里面认识到宽宏大量的胸怀，自己也享受到一份没有掺杂的豪迈的欢乐，这永远对我们有助益，甚至在我们不知道自己受什么病痛折磨时，便把关节中的僵硬消除，使我们身体柔软轻快。

古代的诗歌和神话至少启示人们：农事曾一度是神圣的艺术；但我们追求它时用的是一种不虔诚的急于求成和掉以轻心的态度，我们的目标变成了只求得到大农场与大丰收而已。我们没有节日，没有游行，也没有典礼，连耕牛展览会和所谓感恩节也未能免俗，农民本来是用这些形式来表示他的职业的神圣意义，或让人想起这种职业的神圣起源的。如今吸引他的是一笔酬金和一顿盛宴。如今他奉献的对象不是谷物女神刻瑞斯和主神朱庇特，而是献给穷凶极恶的财神普路托斯。由于我们大家都摆脱不了的贪婪、自私，加上卑躬屈节的习惯，把土地看成是财产或取得财产的主要手段，风景给损坏了，农事连同我们一起降格，而农民则过着最卑贱的生活。他所理解的大自然，无异于强盗的理解。加图说，农业的利益格外虔诚或公正(maximeque pius quaestus)[2]，根据瓦罗所说，古罗马人“把土地同样称为母亲大地和刻瑞斯，并认为耕种土地的人都过着一种虔诚而有益的生活，同时，只有他们才是农神萨图恩王的遗民”。[3]

我们惯于忘记，太阳照着我们耕种的田野，也照着草原和森林，并没有什么区别。它们全都一样地反射并吸收太阳的光线，前者只构成太阳每天行程中所见到的灿烂美景的一小部分。在太阳眼里，大地到处一样被耕种得像一片园林。因此，我们得益于太阳的光和热，应配以相应的信任与宽宏的胸怀。即使我重视这些豆的种子，并在秋季得到收获又怎么样呢？我观

① 弗朗西斯·夸尔斯(Francis Quarles)“牧师的预言《牧歌》”。
② 加图《农书》引言。
③ 瓦罗(M. T. Varro)《论农业》Ⅲ，i。

察这么久的这片宽阔田地，并不把我视为主要的耕种者，而是把我撇在一边，去找寻那种能给它灌溉，使它变绿的更加亲切的影响力。这些豆子结出的成果并不归我收获。难道它们不是也为土拨鼠生长的吗？麦穗（拉丁文spica，已废形式speca，源自spe，意为“希望”）不应成为农民的唯一希望；它的颗粒或谷粒（granum，来自gerendo，意为生产）并不是它所生产的全部。那么，我们的收获怎么会歉收呢？我能不为杂草的繁茂而高兴吗？因为这些杂草的种子是鸟类的粮仓。这样比较起来，田地是否能把农民的谷仓填满就关系不大了。就像松鼠不担心森林今年是否会生产出栗子来那样，真正的农民应该停止担忧；他每天完成他的劳动，放弃对他田地上的产品的一切要求，他的心里不但献出了他的第一个果实，而且还献出了他最后的一个果实。

村　子

上午，锄地之后，也许还读了书写了字，接着，我通常在湖里洗个澡，照例游过其中的一个小湾，把身上劳动的尘土洗掉，并使读书留下来的皱纹释然平滑，下午我便完全自由自在了。每天或隔天我总是溜达到村子，听听那边从未间断过的闲聊，这些东西有的是口头传播开去，有的则是报纸相互转载，如果用顺势疗法的剂量接受，这类闲聊确也使人耳目一新，正如树叶瑟瑟作响，青蛙呱呱而鸣。一如我散步林中观看鸟类和松鼠那样，我散步在村子里时便观看大人和孩子；我听不见松树中的风声，却听到了马车的辚辚声。从我的小屋眺望出去，在河边的草地上有一群麝鼠；而在另一面的地平线，在成片的榆树和悬铃木底下，有一群忙碌的人的村子，在我看来十分奇怪，他们就像是草原犬鼠一样，不是坐在自己的地洞口，便是跑到邻居那边去闲聊。我时常跑到那儿去观察他们的习惯。这个村子在我看来像是个巨型的新闻编辑室，在编辑室的一边，为了要支持它，就像州政府街上雷丁公司[①]一度做的那样，他们经售坚果和葡萄干，或者盐、玉米粉及其他食品杂货。有些人对于前一种商品，即新闻，胃口很大，消化力也强，所以他们可以不挪窝地坐在大街上一直听下去，让它像地中海季风掠过发出沸腾声和低语声，或者像吸入乙醚那样，只令人麻痹和不感觉到痛苦，不触动意识——否则新闻听起来时常是痛苦的。当我漫步经过村子时，我总会看见一整排这类了不起的人物，要么坐在梯子上晒太阳，俯身向前，用一种满足享受的

① 雷丁公司是一书商。

表情不时东盼西望，要么身体靠着谷仓，双手插在袋子里，好似一根根女像柱在支撑着谷仓。他们通常总是待在户外，一有风吹草动立刻就会听到。这是一些干粗活的磨坊，一切流言蜚语都得先在里面进行粗加工或砸开，然后才倒进户内更加精细的漏斗里。我观察到，村子里必不可少的是食品杂货店、酒吧间、邮局和银行；同时，像机器的一个必要部分那样，他们还拥有一只大钟，一尊大炮和一辆救火车，全都放在适当的地方。房屋的布局把人类的特点勾划得淋漓尽致，大家全都住在胡同里，彼此门户相对，这一来每个旅客都得受到夹道鞭打，每个男人、女人、小孩都可以狠狠抽他一顿。当然，那些被安置在最靠近巷口的人，看别人和被人看都最清楚，他们给予旅客最先一击，理当为自己所占的地点付出最高的代价。而少数零零散散住在外围的居民，房屋间会出现很大一段空隙，于是旅客便可越墙而过，或从一旁拐到小路上去，就这样跑掉了，所以住在那儿的人所付的地税或窗户税都为数极微。四周到处挂起招牌来招徕旅客；有的抓住他的胃口，像酒菜馆和供应食品的酒店；有的抓住他的爱好，如纺织品店和珠宝店；有的则抓住他的头发、脚或衣裙，如理发店、鞋店、服装店。此外，还有一件更可怕的事要办，就是经常要挨家挨户去拜访，而此时免不了有人陪着。在大部分的情况下我都能巧妙地躲开这类危险，用的办法有时是立刻勇往直前、毫不迟疑地奔向目标，这也就是要推荐给那些遭到夹道鞭打者的办法；或者把我的心思寄托在崇高的事物上，就像俄耳甫斯[①]那样，“和着他的七弦竖琴，高唱诸神的赞美诗，把海妖的歌声压下去，置身于危险之外。”[②]有时我像箭似的突然跑掉了，谁也不知道我的下落，因为我并不是老拘束自己，文质彬彬，所以篱笆上若有个缺口我会毫不犹豫地钻过去。我甚至习惯于闯进一些房子里，在那里受到很不错的款待，获悉一些重点事件和最新吐露出来的新闻、一些已经平息下来的事、战争与和平的前景，以及世界是否可能长久地维持下去，之后我便被允许从后面的几条通道出去，所以这样一来我又跑到森林里去了。

---

① 俄耳甫斯（Orpheus）是希腊神话中的歌手，善弹竖琴，琴声感人至深，金石为开。——译者注

② 罗得岛的阿波罗尼奥斯（公元前3世纪?）《阿尔戈船航海英雄记》，4，903。

当我在城里待到很晚的时候，投入夜幕之中令人格外愉快，尤其是夜色漆黑、狂风大作之时，我从某个灯火明亮的村店或演讲厅那边开航，背着一袋黑麦或玉米粉，前往林中我那个温暖舒适的港湾，把外面一切捆扎得结结实实之后，我便率领全船愉快的思想退回到船舱下面去，只留下了我外表上的舵手在那里掌舵，而当船行驶得一帆风顺时，我甚至把舵缚牢起来。“当我航行时，”①我坐在船舱的火炉边，脑子里浮现许多令人欢快的思想。我从未遇到过船失事，也未曾在任何恶劣气候中苦恼不堪，尽管我碰到过一些猛烈的暴风雨。即使在通常的夜晚，森林里面也比多数人想的要黑。我时常要抬头仰望树木之间空隙处来认路，而当没有车道时，我便用脚去探索那条由我踩踏出来的似有似无的道路，或用手摸着树，凭着记忆中树与树的关系寻找方向。例如从密林中两棵间隔不超过18英寸的松树中间穿过，而且总是在最黑暗的夜晚。有时我回家时已是深夜，四周漆黑而又闷热，我的脚探索着眼睛看不见的道路，一路上似在梦中，心不在焉，直到突然举手去拔起门闩，这才如梦初醒。我回忆不起自己是如何一步一步走过来的，我想，要是我的躯体被它的主人遗弃了，这躯体还是会找到回家之路的，正如手无需帮助总会摸到嘴巴那样。有几次，一位客人碰巧逗留到晚上，夜色确实非常黑，我不得不带他到屋后的车道上，并给他指点应该走的方向，他沿这条路走时要凭着两条腿而不是凭着眼睛。有个伸手不见五指的夜晚，我照此指导两个在湖里钓鱼的年轻人。他们住在离森林约莫一英里外的地方，并且对道路颇为熟识。过了一两天之后，其中一人告诉我，那天夜晚大部分时间，他们就在自己房屋附近兜圈子，直至天快亮时才回到家，夜间还下了几阵大雨，树叶湿淋淋的，他们也成了落汤鸡。我听到过不少人甚至在村子的街道上也走迷了路，因为到处一片漆黑，正如俗话所说，黑得可以用小刀切下来。有些住在郊外的人乘着马车到镇上办货，也不得不住下来过夜；外出造访的绅士和淑女们，走离正路半英里，由于只能用脚探索人行道，拐弯也不知道。任何时候在森林中走迷了路，这都是一件令人惊奇而又难忘的、有价值的经历。时常在暴风雪天，甚至是白昼，一个人外出在十分熟识的路上行走，会发现弄不清哪条路可通往村庄。尽管他知道这条路他走过上千次，

① 引自《罗伯特·基德船长之歌》。

可仍然认不出它的任何特征。在他看来,这条路陌生得如同西伯利亚境内的一条路那样。要是在夜晚,困惑当然就更要大得多了。我们在日常的散步中,尽管没有意识到,却经常像水手那样,凭着某些熟识的灯塔和海角来辨别方向前进。如果走的路线不在惯常航线之内,我们心中仍然会保存着邻近海角的方位;只有当完全迷路或转过身子时(因为在这个世界里,一个人如果闭上眼睛给转了一次身,便会迷路),我们才会感到大自然的浩瀚与奇异。每个人一清醒过来,不论是从睡眠中还是从人在心不在焉的状态中清醒过来,就必须常常看他的罗盘主方位。换句话,总要等到迷了路,总要等到失去了这个世界,我们才开始发现自己,认识自己的处境以及无穷无尽的种种关系。

有一天下午,在头一个夏天快要结束时,我到村子里向补鞋匠取回一只鞋,结果被抓了起来,送进了监狱,原因是,我在别处曾经谈过,我不给政府纳税,也不承认政府的权威,因为就在这政府参议院的门口,男人、女人和孩子被当成牲畜般在买卖。我本来是带着其他目的到林中去的,但是,一个人不论走往何处,人们都会用他们那套肮脏的体制来纠缠他,抓住他,只要可能,便强行使他成为他们那个孤注一掷的古怪社团的成员。真的,我本来可以猛烈地抵抗一阵,多多少少也会有点效果,也可以“疯狂地”反对社会;但我宁愿社会“疯狂地”来反对我,因为社会是孤注一掷的一方。可是,第二天我被释放了,并且拿到我那只修补好的鞋,我回到林中,及时在费尔港山上饱餐到了越橘。除了那些代表国家的人之外,我从未受到任何人的骚扰。除了那张放稿件的桌子,我连个锁簧也没有,甚至门闩上和窗户上也没有一根钉子。我白天夜里都不锁门,尽管我好几天不在家,甚至在第二年的秋天还到缅因森林里去住了半个月。可是,我的屋子比由整列兵士看守更受到尊敬。疲倦的漫游者可以在我的火炉旁休息暖暖身子;文学爱好者可以在我的桌上欣赏几本书;或者某些好奇的人打开我的碗橱门,看看我午餐留下了些什么菜,晚餐打算吃点什么。可是,尽管各色人等经由这条路来到湖边,这些来人并未给我太多不方便之感,我也没有丢失过任何东西,除了一本小书,一卷荷马,大概是因为镀金太过分了吧,我相信我们阵营里的一名士兵这时已发现此书。我确信,如果所有的人都生活得像我当时那么简朴,盗窃和抢劫的事便不会发生。这类事只发生于这样的社会里:有些人所得到的有余,而另一些人则不足。蒲柏所译的荷马应该很快得到适当的传播。——

> (Nec bella fuerunt,
> Faginus astabat dum scyphus ante dapes.)①
> “当世人所需只是山毛榉碗,
> 人间便不会再有战乱。”

“子为政。焉用杀。子欲善。而民善矣。君子之德风。小人之德草。草上之风。必偃。”②

---

① 《提布卢斯的哀歌》3,7—8;引自约翰·伊夫林《森林志》。

② 《论语·颜渊篇》,第19章。

湖

有时,我对人类社会以及闲扯感到厌倦,而对我所有那些乡村朋友也烦透了,于是我漫步西行,走得比我惯常居住的处所更远,进入本镇那些人迹罕至的地方,到达“新的森林和牧场”,或当夕阳西下的时候,在费尔港山上进晚餐,吃黑越橘、蓝莓,还贮存了一些,可供数日食用。水果可不会把自己真正的香味献给购买它们的人,也不会献给为了市场而栽培它们的人。要得到真正的香味只有一法,只不过很少有人采用。若想知道黑越橘的香味,你得去问牧童或鹧鸪。从未采摘过黑越橘,却认为你已品尝到了它的香味,这是一种庸俗谬误。黑越橘从未到过波士顿;它们生长在城外的3座山上,却从未为那城里的人们所知。水果的芳香、精华部分,连同那在装上货车时失去的鲜艳一起消失掉了,它们变成了只不过是一种食物罢了。只要永恒的执法者仍君临宇宙,就不会有一颗纯真的黑越橘从农村的山上运到这里来。

干完了一天的锄地工作之后,偶尔我也凑到一个没耐性的伙伴那边去,他从早上就一直在湖上钓鱼,一声不响,一动不动地像一只鸭子,也像一片漂浮着的落叶,他在实践各种各样的哲学之后,通常在我到来之前便已得出结论,认为自己属于修道院僧中的古老教派。有个年纪较大的老者,是个捕鱼能手,擅长各种木工,他兴致勃勃,把我的房子看成是考虑渔人的方便而建造起来的;我也同样兴高采烈,见到他坐在我门口整理钓线。我们偶尔一起待在湖上,他坐在船的一头。我坐在另一头。我们之间交谈不多,因为他近年来耳朵变聋了,但他偶然会哼一首赞美诗,这和我的哲学非常协调。我们的交流这一来就完全亲密无间，回想起来格外愉快，比起用语言进行的交流更美妙。当我找不到人谈话时（这是通常的情况），我总是用一支桨敲打船舷，扬起回声，使四周的森林响起了回荡扩散的声浪，就像动物园的管理人激起野兽咆哮那样，我也终于让每个林木葱葱的溪谷和山麓发出咆哮声来。

在气候暖和的黄昏时刻，我时常坐在船上吹笛，观看鲈鱼在我四周环游，似乎让我的笛声给迷住，月亮在有棱纹的湖底上面移动，湖底到处散布着森林的断枝残块。以前，在夏天的黑夜里，我有时和一个同伴带着探险的心情来到这个湖畔，在水边生一堆火，觉得这样可以吸引鱼游过来，我们把蚯蚓缚在钓丝上做诱饵，捉到了一些鳕鱼；做完这些时已是深夜，我们把燃烧着的木头高高地抛到空中，就像放焰火那样，木头又掉到湖里去，发出嗞嗞的响声，火光随之熄灭。我们一下子完全坠入黑暗中摸索，用口哨吹着曲子，穿过黑暗，又走到人们常到的地方。不过现在我已经在岸边安下我的家了。

有时我在乡村起居室里一直待到主人家都休息了，这才回到森林中去。然后，也是考虑到第二天的伙食，我用午夜的时间在月光下乘小船钓鱼，有猫头鹰和狐狸对着我唱小夜曲，不时也听到附近一只不知名的鸟儿吱吱的叫声。这些经验对我来说是难忘而又宝贵的——在水深40英尺处抛锚，距岸20或30杆，四周有时有成千条小鲈鱼和银色小鱼环游着，月光下它们用尾巴在水面上点出了一个个笑靥，我用一根长长的亚麻钓丝与40英尺的水下那些神秘的夜间游鱼打交道；有时我在轻柔的夜风中漂流，拉着一根60米长的钓丝在湖上四处漂荡，不时感到钓丝上有轻微的颤动，这表明某种生物正绕着钓丝的另一端在觅食，笨头笨脑犹疑不定，迟迟下不了决心。最后，你慢慢提起钓丝，一手又一手地往上拉，一条角鲶被拉到空中，在吱吱声里扭动着身子翻来转去。尤其是在黑夜，当你浮想联翩，神驰于其他天体中宇宙起源的大主题之时，你感到钓丝上有什么轻轻一拉，把你的梦给打断了，你重新和大自然联系在一起，这感觉十分奇异。似乎下一步我该把钓丝向上抛到空中，正如我把钓丝垂到这片密度未必更大的空明中去一样。这一来我用一根钓丝仿佛钓到了两条鱼。

瓦尔登湖的景色属于朴素之列，尽管很美，但还不够宏伟壮丽，对那些不常来此或不住在湖边的人不具什么吸引力。可是，这个湖以深邃和清澈超乎寻常，值得详细描写。这是一个又清又深的碧潭，长半英里，周边1又3/4英里，面积约61英亩半。这是松树和橡树林中一片常年清冽的甘泉，并无明显的入口或出口，除了靠云雾蒸发。四周山峰从水边峭拔升起，高达40至80英尺，但东南面和东面的山峰分别有大约100英尺和150英尺，都位于方圆1/4和1/3英里之内。这些山全是林地。我们整个康科德的水至少呈现出两种颜色，一种从远处见到，另一种更属本色，是从近处见到的。第一种颜色多取决于光线，随着天空的颜色而变化。夏季天气晴朗时，水在稍远处显得一片蔚蓝，尤其是水波荡漾时，而在更远处则都是一色。暴风雨天气，水有时呈现出暗蓝灰色。据说大海一天是蓝的，另一天是绿的，而天气却并未发生什么可察觉的变化。当雪盖在大地上的时候，我曾见到此地的河流，水和冰几乎都碧绿如草。有人认为蓝色“是纯净的水色，无论是液态还是固态”。可是，从船上直接俯瞰我们这儿的流水，水的颜色就极不相同。瓦尔登湖甚至从同一视点看去，一个时间是蓝色的，而另一个时间却是绿色。这湖面横亘于天地之间，所以天地之色兼而有之。从山顶上眺望，它映出天空的颜色，可是，就在极近的地方，在你能见到沙底的湖岸附近，湖水却是淡黄色的，再往前去，便呈现出淡绿色，渐渐加深，在湖的中心部分变为单一的深绿色。在某种光线的照射下，甚至从山顶上望去，湖在近岸处呈鲜绿色。有人把这归因于青葱草木的反射，可是在铁路沙坝那一侧的湖水同样是绿色的，当春天树叶尚未展开之际亦然，湖水的颜色可能只是占主色的蔚蓝与沙粒的黄色相混合的结果。这就是湖水虹膜的颜色。也正是这块地方，春天到来之时，湖底反射的太阳光热和土地传导的热量使冰雪增温，首先融化并形成一条狭窄的河道，湖的中央则仍然冰冻未开。像此地的其他河湖一样，一旦湖波荡漾，而天气又极晴朗，这时波涛的表面与天空正好形成某个反射角度，或者由于有更多的光线与湖水相混合，湖水便在稍远处呈现出比天空本身更蓝的颜色。在这个时候，我泛舟湖上，眺望四方，观看倒影反射，觉察到有一种无可比拟、难以形容的淡蓝色，就像波纹绸或闪光丝绸以及剑身使人联想到的那样，比天空本身更蔚蓝，它和波光另一面原来那片深绿色交替闪现，后者对比之下颜色更浑浊些。那是一种透明的、蓝中带淡绿的颜色，就我记忆所及，颇像冬天日落前从云朵的缝隙处望见的小片天空。可是，把一玻璃杯湖水拿到亮处看，就跟一杯空气一样没有颜色。人所共知，一大块玻璃便呈现出绿色，据做玻璃的人说，这是因为玻璃的"体积"使然，可是一小片同样的玻璃便没有颜色。瓦尔登湖需要多少水量才能反映出绿色，我从未验证过。我们的河水在垂直往下望时是黑色的，或深褐色的，像大多数湖泊那样，它使在水中游泳的人身体呈淡黄色；但这个湖的水非常清澈透明，所以游泳者的身体呈现出一种雪花石膏般的白色，更为奇异的是，由于四肢在水中被放大、扭曲，产生出一种畸形的效果，很适合米开朗基罗去作一番研究。

湖水透明如许，25 英尺或 30 英尺深的湖底都很容易看清楚。在湖上荡舟时，会看见水面许多英尺下那一群群鲈鱼和银鱼，说不定只有一英寸长，可是前者很容易由其身上的横纹区分出来。你会认为它们一定是些看破红尘的苦行鱼，才会跑到这里来寄迹。许多年前一个冬天我在冰上凿了几个洞，打算抓些狗鱼。上岸时我把斧头往后一扔，掉到冰上，可是，仿佛有个恶魔在那里操纵似的，斧头滑了四五杆远，直接掉到一个冰窟窿里去，里面水深 25 英尺。出于好奇，我趴在冰上往洞口里望，终于见到这柄斧头稍稍偏在一侧，头向下竖在那里，斧柄直立，随着湖水的荡漾而轻轻摇摆；要是我不加干预，这把斧头会一直竖立在那里摇摇晃晃，直至时间久了斧柄烂掉为止。我用带来的一把冰凿子在斧头的正上方挖了另一个洞，又用刀子砍下了附近能找到的最长的一根桦木条，做了个活结绳套，绑在枝条的一端。我小心地把绳套放下去，套上了斧头柄的突起，然后拉动桦木条上的绳子，终于又把斧头吊了上来。

湖岸是由一带像铺路石一般光滑的白卵石铺成的，只有一两处是短短的沙滩。湖岸非常陡峭，在许多地方只需纵身一跳便可使你进入一人多深的水中；要不是湖水格外透明，再往前是无法见到湖底的，只有到它在对岸升上来时才又见得到。有人认为湖深无底。它无论何处都不浑浊。一个漫不经心的观察者会说湖上连一根水草都没有。至于容易见到的植物，除了那些新近给淹掉的、严格说来不属于湖区的小草地之外，你就是仔细检查也不会发现一根菖蒲、一根灯芯草，甚至连一棵百合花也没有，不论是黄百合还是白百合；有的只是一点小小的心形叶草和河蓼草，也许还有一两根眼子菜，可是，一个在湖里游泳的人可能什么也没有看见。这些植物都十分干净、鲜明，和它们生长于其中的水一样。卵石岸伸入湖水中一两杆，再过去，湖底是一片纯净的细沙，只有最深的部分通常有一点沉积物，大概是历年秋天吹送到湖上来的败叶形成的；还有些鲜绿色的藻类，甚至在隆冬季节也随铁锚一起被拉上来。

我们还有另一个这样的湖，那就是位于九亩角的白湖，在西面约 2 英里半处。但是，尽管我对方圆 12 英里内的大部分湖泊都很熟识，却没见过还有第三个湖具有这样纯净如泉水般的特质。可能先后有许多民族饮用过这湖水，赞美它，测量过它的深度，又都已消逝，可是湖水却依然像当初那样碧绿、清澈。没有一个春天间断过！说不定在亚当和夏娃被逐出伊甸园的那个春天的早晨，瓦尔登湖便存在了，甚至那时就伴随着雾气和南风，轻柔的春雨在湖面化成涟漪，无数的野鸭和天鹅在湖上翱翔，尚未听到过人类的堕落，这片纯净的湖水依然使它们心满意足。甚至那时，它便开始涨潮、落潮，使水色澄清，染上了它现在所有的颜色，并获得天堂的特许，成为世间独一无二的瓦尔登湖，天上露珠的蒸馏盘。谁知道，在多少篇已被忘却的民族文学作品里，这个湖曾被视为灵感圣泉呢？而在黄金时代里又有多少山林水泽的仙女在这里住过？这是康科德戴在她头冠上的一颗头等宝石。

然而，也许头一批来到这片泉水旁的人留下了某些足迹。我曾十分惊奇地发现，环绕湖边，甚至在一片森林刚被砍伐的岸上，都有一条贴着陡峭山壁的狭隘小道，一会儿上升，一会儿下降，一会儿靠近湖边，一会儿又离远些，它大概和生活在这里的人类的年代一样悠久，是由土著的猎人用脚踏出来的，现在仍然不时由这片土地当今的居住者无意识地踩踏着。冬季站在湖心看起来就更加清楚，刚下过一场小雪，山路看上去像一条清晰的波浪起伏的白线，没有被杂草和树枝掩盖，在 1/4 英里之外许多地方都能看得清楚，而在夏季就是近在咫尺也难看清。似乎是雪用清楚的白色浮雕又重新把它刻印出来。将来有一天这里会造起别墅，那装饰的庭园或许还能保留它的一些痕迹吧。

湖水时涨时落,但是否有规律,周期如何,无人知道,尽管照例有不少人不懂装懂。通常的情况是冬季高些,夏季低些,但这并不和一般天气的潮湿与干燥相对应。我记得与我住在湖畔时相比,湖水何时低了一两英尺,何时又至少高了5英尺。有一片狭窄的沙洲伸到湖中,一侧是深水,我曾在沙洲上煮过一锅杂烩,地点距离主岸6杆,那大约是在1824年,25年来都无法再到那里去煮东西。另一方面,当我告诉后来的朋友们说:几年之后我习惯于在林中一个僻静的小湾里泛舟垂钓,他们总是显出不相信的神情,那地方离他们所知道的湖岸有15杆之遥,早已变成一片草地了。但这个湖两年来一直在升高,现在,1852年的夏天,比我住在那边时刚好升高5英尺,或者说,水位和30年前一样高,又可在草地上钓鱼了。水位这一来至多相差六七英尺;然而,周围山上流下来的水量并不多,湖水涨溢想必是由那些影响深处泉源的原因造成的。这一个夏天,湖水又开始下降了。值得注意的是,这种涨落不管是否定期,都需要有许多年的时间才能完成。我曾观察到一次上涨和两次下降过程的一部分,我预料12年或15年之后,水位又将降落到我所见过的位置。位于东面一英里处的弗林特湖(忽略不计进水口和出水口所引起的变化)以及其间一些较小湖泊,全都和瓦尔登湖共其升降,也在最近涨到了它们的最高水位。就我观察所及,白湖的情况也如此。

瓦尔登湖的这种长期逐渐涨落至少有一个用处:湖水保持在这个高水位一年以上,尽管这给人沿湖步行造成一些困难,但自从上次涨水以来,那些沿湖长起的灌木与树木,例如油松、白桦、桤木、白杨等等,全都给冲刷掉,所以湖水再度降下时,留下了一片没有障碍的湖岸;与许多湖泊和所有每天涨落的水体不同,它的湖岸在水位最低时也最干净。在我屋旁的湖边,一排15英尺高的油松已经让水给淹死,仿佛被杠杆拉倒下来,这一来就制止了它们侵占地面。这片松树的大小表明,自上次水涨到这个高度已过了多少个年头。靠着这样水涨水落,这个湖维护了它对湖岸的权利,这一来,湖岸被剃干净,树木也无法凭借侵占来拥有它。这就是不长胡子的湖的嘴唇。湖不时地舐着它的嘴唇。当湖水涨到最高点时,桤木、柳树和枫树从水中树干的四面生出大量纤维状的红色根须,长达数英尺,最高离地有三四英尺,力图保存自己。我看到乌饭树丛生在湖岸上,它通常不结果实,可是在这种情况下却结得很多。

湖岸怎么会铺砌得如此整齐,有些人对此百思莫解。我的同乡都听到过一个传说,老人们告诉我,他们年轻时曾听说:古时印第安人正在这里山顶上举行狂欢典礼,山高耸入云,其高度一如这个湖现在陷入地下那么深。据说人们使用了不少亵渎的语言(其实这种坏事印第安人从未犯过),正当他们这样在进行庆典时,山摇晃起来,突然沉了下去,只有一个名叫瓦尔登的老妇人逃脱了,这个湖就是以她的名字命名的。据猜测,当地动山摇时,这些石头滚落到边缘,变成了现在的湖岸。但无论如何,可以肯定的是,这里从前并没有湖,而现在却有一个;这个印第安传说和我前面提到过的古代移居者那段描述毫无抵触,那位移居者非常清楚地记得,当他带着魔杖初次来到这里时,看见一层薄雾从草地上升起,而魔杖则直指下方,于是他决定在这里挖一眼泉。至于石头,不少人至今仍认为这不能用波浪冲击山体去解释,但我观察到,周围山上同样的石头非常之多,人们不得不在最靠近湖的铁路两侧把石头堆成护墙;再者,石头最多的地方,湖岸也最陡峭。所以,不幸的是,这事在我看来不再是神秘不可思议了,我发现了铺石者。若湖名不是来自英国地名,例如萨弗隆—瓦尔登,那么便可认为它原来叫做"Walled-in Pond"(围墙湖)。

这个湖是我的一口现成的水井。一年中有4个月湖水都是冰凉的,正如它永远洁净那样。我认为,湖水在本镇即使不是最好的水源,也不比其他的差。冬天,所有露天的水都比泉水、井水等受到保护的水更冷些。在我待的房间里,从午后5时到第二天即1846年3月6日的中午,室温上升至华氏65度(有时70度),这一方面是因为太阳晒在屋顶上的缘故,但放在屋里的湖水比起刚打上来的村子里最冷的井水还低一度,只有42度。沸泉[①]同一天的温度为45度,是我测试过的所有水中最温暖的,然而在夏天沸泉是我所知的水中最冷的——当浅露停滞的表层水没有混合进去时。在夏天,瓦尔登湖也从未变得像大部分曝露在阳光下的水泉那么温暖,原因是它的水深。在最炎热的天气里,我时常把整桶水放在地窖里,水到了夜晚便变凉了,并且白天仍一直清凉,不过我有时也用附近的一处泉水。湖水放了一个星期还像刚汲上来那么好,还没有抽水机的味道。谁要是夏天在湖岸边野

---

① 瓦尔登湖西面一道冒泡的泉水。

营一星期,只需在营地阴凉处几英尺深的地方埋上一桶水,就无需依赖冰块这种奢侈品了。

在瓦尔登湖曾捉到狗鱼,有一条重7磅,还有一条狗鱼以极大的速度把绕线轮上的钓丝扯走了,渔夫因为没有看到它,保守估计那条鱼有8磅重;也曾捉到鲈鱼和大头鱼,其中有的重两磅以上;还捉到银鱼和齐文鱼(*Leuciscus Pulchellus*),几条鲷鱼,两条鳗鱼,其中一条重4磅——我写得这么详细,是因为鱼的重量通常就是其唯一的名声所在,而这两条鳗鱼是我在这里听到过的仅有的两条;我还隐隐约约回忆起有一种约莫5英寸的小鱼,两侧呈银色,背部呈绿色,具有鲦鱼的特性,我之所以在这里提起这种鱼,主要是要把我的事实和寓言联系起来。然而,这个湖的鱼产并不丰富。湖里狗鱼虽不多,却是它引为自豪的东西。曾有一次我躺在冰上见到至少3种不同类型的狗鱼,一种长长扁扁,钢灰色,最像河中捉到的那些;一种是鲜明的金黄色,带有绿色反光,在特别深的水里,是这里最常见的类型;还有一种是金黄色,形状像前一种,不过鱼身两侧有深褐色或黑色小斑点,间杂着几点淡淡的血红色斑点,十分像鲑鱼。"reticulatus"①这个专名看来对它用不上,更确切点应该用"guttatus"②。这些鱼全都非常结实,重量比按照体积估计的还要重些。银鱼、大头鱼,还有鲈鱼,实际上所有生活在这个湖里的鱼都要比河里和大多数湖里的鱼更加清洁、美丽,更加结实,因为湖水更纯净,这些鱼很容易被区别出来。也许,鱼类学家们会从其中某些鱼里面培育出新的品种来。这里还有一些干净的青蛙和乌龟,还有少数贻贝;麝鼠和水貂也在湖的四周留下它们的足迹,偶然还会有一只泥龟漫游到这里。有时,当我早晨把船推离湖岸时,会把一只夜里躲藏在船底下的大泥龟给惊动起来。野鸭和雁春秋两季经常到这里来,白腹燕子(*Hirundo bicolor*)掠过湖面,翠鸟从河湾急飞而去,而斑鹬(*Totanus macularius*)整个夏天都在多石的湖岸上逛荡。我有时惊起了一只鱼鹰,它栖息在一棵俯瞰湖面的白松上。但我看海鸥的翅膀未必亵渎过这里,就像在费尔港那样。湖至多容许每年来一只潜鸟。现在常到湖这里来的重要飞禽走兽全在这里了。

---

① reticulatus 意为"网状的"。

② guttatus 意为"有斑点的"。

在风平浪静的天气里，靠近东面的沙岸，湖水深达 8 英尺或 10 英尺，你在那里或在湖的其他一些地方，都可以看到水底有一堆堆圆形的东西，直径 6 英尺，高一英尺，堆的是一些比鸡蛋小一点的小石头，四周全是黄沙。开头你猜测是不是印第安人为了某种目的而在冰上堆砌起来的，当冰融化后沉到湖底去了；可是石头砌得异常整齐，其中有一些像是刚刚砌成的。它们极似河中见到的那些。但由于这里既没有胭脂鱼，又没有七鳃鳗，我不知道有什么鱼能把石头堆成这样。说不定这里有齐文鱼的穴。这些给湖底带来了一种愉快的神秘感。

湖岸极不规则，所以没有单调之感。我脑海中浮现出：西岸多犬牙交错的深水湾，北岸更陡峭，南岸呈美丽的扇形，一个岬接一个岬，互相交迭，令人感到其间还有一些人迹未到的小湾。湖水边缘群山耸起，从这青山中间的小湖湖心处望出去，森林的背景格外悦目，别有风致。因森林倒映的湖水不但使前景美不胜收，而且由于湖岸曲曲折折，给森林形成了一道最为自然而又令人愉快的边界线。在它的边缘上没有给人以不完美或不完善的感觉，不像那用斧头砍伐出来的地方或毗连的耕地一般。在湖边，树木有宽敞的空间来扩展自己，每株树都可以把它那生机勃勃的枝条伸向这个方向。大自然在这里编织出一幅自然的织锦，而视线则从湖岸低矮的灌木逐渐升到最高的树木上去。这里很少看得出人工的痕迹。湖水像千年前那样冲洗着湖岸。

湖是风景中最美丽、最富于表情的姿容。它是大地的眼睛，观看着它的人也可衡量自身天性的深度。湖边的树是眼睛边上细长的睫毛，而四周郁郁葱葱的群山和悬崖，则是眼睛上浓密的眉毛。

在 9 月一个风平浪静的下午，薄雾使对岸一线在瞭望中模糊，站在湖东端平坦的沙滩上，我对“湖面如镜”这话的意义有所了解。当你头朝下眺望时，湖像一条穿过山谷的纤细游丝，在远处松林的衬托下闪闪发亮，把一个大气层和另一个大气层给分隔开来。你会觉得你可以在湖底下走到对面山上去而不会弄湿身体，那些掠过湖面的燕子也可以停在湖上。的确，它们有时潜入水平线以下，似乎是搞错了，接着便醒悟过来。当你从湖上向西望时，你得用两只手来保护眼睛，以免受到反射的和真的太阳光的照射，因为这两种光芒都同样明亮；要是你在两者之间严格地审视湖面，它的确是光滑如镜，除了有一些在水面滑行的水黾等距离地散布在整个湖面上，在阳光下运动，在湖上产生出世间能想象得到的最美的闪光，或者一只鸭子在那儿整理羽毛，还有就是我已经说过的，一只燕子低低掠过湖面，似乎要碰着湖水似的。或许远方有条鱼在离水面三四英尺的空中画了个弧形，它跃起处有一道亮光，落水处是另一道亮光，有时呈现出整个银色的弧形圈。也许有一些白蓟种子的冠毛漂浮在湖面上，鱼向着它急跃过去，湖面于是又起了一阵涟漪。这像是熔化了的玻璃已经冷却下来，但并没有凝结，里面少数微粒非常纯净、美丽，就像玻璃中的细泡。你时常会发现一片更平滑、色泽更深的湖水，仿佛是由一面肉眼看不见的蜘蛛网和其他部分隔开了一样，这是在湖上休息的水泽仙女们的水栅。从山顶上你几乎能见到任何地方跃起的鱼，因为一条小狗鱼也好，一条银鱼也好，要是在这片平滑的水面捕捉昆虫，便会显然破坏这整个湖的均衡。这件简单的事实竟可渲染得如此精美，真是妙不可言——这件鱼类的谋杀案暴露出来，我从远方的高处能认出水上扩展开来的圆涡，直径有 6 杆长。你甚至还能发现水蟢（*Gyrinus*）不间断地在平滑的水面上前进了 1/4 英里，因为它们使水面微起皱痕，现出一片明显的涟漪，旁边有两条斜分的界线，但在水黾在湖上滑行时却没有留下明显可见的涟漪。当湖面激荡得很厉害时，湖上既没有水黾也没有水蟢，可是，显然在风平浪静的日子里，它们离开了自己安居的住所，冒险从湖岸这边开始，靠着一次又一次短距离的冲刺，终于滑过湖面全程。这是一件令人心旷神怡的事，在一个天高气爽的秋日里，你充分享受着暖和的阳光，在这样的高处坐在树桩上俯瞰着湖，欣赏着微微漾起的涟漪，一圈一圈不断映现在天空与树木的倒影之间，要不是有这些涟漪，是看不出湖面的。在这片广阔的湖面上，一切纷扰不安都会立刻平息下来，化入安静，正如晃动一瓶水时，那一圈圈颤动的水波便往岸边扩展开去，随后又平息了下来。每条鱼跳出水面，每只昆虫掉到湖上，都用一个个圆涡，用一条条美丽的线条来报道，仿佛这是湖中泉水恒常的涌现，是它生命轻轻的搏动，是它胸膛的起伏。一阵阵欢乐与一阵阵痛苦的颤动难以区分。湖的各种现象多么和平！人类的工作又像春天里那样发光。呀，每一片树叶、一条嫩枝、一块石头、一张蜘蛛网，都在这下午时间过半时闪耀发光，一如春天早晨披上露水时那般。一支桨或一只昆虫的每一个动作都会发出一道闪光，要是桨儿落下，回声又多么悠扬悦耳!

在这样一个日子里,9、10月之间,瓦尔登湖是一面十全十美的林中明镜,四周用石头镶边,在我看来它们珍贵如稀世之宝。世间何物能像这面躺在大地表面的湖泊那么美,那么纯,同时又那么大。水天一色!它不需要围栏。民族来去更迭都无损于它。它是一面石头打不碎的镜子,它的水银永不磨损,它的装饰,大自然不断地加以修补;任何风暴,任何尘土都不能使它那常新的镜面黯然失色——这么一面镜子,送给它的一切不洁的东西都会消失,太阳会用雾蒙蒙的轻刷,光的拭尘布,给它扫除尘土。这么一面镜子,在它上面呵气也留不下一点痕迹,它会生发出自己的云雾,飘上水面的高空,又反映在它的怀中。

溶溶的湖水把天机泄露无遗。它不断从高处接受新的生命和动态。它就其本性来说是大地与天空之间的媒介物。大地上只有草木能如波涛起伏,但湖水本身却因风荡漾。我能从一道道波纹或一片片波光中看见微风从湖上掠过去。能俯瞰湖面真是妙不可言。说不定我们最终还能俯瞰空气的表面,并留意哪里还有个更加神秘莫测的精灵,在它上面掠过。

水黾和水蝽到了10月下旬终于销声匿迹了,这时严霜已经到来。到了11月,在风平浪静的日子里,通常也绝对见不到任何东西在水面上搅起涟漪了。11月的一个下午,连续数日暴雨之后终于平静下来,但天空仍然阴云密布,雾气蒙蒙。我注意到湖水格外平静,所以很难辨别出湖面;它不再反映10月鲜明的色彩,却反映出四周山峦那沉郁的11月颜色。尽管我尽可能轻地在湖上泛舟,但船儿激起的微波却远远地扩展到我视野之外,给倒影添上罗纹的形状。可是,当我从湖面上望过去时,见到远方有一处处微弱的闪光,仿佛一些躲过了霜冻的水黾又集合到那里,也说不定由于湖面格外平静,湖底涌上来的泉水都看得出来了。我轻轻地划着船到其中的一处,惊异地发现四周有成千上万条小鲈鱼,约5英寸长,在绿水中现出浓艳的青铜色,它们在那里嬉戏,时常浮出湖面,激起涟漪,有时还在湖面上留下一个个水泡。在这样纯净透明、看若无底、倒映着云彩的水里,我似乎是坐着气球飘浮在空中一样,而鲈鱼的游动则给我以一种飞行或滑翔的感觉,仿佛它们是密密麻麻的一群鸟,就在我的左下侧或右下侧飞过去,它们的鳍像风帆一样扬起。湖里有许多这类鱼群,显然要在冬天给它们广阔的天窗拉上冰幕之前,好好把这短暂的季节享受一番。它们有时让湖面看上去似有一阵微风掠过,或几滴雨点飘落。当我粗心大意地靠近,把它们吓了一跳时,鱼尾巴一扫,泼啦啦一响,扬起了一片涟漪,像是有人拿一根蓬蓬松松的树枝打水似的,它们立刻躲到深水底下藏起来了。最后,风吹得紧了,雾变得浓了,波涛开始奔拍,鲈鱼跳跃得更高,半身跃出水面,成百的黑点,长约 3 英寸,同时露在湖面上。有一年,已到了 12 月 5 日,我发现湖面上有些涟漪,空中雾气浓重,以为立刻要下大雨了,赶紧坐在划桨的座位上划回家去。尽管我不觉得有雨点打在我面颊上,但湖上的雨似乎已经在迅速下大,我做好了全身湿透的思想准备。可是突然间,涟漪消失了,原来这些都是鲈鱼造成的,我划桨时的声音把它们吓跑到深水里去了,我隐隐约约地望见鱼群消失。就这样,当天下午我过得干干爽爽。

有个老人在将近 60 年前常来这里,当时湖岸四周森林蔽日。他告诉我说,在那些日子里,他有时见到湖上栖满野鸭和其他水禽,还有许多鹰在空中盘旋。他到这里来钓鱼,用的是他在岸上找到的一条古老的独木舟,那是用两根白松挖空了钉在一起,两端削方做成的。独木舟很粗陋,不过用了许多个年头,直到后来浸透了水,说不定还沉到湖底去了。他不知道这是谁的船,它属于这个湖。他常用一条条山核桃树皮缚在一起做成锚索。有一次,一位革命前住在湖边的老陶工告诉他说湖底有一个铁箱,并自称曾亲眼见到过。这个铁箱有时会漂到岸上,可是当你向它跑过去时,它又回到深水里去,无踪无影了。我很高兴听到那条古老的独木舟的事,它取代了一条用同样材料做成的印第安独木舟,那一条建造得更加优美,原本可能是岸上的一棵树,后来似乎倒在湖水里,在那里漂浮了二三十年,对这个湖来说它是最合适不过的船只。我记得,当我初次往深水里看的时候,模模糊糊地见到许多大树干沉在湖底,可能是以前让大风给吹倒下来,或是最后那次砍伐时放在冰上没有抬走,因为那时木材价钱太便宜了;可是现在,这些大树干大部分都不见了。

我初次泛舟瓦尔登湖上时,它的四周完全让浓密高耸的松树和橡树林环绕着,在一些小湾处,葡萄藤爬上了湖边树木,形成一个个凉亭,船可从下面穿过。构成湖岸的山峦非常陡峭,山上的林木当年也非常高,所以你要是从西端往下望,宛若一个圆形剧场,可供林中演出之用。我年轻时曾把许多时光消磨在泛舟湖上，随风飘荡，我把船划到湖心，仰面躺在座位上，在一个夏天的上午，半醒半睡，直至船碰上沙滩才醒过来，我于是站起来，看看命运女神把我推到了什么样的岸上。在那些日子里，无所事事是最有吸引力同时也是最多产的事业。许多上午都让我偷闲度过了，我宁愿把一天中最宝贵时间这样虚掷掉，因为我是富有的，虽不在金钱方面，却富有阳光灿烂的时光和夏天的日子，我毫不吝惜地加以挥霍；我没有把更多的时光花费在工场或教师的书桌上，对此我并不引以为憾。但自从我离开那些湖岸以来，砍伐木材的人把湖岸进一步蹂躏了，如今，要有很多年不能在林木葱葱的小道上漫步了，也无法从林中偶然窥见湖光水色了。我的缪斯今后要是沉默无言，那是情有可原的。鸟儿的林木已遭砍伐，你怎能期望它们唱歌呢？

如今，湖底的树干、古老的独木舟，还有黑黝黝的四周林木都已消失，村里人对湖在何处几乎一无所知，他们不是到湖里洗澡或饮水，而是想把这片至少应视同恒河水一样圣洁的湖水，通过一条水管引到村子里，供他们洗盘子！——他们想靠转一下水龙头、拔一下塞子便得到瓦尔登湖的湖水！那魔鬼似的铁马，它那刺耳欲裂的嘶叫声，整个市镇都听到了，它用脚把沸泉弄脏了，也正是它把瓦尔登湖岸上所有的林木吃个精光。这匹特洛伊木马，肚子里藏上了一千人，是由唯利是图的希腊人引进来的！这个国家的战士在哪里？穆尔厅的穆尔要在迪普卡特①迎接它，把复仇的长矛戳进这得意忘形的瘟神的肋骨中间。

然而在我所知道的所有性格中，瓦尔登湖也许是最经得起考验，同时也是最保持其纯洁性的。许多人曾被比作瓦尔登湖，但当之无愧的为数很少。尽管伐木人先后把这片和那片湖岸的林木砍光，爱尔兰人已在湖边盖起了猪圈，铁路也侵入了湖的边界，卖冰的人还曾在湖面割过一层冰，可是湖本身依然没有改变，还是我年轻时见到的那片盈盈湖水，而变化全是在我身上。尽管它涟漪处处，却没有留下一条永久的皱痕。它青春长在，我可以站在那儿看到一只燕子像往昔一样扑下去，从湖面上衔走一只小虫。今夜，它又深深地打动了我，仿佛 20 年来我不是几乎天天都见到它——啊，这就是

---

① 引自珀西《残稿》中“万特利的恶龙”。迪普卡特(Deep Cut)指已在瓦尔登与康科德之间的山坡处挖土开山，供筑铁路之用。

瓦尔登湖，我多年前发现的那个林中之湖。去年冬天这儿一片森林给砍倒了，另一片森林又欣欣向荣地在湖边生长起来；同样的思想和当初一样又涌上湖面。瓦尔登，于它本身及上帝依旧是一种清粼粼的快乐与幸福，唉，对我来说也可能如此。这湖肯定是勇敢者的杰作，在他身上毫无狡诈！他用手把这片湖水围成圆形，在自己的思想里使其深化、澄清，并在遗嘱中将其传给康科德。我凭它的水面，见到同样的倒影前来探望它；我几乎要开口问道：瓦尔登湖，是你吗？

我并不梦想
装饰一句诗行；
要接近上帝和天堂，
莫过于瓦尔登湖——我居住的地方。
我就是多石的湖岸，
是拂过湖面的微风；
在我的掌心
是它的水，它的沙，
它最深的胜地，
高悬在我的思想之上。

火车从不停下来欣赏湖光山色。然而我想，那些火车司机、司炉工和制动手，还有那些持有月票、时常见到它的旅客们，都得到了这景色的陶冶。司机夜里不会忘记，或者说他的天性不会忘记，白天他至少见过一次这宁静而纯洁的景象。尽管只见到一次，可它却有助于洗濯掉州议会街和机车上的烟灰。有人提出建议，说这个湖应称之为“神的水珠”。

我曾说过，瓦尔登湖没有明显的进水口或出水口，不过，一方面，它遥远而又间接地与地势更高的弗林特湖相连，中间隔着一连串小湖；另一方面，它直接而又明显地与地势较低的康科德河相连，中间也隔着类似的一连串小湖，在某个地质时期瓦尔登湖可能流经这些小湖，现在只要稍加挖掘，又能再度让它流到那边，不过上帝不准这样做。如果瓦尔登湖由于长期像林中隐士那样克制而又简朴，获得了如此令人惊叹的纯洁，那么，要是让弗林特湖不大纯洁的水混入瓦尔登湖来,或者瓦尔登湖把本身甘美的湖水浪费到海洋的波涛中去,谁不会感到遗憾呢?

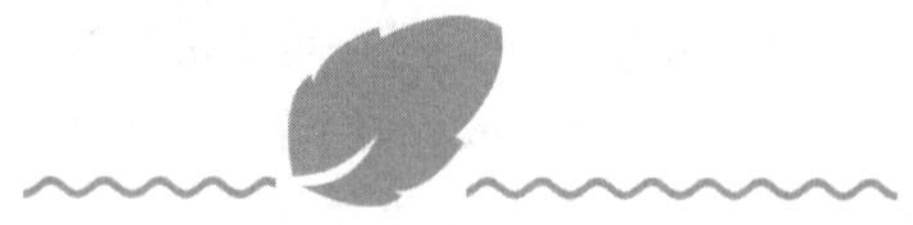

弗林特湖也称沙湖,位于林肯区,是我们最大的湖泊和内海,在瓦尔登湖东面约一英里处。它要大得多,据说面积197英亩,鱼类更丰富,不过湖水较浅,也不那么纯净。散步穿过森林到那边去时常是我的一种消遣。只要能感受一下风在你脸颊上自由地吹拂,看着波涛奔跑,想起水手的生活,那也是值得的。我曾在秋天刮大风的日子里跑去拣栗子,那时栗子掉进湖水里,冲到我的脚边。还有一天,我沿着莎草丛生的湖岸徐行,阵阵清新的浪花溅在面颊上,我碰到一只腐烂掉的船的残骸,两侧的船舷都没有了,给我的印象是船只留下一面平底,四周全是灯芯草,可是,船的模样还十分清晰,看上去像是一面腐烂了的巨大垫板,纹理依然可辨。它就像海岸上一艘破船残骸那样给人印象极深,其教训也同样深刻。而今,它已经只是一块腐质土壤和难以分辨的湖岸,灯芯草和菖蒲都从里面生长出来。我常常欣赏北端留在沙质湖底上的一道道波痕,由于水的压力使得沙底变得坚硬,适于涉水者在上面行走;还有那些灯芯草,它们成单行生长,一行一行像波浪般摇晃,与湖底的波痕相对应,仿佛是波浪把它们栽种起来的。在那里,我还发现数量相当可观的奇特的球体,看来是由细草或根须构成,有可能是谷精草,直径从半英寸到4英寸不等,呈十分完美的球形。这些球形在沙质湖底的浅水中前后漂动,有时还给冲到岸上来。它们有的是结实的草球,有的中间含有些沙粒。开头你会说它们是由波浪击拍造成的,就像卵石那样,可是最小的圆球直径半英寸,却是由同样粗糙的物质构成的,并且它们只在一年中的一个季节里产生。再者,我想,波浪对于已经成形的物质,磨损总是多于建造的。这些球体在出水干燥的情况下,还会长期保持它们的形状。

弗林特湖!我们命名法的贫乏就是这样。那个肮脏愚蠢的农夫有什么权利用他的名字来给这个湖命名呢?须知他的农场紧傍着这片水天,他毫不留情地把湖岸砍成精光。一个吝啬鬼①,更喜欢明晃晃的银元或亮晶晶的分币,从中照见他那副黄铜色的厚颜。他甚至认为那些飞来湖上定居的野鸭侵犯了他的土地;他的手指由于长期掠夺成性,已长成了又弯又硬的鹰爪。——所以这个湖名不是我要取的名字。我到那边去不是要去见他,也不是想听到人家说起他;他从未见到湖,从未在湖中洗过澡,从不爱它,从不保护它,从未替它说过一句好话,也从不感谢创造它的上帝。还不如用湖中的游鱼来给它命名,用那些常到湖上来的飞禽走兽,用生长在岸边的野花,或用历史渊源和这个湖交织在一起的某个野人或孩子的名字,而不是用他的名字命名。他除了某个和他臭味相投的邻人或立法机关发给的一纸契约外,没有任何权利这样做。——他满脑子装的只是这个湖在金钱方面的价值;他的到来,可能就是要给整个湖岸降下祸灾;他要耗尽这个湖周遭的土地,并很乐意把湖中的水全给掏光;他引以为憾的只是这个湖没有变成长满英国干草或越橘的草地。——在他看来,这个湖真是一无是处。为了挖湖底的淤泥卖钱,他会把湖水排干。湖水不能给他转动磨粉机,他不觉得观看湖光水色是一件特别荣幸的事。我不尊重他的劳动、他的农场,那儿每件东西都标出了价钱。他会把风景,把他的上帝全都带到市场上去,只要能捞到点什么就行,事实上他到市场上去正是为了他的上帝。在他的农场上没有一样东西能自由生长,他的田地不长庄稼,他的牧场不开花,他的树木不结果实,生长的只是金钱;他喜爱的不是果实的美,果实在变成金钱之前在他看来都没有成熟。让我过着享有真正财富的贫穷生活吧。农民越穷就越受到我的尊敬,越令我感兴趣——贫穷的农民。一个模范农场!那里的农舍像粪肥堆里长出来的真菌,人、马、牛和猪的住房,干净的和不干净的全都连成一片!人畜杂居,不分彼此!这是一个大油渍,肥料与奶酪的气味兼而有之!在高度耕耘的状态下,人心与人脑当成肥料!仿佛你要在教堂院子里种土豆一样!这就是模范农场。

不,不,要是最美的风景应以人的名字命名,就让这些人全都是最高尚可敬之人。让我们的湖至少得到伊卡洛斯海那样真正的名字,在那儿,“海

① 英文中弗林特(flint)有吝啬之意。——编注

岸依然回荡着一次勇敢的尝试。”①

雁湖，范围较小，位于我到弗林特湖的路上；费尔港，是康科德河的延伸部分，据说占地70英亩，位于西南一英里处；而白湖，面积约40英亩，位于费尔港外面一英里半外。这就是我的湖区。所有这些，加上康科德河，构成我享受的水上特惠。日以继夜，年复一年，它们把我带去的谷物碾碎磨细。

自从那些伐木工人、铁路，还有我自己把瓦尔登湖给亵渎以来，也许我们所有的湖中最吸引人（即使不是最美丽）的湖，林中的明珠，要算是白湖了——这个平平淡淡的名字来自它的平凡，可能取自其湖水的格外明净，也可能取自其沙粒的颜色。然而，这些方面，一如其他方面，它是比瓦尔登湖略逊一些的孪生姐妹。两个湖十分相似，你会说它们一定是在地下相联。它有着同样多石的湖岸，而湖水颜色也相似。一如在瓦尔登湖，在酷热的大暑天，你透过森林俯视一些不是太深的、会让湖底的反光淡抹上颜色的湖湾时，湖水呈现出一派雾蒙蒙的蓝绿色或绿灰色。多年以前，我经常到那边装载一大车一大车的沙子来制造砂纸，从那时起，我便经常到那里观光。常到这湖上游览的人建议把它称为翠湖。也许，根据下面的情况，它应称为黄松湖。大约15年前，你还可以看见一株北美油松的树顶，从距离湖岸许多杆的深水中伸出湖面，这一带人们把这种松称为黄松，其实它并非明确界定的品种。有人甚至认为这个湖下沉过，而这株松树就是以前生长在那里的原始森林中的一棵。我发现早在1792年，在一位本地居民所著“康科德镇地形志”（收入马萨诸塞历史学会藏书）中，作者谈及瓦尔登湖和白湖之后，接着又说：“在白湖中间，当水位很低时，可以见到一棵树，似乎老早就生长在现在的位置，虽说树根是在距水面50英尺之下。这棵树的顶部已经断掉，经测量，折断处直径为14英寸。”1849年春天，我和一个住在萨德伯里最靠近此湖的人交谈，他告诉我说，10年或15年前把这棵树弄走的正是他。就

---

① 威廉·德拉蒙德（W. Drummond）《小曲与短诗》（1616）中“伊卡洛斯”1，10。希腊神话中伊卡洛斯（Icarus）乘着人工翅膀逃离克里特岛，因翅膀上的蜡被晒化而掉进爱琴海。

他记忆所及,树距离湖岸12或15杆,那边水深30或40英尺。当时是冬天,上午他一直在取冰,决定下午把邻居找来帮忙,把这棵老黄松拉出去。他在冰中锯出了一条通往岸上的通道,用几头牛把树拔上来,拉出冰面,可是,还没拉多远,他便惊异地发现:树身原来是颠倒的,残枝全都向下,细端牢牢地固定在沙质湖底上。粗端直径约一英尺,他原来希望能得到一块优质的锯材原木,可是它已腐烂不堪,至多只能当柴火烧了。他的棚屋里当时还有几块这种木头。木头较粗大的一端还留有斧印和啄木鸟啄过的痕迹。他以为这大概是岸上的一棵死树,后来给风刮到湖里去,树顶让水给浸透之后,较粗大的另一端却仍然干燥而又较轻,所以漂出去之后便倒翻个身沉了下去。他的父亲年已八旬,记不清这棵树几曾不在那里。如今仍可看到几根相当大的圆木躺在湖底,因湖面波痕荡漾,看上去颇像几条大水蛇在蠕动。

这个湖很少有船只闯进来,原因是湖里没有什么吸引渔人兴趣的东西。这里没有白百合花——它需要污泥,也没有一般白菖蒲,只有变色鸢尾花(*Iris Versicolor*)稀疏地生长在洁净的湖水里,从湖岸周围多石的湖底长出来,蜂鸟于6月间飞来探访,鸢尾花泛青的叶片颜色和花朵的色彩,特别是它们的倒影,和绿灰色的湖水格外和谐。

白湖和瓦尔登湖是大地表面上两块巨大的水晶,两面灵光之湖。要是它们永远凝固起来,小到可以握在手心,可能就会被一些臣仆带走,像宝石那样镶在帝王的王冠上。可是,由于它们是液体而又面积宽阔,永世为我们和子孙后代保留,所以我们反而忽视它们,跑去追求科依诺尔钻石[①]了。它们无比纯洁,不能具有市场价值,它们与污秽无缘,比起我们的生活来不知要美丽多少,比起我们的性格来不知要透明多少!我们从不知道它们有什么平庸低劣之处。它们比起农家门前鸭子游泳的池塘来不知道要美丽多少!洁净的野鸭来到这里。人间的居民无人能够欣赏大自然。鸟儿披着羽裳,唱着它们的曲调,与野花十分和谐,可是哪个少男少女能与大自然那种粗犷而丰富多彩之美互相协调而浑然一体呢?大自然独自欣欣向荣,远离他们所居住的市镇。还谈什么天堂!你让大地蒙羞。

---

① 科依诺尔(Kohinoor)钻石,世界最大钻石之一,原产于印度,1849年以来为英王御宝。——译者注

贝克农场

我有时漫步到松林里,松林像一座座庙宇矗立着,也像装备齐全的海上舰队,树枝翻起重重松涛,波光潋滟,如此柔和、翠绿而又多荫,就是德鲁伊教的人也会放弃他们的橡树林而到这边松林里礼拜;或漫步到弗林特湖外的雪松林里,雪松挂满灰蓝色的果子,一株株高耸挺拔,适合于长在英烈祠前面,而铺地柏则以果实累累的桂冠覆盖着大地;或到沼泽地去,在那儿,松萝地衣从黑云杉树上垂下来,像一条条花彩饰带,而伞菌遍地皆是——它们是沼泽诸神的圆桌,那些更加美丽的真菌则像蝴蝶或贝壳(植物峨螺)装饰着树桩;那儿生长着沼泽石竹和山茱萸,红色的桤木果长得像小魔鬼的眼睛,南蛇藤在攀援时把最坚硬的木材也刻下沟槽并勒坏,那些野冬青的果子更是美丽迷人,使得观看者流连忘返,还有其他一些不知名的野生禁果使人目眩心动,它们太美了,凡人哪配品尝?我没有去拜访某个学者,而是多次访问一些特别的树木,某些在这一带很少见的树木,生长在远远的某片草场中间,或在一片树林或沼泽地的深处,或在山顶上。例如黑桦木,我们有一些好样本,直径2英尺;还有它的远亲黄桦木,穿着宽大的金黄色背心,散发出像黑桦木的香气;山毛榉的树干十分匀称,披上地衣鲜明美丽的色彩,每个细节都那么完美。这种树除了一些散生的样本外,据我所知本镇范围内只剩一小片林子里的相当高大,有人说是鸽子吃了附近山毛榉的坚果而带到这里播种的。当你劈开这种木头时,银色的木纹闪闪发光,这是很值得观看的。此外有椴树、鹅耳枥树,还有朴树,也即假榆树,其中我们只见到一棵成长得好;还有高桅杆一般的松树,能做木瓦的树,也有异常完美的铁杉,像一座宝塔一样矗立在树林中间;我还可以说出许多其他的树。这就是我夏天和冬季拜访过的神殿。

有一次我恰巧站在一条半圆形彩虹的拱座上,彩虹贯穿大气层的下层,把四周的青草和树叶都染成了彩色,使我眼花缭乱,仿佛是透过一块彩色水晶去观看一样。这里成了一个虹光之湖,片刻间我像一头海豚生活在其中。要是彩虹出现的时间持续得更久点,那它一定会把我的事业和生活染成彩色。当我在铁路的堤道上行走时,时常会对我身影周围的光环感到惊异,我会飘飘然把自己想象成是上帝的选民。有个前来探望我的人声称,他前头那些爱尔兰人的影子周围没有光环,只有当地人才有这个特别标识。贝温尤托·切利尼[①]在回忆录中告诉我们,当他被禁闭在圣安琪罗城堡并产生出一种可怕的恶梦或幻觉之后,每到早上和黄昏便在他头部的影子上出现一片灿烂的光华,不论他是在意大利或在法国,而当露湿青草时,这情况特别明显。我上面所指的情况大概和这属于同一现象,早上看得格外清楚,不过在其他时间,甚至在月光下也可见到。尽管它经常发生,但通常并不被人注意到,而像切利尼那种想象力丰富,动辄兴奋激动的情况,便足以由此构成一种迷信。此外,他还告诉我们,这件事他只和极少数人说。但是,那些意识到自己头上有光环的人,难道不是真的很特殊吗?

有个下午我出发穿过树林前往费尔港钓鱼,以弥补我粗羹淡菜的不足。我路上经过那片附属于贝克农场的欢乐草地,有个诗人对这块休憩的地方曾作过吟咏,开头处这样写:

“眼前是一片乐土,
生满苔藓的果树
给淡红的小溪让路,
灵活的麝香鼠在溪边居住,

① 切利尼(Benvenuto Cellini, 1500—1571),意大利作家和雕塑家。

还有水银似的鲑鱼
来去倏忽。”①

在我前往瓦尔登湖之前,曾想到过要在那儿生活。我曾经“钩”过苹果,跳过小溪,吓跑过麝香鼠和鲑鱼。在那样的下午,你觉得时间似乎格外长,许多事情都可能发生,我们可以在那里度过大半生,尽管我开始时已是时间过半了。途中碰上了阵雨,我不得不在一棵松树下站了半个钟头,在头顶上架起一些树枝,再把一块手帕盖上去以供避雨。最后我终于在狗鱼草上抛下了钓丝,站在水深及腰之处,这时我突然发现乌云压顶,雷声开始隆隆轰响,我别无办法,只好听着。我在想,天上众神一定都趾高气扬,才会使出这一道道叉形的闪电来击打手无寸铁的渔人。所以我便急忙跑到最近的棚屋去躲一躲,这间棚屋距离任何一条路都有半英里之遥,但离湖泊就近得多了,这里已经很久没有人住了:

“这是一位诗人所建,
在那已成过往之年,
看那个小小的船舱,
也向毁灭之途启航。”②

缪斯女神就是这样讲的。可是我发现那里如今住着个爱尔兰人约翰·菲尔德,还有他的妻子和几个孩子。那个脸庞宽阔的孩子已经会帮助父亲做工了,现在他正跟在父亲旁边从沼泽地跑来避雨;那个满脸皱纹、女巫模样、脑袋尖尖的婴儿,坐在父亲的膝盖上,就像坐在贵族的宫廷里一样,从潮湿饥饿的家里好奇地望着陌生人——这是婴儿的权利,婴儿什么也不懂,他是贵族世系的末代,是世界希望的中心,而非约翰·菲尔德家可怜、挨饿的小子。当阵雨猛降,外面雷电交加时,我们一起坐在漏雨最少的那处屋顶

① 钱宁(W. E. Channing)“贝克农场”Ⅱ,1—6,钱宁把1848年写成的这首诗列入他的《梭罗:自然诗人》一书中。

② 钱宁《贝克农场》Ⅱ,36—38。

下。往时我曾很多次坐在这里,在那艘载这一家飘洋过海到美国来的船造好之前。约翰·菲尔德显然是一个诚实勤劳但却无能的人。他的妻子毅然把在高炉后面一顿接一顿做饭的事担负起来,她长着一副圆圆油腻的脸孔,露着胸,心头还老想着有一天她会有好日子过呢;她总是拖把不离手,可是任何地方都看不出它有什么作用。一些小鸡也跑到这里来避雨,大模大样在屋子里走动,像是家庭成员一样,我觉得这么一来人性的味道太浓,要烤来吃就不那么妥帖。它们站着,毫不畏惧地盯着我,故意来啄我的鞋。这时,我的主人给我讲述他的身世,他是多么艰苦地"在沼泽里"替邻近的农民打工,用一把铁锹或沼泽上专用的锄头把草地翻过来,每英亩的报酬为10美元,这片地连同肥料可由他使用一年。他那个子矮小、脸庞宽阔的儿子当时就愉快地在父亲的身旁干活,不懂得父亲和人家做了一笔多么窝囊的交易。我试图用自己的经验帮助他,说他家是我最近的邻居之一,并说我虽是来这里钓鱼的,看上去像个游手好闲的人,其实我的谋生之道和他一样。我告诉他说,我住在一个光亮、清洁而结实的屋子里,每年的租金通常并不比他这座破房子的租金更多;要是他愿意的话,他可以在一两个月之内给自己建造起一座宫殿。我还说,我不喝茶,不喝咖啡,不吃黄油,不喝牛奶,也不吃鲜肉,所以我不必为要得到它们而工作。再者,由于我不必拼命工作,也就不需要拼命吃,所以花在吃的方面的钱微不足道;可是由于他一开始就喝茶、喝咖啡、吃黄油、喝牛奶、吃牛肉样样要,所以他得拼命工作以付出这笔钱,而当他拼命工作了,他就非得拼命吃不可,因为这样才能恢复全身体力的消耗——这一来,两相抵消,白忙一场,实际上还亏了,因为他感到不满足,把生命浪费了。然而,他却把到美国来视为有所得,因为每天都可以喝到茶,喝到咖啡和吃到肉。可是,真正的美国应该是一个这样的国家:在那里,你可以自由追求一种能够让你摆脱这些东西的生活,而且国家并不试图迫使你去支持奴隶制度和战争,不迫使你由于直接或间接地使用这些东西而支付不必要的费用。我和他交谈时故意把他当成一个哲学家,或者一个想当哲学家的人。让人地上所有的草地全都留在原始的状态,倘若这是人开始重新恢复自我的结果,那我会感到十分愉快。一个人无须靠研究历史去发现什么东西最适合于自己的文化。可是,哎呀!一个爱尔兰人的文化,是一项要用适于沼泽地的那种精神锄头来开发的事业。我告诉他，由于他跟沼泽地打交道干得很艰苦，所以他要有一双厚实的长统靴和一身耐穿的衣服，不过它们很快就弄脏、穿破了，而我穿的是薄底鞋和薄衣服，价钱还不到他的一半，尽管他会说我穿得像个绅士模样（实际情况并非如此）。我只消花一两个小时，都不像从事劳动，而像在消遣，要是我愿意的话，可以捕到足供两天吃的鱼，或赚到可以供我一星期用的钱。要是他们一家生活得很简朴，就可以全家夏天出去采摘美洲越橘，其乐融融。约翰听到这一番话长叹了一声，他的妻子则双手叉腰瞪着眼，夫妻俩都显得不知道他们是否有足够的资本来开始这种生活，或者是否有算术头脑把这种生活坚持下去。对他们来说，那是一种纯粹靠计算推测方向的航行，他们看不清这么一来怎样才得以入港。因此，我揣测，他们仍然会壮烈地按着原来的生活方式，面对生活，拼尽全力去做，但却无法用一根精制的楔子把生活的主柱给劈开，然后再细加雕刻；他们只是想粗略地对付一下生活，就像对付蓟草那样。可惜他们是在一种兵败如山倒的不利形势下作战的——约翰·菲尔德，哎呀！没有计算的生活，就这么垮掉。

“你钓过鱼吗？”我问道，“啊，是的，每当我躺在湖边休息时，我有时会捉到够一顿吃的鱼，很好的鲈鱼。”“你用的是什么钓饵？”“我用蚯蚓捉银色小鱼，再用小鱼去钓鲈鱼。”“约翰，你最好现在就去。”他的妻子脸上放光，满怀希望地说。可是约翰却犹豫不决。

现在阵雨过去了，东边树林的上空出现了一道彩虹，看来会有个晴朗的黄昏，所以我就告辞了。走出屋子后，我向他要杯水喝，希望借此看一下井底，完成我对这家的调查。可是，哎呀！那边水很浅，还有流沙，而且绳子也断掉了，水桶已经坏得无法修理。他们找出了一个合适的厨房用具，似乎还把水蒸馏了一下，经过了一番商量，一番拖延之后，终于递到口渴的人手里——都没有凉，也不清。我想，在这里维持着人的生命的就是这种脏水。所以，我闭上了眼睛，巧妙地把尘土摇到水底，为了那真诚的好客而尽情地喝上一口。在涉及礼貌问题时，我在这种情况下绝不拘谨。

雨后，当我离开了爱尔兰人的屋子，转身又向着湖边走去时，一刹那间忽然感到：我这样急于要捉狗鱼，费力地在幽静的草地上，在沼泽地和泥塘中，在凄凉的旷野跋涉前进，这一切对我这个曾上过中学和大学的人来说显得太无价值了。但当我跑下山，朝着红霞满天的西方前进，肩上挂着彩虹，又有轻微的丁当声透过明净的天空传到耳边,不知道从何处我的守护神似乎在说:——出去捕鱼打猎,每天要跑得远,天地要宽广——更远点,更宽广点——你就在许多溪水旁和人家的炉边休息,不必担心。记住你青年时代的造物主。黎明前即起,无忧无虑,出去探险,中午时你已在别的湖泊旁边,夜幕降临时你随处为家。世上没有比这更广阔的领域,也没有比这里更有价值的娱乐。按照你的天性无拘无束地生长,就像这些菖蒲和凤尾蕨,它们绝不会变成英国干草。让雷霆轰鸣吧,即使它对农民的庄稼造成毁灭的威胁又有什么要紧呢? 这并不是它要带给你的口信。当别人躲到马车和棚屋里避雨时,你可以躲到云下去避一避。别让谋生变成你的职业,它是你的游戏。你欣赏着大地,但不是占有大地。由于缺乏进取心和信心,人们便像现在这样,买进卖出,全都过着像奴隶一样的生活。

呵,贝克农场!

“一点点烂漫的阳光
就是最丰富的风景。”

“在你那片围起的草场,
谁也不跑去纵酒狂欢。”

“你不曾和谁辩论,
也不曾为问题所困,
初见时与现在一样驯顺
穿着褐色粗布衣裙。”

“爱者来,
憎者也来,
圣灵之子,
和州里的盖伊·福克斯①,

① Guy Fawkes, 1605 年策划用火药爆炸谋杀英国国王。——编注

把一个个阴谋
从牢固的树枝上吊下!”①

人们总是夜间服服帖帖地从邻近的田地或街道回到家里来,那里萦绕着他们家庭的回响,他们的生命日趋憔悴,因为只是一再呼吸着自身的气息;早晨和黄昏的影子都比他们每天的脚步走得更远。我们应该每天从远方,从冒险行动,从险境,从各种发现中带着新的经验和性格回到家里。

我还没有走到湖边,约翰·菲尔德就已在某种新的冲动驱使下跑了出去,他改变了主意,日落前不去沼泽地劳动了。可是他,可怜的人,只钓到两尾鱼,可我却捉到一大串,于是他说这是他的运气不好。可是,当我们交换了船中的座位,运气也跟着换了位。可怜的约翰·菲尔德!(我希望他不会读到这一节,除非他能受到这件事的启发而有所改善。)想在这片原始的新土地上,用某种缺乏独创性的老方法来生活——用银色小鱼作钓饵捕鲈鱼。我承认,有时这是很好的钓饵。尽管他的地平线全属于他自己所有,可是这个可怜的人生来就穷,随身带着他那继承下来的爱尔兰人的贫困或穷命,亚当的老祖母那种沼泽型生活方式,他和他的后代在这个世界上是站不起来了,除非他们那长了蹼、在沼泽中跋涉行走的脚穿上了墨丘利那双有翼的靴。

① 钱宁《贝克农场》Ⅱ,11—12,21—22 和 78—87。

更高的规律

当我提着一串鱼，拖着钓鱼竿穿过树林回家时，天色已经相当黑了。我瞥见一头土拨鼠偷偷穿过小路，心头涌上一阵奇异的野性狂喜，强烈地想要抓住它，把它生吞下去。这倒不是因为我当时肚子饿，而是因为它代表着野性。当我生活在湖上时，曾有一两次发现自己在林中来回奔跑，像一条半饥饿的猎犬，带着一种奇怪的放纵任性的心情，寻觅某种我想吞食的野味，没有什么野味对我来说是太粗野的。野性到极点的景象已经莫名其妙地变得熟悉了。我内心发现，而且现在仍然发现，我有一种追求更高级的生活，或者称之为精神生活的本能，像多数人那样；与此同时，我也有另一种追求原始状态和野性生活的本能。我对这两种本能都同加尊敬。我爱野性不亚于爱善良。在捕鱼中表示出来的野性与冒险能吸引我。有时我爱粗野地生活，更像野兽那样过日子。也许，我得把我和大自然的亲密无间归功于年轻时从事这种活动和打猎。渔猎很早就使我们接触到自然风光，与之结下不解之缘，要不是那样，在当时那样的年龄，是不可能熟识自然风光的。渔夫、猎人、樵夫和其他的人在田野林间生活，从某种意义上说已成了大自然的一部分。他们在劳作的间隙观察大自然，甚至要比那些带着某种期望来观察自然的哲学家或诗人更加合适。大自然并不害怕向他们展示她自己。大草原上的旅行者自然成了猎人，而在密苏里河和哥伦比亚河的河源上却成了捕兽者，在圣玛丽大瀑布那边又成了渔夫。那个充其量只是个旅行者的人所懂得的只是第二手知识，很不完整，是个可怜的权威。我们最感兴趣的科学报道是，那些人通过实践或靠本能已经懂得些什么，因为只有这才是真正的人文学科，或人类经验的报道。

有些人认为美国人的娱乐活动很少，因为这里没有很多的公共休假日，男人和小孩玩的游戏没有像英国那么多，但他们想错了，因为在这里，渔猎一类更加原始而孤独的娱乐活动还没有让位给游戏呢。在我的同时代人里面，几乎每个新英格兰男孩在 10 至 14 岁之间都背着一把鸟枪。他们捕鱼打猎的场地不像英国贵族的那样只限定在一个独占的范围内，而是甚至比野蛮人更加无边无际，这就难怪他们不常到公共场所游戏了。不过，现在的情况已经在发生变化，原因不在于慈善行为的增强，而在于猎物的减少，说不定猎人正是被狩猎野兽的最好的朋友，连保护动物协会也不例外。

再者，我在湖区时，有时想增加点鱼肉，使我的伙食更加丰盛多样。我的确像早期那些捕鱼人一样，是出于需要才去捕鱼的。无论我会编造出什么样的仁慈为怀的说法来反对捕鱼，全都是人为的，更多是出于我的哲学而非发自我的感情。（我现在只谈捕鱼，因为长时间以来我对捕鸟的看法发生了变化，所以在我到林中去之前，便把猎枪卖掉了。）倒不是我没有别人仁慈，而是我不觉得我的感情受到多大的打动。我既不可怜鱼，也不可怜饵虫，这已成了习惯。至于捕鸟，在我背着猎枪的最后几年，我的借口是我正在研究鸟类学，只找寻一些新的或少有的鸟类。但我承认，我现在倾向于认为，有一种比这更好的研究鸟类的方法。它要求你更加密切地留意鸟类的习性，所以，只凭这点理由，我就心甘情愿把猎枪给丢在一边了。然而，尽管人们出于博爱为怀反对打猎，我仍情不自禁地觉得，未必能有一些具有同等价值的娱乐来取而代之。当我有些朋友热切地问我，他们是否应该允许儿子去打猎，我的回答是：是的——我记得，那是我受到的教育中最好的一部分。把他们培养成猎人，尽管开头时只是户外运动爱好者，但如果有可能，最后便成为好猎手，直到发现在这里或在任何莽原里，都找不到对他们来说足够大的猎物。迄今我仍持有乔叟笔下那修女的意见，她说：

> “没有听到拔了毛的母鸡说过
> 猎人不是圣洁的人。”①

---

① 乔叟《坎特伯雷故事集》总序，Ⅱ，177—178，描述的是修士而非修女。

在个人和种族的历史中有一个时期，猎人被视为“最好的人”，阿尔冈昆人①就曾这样称呼过他们。我们不能不可怜那个没有打过枪的男孩，他并不更有人情味，而他的教育被可悲地忽略了。这就是我对那些一心想要打猎的青年人的答复，我相信他们很快就会成长起来，超越这个阶段。没有一个人在过完了无忧无虑的童年时期之后，会胡乱任性杀害任何生物，须知这生物所过的是和他一样的生活。兔子在走投无路时像小孩一样号叫。我要告诫你们，母亲们，我的同情心并不总带有通常那种对人类的偏爱。

这就是最常见的情况：青年人用这种方式初次接触森林，以及他们自身那种人之初的本性。他跑到森林中去，先是作为一个猎人和渔人的，直至最后，要是他内心深处蕴藏着善良的生命种子，他便会辨认出自己的目标是当一个诗人或一个博物学家，于是便把猎枪和钓鱼杆丢到身后。在这方面，大多数人依然并且永久是年轻的。在一些国家里，打猎的牧师并不少见。这样的人可以成为一头好牧犬，但要成为一个“好牧羊人”却还差得很远。我感到很奇怪的是：除了伐木、砍冰，或其他相类似的营生之外，据我所知，现在能把我的任何一个市民同胞（不论大人还是儿童，只有一个例外）留在瓦尔登湖整整半天的，显然只有一件事，那就是钓鱼。他们尽管一直有机会观赏湖泊，却通常并不认为自己很幸运，也不认为花下去的时间得到优厚的报酬，除非能抓到长长一大串鱼。这些人或许要到湖上一千次，才能把捕鱼的积习沉淀到湖底去，使他们的目标得到净化。但毫无疑问，这个净化的过程会一直进行下去。州长和议员隐约记得那个湖泊，他们小时候曾到那边钓过鱼，可是现在年老地位高了，不宜再跑去钓鱼，所以湖泊和他们再也无缘。然而，他们却希望最后要到天堂去。要是立法机关考虑到它，那也主要是规定在湖上捕鱼时所用的钓钩数目。可是，他们对钓钩上钓起了湖光水色，并把立法机关变成缚在钓竿上的钓饵，却一无所知。所以，甚至在文明社会里面，处于未成熟状态的人也要经历一个发展上的渔猎阶段。

近年来，我一再发现，我每钓一次鱼便不能不使自尊心有所下降。我曾一再尝试着钓鱼。我有钓鱼的技巧，像我的许多同伴一样，有这种天性，它

① 阿尔冈昆（Algonquin）人，居住在魁北克和安大略省的美洲印第安人。——编注

一再促使我去捕鱼。可是,我经常在捕过了鱼之后感到要是不去会更好些。我觉得我没有弄错。这是一个微弱的暗示,可是它却像黎明的丝丝微光。毫无疑问,我有这种属于造物中低级一类的天性,然而随着一年年的时光逝去,我也越来越不捕鱼,尽管人道意识或智慧并未增进。现时我已完全不捕鱼,但我明白,要是我生活在荒野里面,我又会想去认认真真地捕鱼打猎了。此外,这种饮食和所有的肉食基本上是不洁的,我开始明白家务劳动出自何处,又因何要力图每天显出一副健康、体面的外表,房屋要保持美观,没有恶味和难看之处,这需要花费很多的钱。我本身既是屠夫、杂工、厨师,又是一道道菜肴要端给他品尝的老爷,所以我能根据异常完整的经验来发表意见。实际上我反对吃兽肉是因为它不干净;此外,当我洗净、煮熟并吃掉我捕来的鱼时,这些鱼似乎基本上就没有让我吃到营养。这既无意义又没有必要,得不偿失。一点面包,几粒土豆也就够了,既少麻烦又不肮脏。像我的许多同时代人那样,多年以来我很少吃兽肉或饮茶、喝咖啡等等,这倒不因为我在它们身上追出了恶果,而是因为它们不符合我的想象力。对兽肉产生反感不是经验使然,而是出于本能。在各方面过艰苦一点,吃着粗羹淡饭反而显得更美。尽管我不曾做到这样,但我却尽量让我的想象力感到满意。我相信,每个热衷于把自己更高级的或诗意的官能保持在最佳状态的人,都格外倾向于不吃兽肉,不多吃任何食物。昆虫学家认为,这是一个意味深长的事实(我从柯尔比和斯彭斯的著作中读到),“有些昆虫在成虫的阶段,尽管生长着饮食的器官,却不加使用。”他们把这定为“一种普遍规律,几乎所有的昆虫到了这个阶段吃的东西都比幼虫阶段时少得多。当贪吃的毛虫变成了蝴蝶,”……“当贪食的蛆虫变成了苍蝇,”①只需一两滴蜜或一点别的什么甜液便满足了。遮蔽在蝴蝶翅膀下的腹部还呈现出蛹的形状。正是这个蛹形的腹部诱来了食虫的动物,招致杀身之祸。暴饮暴食的人就是处于幼虫形态的人;世间也存在着处于这种状态的民族,也即那些没有幻想或想象力的民族,正是那大肚皮出卖了他们。

要提供和烹调一顿简单、清洁、不触犯想象力的饮食是一件难事。但我想,当我们为身体提供营养时,也需要为想象力提供营养,二者应该坐到同

① 威廉·柯尔比(W. Kirby)和威廉·斯彭斯(W. Spence)《昆虫学入门》(费城,1840)。

一张饭桌旁来。这也许还可以做得到。有节制地吃些果蔬并不会使我们为自己的胃口感到羞惭,也不会妨碍我们从事那些最有价值的事业。可是,一旦把额外的调味品放进你的菜里,那可就要毒害你了。靠吃山珍海味过日子是不值得的。大多数人要是亲手在那里大肆烹调美味的荤菜或素菜给人碰上了,就会感到赧颜,其实每天都有人在替他做这种菜。在这种情况改变之前,我们就算不上文明人,即便是有身份的先生与女士,也算不上真正的男人和女人。这一点当然使人想到应该如何去加以改变。人们无须去问为什么想象力无法与兽肉和脂肪调和一致。我懂得它们无法调和就够了。说人是一种食肉动物难道不是一种谴责吗?的确,人在很大程度上能够,而且也确实以捕食其他兽类为生,但这是一种可悲的方式——任何一个跑去诱捕兔子或屠杀羊羔的人都会知道。所以那教导人们只吃较纯洁而有益于身心健康的饮食的人,就将被视为人类的恩人。不管我自己实践得如何,我毫不怀疑这是人类命运的一部分,人类在逐步前进中会把吃动物的习惯抛弃掉,正如那些野蛮部落一旦与更加文明的部落有了接触之后,便把相互残食的习惯抛弃掉一样。

一个人要是倾听他的天性中那些极其微弱但却坚贞不变的建议——它们当然是真的,他看不出天性会把他引到什么极端甚或疯狂的事上去。可是,当他变得更加坚定,更有信心时,那条路就成了他要走的路。一个健康的人感觉到的那种微弱而自信的反对,最终会战胜人类的雄辩和积习。没有人按天性行事,直到被它引入歧途。尽管结果造成身体上的虚弱,可是也许谁也不会说其后果是件憾事,因为这是符合更高原则的生活。要是你能欢快地迎接一个个白天和黑夜,生活散发着像鲜花和香草的芬芳之气,更加轻快,星光灿烂,更加不朽——那就是你的成功。整个自然界都在祝贺你,此时此刻你完全有理由为自己祝福。最大的成就和价值距离人们的赏识也最远。我们很容易怀疑它们是否真的存在,而且很快就把它们忘记了。它们是最高的现实。也许那些最令人震惊和最真实的事实从来未曾在人与人之间交流过。我日常生活的真实收获有点像朝霞暮霭那样不可捉摸和难以言传。我抓住的只是一点星尘,一段彩虹。

然而,就我而论,我从不过分吹毛求疵。如有必要,有时我可以津津有味地把一只油煎老鼠吃下去。我很高兴长期以来饮用清水,原因一如我宁愿有一片自然的天空,而不愿见到一个抽鸦片烟的人那吞云吐雾的天堂。我很愿意经常保持清醒;须知迷醉的程度是无穷无尽的。我相信,清水是聪明人的唯一饮料,酒并不是那么高贵的液体;试想,一杯热咖啡便可使早晨的希望破灭,而一杯茶也可使晚上的美梦烟消云散!啊!当我受到它们的诱惑时,我堕落到多么低的层次!甚至音乐也可能令人麻醉。这种看似微不足道的原因毁灭过希腊和罗马,将来还会毁灭英国和美国。在所有醉人的事物当中,谁不愿意被自己所呼吸的空气陶醉呢?我发现反对长时间做粗活的一个最重要的理由是,做粗活反过来又迫使我大吃大喝。不过,老实说,近来我在这些方面也不那么挑剔。我现在很少把宗教仪式带到饭桌上来,也不要求祝福;这倒不因为我比过去更聪明,而是,我得承认(无论多么遗憾),随着岁月的增长,我已经变得更加粗鲁,更加冷漠了。也许这类问题只有青年才加以考虑,就像他们大都喜欢诗歌那样。我的实践"不怎么样",我的意见却摆在这里。然而,我绝不把自己看成是《吠陀经》中所指的那些特权者之一,经文说:"对万物主宰有大信心者可吃食一切存在之物,"也即无需问他吃的是什么,或者是谁为他准备的。然而,即使在这种情况下,也应该注意到,正如一个印度注释家评论过的那样,吠檀多①把这种特权只限于"危难的时期"。②

谁不曾有时吃得心满意足,难以言传,却不只是口腹之快?我曾经激动地想到:我得把精神上的感觉归功于一般认为粗俗的味觉,我由味觉而得到灵感,我在山坡上吃到的一些浆果滋养了我的天资。"心不在焉,"曾子说,"视而不见,听而不闻,食而不知其味。"③所以能辨别出食物真味的人绝不可能是个狼吞虎咽的人。换言之,辨不出真味的人则不可能不是。一个清教徒可能带着粗俗的胃口去吃他的黑面包片,正如一个市政委员吃他的甲鱼一样。不是入口的食物玷污了人,而是吃食物的胃口把他玷污了。问题既不在质,也不在量,而是口腹上的嗜好。如果吃下去的食物不是为了支持我们肉体上的需要,也不是激励我们的精神生活,而是为了我们肚子里的蛔

---

① 吠檀多(Vedanta)印度六派正统哲学体系之一,构成大多数现代印度教派别的基础。——译者注

② 拉杰·拉莫汉·罗伊(Raja Rammohun Roy)《若干吠陀文献译文》(伦敦,1832)。

③ 《大学》,第7章。

虫。要是猎人喜欢吃甲鱼、麝鼠及其他野生珍品，漂亮太太就喜欢吃小牛脚做成的肉冻，或来自海外的沙丁鱼，他们都是一样的。他跑到池塘边，她则去找肉冻罐。令人惊异的是，他们怎能，你我也怎能过着这种卑劣的野兽般的生活，只知吃喝。

我们的整个生活是一种令人惊异的精神生活。在善与恶之间从未有过片刻的休战。善是唯一永不失败的投入。在那使全世界为之颤动的竖琴音乐里面，正是这种对善的坚持使我们无限兴奋激动。竖琴像是宇宙保险公司的旅行推销员，介绍公司的条例，而小小的善行也就是我们应缴的保险费。尽管青年人最后总是变得冷漠，可宇宙的规律不会冷漠，而是永远站在最敏感者的一边。听一听每阵西风中的谴责之音吧，因为这声音无疑在那里，谁要是听不到，那他就很不幸。每拨动一根弦线，调整一个音调，都不能不使我们受到一种引人入胜的寓意震荡。许多讨厌的嘈杂之音传了很远之后，听起来颇像乐音，这是对我们卑微生活的一种高傲而绝妙的讽刺。

我们意识到自己身上存在着一种动物性，我们更高级的天性越是打瞌睡，这种动物性也就越清醒。它匍匐爬行，耽于酒色，也许无法完全排除掉；它像蛔虫一样，甚至在我们身体健康时，仍然寄生在我们的体内。我们也许有可能避开它，但无法改变它的本性。我担心动物性享有其自身的某种健康；我担心我们有可能身体健康，但并不纯洁。几天前我捡到一副猪的下颌骨，牙齿和长牙全都洁白完好，这表明存在过一种与精神健康截然不同的动物性健康及活力。这种动物是用一种不同于节欲和纯洁的方法取得了成功。“人之所以异于禽兽者几希，”孟子说，“庶民去之，君子存之。”①要是我们真的达到了纯洁，谁知道会导出什么样的生活？如果我得知有个聪明人能教我纯洁，那我一定立刻就跑去找他。“控制情欲，控制身体的外部官能，加上做好事，《吠陀经》宣称这是心灵接近神所不可或缺的条件。”②可是精神能够一时间渗透并控制身体的各个部分和各种功能，并把形式上最粗野的色情变为纯洁与虔诚的。生殖的精力一旦加以放纵便会耗散元气，使我们不洁，而当克制节欲时，则使我们精力充沛并得到鼓舞。贞洁是人的花

① 《孟子·离娄下》第19章。

② 罗伊(Rammohan Roy)《若干吠陀文献译文》。

朵,而所谓天才、英雄主义、神圣等等,也无非就是由它产生出来的种种果实。当纯洁的航道畅通时,人立刻流向上帝。我们为自身的纯洁鼓舞,而不纯洁又使我们为之沮丧,二者交替反复。那个确信他身上的兽性一天天地消逝,而神性不断成长起来的人是有福的。大概没有人不需要为他与低级兽性的联系而感到羞辱。我担心我们只是这样的神或半神半人,就像半人半羊的农牧神和耽于淫欲的森林之神,也就是神性与兽性为伍,是贪求满足欲望的动物。我担心,在某种程度上,我们的生命本身就是我们的耻辱。——

> “这人多愉快,把内心的野兽安顿到适当之处,
> 把心田上横生的杂木清理砍除!
>
> *　　　*　　　*
>
> 能利用马、羊、狼和每种牲畜,
> 和一切兽类相比,自己不是蠢驴。
> 否则人不但是一群猪,
> 而且也是一帮恶魔,
> 使它们鲁莽疯狂,恶习加剧。”①

一切的色情纵欲,尽管形式繁多,却都是一路货色;而一切的纯洁也是同一质地。一个人无论是纵欲吃喝、同居或睡眠,全都是一回事。它们同属于一个胃口,我们只需看一个人做其中任何一件事,就会知道他是个多大程度的酒色之徒。不洁与纯洁不能同立同坐。当爬行动物在洞穴的一头受到攻击时,它就会出现在洞穴的另一头。如果你要贞洁,就必须有所节制。什么是贞洁呢?一个人怎么知道他是否贞洁呢?他是不会知道的。我们听到过这种美德,但不知道它是怎样的。我们便轻易按照听到的传说来加以说明。智慧与纯洁来自身体力行,无知与淫欲则出自懒惰。在学生身上,淫欲是一种心智懒惰的习惯。一个不洁的人通常总是一个懒汉,他坐在炉旁烤火,躺在那里晒太阳,还没疲倦就要休息。如果你想要避免不洁以及种种罪

---

① 多恩(Donne)《致爱德华·赫伯特爵士》。

恶,你就得认真工作,哪怕是去打扫牛棚。天性难以克服,但必须克服。要是你不比异教徒更纯洁,要是你不更加克制自己,要是你不更加虔诚,那么你是个基督徒又有什么用呢?我知道有许多被认为是异教徒的制度,它们的种种教规戒律使读者感到羞惭,激发他们去做出新的努力,尽管只不过是履行仪式罢了。

我对说出这类事颇感犹豫,不过原因不在主题——我并不在意我所使用的词语多么猥亵污秽,而是因为我一说起这类事便不能不暴露我的不纯洁。我们总是自由畅谈一种形式的淫欲而不感羞惭,可是对另一种形式的淫欲却又闭口不谈。我们已经堕落到这种地步,连人类天性必不可缺的功能都谈不得。早期在某些国家里,对每种活动都能虔敬地讨论并由法律做出规定。在印度制定法典的人眼里,世上无琐事,无论它多么不符合现代的口味。他教导应如何饮食、同居、如厕等等,他把卑劣的提高起来,不把这些东西自欺欺人地称为琐事而撇到脑后去。

每个人都是一座圣庙的建筑师,他的身体就是用来供奉他的上帝的圣庙,他就是另外去打造大理石,也仍然逃避不开。我们都是雕刻家和画家,用的材料就是我们自己的血肉与骨骼。任何崇高的品质一开始就使一个人的面貌得到完善,而任何卑贱或淫荡则使其堕落为禽兽。

9月的一个黄昏,约翰·法默在辛苦工作了一天之后,在门口坐了下来,他的心多少还牵挂在工作上。沐浴之后,他坐下来休息,把一个有智力的人从他身上恢复过来。这是一个相当寒冷的黄昏,他的一些邻居担心会降霜。他沉入遐想不久,便听到有人在吹笛,那声音和他的心情非常协调。他还在想他的工作,但主要情况是:尽管工作的事还在他脑子里转,尽管他迫不得已还在进行计划和设计,可是这种事和他的关系不大。这无非就是点皮屑,经常可以去掉。但笛子的曲调,来自不同于他工作的领域,传到他的耳中,提醒他身上沉睡的某些官能起来工作。曲调飘飘然吹得他不知身在何方,忘却了他所住的街道、村落和国家。有个声音告诉他——你在有可能过着光荣的生活时,为什么要待在这里过着这种卑微辛苦的生活呢?同样的星星在与这边不同的大地上空闪闪发光。——但怎样才能走出这种境况,真正迁移到那边?他所能想到的只是实践某种新的简朴严肃的生活,让他的心灵降入肉体内去解救它,并以与日俱增的尊敬之忱去对待自己。

禽兽为邻

有时我有个垂钓的同伴,他从本镇的另一头穿过村庄到我的木屋来,共进晚餐和捕获这顿美餐的过程一样是社交活动。

隐士:我不知道世界现在在干什么。三个小时以来我甚至没有听到香蕨木上有蝉鸣的声音。鸽子全都睡在鸽棚里——没有拍翅膀的。此刻从树林外传来的是不是农民午间的号角声?雇工们就要回来了,吃煮熟的腌牛肉、苹果酒和玉米面包。人为什么要这样折磨自己?不吃者无需工作。我不知他们收获了多少。谁愿意住在那个地方?狗吠声吵得人无法思考。啊!还有那些要料理的家务!要把讨厌的门把手擦亮,这样的好天气还得冲洗浴盆!最好是没有家。比方说,住在空心树里,这一来,还有什么午后的正式访问和宴会!有的只是啄木鸟的啄木声。啊,他们成群结队待在一起,那边太阳太热;在我看来,他们都涉世太深。我从泉水中汲水,架上有块黑面包。——听!我听到树叶的沙沙声。是不是村里某只没有喂饱的猎犬听从本能跑去追猎?还是那头丢失了的猪,据说跑到这林子里来了?雨后我还见到过猪的脚印呢。脚步声快速跑过来,我的漆树和多花蔷薇颤动起来。——啊,诗人先生,是你吗?你觉得今天这个世界怎样?

诗人:你看那片云,多么美妙高悬空际!这是今天见到的最伟大的东西。古画中没有这样的云,外国也没有这样的云——除非我们在西班牙沿海。那是一片真正的地中海天空。我想,由于我需要谋生,并且今天也还没有吃东西,所以我该去钓鱼了。这就是诗人的真正事业。这是我所学会的唯一职业。来吧,让我们一道去。

隐士：我不能拒绝你。我的黑面包快吃完了，我很乐意立刻跟你去，不过我正在完成一次严肃的沉思，我想很快就会结束。让我单独待一会儿吧。但为了不让我们受到耽搁，你可以先掘些钓饵出来。这一带很少碰见蚯蚓，因为没有给土壤施肥，它们快要绝种了。当一个人的胃口不那么强烈时，挖掘钓饵几乎和钓鱼同样有意思，今天这种乐趣全由你一人包了。我倒要劝你在那边的花生丛里用铲子去挖一挖，你看狗尾草在那儿摇摆。我想，只要你仔细在草根中间寻找，就像除掉杂草时那样，保准每翻起三块草皮便能捉到一条蚯蚓。或者，要是你愿意走远一点，那绝非不明智之举，因为我发现，钓饵数量的增加差不多与距离的平方成正比。

隐士独白：让我来看看，我刚才想到哪里了？在我看来，我刚才几乎处于这种心境之中，周围世界处于这个角度。我到底是上天堂去呢，还是去垂钓？要是我必须迅速结束这种沉思，难道还会有别的这么美妙的机会吗？我非常接近于与万物的本质化为一体，这是我一生中所不曾有过的。我怕这些思想不会再回到我的脑海里来。要是有益的话，我会吹口哨召唤它。当思想向我们发出邀请时，推说还得考虑考虑，这是否明智？我的思想已经一去无踪，我再也无法追寻了。什么是我方才正在考虑的问题呢？这是一个迷迷蒙蒙的日子。我还是来看看孔夫子的三句话吧，它们会把那思想重新恢复过来。我不知道那是抑郁还是欢悦的萌芽。这是一片如梦的心境。此种机会只有一次。

诗人：现在怎么样啦，隐士，是否太快？我抓到了 13 条整的，还有几条不完整或太小，不过用来钓小鱼还是可以的。它们不会把钓钩遮住太多。村子里的蚯蚓可就太大了，一条银鱼可以饱吃一顿都不会碰到钓钩呢。

隐士：好吧，咱们动身好吧。要不要到康科德去？如果水位不太高，可以在那里美美玩上一阵。

为什么恰好是我们见到的这些东西构成了一个世界呢？为什么人恰好就是要跟这些动物做邻居呢？好像只有老鼠才能把这个缝隙填充起来。

我想，比尔拜①等人利用动物已到了尽善尽美的境界，因为它们全都是负重的动物，从某种意义上说，是担负起我们的部分思想。

常来我屋子里的老鼠不是普通的老鼠，据说后者是从国外引进的，而常来我家的老鼠则是村子里没有见过的土生野鼠。我给一位杰出的博物学家送去了一只，他对这只老鼠很感兴趣。当我正在盖房子时，有一只这种老鼠在我的屋子下面做窝，在我还没有铺好二层楼板并把刨花扫掉之前，它总是准时在午饭时跑出来，在我脚边吃面包屑。大概它以前从没有见到过人，很快它就和我亲近起来，从我的鞋上跑过去，爬到我的衣服上。它能够很容易地急蹿几下便爬上墙壁，动作很像松鼠。最后，有一天，我用肘支撑着身体坐在凳子上，它爬上我的衣服，沿着我的袖子跑，绕着那块包着我的午饭的纸团团转。我把那块纸拉近自己，躲开它，和它玩捉迷藏的游戏。最后，当我捏起了一片干酪时，它跑过来，坐在我的手掌里一口一口吃了下去，然后像苍蝇那样把脸孔和爪子舔擦干净，便扬长而去。

很快便有一只美洲鹟飞来我棚屋里筑巢，还有一只知更鸟为了保护自己飞到我屋子旁边的松树里建窝。6 月间，鹧鸪（*Tetrao umbellus*）这极易受惊的鸟带着一窝幼雏从我窗前经过，从屋后的树林走到屋前，像母鸡那样咯咯叫呼唤着幼雏，一举一动都证明它确是林中母鸡。你一走近，母亲便发出信号，幼雏立刻一哄而散，像有一股旋风把它们一卷而去。鹧鸪的颜色活像败叶和枯枝，许多旅人把脚踩到一窝幼雏中间，听到老鸟呼地一声飞起并焦急呼叫，或看见老鸟拍着翅膀吸引他的注意力，都不会想到幼雏就在附近。母鸟有时在你面前打滚翻转，弄得羽翼乱得不像个样子，使得你顷刻之间认不清这是什么鸟。小鸟静静地、平平地蜷伏着，时常把头藏到叶子底下，只留心听着母亲从远处发出来的指示，你就是走近，它们也不会再跑出来让自己暴露。你甚至可能踩在它们身上，或一瞬之间目光投射到它们身上，可还是发现不了它们。有一次我把它们放在摊开的手掌里，它们依然只小心听从母亲和本能行事，蹲在那里，既不恐惧也不发抖。这种本能达到登峰造极的程度，有一次我把它们重新放到树叶上去时，偶然有一只侧倒了，10 分钟后发现它仍然是以那个姿势和其余的雏鸟待在一起。小鹧鸪不像

① Pilpay（或 Bidpai），写印度动物寓言而驰名遐迩的作家。

多数鸟类的幼雏那样羽毛未生，而是比小鸡更加早熟，发育得更加完美。一对坦诚、安详的眼睛，露出十分成熟却又天真的眼神，令人一见难忘。一切智慧似乎都在那眼睛里得到反映。它们不只展现出幼小时期的纯洁，而且展现了一种受到经验洗炼过的智慧。这样的眼睛不是与这鸟儿同时诞生的，而是和它所反映的天空一样悠久。森林没有产生出另一种这样的宝石。旅行者并不常看到这像井水般清澈的眼睛。那种愚昧无知或粗心鲁莽喜欢打猎的人，时常在这时射杀它们的父母，抛下这些无辜的幼雏成为野兽或猛禽的猎物，或渐渐化为和它们如此相似的枯叶。据说它们要是由母鸡孵出来，一听见有点什么动静，便应声四散，就此迷失掉，因为听不到母鸟呼叫它们回来的声音。这些就是我的母鸡和小鸡。

令人惊讶的是，森林里面有多少动物野生野长，自由自在，尽管处于隐蔽的状态，而且它们在市镇的附近仍能维持生存，只有猎人才猜测得到它们的踪迹。水獭在这里过着多么隐蔽的生活！它身长 4 英尺，像小孩那么大，也许从没有人见到过它。以前我曾在我所盖的屋子背后那片森林里见过浣熊，说不定夜里还会听到它们号叫。通常我在耕种之后，中午会在树荫下休息上一两个钟头，吃午饭，在泉水旁边阅读一会儿。这条泉水从布里斯特山下渗出来，距离我的田地半英里，是一片沼泽地和一道小溪的发源地。去那儿的路上得穿过一片片渐次降低的草洼地，上面长着北美油松的幼树，然后才能到达沼泽附近的一片较大的森林。那边，在一个僻静而浓荫密布的地方，在一株枝叶伸展的白松树下，还有一块干净坚实的草地可以坐坐。我挖出了泉水，挖了一口井，井水是清亮的银白色，我可以汲出满满一桶水，而不会把水搅浑。仲夏湖水最热时，我几乎每天都要到井边打水。山鹬也带着一窝幼雏到那边，在泥土里找寻蚯蚓，它沿着泉水在幼雏上方不过一英尺处飞翔，而幼雏则结队在下面奔跑。可是最后，这只山鹬发现了我，于是它离开了幼雏，在我头上不停打转，越飞越近，直至距我只有四五英尺之遥，还假装翅膀和脚都折断了，把我的注意力吸引过去，让幼雏逃脱险境。这时雏鸟已经开始奔跑，发出轻微的吱吱叫声，按照母亲的指示，排成单行穿过沼泽了。有时我看不见大鸟，但却听到雏鸟的吱吱叫声。斑鸠也待在那边的泉水上，或拍翼从我头顶上那柔软白松的一根枝条飞到另一根枝条上去。或者，红松鼠从最近的枝条上跑下来，格外亲切，格外好奇。你只须在林中一个有吸引力的地点坐上相当一段时间,便可看到全体森林居民依次出来展示自己。

我还是一些性质上不那么和平的事件的见证人。有一天,我出门前往我的木柴堆,或不如说是我堆树根的地方,在那儿见到两只大蚂蚁在恶斗,一只红色,另一只比它大得多,几乎有半英寸长,呈黑色。一旦抓住对方,它们就死死不放,拼斗、摔角,不断在木屑上打滚。朝更远处看,我惊异地发现,木屑上布满这样的格斗者,看来这不是一次决斗,而是一场战争,一场两个蚁民族之间的战争。红蚁总是和黑蚁对抗,而且时常是两只红蚁对付一只黑蚁。这些迈密登①军团在我的堆木场里覆盖了满山遍野,地上到处是尸体和奄奄一息的垂死者,红蚁和黑蚁都有。这是唯一一场我目睹的战争,唯一一个当战斗如火如荼进行之际,我涉足其间的战场。两败俱伤的战争,一边是红色的共和派,另一边是黑色的帝国派。双方都进行死战,可是我听不到任何声音,人类的士兵作战也没有这样果敢。在阳光充足的山谷里,在木屑中间,我看见一对蚂蚁紧紧地抱成一团,难分难解,现在已日到中天,它们准备厮杀下去,直至太阳下山或生命完结。个子比较小的红色战士像一根老虎钳紧紧钳住对手的前额不放,虽经战场上不断的摔跤翻滚,始终片刻不停地啃咬对手一根触须的根部,而另一根触须则已被啃掉了。至于那只更强壮的黑蚂蚁,则把红蚂蚁猛力地撞来撞去。我靠近一看,红蚁身体上好几处肢节已经断掉了。它们比牛头犬更顽强凶狠。双方都丝毫无意撤退。它们的战斗口号显然是"不战胜,毋宁死"。这时,从山腰上跑来了一只红蚁,显然非常激动,大概不是已杀死敌人,就是尚未参加战斗。可能是后者,因为它的躯体完好无损。它的母亲命令它带着盾牌凯旋或躺在盾牌上回去。也许它是阿喀琉斯式的英雄,曾经待在一旁怒气冲冲,现在要来替普特洛克勒斯②复仇或加以拯救。它从远处观看这场不对等的战斗——因为黑蚁的体积比红蚁几乎大一倍,它快步更靠近点,直至距离战斗者只有半英寸时才警惕地停了下来。接着,它窥准时机扑向黑色的战士,从靠近右前腿根

① 迈密登(Myrmidon)希腊神话中跟随阿喀琉斯前往特洛伊作战的塞萨利人。——译者注

② Patroclus,希腊英雄,阿喀琉斯的好友,在攻特洛伊城时战死。——编注

的部位开始它的军事行动，让敌人随意选择它自己身上的任何部分。所以这一来三只蚂蚁拼命牢牢抱成一团，仿佛已经发现了一种新的吸引力，使得任何锁具和水泥都相形逊色。这时要是我发现它们各自都有安置在某块显眼的木屑上的乐队，都在吹奏着自己的国歌，以激励落后的战士并鼓舞垂死的战士，那我绝不会觉得奇怪。我自己也颇受激动，仿佛它们是人一样。你越思考，越觉得人与蚁之间没有多大的差异。且不说美国的历史，至少在康科德的历史里肯定找不到可以与此相比的战斗，不论着眼于参加战斗的人数，还是战斗中所表现出来的爱国主义和英雄主义。就人数与疆场横尸的数量来说，不啻是一场奥斯特利茨①之战或德累斯顿②之战。康科德之战！爱国者一边死了两个，路德·布朗夏尔负伤！每只蚂蚁在这里都是个巴特里克——"射击！看在上帝的分上，射击！"——于是成千上万的战士都与戴维斯和霍斯默同一命运③。这里没有一个雇佣兵。我毫不怀疑，它们乃是为了原则而战斗，正如我们的祖先并不是为了免去3美分的茶叶税。这场战争的结果对参战者来说，其重要性和值得永志不忘的情况，至少和邦克山④之战一样。

我拿起了一片木屑，上面有我特别描述过的三只蚂蚁正在搏斗。我把木屑带到屋子里，放在窗槛上，罩在一个玻璃杯下面，以便观察其结局。我用个显微镜看那只最初提及的红蚂蚁，见到的是：尽管它拼命咬着敌人的左前腿，并已把敌人剩下那根触须咬断，然而它自己的胸部却给撕开了，把重要器官露在黑蚂蚁的牙齿前面，而黑蚂蚁的胸铠显然太厚，它无法撕破；这个受害者的眼睛呈现出暗红色，放射出只有战争才能激发出来的凶狠光芒。它们在玻璃杯里又搏斗了半个钟头，当我再去看时，黑色战士已经使两个敌兵的头和身体分了家。而两个还活着的头颅则悬挂在它两侧，像是挂在马鞍上的可怕的战利品，依然牢牢咬住不放，它则继续作微弱的挣扎。由于它没有触须，只留下了一条腿的残余部分，而且不知道还有多少处其他的创

① Austerlitz, 1805年拿破仑在附近决定性地击败了俄奥联军。——编注

② Dresden,1813年拿破仑在此赢得了一场著名战役。——编注

③ 这里提到的是美国独立战争中的康科德之战，戴维斯和霍斯默被英军射死，布朗夏尔负伤，少校巴特里克下令美军还击。——编注

④ Bunker Hill, 美国独立战争时期一次主要战役地点。——编注

伤，所以很难甩开它们。又经过了半个钟头，它终于做到了这一点。我把玻璃杯拿起来，它便一拐一拐地爬过窗槛。它最后是否从这场战争中活了下来，并在荣誉军人院里度过余生，这我就不知道了，但我想此后它的工作不会有太大的价值。我不知道作战哪一方是胜利者，也不知道战争的起因，可是，在那一天的其余时间里，我感到仿佛目睹门口发生一场残酷、横尸遍野的人类战争，使我为之激动和痛苦不已。

柯尔比和斯彭斯告诉我们，蚂蚁的战争长期以来就受到赞美，战争的日期也有文字记载，尽管他们说，于贝①似乎是见证此类战争的唯一现代作家。他们还说"埃涅阿斯·西尔维乌斯②在十分详细地描述了梨树干上大小蚂蚁间一场异常坚韧的争夺战之后"补充道："'这次战斗行动发生于教皇犹金四世之时，目击者是著名律师尼古拉·皮斯托里恩西斯，他极其忠实地叙述整个战争的过程。'奥劳斯·芒努斯③也记载过大小蚂蚁之间的一场类似的交战，小蚂蚁是胜利者，据说它们把己方的士兵的遗体掩埋了，而对那些大块头的敌人则暴尸不埋，听任禽鸟去攫食。这个事件发生于暴君克里斯蒂恩二世被驱逐出瑞典之前。"至于我目睹的这场战争则发生于波尔克总统任期之内，时间在韦伯斯特逃亡奴隶法案通过之前五年。

许多村子里的牛，只适于在储存食品的地窖里追赶泥龟，现在却要在林中奔跑炫耀它那笨重的身躯，而它的主人对此却一无所知，它还徒劳无益地嗅嗅老狐狸穴和土拨鼠洞。也许有一条瘦小的杂种狗给它带路，这种狗灵活地穿过森林，可能仍引起林中鸟兽居民的本能惊慌。——现在，这条叫声像狗一样的公牛，已经远远落在它的导游的后面了，它朝着小松鼠那边吠叫，而小松鼠为了小心监视情况已躲到树上，接着，公牛慢慢跑开，笨重的身体把灌木丛全都压弯下去，自己还想入非非，以为是在追踪着一只迷路的沙鼠家族成员。有一次，我惊异地见到一只猫沿着多石的湖岸走着，要知道这些猫很少会离家走得这么远。这惊异是双方的。然而，最驯服的猫，整天都躺在地毯上的，在森林里也显得像在家里一样舒适自在，而从它那种诡谲隐

① Francois Huber (1750—1831)，瑞士盲人博物学家。——编注

② Aeneas Sylvius (1405—1464)，即教皇庇护二世。——编注

③ Olaus Magnus(1490—1557)，瑞典教士和作家。——编注

秘的行为看上去,它在那边比起常住居民更像土著。有一次,我在采浆果时,碰见一头猫带着一群小猫在林中走,野性十足,而全体小猫都像它们的母亲一样,弓起了背脊,对着我呼噜呼噜地怒叫。在我住到林中的几年前,在林肯城离湖最近的吉利安·贝克先生的田庄里有一只人们称之为"长翅膀的猫"。当我于1842年6月前往探问她时(我不知道这只猫是雄还是雌,所以用"她"这个更常用的代名词),她像惯常那样已经到林中猎食去了,但猫的女主人告诉我,这猫是一年多以前的4月间来到附近的,最后被收容到他们家里。这只猫暗褐灰色,喉部有个白点,脚都是白色,长着一条狐狸那样浓密的尾巴。冬天时,毛长得厚起来,沿着两侧平伸,构成长10到12英寸、宽两英寸半的条带,下巴下面像个皮手笼,上边较松,下边像毡子那样缠结着,一到春天,这些附生物全都掉落了。他们把猫的一对"翅膀"送给我,直至现在我仍保存着。翅膀周围并无膜状物。有人认为此猫的部分血统来自飞鼠或别的野兽,这并不是不可能,因为根据博物学家的意见,貂和家猫交配产生出许多杂种。这正好就是我想要饲养的那种猫,假若我要养的话。为什么诗人的猫不能和他的马一样插翅飞翔?

秋天时,潜鸟(*Colymbus glacialis*)照例飞到湖里来换羽毛和洗澡,我还没有起床,它的狂笑声便已响彻森林了。一听说潜鸟已经到来,所有磨坊拦河坝上爱好打猎的人全都活跃起来,有的坐轻便马车,有的步行,三三两两,带着特许的枪枝,圆锥形的子弹,还有小望远镜。他们来时沙沙作响,像秋天的落叶,穿过森林,至少10个猎人对一只潜鸟。有些人驻扎在湖的这一边,有的则驻扎在对岸,因为这可怜的鸟不可能无处不在,要是它在这边潜入水里,一定要在那边浮上来。可是现在,仁慈的10月风吹起来了,吹得树叶沙沙作响,水面细浪起伏,这一来就听不到也看不见潜鸟了,尽管它的敌人用小望远镜扫视着湖面,射击声在林中回荡。波浪大量涌起,怒拍海岸,袒护着一切水禽,我们的打猎者只好打退堂鼓,匆匆撤回到城镇里、店铺中,去重操旧业了。不过他们时常获得成功。当我一大清早去提水时,时常见到这种姿态庄严的潜鸟从河湾里游出来,只有数杆之遥。要是我想划船赶上它,看它会怎样随机应变,那么它会潜入水里踪影全无,有时要到当天下午我才能再见到它。但在水面上我却比潜鸟强。它通常总是在雨中飞去。

在一个风平浪静的10月下午——这样的日子里潜鸟会像马利筋草的绒毛那样停到湖上来,我正沿着北岸荡桨,怎么看也不见湖上有一只潜鸟。突然间,在我前头数杆处,一只潜鸟从湖岸出发,朝着湖心游去,发出了一阵狂笑声,把自己暴露出来。我荡桨紧跟,于是它便潜入水中,但当它浮上来时,离我却更近了。它再潜入水中,可我错误地估计了它可能选择的方向,所以这次当它再冒出水面时,我们相距已有50杆之遥了,距离扩大是我帮忙造成的。潜鸟再度大声长笑,笑得比上一次更有道理。它的活动灵巧机敏,弄得我无法靠近到6杆距离之内。每次它浮出水面时,总是把头转过来转过去,冷静地观察着水面和陆地,显然选定了方向,以便它再浮出来时出现在最宽阔的水域,离船最远的地方。令人惊异的是它多么迅速做出决定并付诸实施。它立即把我引到湖最宽阔的部分去,可我就无法再驱使它离开那里了。当它脑子里正在思考着什么时,我也力图在我脑子里推测它在想什么。这是一场有趣的棋赛,在平滑的湖面上进行,一个人对抗一只潜鸟。突然间,你对手的一粒棋子消失在棋盘下面了,问题是你要把棋子放在它重新出现时最靠近它的地方。有时它会意料不到地在我的对面浮出水面,显然是直接从我的船下穿过。它的一口气非常长,不知疲倦,所以当它已经游了老远老远时,会立刻再潜下去,这时任何才智都无法推测,在这个深湖里面,在这片平滑的湖面底下,它会像一条鱼那样迅速游向何方,因为它有时间也有能力去游览湖底最深的部分。据说在纽约湖泊中距离水面80英尺深处曾抓到潜鸟,是让捕捉鲑鱼的鱼钩钩住的——不过瓦尔登湖比纽约的湖更深。鱼类见到这只来自另一个世界的其貌不扬的访问者在鱼群中间急游,一定会为之惊异不已!然而,潜鸟显得对水下的路线同对水面一样熟识,在水下游得更快。曾经有一两次,我见到它游近水面时弄出的涟漪,它把头刚一伸出来侦察动静,便又再度潜了下去。我发现,停桨等候它再次冒出水面,跟努力揣测它会在哪里浮上来,结果是差不多的,因为一而再、再而三,每当我努力注视水面某一边时,会突然让它在我背后发出的一声怪笑吓了一跳。可是,为什么在它耍了这么多狡诈的把戏之后,却总是在钻出水面那片刻之间,要用大笑来败露自己呢?难道它那白色的胸膛还不足以暴露自己吗?我觉得它确是一只傻瓜潜鸟。当它钻出水面时,通常我都能听到水的溅泼声,这一来我也就发现了它。可是,过了一个钟头之后,它仍然生气勃勃，劲头不减，心甘情愿地潜入水里，游得比开头时更远。令人感到惊异的是，它浮上水面时十分安详地游开，胸前的羽毛一丝不乱，显然是在水下时便用它那双蹼足把这事办妥了的。它通常的叫声就是这种像魔鬼的笑声，多少有点像水鸟的声音，但偶然当它非常成功地挫败了我，远远地浮出水面时，它会发出一种拖长声音的可怕的嚎叫声，听上去与其说是鸟鸣，不如说是狼嚎，有如一头野兽把口鼻贴近地面，故意发出来的嚎叫声。这就是潜鸟的叫声——也许是这里听到过的野性最甚的叫声，响彻整个森林。我得出结论：它是在嘲笑我白花力气，相信自己足智多谋。尽管天空此时阴阴沉沉，但湖面平静，我虽听不见潜鸟之声，却能看见它在何处打破湖面。它那白色的胸部，空气的宁静，以及水面的光滑，全都于它不利。最后，它在50杆外浮上来之后，发出了一阵长啸之声，仿佛在请求潜鸟的上帝出来帮助它，顷刻之间，风自东来，吹皱了湖面，整个空中雾雨蒙蒙，我感觉这似乎就是对潜鸟祈祷的回应，它的上帝降怒于我，所以我离开了它，听任它远远消失在波涛汹涌的湖面上。

在秋日里，我一连几个钟头看着野鸭如何精灵地东游西游，始终待在湖中央，远远离开猎人；在路易斯安那的长沼上不大需要锻炼这种谋略。当它们迫不得已起飞时，有时会在湖上相当高的地方盘旋，像是空中的一些小黑点。从这高处它们很容易观察别的湖泊和河流。而当我以为它们早已飞到那边去时，它们却斜飞而下1/4英里，在远处一块不受惊扰的地方停了下来。可是，除了安全之外，它们游到瓦尔登湖的湖心来还能得到些什么，那我就不知道了，除非它们爱这个湖的水，理由和我一样。

木屋生暖

10月，我到河边草地采摘葡萄，满载而归，我把欣赏葡萄的色美味香看得比吃果实更珍贵。我也赞赏那边的越橘，尽管我没有去采摘，越橘像小小的蜡宝石，垂挂在草叶上，粒粒似珍珠，红殷殷的，可农夫却用一根讨厌的草耙来采集，把那片平坦的草地挖得乱七八糟，他们漫不经心地只用蒲式耳和美元来计算越橘的价值，把草地上的掠夺物卖给波士顿和纽约。越橘注定要给制成果酱，去满足那边喜欢自然的人的口味。屠夫们也这样把大草原上的野牛舌耙下来，而置那受伤低垂下来的植物于不顾。小檗的奇美果实对我来说也同样只供一饱眼福而已。不过我倒是采集了一点野苹果，拿来煮着吃的，当地的业主和旅行者对这种野果还没有注意到呢。栗子成熟时我贮存半蒲式耳以供过冬食用。在这样的季节里在当时那片无边无际的林肯栗树林中漫游是一件令人格外兴奋的事——如今这些栗树已长眠在铁路下面了。我肩上挂着个挎包，手里提着一根手杖来打开那些长着芒刺的坚果（因为我并不总是等到下霜的季节），在枯叶的沙沙声和赤松鼠与樫鸟的大声责怪中漫游，我有时偷拾到它们没有吃完的坚果，因为它们所采集的刺果中肯定有一些是很好的。我偶尔爬上树去摇。我屋后也长着这些树，有一棵大树几乎把整幢房子都笼罩在浓荫之中，这棵树在开花的季节变成了一个大花束，香满四邻，不过，松鼠和樫鸟把大部分的果实吃掉了。樫鸟一大清早便成群飞来，在刺果掉下来之前就先把果仁拣出。我把这些树让给它们，自己跑去找更远处那片全部由栗树组成的森林。这种坚果就其本身而言，可作为面包的优良代用品。也许还会发现别的许多代用品。有一天我挖土找鱼饵时发现成串的野豆块茎(*Apios tuberosa*),一种土著居民的土豆,奇妙的果实,我以前都开始怀疑童年时是否挖过吃过,像我讲过的那样,而不是在梦里见过它。我曾时常见到它那像红天鹅绒的花朵,由其他植物的枝茎支撑着,却不晓得原来就是它。耕耘几乎把它彻底消灭掉了。它有一股淡淡的甜味,很像经过霜冻的土豆,我觉得煮着吃要比烤着吃更好。这种块茎像是大自然的一个默诺,让她在将来某个时期去抚养自己的孩子,就在这里喂养他们。在当前这日子里,大家崇尚养肥牛,喜欢田地里谷浪翻滚,所以一度曾是印第安族图腾的这种微不足道的块茎,当然就被忘记得差不多了,或者只知道它那开花的藤蔓。不过,让原始的大自然再度统治这里,脆弱而奢侈的英国谷物说不定要在无数的天敌前面消逝,在没有人照顾的情况下,乌鸦甚至会把最后一粒玉米种子带回到西南方印第安之神的大玉米田里去,据说这种子就是乌鸦从那边带过来的。而这种濒于灭绝的野豆,尽管霜寒地荒,也许仍然会获得再生,繁茂起来,证明它是土生土长的,而且还要恢复它在古代作为猎人部落的主要食品的重要地位和尊严。一定是印第安的谷物女神或智慧女神发明了它,贮藏了它。当诗歌的统治时期在这里开始时,野豆叶和成串的果实可能会在我们的艺术作品上获得描绘。

9月1日,我已经看到湖对面有两三株小枫树变红了,在三株斜岔分开的白杨树干底下,就在湖角与水接连的地方。啊!它们的颜色诉说着多少故事!慢慢地,一个星期一个星期,每株树的性格显露出来,欣赏着自己在光滑如镜的湖面上的倒影。每个早晨,这个画廊的经理都把一幅色彩更美或更和谐的新画代替旧画挂上影壁。

10月,黄蜂数以千计飞到我的林间小屋来,就像是来过冬,停歇在我窗户里面和墙头上,有时把来访的客人阻挡在户外。每天早晨,乘着它们冻僵之际,我把其中一些扫了出去,不过我并非刻意要摆脱它们。我甚至对它们把我的屋子视为称心如意的过冬避寒之所而感到荣幸。它们从未令我过分烦恼,尽管和我同室共寝。它们慢慢地不见了,不知躲到什么缝隙里面去躲避冬天和酷寒了。

像黄蜂那样,我在最后于11月躲到冬季住所去之前,时常到瓦尔登湖的东北岸去,在那儿,太阳从油松林和石岸上反射过来,使你就像坐在炉边。当你能够这样做时,晒太阳取暖要比靠人工生火取暖更加愉快,也更为健康。夏天像猎人一样离去了，留下了仍在发光的余火，我就用这些来烤暖自己。

着手造烟囱时，我研究了砖瓦工的技艺。我那些砖头都是用过的旧货，需要用泥刀刮干净，所以我对砖头和泥刀的性质比一般人了解得更多。砖头上面的灰泥已有50年了，据说还会变得更坚固，不过这全都是那种人云亦云、是非难辨的说法。这类说法本身也越变越坚硬，并随着岁月的推移而更加牢固，所以也必须用泥刀多次敲击，从自作聪明的人身上除去。美索不达米亚的许多村庄都是用一些从巴比伦废墟里拣来的质量极佳的旧砖头建成的，砖头上面的灰泥时间更久，说不定也更加牢固。但不管怎样，这把钢制泥刀格外坚硬，倒是使我深感惊异，猛劈了这么多次都未曾使它受到损坏。由于我的砖头都来自以前的一根烟囱（尽管我没有看到砖上刻有尼布甲尼撒[①]的名字），我尽量拣到一些壁炉砖，以便省工又避免浪费，壁炉周围砖头与砖头之间的空隙处，我用取自湖岸的石块填充起来，并用来自同一个地方的白沙制成我的灰泥。我把最多的时间花在壁炉上，把它视为屋子里至关重要的部分。我干得真是非常细心，所以尽管我早上从地面开始工作，到了晚上，一层砖头离地才只有几英寸高，供我睡觉时当枕头之用。可是，我记得我并没有睡出个硬脖子来，我的硬脖子由来更早。大概在同一时候，我招待一位诗人来搭半个月的伙，这使我因腾不出地方而感到困难。他自己带了一把刀，而我有两把，我们时常把刀子插进地里，用这个办法擦刀。他跟我分担烧饭做菜。我很高兴地看到我的壁炉方方正正、结结实实地逐渐升高起来，我觉得，工程进展虽慢，但估计一旦完成会更加耐用。烟囱在某种程度上是一个独立结构，立足地上，通过屋子，升上天空；甚至在屋子烧掉之后，它有时还矗立着，它的重要性和独立性是显而易见的。这事发生在快到夏末之时，如今已是11月了。

① 尼布甲尼撒是著名的巴比伦国王（约公元前1124—前1103在位）。——译者注

北风已开始吹凉湖水,但要彻底吹凉还得不停地刮上几个星期,因为湖水很深。当时我还没有给我的屋子涂上灰泥,当我晚上开始生火时,烟囱吐烟格外通畅无阻,因为木板与木板之间还有许多缝隙。我在这寒冷而通风的房间里度过了几个愉快的夜晚,四周全是些满是节疤的褐色粗木板,还有一些没有刨掉树皮的椽木,高高横在天花板上。我的屋子涂抹上泥灰之后就再没有如此悦目,尽管我不能不承认,这样住起来更舒适。难道人所居住的每幢房屋不应有充分的高度,使人有一种高处不胜朦胧之感吗?黄昏到来之时,椽木四周阴影摇曳,这类形式比起壁画或其他最贵重的家具来,更适于幻想与想象力。我可以说,现在我第一次开始住进我自己的房子,开始用它来取暖,而不仅是避风雨。我弄到了一对旧薪架,这样便可把柴火架高起来,离开壁炉地面。看见我亲手建造的烟囱背后积上煤烟,感觉真是不错,所以我拨旺炉火时比往常更加理直气壮,更加满意。我的住房很小,屋子里无法招待回声,但作为一间屋子,并且和邻居相隔很远,所以感觉要大一些。一幢房子里所有具有吸引力的东西,全部集中在一个房间里,它就是厨房、寝室、客厅和起居室。无论父母或子女、主人或仆役,住在一幢屋子里所能得到的一切满足,我全都享受到了。加图说,一个家庭的主人(patremfamilias)在他的乡村别墅里面,需要有"cellam oleariam, vinariam, dolia multa, uti lubeat caritatem expectare, et rei, et virtuti, et gloriæ erit"①,也就是说,"一个放油放酒的地窖,装得满满的许多桶,以备艰难岁月之需,这有利于他的利益、美德和光荣"。在我的地窖里存放着一小桶土豆,约有两夸脱的豌豆连同象鼻虫,在我的架子上有点白米,一大壶糖蜜,还有黑麦和玉米粉各一配克②。

有时我梦想有一间更大、人住得更多的屋子,处于黄金时代,材料耐用持久,没有华而不实的装修。这屋子仍只有一间住房,一个宽敞、简陋、实

① 见加图《农书》第3章。

② peck,英制干量单位,约合2加仑或9公升。——编者注

用、原始的大厅,没有天花板或灰泥面,有的只是不加装饰的椽木和檩条,支撑起头顶上那片较低的天宇——避免雨打雪飘;当你跨过门槛,向远古朝代那位平卧着的农神致敬之后,桁架中柱和双柱架就竖在那儿接受你的敬意。一间像洞穴那样深邃的屋子,你必须把火炬插在一根长竿上面高高举着才能见到屋顶。在那里,有的可以住在壁炉边,有的可以住在窗户的凹进处,有的在高背长扶手椅上,有的在大厅的这一头,有的在另一头,还有的高高住在椽木上和蜘蛛在一起,只要他们选中了就行。这房子,你一打开大门便可进去,不拘礼节,不必客气;疲倦的旅行者可以洗漱、吃饭、交谈和睡觉,不用再多走路。这样一个蔽身之所你在暴风雨之夜一定很高兴抵达,里面有着一座房屋所有的必需品,却没有料理家务的麻烦事。在那里,你一眼就可以看到屋子里的一切财富,举凡人所要用的每件东西都挂在钉子上,一屋同时兼有厨房、餐具室、客厅、寝室、仓库和阁楼的作用;在那里,你能见到像桶或梯子这样不可或缺的东西,像食橱这样方便的设备,还可以听到壶里的水沸腾了,可以向煮熟你的饭的炉火和烤熟你的面包的炉灶致敬,而必需的家具和用具则是主要的装饰品;在那里,洗的衣物不必拿到外面,炉火不熄,女主人不会为难,有时厨子要跑到地窖下面去,也许会叫你从地板活门那儿走开,这一来你懂得地下是实还是虚,无须跺脚便知道。一幢房屋内部就像鸟巢那样敞开,一目了然,你不可能从前门进后门出而看不见屋里的一些住户。在那里作客也就被赋予家中的自由,不会被精心地排除于7/8房屋之外,关闭在一个特殊的小房间里,叫你在那儿敬请自便——也就是单独监禁起来。现今当主人的不会让你到他的炉边去,而是叫砖石工在他家弄堂里的什么地方给你做个壁炉,所以殷勤款待就是把你安置在最远处的一种艺术。烹饪方面也存在着许多秘密,好像他图谋着要毒死你一样。我知道,我曾经到过许多人的房屋里,根据法律他们可以下逐客令把我撵走,可是我没有意识到,我已经到过许多人的家里了。我会穿着旧衣服去访问在我描述过的那种房子里过着简朴生活的国王和王后,要是我走到那边去的话;可是如果我给弄进一座现代宫殿,那我最希望学习到的是倒退走出去的本领。

似乎我们在客厅里使用的高雅语言已丧失了它的全部力量,完全蜕化成一堆废话,我们的生活远离了它的象征意义,而它的隐喻和转喻全都十分牵强附会,像是经过递物窗洞,用送菜升降机送上来的。换句话,客厅距离厨房和作坊太远了。甚至连进餐通常也成了只不过是进餐的比喻。好像只有野蛮人才与大自然和真理住得最靠近,能够从其中借用转喻。那个远远地住在西北部疆土或马恩岛上的学者,怎么说得清什么是厨房里的议会语言呢?

然而,客人中只有一两位有足够的勇气留下来跟我一起吃玉米糊;当他们见到那种危机接近时,便宁愿急流勇退,仿佛它会动摇到房屋的根基似的。然而,煮熟过大量的玉米糊之后,房子仍安然完好屹立。

直至严寒到来之时,我才给墙壁涂上灰泥。为此,我用船从湖对岸运了一些更洁白的细沙过来,船这种运输工具对我有极大的吸引力,需要的话,我会乐意到更远的地方去。同期,我的屋子四面从顶到下都钉上墙面板。在钉墙面板时我做到一锤钉上一根钉子,这使我感到十分称心。我雄心勃勃,要迅速利落地把灰泥从板上转移到墙上。我记起了一个骄傲自满的家伙的故事:他穿得衣冠楚楚,像往常那样到村子里东游西逛,给工人做指示。有一天他突然心血来潮,要用实际行动来代替空谈,于是卷起袖子,端起一块灰泥托板,刮了满满一泥刀,这一切都没有出什么纰漏,于是他面有得色,抬头望望头顶上的板条,勇敢地一挥手把泥灰糊上去。这下子,狼狈相毕露无遗,全部泥灰应声掉落到他那有饰边的胸襟上。我再次赞赏涂灰泥的经济和方便,因为灰泥一涂便有效地挡住了寒冷,并给房屋以体面的装饰。我也懂得一个泥水匠可能会碰到的种种意外事故。我很惊奇地看到,那些砖头是如何处于一种干渴的状态之中,在我把灰泥抹平之前,包含在里面的水份便已给砖头吸干了,为了建造一个新的壁炉需要用多少桶水!前一个冬天,我用生长在我们河流里面学名叫 *Unio fluviatilis* 的贝壳烧成少量的石灰,以供试验之用,这一来,我便懂得我的材料来自何处。要是我愿意的话,我会在一两英里的范围内把优质的石灰石弄到手,并自己动手烧成石灰。

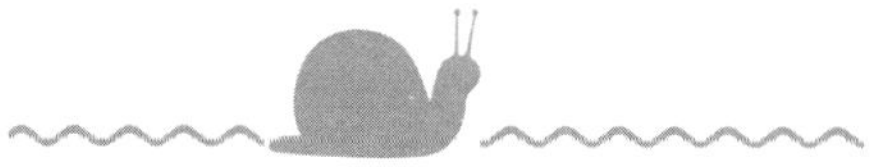

在此期间,最背阴和最浅的湖湾处已经结上了一层薄冰,比湖面全部冰冻要早上几天甚至几周。第一片冰格外有趣,格外完美,它显得坚硬、黝黑、透明,提供了最好机会来考察浅水的湖底,因为你可以平展身体躺在只有一英寸厚的冰上,像一只在水面上滑行的长足昆虫那样,从从容容地研究

湖底,距离只有两三英寸,像观看玻璃后面的画片,而那时下面的水当然始终是平静的。细沙里有许多沟槽,有些生物曾在这里来回爬行;至于残骸,到处铺盖着白石英微粒所构成的石蚕壳①。也许正是这些石蚕在细沙上爬出沟槽来吧,你会在沟槽里发现它们的壳,尽管这些沟槽相对石蚕来说显得过深过宽。而冰本身才是最有趣的,但你必须利用最早的机会来研究它。如果你在湖水结冰后那个早晨细心加以观察,便会发现,开头似乎是在冰里面的大部分气泡,实际上是贴在冰的底面上,并且还有更多的气泡正在继续不断地从湖底升上来,而冰层此时仍然较为坚硬、较为黝黑,换句话,你可以透过它看到水。这些气泡的直径从 1/80 英寸到 1/8 英寸,十分清晰美丽,你可以透过冰层看到你的脸孔反映在一个个气泡里面。在 1 平方英寸里面,可能有 30 个或 40 个气泡。在冰里面已经存在着一些狭长的垂直气泡,长约半英寸,呈尖锥形,尖端向上;更经常的现象是,要是冰刚刚冻结,便有一些小球形的气泡,一个紧顶着一个,像一串珍珠那样。我时常会投掷石头来试看冰的强度。那些把冰打破的石头也把空气一同带了进去,在水下形成了一些很大很明显的白气泡。有一天,我在过了 48 小时之后再跑去,发现那些大气泡依然完好无损,尽管冰层又结厚了一英寸,这个我透过冰块的边缝看得很清楚。由于过去的两天非常暖和,像小阳春,所以冰现在不透明,没有显现出水和湖底的暗绿色,而是带白色或灰白色。冰层厚了一倍,却并不比以前坚固,因为在这种热气的作用之下,气泡大大地扩张,结合到一起,失去其整齐匀称;气泡再也不是一个顶着一个,而时常像是一些从袋子里倒出来的银币,堆叠在一起,或呈一些薄片,好像占据着一些细小的裂缝。冰的美丽已不复存在,要研究水底已为时太晚。我很想知道那些大气泡在新冰里占有什么样的位置,就挖出一块含有一个中等体积气泡的冰块,把它底朝天翻过来研究。在气泡的周围和下面形成了一层新冰,这一来,气泡便夹在两层冰中间。它完全处于下一层冰中,不过贴近上层,而且略显扁平,也许有点像小扁豆的形状,圆圆的边,深 1/4 英寸,直径 4 英寸。我惊奇地发现,在气泡的正下方冰融化得很均匀,像个颠倒过来的茶托,中间达到 5/8 英寸高,水与气泡之间只留下了一片薄薄的隔层,还没有 1/8 英寸厚,

① 生活于水中并形成圆筒形壳的蜉蝣及其他生物的幼体。

在这隔层里面许多地方,小气泡往下面冲出去,说不定在那些直径一英尺的最大气泡下面根本就没有冰。我猜想,我初次见到的那许多附在冰下面的小气泡,现在也被冻结在里面了,而每个气泡都按其体积大小在冰下起着凸透镜的作用,要把冰融化掉。这些气泡也就是一把把让冰块爆裂发出轰响声的小气枪。

冬天终于真的到来了,这时我也刚好完成了涂抹灰泥的工作。风开始在屋子周围怒号,好像它在这之前没有获准号叫一样。一夜夜,雁群在黑暗中沉重铿锵地飞来,翅膀呼呼地拍动,甚至在白雪覆盖着大地之后,有些雁鸟还飞落到瓦尔登湖上栖息,有些则低飞过森林,朝着费尔港方向,准备到墨西哥去。好几次,我在夜晚10点或11点钟从村子里回来,听见屋后靠近湖洼处有雁群或野鸭踩踏林中枯叶发出的声音,它们跑来那边觅食,我还听到领头雁或野鸭匆匆飞去时发出的低唤声。1845年,瓦尔登湖于12月22日夜晚首次全部结冰了,弗林特湖和其他较浅的湖和河流10天前或更早点已经冻结了;1846年12月16日冻结;1849年约在12月31日;1850年约在12月27日;1852年为1月5日;1853年为12月31日。11月25日以来雪已经覆盖着大地,四周突然呈现出一派冬天的景色。我深深地躲进我的小窝里,希望在屋里和心里保持明亮的火光。现在我的户外工作是在林中搜集枯木,用手拿或用肩扛,有时则两边腋下各夹一株枯干的松树拖回到我的棚屋里。曾经郁郁葱葱、苍翠茂盛的一片旧时林中藩篱,现在却够我拖的了。我把它拿去祭火神,因为往日它已奉献给护界神了。一个人刚刚到雪地去猎取——不,你会说,是去偷了一些柴火来煮晚饭,这样他的晚餐将平添多少风味!他的面包和肉都分外地香。在我们大部分城镇的森林里都有充足的柴火和废木材可作燃料,可是目前却没有使任何人获得温暖,有些人还认为它们妨碍了幼林的成长。湖上还有一些浮木。夏天里,我发现一张油松圆木的木排,树皮还留在上面,这是建筑铁路时爱尔兰人扎的。我把木排的一部分拖到岸上来。经过两年在水中浸泡,接着又6个月放在高处,圆木质量非常好,尽管浸透了水的木料还没有全干。在一个冬日里,我溜冰把木头一根一根地运过岸来,以此自娱,差不多要拖半英里。我人在后面,圆木长15英尺,一头搁在我的肩上,另一头放在冰上滑行。要不我就用白桦树的枝条把几根圆木捆缚在一起,然后再用一根末端安有挂钩的长桦木或桤木把它们拖过来。尽管圆木浸透了水,几乎重得像铅那样,可它们却不但耐烧,而且烧得很旺。甚至,我觉得木头经过水浸更好烧,就像树脂一经水泡,点灯时间格外长。

吉尔平在对英格兰森林边境居民的描述中说:“非法侵犯土地的人蚕食了土地,在森林的边界地区盖屋筑篱,”这些“被古老的森林法视为是一种妨害行为,而要以侵占公产的罪名受到重罚,因为 ad terrorem ferarum -ad nocumentum forestæ,&c.”,[①]也就是野生鸟兽受惊,森林受害。不过我比猎人或伐木者更关心保护野兽和林中草木,好像我就是渔猎法监督官本人一样。要是森林的任何一部分被烧掉,尽管是我意外烧掉的,我也不胜悲痛,时间之长,悲痛之深,比森林业主有过之无不及。不仅如此,当森林被业主本人砍倒时我也为之悲痛。但愿我们的农夫砍倒一片森林时,会有像古罗马人所感到的那种畏惧。古罗马人跑去把一片神圣森林(lucum conlucare)砍得稀疏些,或者说,让阳光能照进去时,有一种畏惧之感,换句话说,他们相信森林是专供神用的。罗马人先作赎罪祷告,这片森林的神明啊,不管你如何称呼,请赐福给我、我的家庭和子孙。[②]

甚至在这个时代,在这个新的国家里面,森林仍具有极大的价值,比黄金的价值更永恒、更普遍,这的确令人惊讶。尽管人们发现了这个,发明了那个,可是却没有一个人会轻易舍弃一堆木头。它对我们十分珍贵,正如往日它对我们撒克逊和诺曼底的祖先那样。如果他们用木材制成弓箭,那么我们就是用木材做成枪托。米肖三十多年前说过:纽约和费城的燃料价格“几乎等于,有时还超过巴黎最好的木材价格,尽管这个大都市每年需要30万考得的木材,而且周围300英里都是平原耕地。”[③]在本镇,木材的价格几乎不断上升,唯一的问题是今年要比去年涨多少。亲自跑到森林里来的技

---

① 威廉·吉尔平(W. Gilpin)《论森林景色》(爱丁堡,1834)。

② 加图《农书》第139章。

③ 安德鲁·米肖(A. Michaux)《北美森林志》,1819年版。

工和商人，没有别的什么事要办，必定就是来参加木材拍卖的，他们甚至愿意出高价来取得在伐木工走后拣拾木材的权利。多年以来人们总是跑到森林里面去取燃料，去取得艺术品的材料。新英格兰人和新荷兰人，巴黎人和凯尔特人，农民和罗宾汉，布莱克老妪和哈里·吉尔[①]，在世界大多数地方王子和乡下人，学者和野蛮人，都同样需要从林中拿来点柴枝以便取暖和煮饭。我也同样少不了木材。

每个人都会以一种钟爱之情看着他的木材堆。我喜欢把我的木材堆放在窗前，木片越多越能使我想起那愉快的工作。我有一把没人要的旧斧头，冬天在我屋子向阳的一边，断断续续地用它来砍一些我从豆田里挖出来的树桩。正如那个赶牲口的人在我犁田时预言的那样，树桩会给我两次温暖，一次是在我劈开它们时，另一次则是烧柴火之时。这么看来，没有别的任何一种燃料能发出更多的热量。至于斧头，有人劝我找村子里的铁匠锻[②]一下，但我自己锻了，用一块从林子里弄来的山核桃木做斧柄插进去，斧头又可以用了。就算钝点吧，可它已修好了。

几片含树脂多的松木极其珍贵。这种燃料还有多少埋藏在大地的腹内，记住这一点是很有趣的。前些年，我时常出去"勘探"一些光秃秃的山坡，以前那里曾经生长着北美油松，我于是把那些富含树脂的油松根挖出来。它们几乎是无法毁灭的。树桩至少有30或40年之久，其中心依然完好无损，尽管白木质全都变成了腐殖质，厚厚的树皮在距树心四五英寸处形成一个与地面齐平的环。你用斧头和铲子便可勘探这种矿藏，顺着这片黄得像牛脂的髓质前进，或者你仿佛发现一条黄金矿脉，一直深入到地里去。但通常我总是用林中枯叶来点火的，我在下雪前便把枯叶储藏在棚屋里。当伐木工在林中扎营住宿时，那些被精巧劈开的青核桃木便成为他们的引火柴。我偶尔也弄到一点这样的引火柴。当村里人在地平线的那一边生火时，我也让我的烟囱炊烟袅袅，使瓦尔登湖谷地的种种原始居民注意到我还醒着；

① 华兹华斯诗歌"拾柴记"中的老妪和农夫。——编注

② "jump"（锻）指用加热和急敲猛打的办法，将斧子头部打平，这样便可把斧柄夹进去。

展翼轻飞的炊烟啊,伊卡罗斯之鸟,
你往上飞,翅膀便融化,云散烟消,
不唱歌的云雀,黎明的信使,
翱翔在你的村屋上,那是你的巢;
要不然,是逝去的一场梦;
午夜朦胧的身影,把你的衣裙轻撩;
夜间,给星星蒙上面纱,白天,
把光线遮暗,把太阳抹掉;
我焚香袅袅,去吧,从这火炉上升,
见到诸神,请他们原谅这火焰皎皎。

刚劈下来的坚硬的绿色木材,尽管我用得不多,却比其他木料更适合我的用途。冬天下午我到外面散步时,有时留下一堆旺火,过了三四个钟头我回来时,它依然熊熊燃烧着。尽管我跑了出去,我的屋子并不空着,好像我把一位愉快的女管家留在里面一样。住在里面的是我和火,通常我的女管家是可靠的。然而有一天,我正在劈柴,忽然觉得应该到窗口去看看屋子里是否着了火。这是我记得起来的唯一一次在这一点上格外担心。我看见一团火星已经烧上我的床铺,于是我跑进去把火扑灭,这时火已经烧去了巴掌那么大的一块了。但由于我的屋子占据着一个阳光充足而又避风的位置,屋顶又很低,所以冬天几乎每天中午我都可以把炉火熄灭掉。

鼹鼠在我的地窖里筑窝,啃掉 1/3 的土豆。它们利用我涂灰泥后留下来的毛织物和牛皮纸给自己做了个舒适的床铺,因为即便是野性最突出的野兽也和人一样喜欢舒适和温暖,它们之所以得以度过寒冬,就因为它们小心翼翼地得到了舒适与温暖。我有些朋友把我说成好像是为了要把自己冰冻起来才跑到林子里来的。野兽仅仅营造了一个窝,在避风的地方用自己的身体把它弄暖;而已经发现了火的人,却是把空气装进一个大匣子里,并把它弄温暖,他不是靠自身的体温,而是把这暖室当成他的卧床,这样他便可以脱去笨重的衣服,到处走动,在隆冬时节保持住夏天,并靠着几扇窗户让光线透进来,再用一盏灯把白昼拉长。这一来,他就跨越出本能一两步,节省出时间来从事美术了。当我长时间暴露在狂风之下,身体开始感到麻木,但一回到自己的屋子里,气氛温暖宜人,我立刻又恢复了自己的官能,延长了自己的生命。但是,住在最豪华的房子里的人在这方面也没有什么可夸耀的,我们也无须自寻烦恼去猜测人类最后会怎样毁灭掉。只须北方刮来一阵略为刺骨的狂风,任何时候都很容易把他们的命数切断。我们继续用寒冷的星期五和大雪来计算日期;但一个更寒冷点的星期五,或一场更大点的雪就会把地球上人类的生存一笔勾销。

下一个冬天,为了经济起见,我使用一个小小的炉灶,因为森林不归我所有。但它没有像壁炉的火那么旺盛。这时烹调之事大部分再也不具诗意,而只是个化学过程。在这些使用炉灶的日子里,人们很快就会忘记,我们曾习惯于按照印第安人的办法,用炉灰烤土豆。炉灶不但占地方,熏得满屋都有一股气味,而且把火掩蔽起来,使我感到自己好像失去了个伴侣似的。你经常能在火中见到一个脸孔。劳动者夜间凝视着火焰,便会使白昼里思想上积累下来的浮渣与脏乱的东西得到净化。但我再也无法坐着观看火焰了,我想起一位诗人贴切的诗句,感受格外强烈:

"明亮的火焰,永远别弃我而去,
你那可爱的生活的憧憬,亲密的情意。
岂非我的希望才腾飞得如此明亮?
岂非我的命运才随夜色沉得如此低迷?

为何你被放逐出我们的炉边和大厅?
须知尽人皆欢迎你、钟爱你。
莫非你的存在过于浮想联翩,
不适于为迟钝者普照生命轨迹?

难道你那明亮神秘的光芒,
不是在和我们契合的灵魂交谈?秘不可泄?
不错,我们安全而强壮,因为此刻
我们坐在炉边,没有阴影摇曳,
既无欢乐也无悲伤,只有炉火温暖着

我们的手脚——亦不渴望更多；
靠这密集而实用的一堆火，
在场的可以坐下来，可以安眠，
不必怕一群恶鬼，从阴暗的过去走来，
在旧木柴摇曳的亮光旁，和我们交谈。”①

① 胡珀(E. S. Hooper, 1816—1848)“柴火”，见《日晷》第1期(1840)，193。

昔日的居民，冬日的访客

我经历了几场快活的暴风雪，在炉边度过几个愉快的冬夜，那时，雪在屋外狂飞乱卷，连猫头鹰的叫声也被压得听不见了。有好几个星期我在散步时除了那些偶尔来伐木并用雪橇把木头运到村里去的人外，谁也没遇到。不过，大自然的力量却帮助我在林中最深的雪里辟出一条路来，因为我一走过，风就把橡树叶吹进我踩出的小径，树叶铺在那里，吸收阳光，使雪融化。这样，不仅我的脚可以踩到干燥的树叶上，而且在夜里，树叶形成一条黑线，还可以为我指路。谈到与人交往，我只能想象这一带林中以前的居民。在我许多老乡的记忆中，我房子附近的那条路上，曾回荡着林中居民的闲谈声和笑声，道路周围的树林里点缀着他们的小花园和住宅，尽管当时森林要比现在密得多。我自己也记得，在有些地方松树会同时刮擦一辆轻便马车的两侧。不得不只身从这条路步行去林肯的女人和小孩都很害怕，有大部分的路程常常是跑过去的。尽管这条路只是一条通往邻村的简陋小道，或者只是伐木队走的小道，但是道路富于变化，曾给旅行者带来比现在更大的乐趣，而且在他的记忆中存留更久。现在有一整片空旷的原野从村子一直延伸到林中，当时道路在那地方穿过一片枫树沼泽，路基是原木做的。毫无疑问，残留的原木仍然躺在今天这条尘土飞扬的公路底下，这条公路从斯特拉顿农场，即现在的救济院，一直通到布里斯特山。

加图·英格拉哈姆曾住在我家豆田东面，隔着那条路。他是康科德乡绅邓肯·英格拉哈姆老爷的奴隶，那乡绅为奴隶建了一间房子并允许他住在瓦尔登森林里。我讲的不是尤蒂卡[①]的加图而是康科德的加图,有人说他是几内亚黑人。有几个人还记得他在胡桃林中的一块小地,他让胡桃生长以备他老年之需,但最后还是被一位年轻的白人投机家买下了这片胡桃林。不过,他现在也是住在一间同样狭窄的房子里。加图那个残留一半的地窖还在,不过知道的人寥寥无几,由于地窖边围着松树,旅行者看不到它。现在这里长满了漆树(*Rhus glabra*),一枝黄花(*Solidago stricta*)最早的一个品种也长得很茂盛。

一个黑种女人齐尔发的小屋就在我豆田的拐角,离城更近的地方。她在小屋里织细麻布卖给乡亲们,边织边唱,由于她嗓音响亮动听,使整个瓦尔登森林都回荡着她尖细的歌声。后来在1812年的战争中,她不在家时,小屋被一群获假释的英国战俘放火烧了,连同她的猫、狗和母鸡全都烧死了。她过着十分艰苦,几乎是非人的生活。有位以前常到这片森林里的人还记得,一天中午当他经过那所小屋时,听见她对着咯咯作响的壶喃喃自语——"你全是骨头,全是骨头!"在那里的橡树林间我还看到一些砖头。

顺路走去,在右边布里斯特山上曾住着布里斯特·弗里曼,他是一个"心灵手巧的黑人",当过乡绅卡明斯的奴隶。布里斯特培植的苹果树仍长在那地方,现在已经是又大又老的树了,可是果实在我吃起来仍是一种野苹果味。不久以前,我在旧林肯墓地看到他的墓碑,有点倾向一边,靠近几个没有标志的英军士兵的墓,这些士兵是在从康科德撤退时战死的。在墓碑上他被称作"西皮奥·布里斯特"(他倒有点理由被称为"非洲的西庇阿"[②])"一个有色人种",似乎他的肤色已经退了。墓碑上一个十分显眼的位置写着他去世的日期,这只不过是以间接的方式告诉我他曾经活在人世。他那位殷勤好客的妻子芬达和他长眠在一起,她替人算命,不过做得很讨人喜欢,她生得又大,又圆,又黑,比任何夜里的孩子都黑,如此黑黝黝的大圆球在康科德是空前绝后的。

从布里斯特山再往下走,在左边的林中老路上还有斯特拉顿家宅的残

---

① Cato Uticensis(公元前95—前46),罗马政治家,在凯撒称帝后逃往北非的尤蒂卡。——编注

② Scipio Africanus(公元前236—前183),罗马执政官,曾远征非洲。——编注

迹。他们家的果园曾经覆盖整个布里斯特山坡,但果树老早都被北美油松灭绝了,只剩下几个树墩,老根上又野生出许多枝繁叶茂的村树。

走到离城更近些,在道路另一边的森林边缘,你会见到布里德区域,那地方因一妖魔作祟而出名。这个妖魔尚未单独名列古代神话,却在我们新英格兰的生活中扮演了一个非常突出而令人吃惊的角色,理应像其他神话人物一样,有朝一日让人给他写部传记。他先乔装成一个朋友或雇工来到你家,然后就抢劫并将你全家杀害——号称新英格兰朗姆。但历史还不必把这里所发生的一切悲剧都写出来。让时间来多少冲淡悲剧,给它们氤氲出蔚蓝的色彩。据一个最模糊的传说,这里曾有一家小酒馆。那口井还是老样子,井水给旅行者调饮料,使他的马恢复活力,昔日在这里人们会互相致意,交流新闻,然后又各奔东西。

仅在12年前布里德的小屋还没倒,虽然早就没人住了。小屋的大小和我的房子差不多。如果我没弄错,那是在一个总统大选之夜,几个顽皮的小孩放火把屋子烧了,那时我住在村子边缘,正在神思恍惚地读戴夫南特的《冈迪伯特》①,那年冬天我被昏睡病折磨——顺便说一下,我一直不知道是否应该把这看作是家传的毛病(因为我有位叔叔刮胡子都会睡着,为了保持清醒守安息日,星期天他得在地窖里给马铃薯摘芽),还是由于我想一首不漏地读完查默斯编的英文诗集,我的神经简直受不了了。正当我把头低垂到那本书上时,火警钟声响了。救火车十万火急地朝那里开去,前面是一群男人和小孩在乱跑,我跑在最前面,因为我跃过了小溪。我们以为火是远在森林的南端——我们这些人以前都救过火,谷仓,商店,或者住宅,或者全都烧了。有一个人喊道:“是贝克的谷仓。”另一个人又以肯定的口气说,“是科德曼家。”接着又一阵火花升到森林上空,好像屋顶塌了。我们都喊道,“康科德人来救火呀!”马车狂奔疾驶,上面坐满了人,其中说不定有保险公司的代理人,不管火灾在多远发生,他是一定要到场的。救火车的铃声不时在后面响着,变慢变稳了,后来人们都私下谈论说,跑在最后面的就是放火报警的人。我们就这样继续往前跑,像一些真正的理想主义者,全然不顾眼观耳闻的事实,直到道路一拐,我们听到火焰的噼啪声,而且事实上感

① Gondibert,英国剧作家Davenant创作的史诗。——编注

觉到了墙那边火的热度,这才明白过来,哎呀!已经到了火灾现场。然而走到火边却使我们的热情降温了。起初,我们还想把一池塘的水都泼上去,但后来决定还是让它烧吧,那屋子已经烧得那么多了,而且一文不值。于是就站在救火车旁,挤来挤去,用扬声喇叭来表达我们的意见,或者低声谈论世界上曾发生过的大火灾,包括巴什科姆商店的那次火灾。我们私下想,要是我们能及时带着"桶"[①]到那里,而且附近又有一口池塘的话,就可以把那最后一场灭绝人寰的大火化为另一次大洪水。最后,我们什么坏事也没做便回去了——回去睡觉,去看《冈迪伯特》。说到《冈迪伯特》,序文中有一段关于机智是灵魂的化妆粉的话:"但大部分人不懂机智,正如印第安人不懂化妆粉一样。"我倒是不以为然。

第二天晚上,大约在同样的时间,我恰巧从那条路上走过田野,听到那片废墟上有人低声呻吟,黑暗中我走近去,发现了那家人中我所知道的唯一幸存者,他继承了家族的优点和缺点,独有他对这场大火感兴趣,这时他趴在地上,从地窖墙头看着下面仍在冒烟的余烬,一边喃喃自语,这是他惯做的事。他整天一直在远处的河边牧场干活,刚有时间就来看他祖辈和自己青年时住过的家。他依次从各个方面,各个角落凝视地窖,身子总是要躺到地上,好像他记得在那仅剩了一堆砖和灰的地方还有什么宝物藏在石头中间。房子已经烧掉了,他望着残余的东西。仅仅我的出现便意味着对他的同情,使他大感安慰。他尽可能在黑暗中指给我看井被盖住的地方,谢天谢地,井是永远不会被烧掉的。他在墙边摸索了好久,找到他父亲砍来并装上的水桶升降装置,用手触摸着用来系重物的铁钩,要我相信那决不是普通的"升降装置"——这就是他所能抓到的一切。我摸了那东西,每天散步还注意到它,因为那上面挂着一个家族的历史。

在左边,能看见井和墙边丁香花的地方,在现在的旷野里,纳丁和勒格罗斯曾在那里住过。但还是回到林肯那边去。

在林中比上述这些地方更远的地方,在道路最靠近池塘的地方,陶匠怀曼占有一块土地,他为乡亲们提供陶器,还留下子孙继承他。物质上他们并不充裕,在世时只能勉强守住土地,治安官来收税常常是白跑,象征性地"附

---

① 手拉救火车。

上一件没用的东西”,我看过他的账目,那里没别的东西可取。仲夏一日,我正在锄地,一位运着一车陶器上市的人在我田边勒住马,问我小怀曼的情况,说是很久以前向他买过一个陶轮,很想知道他现在怎样。我曾在《圣经》里读到制陶的泥和陶轮,但我从未想过我们所用的罐子并不是从古时候完好无损地传下来的,也不是像葫芦一样长在某处的树上,我很高兴听说在我附近也有人干这种富于创造性的艺术。

在我之前,这片森林里的最后一位居民是一位爱尔兰人,叫休·夸尔(我要是把他的名字搞对了的话),他曾住在怀曼的住宅里——人们叫他夸尔上校。传说他曾参加过滑铁卢战役,如果他还活着,我就会要他重温打过的仗。他在这里的职业是挖沟。拿破仑去了圣赫勒拿岛,夸尔来到瓦尔登森林。我所知道的有关他的事都是很悲惨的。他举止优雅,像个见过世面的人,而且能够说最有教养的话。因为患有颤抖性谵妄症,他在仲夏还要穿大衣,脸是胭脂红色的。我到森林之后不久,他就死在布里斯特山脚的路上,所以没有被我当作邻居记住。在他的房子被拆除前我去看过。他的同伴都认为那是“一座不吉利的城堡”,都避而不去。垫高的床板上堆着他的旧衣服,都穿卷了,看起来就像他本人躺在床上一样。壁炉上放着一根破烟斗,而不是喷泉边的破碗。喷泉不能作为他死亡的象征,因为他曾对我坦白,虽然他听说过布里斯特泉,但从未见过。地板上还撒满了脏污的纸牌,方块、黑桃和红心老K。那儿有一只行政官没抓到的黑鸡,依然栖息在隔壁房间里,羽毛黑得像黑夜,静得也像黑夜,连咯咯声都不发,在等着列那狐来抓。屋后隐约可见一个花园的轮廓,花园里曾种过东西,可是由于他那可怕的颤抖常发作,从未锄过地,虽然现在已是收获的时候了。苦艾和叫花草在园里丛生蔓延,后者的果实全都粘到我的衣服上。屋子后面有一块新摊在那里的美洲旱獭皮,这是他最后一次滑铁卢之战的战利品,可是他现在再也不需要温暖的帽子或连指手套了。

现在只有地上的一个凹坑可以标明这些住宅的原址,还有埋到地里的地窖石块,那里向阳的草坡上还长着草莓、悬钩子、糙莓、榛树丛和漆树。在原来是烟囱的那个角落,现在长出北美油松和多节的橡树,而或许在原来是门槛石的地方,一棵飘香的黑桦在迎风招展。有时还能看见井坑,那里曾经有泉水冒出,现在只有干巴巴的枯草;或者是最后一个人离开时用一块石板将井盖住，上面还有草皮盖着，深埋在地下，直到日后某一天才会被人发现。那样做是多么可悲呀——把井盖起来！与此同时，人们会泪如泉涌的。这里曾有过热闹的人类生活，也会以某种形式、方言或其他办法依次讨论过“命运、自由意志、绝对预知”①，而现在只剩下这些像被遗弃的狐狸洞一样的地窖坑，古老的洞穴，至于他们的结论，我所能了解到的只是“加图和布里斯特拔过羊毛”。这差不多跟著名的哲学学派的历史一样有教育意义。

在门、门楣和门槛消失二三十年之后，丁香花仍长得生机勃勃，每年春天都开出芬香的花朵，让沉思的旅行者采摘。丁香从前是小孩在前庭培植的，现在长在墙边僻静的草地上，渐渐让位给新生的森林；——种系的最后残余，那个家族唯一的幸存者。那些黝黑的小孩几乎没有想到，那枝只有两个芽眼的细小幼枝，由他们插入屋后背阴处，每天浇水，居然会生根发芽，比他们活得还长，比给它们遮荫的房子寿命还长，比大人们的花园和果园的寿命也长，而且在这些小孩长大老死后半个世纪，还向一个孤独的漫游者模糊地讲述他们的故事——它依然像在那第一个春天一样开出美丽的花，散发甜美的清香。我还注意到它那依然柔和，优雅欢快的丁香色彩。

可是这个小村庄，本可以成为更多东西的萌芽，为什么消失了，而康科德却能守住它的地盘呢？难道没有自然优势，难道享受不到水的惠泽吗？啊，深深的瓦尔登湖，清凉的布里斯特泉——可以长期享受健康的饮水，而这些人除了用水来掺杯中的酒外，丝毫没有好好利用。他们全都是口渴人。难道编篮子、做马棚扫把、织席子、烘玉米、织细麻布、制陶器等生意都没有在这儿兴隆发达起来，使这荒野开出像玫瑰一样的美丽花朵，让无数子孙后代来继承祖先的土地？贫瘠的土地本来至少可以防止低地退化的。可叹啊！对这些人类的居民的回忆几乎无法给这里山水的优美添色！也许大自然又会重新尝试，让我来当第一位定居者，而我去年春天建的房子将成为这个小村庄最古老的房子。

我不知道以前是否有人在我这块土地上建过房子。千万别让我住在一个建于更古老的城市旧址之上的城市里，古城的材料已成废墟，花园已成为公墓，土地贫瘠苍白，受到诅咒。在有必要那么做之前，先要把大地本身摧

① 弥尔顿，《失乐园》，Ⅱ，560。

毁。通过这样的回忆,我又让森林里住上人,同时让自己静下来进入梦乡。

在这个季节,我极少有客人来。积雪最深时,往往连续一个星期或者两个星期没有一个人敢走近我的房子,但我在那儿却过得很安适,就像一只田鼠,或者像牛和鸡,据说它们埋在雪堆里,即便没有食物也会活很久;或者是像本州萨顿城那家早期移民那样,1717 年的那场大雪把他的小屋全封住了,当时他不在家,一个印第安人是凭烟囱冒出的气在雪堆中融出的洞才找到那间小屋。可是,没有友好的印第安人来关心我了,他也不需要来,因为房子的主人在家里。好大的雪啊!听到雪声是多么快活!农夫们无法赶着马车到森林或沼泽去,不得不把屋前遮荫的树砍下;在地面冻硬时,他们就到沼泽去砍树,到第二年春天一看,是在离地 10 英尺的地方砍下树的。

积雪最深时,那条从公路到我家的大约半英里的小道可以用一条蜿蜒曲折的虚线来表示,两点之间的空白很大。要有一周平稳的气候,我来回都走完全同样的步数,同样长的步伐,故意以两脚规那样的准确性踩在我自己深深的脚印上——冬天把我们约束在这样的老一套里,不过脚印里常常映满天空的蔚蓝色。但不管什么天气都无法彻底干扰我散步,或者说阻止我出门,我常常在最深的积雪中踏雪 8 或 10 英里,去和一棵山毛榉,或者一棵黄桦,或是松林中的一棵老相识践约。冰雪使它们的树枝下垂,这样使树顶变尖,把松树变成杉树的模样。我踏着差不多两英尺的积雪爬到最高的山顶,每一步都在我自己头顶上摇下一阵暴风雪,有时候手脚并用,艰难地爬过去,那时猎人都躲在家里过冬了。一天下午,我饶有兴味地观察一只横斑猫头鹰(*Strix nebulosa*),在光天化日之下,栖息在一棵白松下部靠近树干的枯枝上,我站在离它一杆之远的地方。它可以听到我移步踏雪的声音,但没法看清我,我发出的声音最响时,它会伸伸脖子,竖起颈上的羽毛,睁大眼睛,但它的眼皮很快又垂下来,而且开始点头打瞌睡了。观察它半小时后,我自己也感到昏昏欲睡,它就这样双眼半开地栖着,就像一只猫,可谓猫的有翼的兄弟。眼皮之间只留下一条细小的缝,通过这个小缝和我保留一种若即若离的关系,它就这样半闭着眼从梦乡向外看,极力想认识我这个模糊的物体,或者是妨碍它视线的尘粒。最后,由于声音更大了,或者我靠得更近了,它渐渐感到不安,在栖枝上懒洋洋地转个身,似乎因美梦被打断感到很不耐烦,当它展翅飞起在松林中翱翔时,翅膀展开非常宽,我一点也听不到翅膀拍动的声音。它就这样,不是靠视觉,而是凭着对附近树木的细微感觉在松枝中摸索它的路,仿佛是用它敏感的羽翼在微光中摸索,找到了一个新栖息处,在那里可以平安等待它的快活的一天破晓。

我走过贯穿草地的那条长长的铁路堤道时,遇到了一阵阵怒吼凛冽的寒风,因为只有在那里风才最自由。霜打在我一边颊上,尽管我是异教徒,我还是把另一边颊转过来让它打。从布里斯特山下来的那条马车道也不见得好多少。我仍然要像一个友好的印第安人那样进城去,尽管风把宽阔的原野上的积雪都堆到瓦尔登路墙垣之间,半个小时就足以把前面一位旅行者的足迹灭掉。我回来时,又有新的雪堆形成,我在雪堆里踉踉跄跄往前走,忙碌的西北风已经把路的一个急转岔口都堆满了粉状积雪,看不见野兔的足迹,甚至连田鼠细小的脚印也看不到。可是,即便在隆冬,我还是能找到温暖有弹性的沼泽地,在那里草和观音莲依然长出四季常青的叶子,偶尔也看到几只更耐寒的鸟在等待春天的归来。

有时,尽管下雪,我晚上散步回来时,跨过伐木工踩出的深深脚印,脚印是从我门口出来的,我还在壁炉上发现一堆他削下的碎木片,屋里充满他的烟斗味。或者在某一星期日下午,如果我碰巧在家,我会听到一位长脸农夫的踏雪声,他从森林深处来到我家,找一点社交“刺激”,是他那个行业中少数的几个“农庄上的‘人’①之一;他没有穿教授的长袍,而是一件工装,他引用教会和政府的那些道德言论,就像从他的牛棚里拉出一车粪那样随便。我们谈到了原始,单纯的时代,那时在寒冷清新的天气里,人们围坐在大篝火旁,个个头脑清醒;没有别的点心吃时,我们就用牙齿去试许多聪明的松鼠早就放弃的坚果,那些壳最厚的坚果里面往往是空的。

从最远的地方,走过最深的雪,冒着最可怕的暴风雪来到我住所的是一位诗人。农夫、猎手、士兵、记者,甚至哲学家,都可能会被吓倒。可是什么

---

① 爱默生在“美国学者”中区分了 farmer(农夫)与 Man on the farm(农庄上的“人”)。——编注

也挡不住一位诗人,因为他是为纯粹的爱所驱使的。谁能预言他的来去呢?为了创作,他随时都要出去,即便是在医生也要睡觉的时候。我们让小屋里时而回荡着开怀欢笑,时而传出清醒的低声细谈,这样也可弥补瓦尔登山谷长久的沉默。相形之下,连百老汇也显得寂静荒凉了。在适当的间歇,总要爆发出笑声,这也许是漫不经心地为刚才说的俏皮话而笑,或者是为即将说出的俏皮话而笑。我们一边吃着一盘稀粥,一边创造出许多"崭新的"人生哲理,这就把宴饮作乐的好处和哲学所要求的清醒头脑结合在一起了。

我不会忘记,在我住在瓦尔登湖的最后一个冬天里,还有一位受欢迎的客人,有一次穿过村庄,冒着雨雪和黑暗,直到他透过树林看到我的灯,他来和我共度了几个冬日长夜。他是最后一批哲学家中的一位——是康涅狄格州把他献给世界,他先推销它的东西,后来宣布要推销他的智能。他还在推销这些,抬高上帝,贬低世人,只有他的大脑才是果实,就像果仁才是坚果一样。我想他一定是世上活人中最有信仰的人了。他的言语态度总是假定一种比其他人所熟悉的更好的状况,随着时代的轮转,他应该是最后一位感到失望的人。目前他尚没有任何业务。但是,虽然他现在相对来讲还不被人注意,等到他时机一到,大部分人意想不到的法规将要起作用,家长和君主就要来征求他的意见。——

"清清而不见者,何其瞎啊!"①

人类真正的朋友,几乎是人类进步的唯一朋友。一个老凡人,倒不如说是个神仙,不厌其烦,诚心诚意地把铭刻在人们身上的形象解释明白,那就是神,而人们只是些外表损坏有点倾斜的纪念碑。他以殷勤的智慧拥抱孩子、乞丐、疯子和学者,接受所有人的思想,同时又常常使这种思想变得更广博精深。我想他应该在世界大道上开一家旅馆,让全世界的哲学家都可以在那里住,而在他的招牌上应该写上,"招待人,不招待人的兽性。有闲情逸致,心平气和,想真诚寻找正路的人进来。"也许他是头脑最清醒的人,在我所认识的人中是最少怪癖的人,昨天和明天,他都始终如一。昔日,我们一

① 斯托勒(T. Storer,1571—1604)《托马斯·沃尔西的一生》,第二部,77 节,第 5 行。

起闲游漫谈，全然把世界抛在脑后，因为他没有向世上任何机构做过保证，他生来自由，胸怀坦荡。不论我们转向哪一条路，似乎天和地都连成一体，因为他给山水增添了美色。一个穿蓝袍的人，他最合适的屋顶便是苍穹，天空映照着他的清朗。我看不出他会死亡，大自然里不能没有他。

我们各自把思想的墙板都沥干了，于是就坐下来试着用刀来削板，同时赞赏美国五叶松清晰带黄的纹理。我们轻轻而又虔诚地涉水，或者一起轻拉慢引，因此思想的鱼儿不会从溪中吓跑，也不怕岸上的钓鱼人。鱼儿快活地游来游去，就像飘过西天的白云，那珠母似的云时而形成，时而又散开。我们在那儿工作，修订神话，不时给寓言润色，建立空中城堡，世间没有给这些城堡提供有价值的基础。伟大的观察者！伟大的预见者！和他谈话是新英格兰之夜的一大乐事。啊！我们曾这样谈论过，隐士、哲学家，还有我提到的那个老移民——我们三人，谈得使我的小屋膨胀变形。我不敢说，在大气压之上，每一英寸要承受多少磅的重量，它裂开了缝，因此，后来得用许多乏味的话来填塞，以防止泄漏——不过我已经捡好足够多的那种麻絮了。

还有一个人，我曾在村中他的家里同他度过“充实的时光”，且久久不能忘怀。他也不时来看我。但除此之外，在那里我就再没有人交谈了。

正如在别处一样，有时我也在那儿期盼着永远不会来的客人。《毗湿奴往世书》说，“黄昏时，屋主应当待在院子里，待到给一头奶牛挤完奶的工夫，如果他高兴，还可以待更久，以等待客人的到来。”我常常履行这种好客的职责，我等的时间足以给整群奶牛挤完奶，但都没有看见人从城里过来。

冬季的动物

湖水冻成坚冰时，湖面不仅提供了到许多地方的新的捷径，而且从湖面上看去，周围原来熟悉的风景也有了新的景象。虽然我以前常在弗林特湖划船溜冰，但穿过积雪的湖面时，我发现它大得出乎意料，而且变得很陌生，不禁使我想到巴芬湾。林肯山遥遥矗立在雪原的尽头，我不记得以前来过这里。在冰上说不准是多远的地方，渔夫们带着狼犬缓缓移动，仿佛是海豹猎人或是爱斯基摩人，要是在雾蒙蒙的天气里，便会影影绰绰如神话中奇妙的生物，我不知道他们是巨人还是侏儒。晚上我去林肯演讲总是走这捷径，在我的小屋和演讲室之间，我没有走别的路，也没经过任何房子。途经的雁湖上住着一群鼠，它们把窝高高筑在冰上，然而我经过时一只麝鼠也见不到。瓦尔登湖像其他的湖一样，通常是不积雪的，或者只有很浅不连片的积雪，它就等于我的庭院，当其他地方雪积成差不多两英尺厚，村民们走不出街道时，我还可以在湖上自由散步。在那儿，远离村中的街道，间隔很久才能听到雪车的铃声，我就在那里滑雪、溜冰，好像身处一个踏平的广阔麋园里，园子边缘悬垂着橡树，还有庄严的松树，被雪压弯了身子，或者挂着许多冰柱。

在冬天的夜里，在白天也常有，我听到从不知多远的地方传来猫头鹰凄凉而又优美的鸣叫，就像用适当的拨子弹奏冰冻的大地所发出的声音，这正是瓦尔登森林的本地语言，虽然我从没见到发出这声音时的猫头鹰，但后来我对这声音就非常熟悉了。冬夜里，我几乎一开门就会听到这声音，“呼，呼，呼，呼呵，呼”，声音十分响亮，而头三个音节的腔调听起来像是“好不好”;有时只是“呼,呼”两声。初冬的一个晚上,湖面还没全冻上,大约在九点钟,我被一只雁的大声鸣叫惊动了,走到门口,又听到雁群低飞过我的房子上空时拍动翅膀的声音,就像是树林里的一阵大风暴。它们飞过湖面,向费尔港飞去,好像是被我家的灯光吓得不敢降落,领头雁则一直以有规则的节奏鸣叫着。突然间,千真万确,就在我身边的一只猫头鹰,以我所听到的森林居民中最沙哑、最惊人的声音回应雁鸣,而且声音的停顿是有规则的,似乎它决心展示出本地声音有更大间域和音量,来使这位哈得逊湾来的入侵者出丑丢脸,“呼,呼”地把它赶出康科德的地平线。在夜间这个属于我的时刻,你要惊动城堡干什么?你是不是认为在这个时候我会打瞌睡?你是不是以为我没有你那样的肺和喉?“布—呼,布—呼,布—呼!”这是我所听到的最恐怖刺耳的声音了。可是,如果你的耳朵会辨音,这声音中倒有和谐的成分,是在这一带原野从未见过,也从未听过的。

我还听到湖上冰块的哮鸣声,那是和我在康科德那片地方共寝的大家伙,似乎它在床上睡不好,很想翻个身,它有点胃肠气胀或者做了噩梦。有时我被霜冻地裂的声音弄醒,好像是有人赶着马车来冲我的门,到早晨起来,会发现地上有 1/4 英里长 1/3 英寸宽的裂口。

有时我会听到狐狸走过雪地的声音,它们是在月夜出来找鹁鸡或其他猎物,像森林里的狗一样叫出凶恶刺耳的声音,似乎心急如焚,又好像要表达什么,争取光明,想立即变成狗,在街上自由地奔跑。如果我们考虑到时代的变迁,难道禽兽中不会跟人一样发展出一种文明吗?在我看来它们是原始人,穴居人,仍然时时警戒着,等待变形。有时一只狐狸被我的灯光吸引,走近我的窗子,朝我吠出一声狐狸的诅咒,然后就走了。

通常是赤松鼠(*Sciurus Hudsonius*)在黎明把我吵醒,它在屋脊上奔跳,又在四墙上下爬,好像就是为此而被派出森林的。一冬天里,我差不多在门边雪地上抛了半蒲式耳甜玉米穗,都是没成熟的,然后饶有兴味地观察被玉米诱惑来的各种动物的姿态。在黄昏和夜里,野兔经常会跑来饱餐一顿,一整天里都有赤松鼠时来时去,看着它们灵活的动作真是很过瘾。通常是一只赤松鼠先从矮橡树林中小心翼翼地爬出来,像一片被风吹的叶子,跳跳停停地跑过雪地,其速度惊人而且过分消耗精力,它的“脚”以令人无法理解的速度急跑,似乎它是作孤注一掷的,一忽儿朝这边跑几步,一忽儿又朝那边跑几步,但每一次总不超过半杆的距离;然后突然间做出一副滑稽的表情,无故地翻一个筋斗停下,似乎整个宇宙,所有的眼睛都在注视它——即便是在最僻静的森林里,松鼠的所有动作都像舞女的动作一样暗示着观众就在旁边。拖延、兜圈所浪费的时间比正常走完全程的时间还要多,我从没看到一只松鼠正常走路。——然后,突然之间,你还没反应过来,它已跳到一棵小油松顶上,拧紧它的发条,责备所有想象的观众,一边独白,一边又向整个宇宙说话。我根本不知道这是什么理由,我想,它自己也未必明白这是为什么。最后,它来到玉米旁,挑了一根合适的玉米穗后,以同样不规则的三角形路线,轻快地跳到我窗前柴火堆最高的一根木柴上,从那里它看着我的脸,坐在那儿好几小时,不时供给自己一根新玉米穗,先是贪婪地啃着玉米棒,把吃了一半的芯子四处扔,最后就变得越来越讲究,玩起食物来了,只尝一下玉米仁的芯,而它用一只爪扶住棒子的玉米穗,不小心落到地上,这时它带着一副捉摸不定的滑稽表情看着玉米,似乎怀疑那玉米是活的。是再去把玉米捡回,或是去拿一根新的,或是走开,它都没法决定;一忽儿想起玉米,一忽儿注意听风里的声音。就这样,这个厚颜无耻的小家伙在一个上午浪费了许多玉米穗,直至最后,它抓起一根比它自己的身体大得多的硕大玉米棒,很灵巧地抱着回到林中去,就像一只老虎带着一只水牛,走同样弯弯曲曲的路线,经常停下,在地上拖着前进,看样子玉米棒太重,还老是往下掉,在垂直线和水平线之间对角落下,它已下定决心无论如何要把这玩意儿拖到目的地。——一个异常轻佻、想入非非的家伙。就这样它把玉米带到它住的地方,也许运到 40 或 50 杆之外的一棵松树顶上,以后我总会找到乱扔在森林各处的玉米芯。

最后是樫鸟来了,我早就听过樫鸟刺耳的尖叫,它们小心翼翼地靠近到离我 1/8 英里的地方,偷偷摸摸地从一棵树飞到另一棵树,越飞越近,啄食松鼠掉下的玉米仁,接着栖息在一棵油松枝头,想很快吞下比它们喉咙大,能哽住咽喉的玉米仁,费了很大的劲后又把它吐了出来,而且花一个小时反复啄个不休,企图把它啄碎。它们显然是一群盗贼,我很看不起它们。倒是那些松鼠,虽然开始有点害羞,后来就把玉米当作是自己的东西拿走。

与此同时是一群群黑顶山雀飞来,它们啄起松鼠丢下的玉米屑,然后飞到最近的枝杈上,把碎屑放在爪下,用小嘴频频敲击,似乎那是树皮上的一只昆虫,直至把碎屑敲小到适合它们细小的喉咙为止。每天都有一小群这种鸟到我的柴火堆上吃一餐,或者到我门边吃玉米屑,同时发出轻促含混的微弱之音,就像是冰凌在草地上发出的叮当声,或者发出轻快的“嘚,嘚,嘚”的声音,更难得的是在春天般的日子里从森林边发出琴弦般夏日的声音“菲—比”。它们跟我非常熟悉,到后来,有一只鸟竟飞落到我正在搬进屋的一捧木柴上,毫不畏惧地啄着木头。有一次我在村中花园里锄地时,一只麻雀飞到我肩上落了一会儿,当时我觉得,即便我戴上任何肩章都没有这样光荣。松鼠到最后也跟我混得很熟,偶尔抄近路时也从我的鞋上踩。

地面尚未完全被雪封住时,再则就是冬末雪在我的南面山坡和我的柴火堆周围融化时,鹧鸪早晚都要从森林里出来到那儿觅食。不论你在林中哪一边走,都会有鹧鸪突然鼓翼飞起,把高处枯叶和树枝上的雪震下来,雪花像金色的尘埃在阳光中飘落。这种勇敢的鸟不怕严冬,它常常被积雪盖住,而且据说“有时会飞扑进柔软的雪里,在那里躲藏一两天之久”。我过去常在旷野上惊飞鹧鸪,它们是在日落时从林中飞来给野生苹果树“摘芽”的。每天晚上它们会固定飞到几株树上,狡猾的猎人正守在那里等它们,森林旁边远处的果园也由此受害不浅。不管怎样,我倒很高兴鹧鸪能找到食物。它是大自然自己的鸟,就是靠芽和水为生的。

在昏暗的冬日早晨,或是在短促的冬日下午,有时我会听到一群猎犬在森林里穿行,发出追猎的嗥叫,它们无法抗拒追猎的本能,还有不时吹响的追猎号角,说明有人在后面。森林又响起来了,可是没有看见狐狸冲到开阔的湖面上,随后也没有一群猎犬来追它们的亚克托安①。或许在晚上,我看见猎人回来寻找旅馆,雪橇上只拖下一根毛茸茸的狐狸尾巴作为战利品。他们告诉我,如果狐狸躲在冰冻的地里,它还是会安然无恙的,或者如果它沿直线逃跑,猎狐犬也是无法追上的,但是,把追猎的甩远之后,它便会停下休息,倾听声音,直至他们又追上来。它跑时,会兜一个圈子回到它的老窝,而猎人就在那里等着它。不过有时它会在墙上跑好几杆,然后远远地跳到墙的另一边,它似乎还知道水不会保留它的气味。有一位猎人告诉我,他曾看到一只被猎犬追逐的狐狸跳到瓦尔登湖上,那时冰面有浅水坑,它跑过一

① Actœon,希腊神话中的年轻猎人,因看到狩猎女神沐浴而被变为牡鹿。——编注

段路后又回到原来的岸上。不久以后，猎犬追到这里，可是闻不到狐狸的气味。有时，一群猎犬自己追逐着从我门口经过，而且绕着我的屋子跑，只顾嗥叫，一点也不理我，好像害了一种疯病似的，什么也无法使它们放弃追逐。它们就这样一直兜圈，直至闻到一股新近的狐臭，一只聪明猎犬会抛弃其他一切去追逐狐狸的。有一天，一个人从莱克星顿到我的小屋来打听他的猎犬，这只猎犬的足印很大，独自追猎已经一星期了。恐怕我所告诉他的一切并没有使他获益，因为每次我想回答他的问题时，他总要插进来问我，“你在这里干什么?”他把狗丢掉了，却找到一个人。

一个说话枯燥无味的老猎人，过去每年到瓦尔登湖洗一次澡——在水最温暖的时候，顺便会来看我。他告诉我，多年以前有一天下午，他带着枪到瓦尔登森林里巡视，走到韦兰路时，他听到猎犬追上来的嗥叫，过不久，一只狐狸跃过墙头跑到路上，接着一闪跃过另一堵墙离开，他那敏捷的射击并没有击中它。在他身后跑来一只老猎犬和 3 只小狗崽，在自己追猎，全力追赶着又在森林消失了。下午晚些时候，他在瓦尔登南面的密林里休息时，听到远在费尔港那边猎犬的声音，仍在追赶狐狸。它们朝这边来了，响彻森林的追猎声越来越近，一忽儿从韦尔草地传来，过一忽儿又从贝克农场传来。他静静地站在那儿很久，倾听着猎犬的音乐，在猎人听起来，那声音是那么甜美。这时狐狸突然出现了，以轻快的步伐穿过林中过道，富有同情的树叶的沙沙声掩盖了狐狸的声音，它敏捷又悄无声息，守住地面，把追猎者远远抛在身后。它跳到林中的一块岩石上，挺直身子坐下聆听，背朝猎人，片刻间同情之心阻挡了猎人的手臂，但那只是短暂的情绪，只在一闪念之间，他的枪就端平了，砰！狐狸从岩石上滚下来，躺在地上死了。猎人仍留在原地，听着猎犬的吠叫。它们仍在追，这时附近的森林过道里都回响着它们的狂吠。最后，老猎犬突然跳入视野，鼻子还在地上嗅着，着魔似地朝空中狂咬，并直接跑到岩石上。可是看到死狐狸时，它突然停止了吠叫，仿佛是惊愕得叫不出声了，它一声不响地绕着狐狸走了一圈又一圈，接着小狗崽也一只接着一只来了，也像它们的母亲一样，这神秘的事使它们沉静得一声不响。然后猎人走到它们中间，谜解开了。在猎人剥狐狸皮时，它们静静地等着，然后跟着狐狸尾巴走了一会儿，又转到林中去了。那天晚上，一位韦斯顿的乡绅到康科德这位猎人的小屋打听他的猎犬，说它们已经从韦斯顿森林出来自己追猎一星期了。康科德的猎人告诉他详情并把狐皮送给他，但这位乡绅婉言谢绝以后就走了。那天晚上他没找到猎犬，但第二天获悉他的狗渡过河，在一个农舍里过夜，在那里被喂得很饱，清早它们就离开了。

告诉我这个故事的猎人还记得一个叫山姆·纳丁的人，过去常在费尔港岩架上猎熊，然后用熊皮在康科德村换朗姆酒，甚至还对他自称曾在那儿见过驼鹿。纳丁有一只著名的猎狐犬，叫伯戈因——他读作伯金，告诉我此事的猎人也借用过它。本城有个老生意人，既是老板又是镇文书和议员，我在他的“损失账簿”里看到这样的记录，1742—1743 年，1 月 18 日，“约翰·梅尔文以一只灰狐狸贷 2 角 3 分”，现在这里却没有这种事了；在赫齐卡亚·斯特拉顿的账目中，1743 年 2 月 7 日，“以半只猫皮贷 1 角 4 分半”，这当然是野猫皮，因为斯特拉顿在旧法兰西战争中当过中士，猎取比野猫还贱的猎物是得不到信贷的。当时也有拿鹿皮来贷款的，每天都有鹿皮卖出。有一个人还保留着附近一带杀死的最后一只鹿的角，另外一个人还给我讲过他叔叔参加过的一次打猎的细节。以前这里猎人很多而且很快活。我清楚记得一位瘦瘦的猎人，他可以在路边抓起一片叶子吹出小曲，如果我记得没错，这调子比任何猎手号角的声音都更粗犷，更悦耳。

在月明之夜，半夜里我有时会在路上遇到一群猎犬在森林里逡巡，它们躲在路边，似乎很害怕，一声不响地站在树丛里，直至我走过为止。

松鼠和野鼠为我所储存的坚果而争吵。我的屋子周围有几十棵北美油松，直径 1 到 4 英寸，前年冬天被老鼠咬了——对它们来说那是一个挪威式的冬天，雪积得又深又久，它们不得不在食物里混进大量的松树皮。这些树还活着，在夏天显然长得很茂盛，虽然树皮全被吃光了，但许多树还是长高了一英尺，但再过一个冬天之后，这些树无一例外都死了。说来真惊人，光一只松鼠可以这样把整棵松树来饱餐，它不是上下啃树皮，而是环绕着啃。可是，也许为了使这些树长得稀一点，这样也是必要的，它们往往长得太密了。

野兔（*Lepus Americanus*）非常习惯与人相处。有一只野兔整个冬天把穴做在我的屋子下面，和我只隔一层地板。每天早上我开始挪动身子时，它就急忙离开，总把我吓一跳——嘭，嘭，嘭，匆忙之中，它把脑袋撞在地板上。它们过去常在黄昏时来到我门边，吃我扔掉的马铃薯皮，毛色和地面的颜色十分接近,不动时很难分辨出来。有时,暮色之中,一只野兔一动不动地伏在我窗下,我一会儿看得见它,一会儿又看不见。晚上我打开门时,它们便会吱吱叫着跳开。它们在身边只会激起我的怜悯。有一天晚上,一只兔子伏在门边离我只有两步,开始它怕得发抖,可还不愿跑开,可怜的小东西,瘦得皮包骨头,破耳朵、尖鼻子、秃尾巴、细爪子。看来似乎大自然里已经没有好一点的品种了,只好保留它最后的物种。它的大眼睛看起来很年幼而且不健康,几乎像有水肿病。我跨上一步,瞧,它像弹簧一样跳到雪地上,优雅地伸展身子和四肢,一会儿工夫,已经把森林抛在我与它之间。——这个野生的自由动物,又说明了大自然的活力和尊严。它的瘦小并不是没有理由的,它是天生如此。(有人认为,拉丁文兔子 Lepus 即为 Levipes,就是“疾足”的意思。)

要是没有野兔和鹧鸪,那还有什么山野可言?它们是动物之中最简单、最土生的类别,自古到今人们都知道这些古老的家族,它们与大自然同色同性,与树叶和地面的颜色最近——而且彼此之间也是颜色相近,不论是靠翅飞还是靠脚走。看到鹧鸪突然飞走,兔子匆匆跳开,你几乎不觉得你是看到了野生动物,它们是那么自然,就像是听到树叶沙沙作响一样。鹧鸪和野兔肯定还会繁衍,不论发生什么动乱,它们还会像真正大地上生长的东西一样繁衍。如果森林被砍光,地上冒出幼树和灌丛还可以掩藏它们,而且会繁衍更多。不能维持兔子生存的山野一定是很贫瘠的。我们的森林里到处是鹧鸪和野兔,在每一块沼泽都可以看到它们在漫步,周围是牛仔设的幼枝篱和马鬃网陷阱。

冬天的湖

度过一个寂静的冬夜后，我醒来时好像有人曾给我提过问题，睡梦之中我一直想回答却答不上，什么——如何——何时——何处？但外面是黎明的大自然，万物生机勃勃，她露出安详满足的脸孔从我的大窗户望进来，唇边并没有问题。我醒来看到一个有了答案的问题，看到大自然和日光，雪厚厚地铺在地上，上面点缀着幼松，而我木屋坐落的小山坡似乎在说，前进！大自然从不发问也不回答凡人的问题。她早就下定了决心。“啊，王子，我们以赞赏的目光凝视着，并把宇宙奇妙多彩的景象传到灵魂之中。夜幕无疑把这光荣的创造遮去了一部分，但白日又把这部伟大的作品展示给我们，这部杰作从地上甚至延伸到太空。”①

接着开始干我早上的活。首先，我拿起斧头和桶去找水，如果那不是做梦的话。经过一个寒冷的雪夜之后，要有一根魔杖才能找到水。原来水汪汪颤动的湖面对每一丝风都很敏感，能反射出每一道光和影，可是每年冬天都结起一英尺或一英尺半的冰，这样连最笨重的马车都可以从上面通过。也许在冰上还要积一两英尺的雪，使你分不出是湖还是平地。就像环湖山林中的旱獭那样，它合上眼皮，要睡三个多月。我站在雪原上，就像是站在群山中的牧场一样，我首先要劈开一英尺的雪，接着是一英尺的冰，在脚下打开一个窗口。在那里，我跪下喝水，俯视安静的鱼的客厅，柔和的光像是透过一面磨砂玻璃窗，洒在鱼儿身上，明亮的沙底仍和夏天一样。那儿有一

① 引自印度史诗《哈利梵萨》。——编注

种四季风平浪静的安详笼罩着，就像琥珀色黎明的天空一样，与水下居民沉静平和的心情很相应。天空既是在我们头上，又是在我们脚下。

清晨，一切都因霜冰而变脆时，人们带着鱼竿和简单的午餐，从雪地中垂下细绳，来钓狗鱼和鲈鱼。这些野性的人，本能地追随其他生活方式，相信其他权威而不相信镇里的同乡；他们来来去去，把城镇之间可能会被撕裂的地方缝合在一起。他们穿着厚厚的粗绒大衣坐在岸边枯橡树叶上吃午餐。这些人在自然知识方面就像城里人在人造事物方面一样聪明。他们从不用查阅书本，他们所知道和能够说出的事远没有做过的事情多，而他们所做的事据说还没有人知道。这里有一位用大鲈鱼作饵来钓狗鱼。你看到他的桶会感到很惊奇，那就像一口夏天的鱼塘，好像他把夏天锁在家里，或者是知道夏天躲在什么地方。你说，在仲冬，他怎么会抓到这些鱼？啊，地面结冰以后，他就从朽木中抓虫子，所以他能抓到它们。他的生活本身在大自然里深入的程度要比自然科学家的研究钻得还深。他本身就可以成为自然科学家研究的专题。后者在找昆虫时，是用刀子轻轻挑起苔藓和树皮来找的，而前者则用斧子劈到树心，苔藓和树皮飞得老远。他是靠剥树皮为生的，这种人有权捕鱼。我很高兴看到大自然在他身上的体现。鲈鱼吞下蛴螬，狗鱼吞下鲈鱼，渔夫吞下狗鱼，于是生物等级中的所有缺口都被填满了。

在雾蒙蒙的天气里我绕湖散步时，某个比较粗野的渔夫所采取的原始方式有时会引起我的注意。他也许会把桤木枝架在冰上窄窄的洞口上，这些洞口之间距离四五杆，与岸的距离相等。他把绳子一头系在一根棍子上以防它被拖下水去，然后就把绳子扔过高出冰面一英尺多的桤木枝，在绳上绑一片枯橡树叶，叶子被拉下去就表明有鱼吃饵。你绕湖走上半圈，便可在雾霭之中隐约看到这些间距相等的桤木枝。

啊，瓦尔登湖的狗鱼！每当看见它们躺在冰上，或是躺在渔夫在冰上凿的井里——井底挖个小洞让水进来，我总是惊叹它们那种罕见的美，它们似乎是神话中的鱼，在街市上甚至在森林里，人们对这种鱼都很陌生，就像阿拉伯对于我们康科德的生活很陌生一样。它们有一种令人目眩、超凡脱俗的美，与人们在街头大吹大擂的那些死白的鳕鱼和黑丝鳕有天壤之别。它们不像松树那么苍绿，不像石头那么灰白，也不像天空那么蔚蓝，但是，在我看来——如果可以这么说的话，它们有着更稀罕的色彩，像花和宝石那样的色彩,仿佛它们是珍珠,是瓦尔登水动物化的"核"或晶体。它们自然彻头彻尾、自始至终都是瓦尔登的,在动物王国里,它们本身就是小瓦尔登,是瓦尔登族。很奇怪,它们在这里被捕到——这种伟大的金光宝翠的鱼是遨游在这片幽深广阔的清泉里,远离瓦尔登路上行走的牛车马车的咯咯声以及雪橇的丁当声。我从未在任何市场上看到过这种鱼,如果有,那一定是会引起所有人的注目。它们只剧烈扭动几下,就轻易放弃了水魄精魂,像一个凡人没到时候就已化为天上的稀薄空气。

我渴望重新找出很早以前丧失的瓦尔登湖底,1846 年初,在冰化开之前,我带着罗盘、绞链和测深绳,在湖上小心测量。关于这个湖的湖底,或者关于这个湖没底的传说已经很多了,这些传说肯定是没有根据的。人们不去测量湖深,居然长期相信一个湖没有底,这真是令人吃惊。我在这附近一次散步中曾去看过两个这种"无底的湖"。许多人相信瓦尔登湖一直穿到地球的另一边。有些人曾趴在冰上看了好一阵子,透过那梦幻般的介质,而且也许眼睛里还都是水,由于害怕胸部受凉便匆匆下结论,说他们看到些巨大的洞,"一车干草都可以开进洞去"——如果有人开的话。那无疑是冥河的源头,通向地狱的入口。另外一些人从村里带着一个"五十六"秤砣和一车标着英寸的绳子,但还是没有找到底,因为在"五十六"还躺在路旁时,那些人便把绳子放出去要测量他们真正无法测量的匪夷所思程度,结果是徒劳无益。可是,我可以肯定地告诉读者,瓦尔登湖在一个虽然不寻常,却并非不合理的深度有一个合理的狭窄湖底。我很轻易地用一根钓鳕绳和一块重一磅半的石头来测量,我可以准确地知道石头何时离开底,因为那时石头下面没有水的浮力,我要特别费劲地拉。最大的深度是 102 英尺,再加上后来涨上 5 英尺的湖水,一共是 107 英尺。面积这么小,有这样的深度真是惊人。但想象力无论如何都不能把它再省掉一英寸。要是所有的湖都很浅,那会怎样?那不会影响人的思想吗?我很感激这个湖又深又纯,可以作为一个象征。人们相信无限的东西时,有些湖就会被认定是无底的。

一位工厂主听到我所测出的深度后,认为这是不真实的,因为根据他对堤坝的了解来判断,沙不可能堆起这么陡的角度。但是,最深的湖跟它的面积相比,也不算深,如果把水抽干,也不会留下非常引人注目的峡谷。它们并不像是山丘之间的杯子,即便是这一个湖,就其面积而言深度是不同寻常的,在中心纵剖面看来也不比一个浅盘深。大多数湖抽干水后便只剩下一片草地,也并不比我们常见的草地低洼。威廉·吉尔平在描述山水方面十分令人钦佩,而且通常是很准确的,他站在苏格兰的法恩湾源头,把它描绘为"一个盐水湾,六七十英寻深,4 英里宽",约 50 英里长,四面环山,他说,"如果我们能恰好在洪荒大冲击后,或是在大自然偶发的什么大灾形成它之后,在水涌入之前,看到它,那看起来一定是多么可怕的缺口啊!"①

山岗高高隆起,
洼谷低低沉陷,
水之巨床又宽又深。②

但是,我们已经看到瓦尔登湖纵剖面看起来已经像个浅盘,如果我们用法恩湾最短的直径,把比例和瓦尔登湖对照,结果法恩湾还要浅 4 倍。这样一讲,要是把法恩湾的水抽干,那个裂口也没有多么可怕了。毫无疑问,许多遍布玉米田的明媚山谷正是这种水退之后露出的"可怕裂口",不过需要地质学家的洞察力和远见去说服那些没有想到这种事实的居民。好奇的眼睛常常会在地平面的低山中发现原始的湖岸,未必要由随后平原的升高而掩盖它们的历史。那些在公路上干过活的人都知道,根据大雨之后的水坑是最容易发现低洼的。所以说,想象力可以比大自然下潜更深,飞上更高。于是,人们大概会发现海洋的深度与其宽度相比将是非常微不足道的。

由于我是透过冰测量湖的深度,我判定出来的湖底形状准确性要比测量没有全部冰冻的海港高得多,我对它的普遍有规则的形状感到惊奇。在最深的部分,有几英亩的地方比任何风吹、日晒、犁耕的田野更平坦。在一处,我们任选一条线,在 30 杆内,其深度变化不超过 1 英尺。一般来说,在靠中间的地方,向任何方向,每 100 英尺的深度变化我都可以预先推算出是

① 威廉·吉尔平,《观察……苏格兰高地》(伦敦,1808)。

② 弥尔顿,《失乐园》Ⅶ,288—290。

在三四英寸以内。有人惯于说,甚至在像这样平静多沙的湖中也有又深又险的窟窿,其实在这种环境下,水的作用是把不平的地方弄平。湖底的规则变化及其与湖岸和附近山脉的一致性是如此完美,所以远处的一个岬角在靠湖中老远就能测出来,观察一下对岸便可确定它的走向。岬角变成沙洲和浅滩,河谷和山峡变成深水和海峡。

我以 10 杆对 1 英寸的比例画湖的地图,总共记下它百余处的深度,这时我发现了一个惊人的巧合。看到标记最深处的数字似乎在地图的中心,我用直尺量了地图的长和宽,惊奇地发现最长线和最宽线的交点正是最深点,尽管湖心几乎是平的,湖的轮廓很不规则,而且最长和最宽是从小湾里量出的。我对自己说,谁知道这是否暗示着海洋最深处的情形也跟一个水坑和一个湖的情形一样呢?如果把高山看作是与山谷相对的,那么这个规则是否也适用于高山?我们知道一座山最窄的部分并不是最高的地方。

在五个凹湾中有三个,即所有测过水深的凹湾,都有一个沙洲横在口上,里面的水很深。因此,湖湾不仅是内陆水域在水平方向而且也是在垂直方向的扩展,形成一个内湾,或者独立的湖,而两个岬角的方向正表明沙洲的方位。沿海每一个海港的入口也都有沙洲。当湾口与湾的长度相比越大,其沙洲上的水与内湾相比也就相应地越深。那么,如果把小湾的长和宽以及四周湖岸的情形提供给你,你几乎就有足够的材料列出公式来,作一切计算。

为了看看我以这种做法,光通过观测平面的轮廓及湖岸的情形推测的数字与湖最深点有多接近,我画了一张白湖的平面图,该湖约 41 英亩,跟瓦尔登湖一样,其中没有岛,也没有看得见的出入口。最宽的线与最窄的线很接近,在那里两个相对的岬角互相靠近,而两个相对的凹湾彼此后退,我就在离后一条线不远的地方标一个点,但还是在最长的一条线上,作为最深处。最深处果然是在这一点周围 100 英尺之内,在我预测那个方向上更远的地方,只是更深了一英尺,也就是 60 英尺深。当然,要是有一条河流过,或者湖中有个岛,就会使问题复杂得多了。

如果我们知道大自然的一切规律,应该只需要一个事实,或者对一个实际现象的描述,就可以举一反三,得出所有详细的结果。现在我们只知道少数几个规律,推导结果变得没有说服力了,这当然不是因大自然的混乱或不

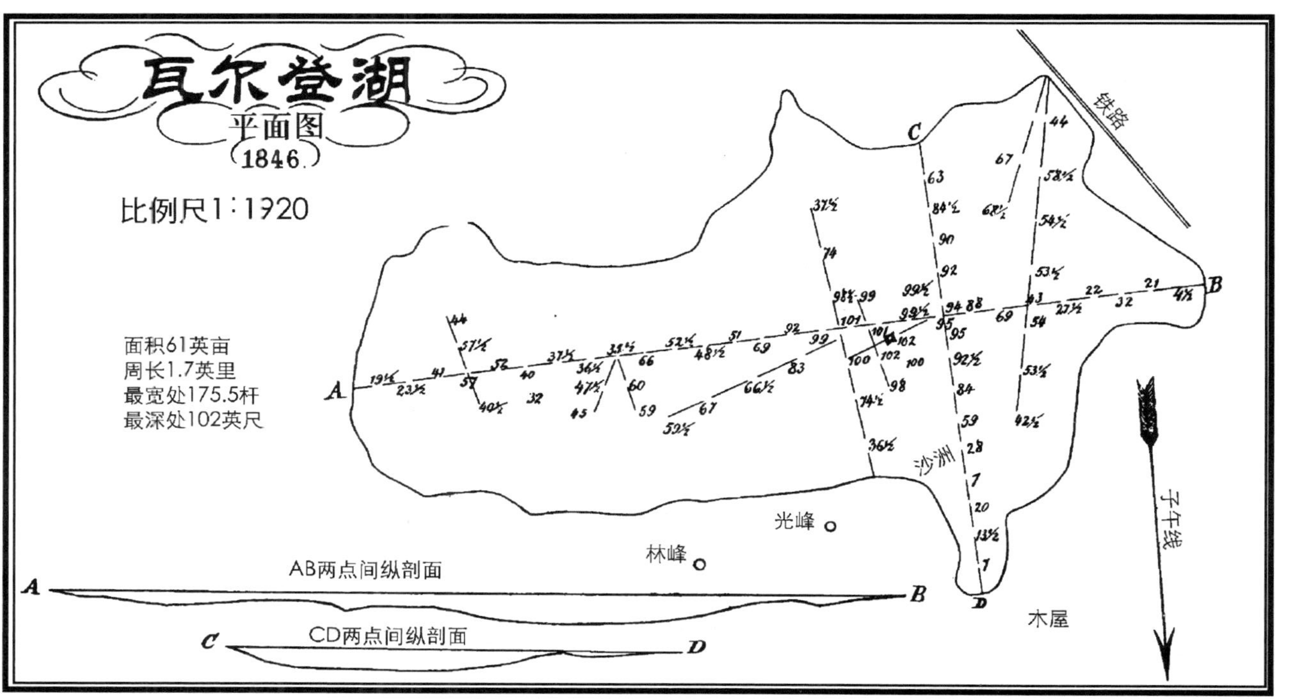
瓦尔登湖
平面图
1846
比例尺1:1920
面积61英亩
周长1.7英里
最宽处175.5杆
最深处102英尺
铁路
子午线
木屋
沙洲
光峰
林峰
AB两点间纵剖面
CD两点间纵剖面

规则造成的,而是我们在计算中对于某些基本要素还很无知。我们所知道的法则及和谐往往只局限于已经发现的事例,可是更奇妙的和谐是从许许多多看起来相互冲突,实际上是相互呼应的法则中产生的,而这些法则我们尚未发现。具体的法则就像我们的观察点,如对于一个旅行者来说,走每一步山的轮廓都在变,有无数的侧面,尽管它绝对只有一种外形。即便把它劈开钻穿,也不能算是了解了全貌。

我所观察到的湖的情形,在伦理上又何尝不是。这就是平均法则。这种两条直径的法则,不仅指引我们观察天体中的太阳和人心,而且在人的日常行为和生活浪潮之总体的长和宽中画线,进入他的小湾和入口,而交汇处就是他性格的最高或最深的点。也许我们只要知道他的湖岸的倾向、他邻近的区域或环境,便可推断他的深度和隐藏的底。如果他周围都是崇山峻岭,那是阿喀琉斯的陡岸,其山峰笼罩着并反映在他的襟抱中,暗示出在他身上也有相应的深度。可是低平的湖岸也说明这个人在那方面的肤浅。明显突出的额头表明相应的思想深度。在我们的每一个小湾——或具体倾向的入口处也有一个沙洲,每一个小湾都是我们短期的港口,我耽搁在里面而且部分被陆地围住。这些倾向往往不是异想天开,它们的形状、大小和方向是由沿岸的岬角决定的,即由古代地面升高决定的。当暴风雨、潮汐或水流渐渐将这沙洲增高,或者是水位下降,沙洲就冒出水面,起初那只是岸边隐藏着思想的一个倾向,后来成了一个独立的湖,与大海分离了。其中思想得到自己的条件,也许由盐水变成淡水,变成一个甜海、死海,或者沼泽。每一个人降生时,我们是否可以说,都有这样一个沙洲在某处升到水面?真的,我们是一群蹩脚的航海家,所以我们的思想绝大部分是时而靠近、时而远离一个没有港口的海岸,只熟悉有些诗意的小港汊,或者就开到公共的港口,驶进枯燥的科学码头,在那里它们只是整修以适应这个世界,没有什么自然潮流使它们保持个性。

至于瓦尔登湖的入口或出口,除了雨雪和蒸发,我没有发现别的。也许用一个温度计和一根绳也可以找到这种地方,因为在水流入湖的地方,大概在夏天是最凉的,在冬天是最暖的。1846—1847 年,有一天卖冰人在这里干活时,冰块送到岸上,那些在岸上囤冰的人拒绝接受,因为冰块不够厚,无法和其余的冰块并排放在一起。挖冰的人发现,在那一小块地方的冰比别处的冰要薄两三英寸,因而想到那儿有一个入水口。他们还在另一个地方指给我看一个被认为是“过滤洞”的地方,湖水通过这里从山下漏出流入附近的一块草地。他们让我站在一块冰上推我出去看,那是在10英尺水下的一个小穴,但我想我可以保证在发现比这更糟的漏洞之前,这个湖是不用焊补的。有人建议,如果发现这样的“过滤洞”,只要在洞口放些色粉或木屑,再在草地的泉口放个滤网,在水流经过时将带出的粉和木屑留住,便可以证明这洞是否与草地连通。

我在测量时,16英寸厚的冰也像水一样在微风下波动。大家都知道,水准仪无法在冰上使用。在冰上放一根有刻度的棍子,再在岸上放一个水准仪对着它来观察时,在离岸一杆处,冰层的最大波动是3/4英寸,尽管冰层看起来和岸是紧紧连着。可能在湖中间的波动更大。谁知道呢?如果我们的仪器够精密,没准能测出地壳的波动。我把水准仪的两只脚放在岸上,第三只脚放在冰上,观测器从第三只脚上方望去,冰上极微小的波动,就可以在对岸的一棵树上造成几英尺的差别。我为了测量水深而开始在冰上凿洞时,在厚厚的积雪下,冰面上有三四英寸的水,但水立刻开始流到这些洞里,而且深深的水流继续流了两天,从四面把冰侵蚀,这水流即使不是湖面变干的主要原因,也是起了很重要的作用。因为,当水流进来时,使冰层提高浮起,这有点像在一艘船的底部凿个洞让水流出。这种洞冻结后又下雨,最后又结出一层新的光滑冰层将一切盖住,冰里就会呈现美丽斑驳的黑色图案,是从四面八方流向中心的水冲成的,形如蜘蛛网,你也许可以称之为冰玫瑰花饰。而且,有时冰上布满浅水坑时,我能看到自己的两个影子,一个站在另一个的头上,一个影子在冰上,另一个在树上或山坡上。

1月份,天还很冷,雪厚冰硬,一些精明的地主就为冷却夏天的饮料从村里来取冰了,真令人钦佩,甚至聪明得可怜,在1月就预见到7月的炎热和口渴——现在还穿着厚厚的大衣,戴着连指手套哩!其他那么多东西都没有准备好,可能他在这个世界上还没有储存什么宝贝可以用来在下辈子冷却夏天的饮料。他凿着、锯着坚实的湖面,把鱼的住宅的屋顶拆了,用绞链和桩像捆木头一样将鱼儿的空间和空气绑紧,用车子载走,穿过有利的冬

天空气，运到冬天的地窖里，在那里等待夏日来临。冰被拉开很远后，穿过街头时，看起来像是固化的蔚蓝空气。这些凿冰者是快活的人，爱说笑话，喜欢游戏，我走过去时，他们往往要请我到下面站着一起来锯冰。

在1846—1847年冬天，一天早晨有一百多个有北极血统的人扑到湖上来，带着好几车笨重的农具——雪车，犁，播种机，轧草机，铲子，锯子，耙，每个人还带着一柄两股叉，这是就连《新英格兰农业杂志》或《农事杂志》都没有描述过的。我不知道他们是否来播冬天的黑麦，或是别的什么最近刚从冰岛引进的种子。我看他们没有带肥料，估计这些人跟我一样认为泥土很厚而且休耕的时间也够长的了，所以只想耙一下地。他们说一位幕后的乡绅想使他的钱财增加一倍，据我所知，这笔钱财已经是50万了，但是，现在为了在他的每一美元之上再放上一美元，他就在严冬之中剥去瓦尔登湖的唯一外套，不，就是瓦尔登湖的一层皮。他们立即动工，翻、耙、滚、犁，秩序井然，似乎专心一意要把这地方建成一个模范农场，可是正当我睁大眼睛要看他们在犁沟里播下什么种子时，我身边的一帮人突然开始将处女地本身钩起，他们猛拉一下，直接挖到沙层，或者说是水层——因为那是一片多泉水的泥土——那里全部的土地，然后放在雪橇上拖走，于是我想他们一定是在泥塘里挖泥煤。他们每天这样来了又去，伴随着火车发出的尖叫声，来回于极地某个地方，在我看来，就像一群北极的雪鸟。但有时候，印第安女子瓦尔登复仇了，一个雇工走在队伍后面，滑落进地面的一个裂缝，沉向地狱深渊，这个以前很勇敢的人，突然间只剩下1/9的生命，几乎失去动物体温，很高兴能在我屋里避难，而且承认炉子有某种美德；或者有时候，冻土夹住犁铧的一根钢片，或是犁陷在沟里，得把它挖出来才行。

如实说一下，100个爱尔兰人，在美国佬监督下，每天从剑桥来这里挖冰。他们把冰切成一块一块，所用的办法众所周知，无须描述。这些冰块用雪橇运到岸边，迅速拖上一个冰台，用马拉的抓钩和滑车堆成一堆，就像许多桶面粉一样稳当地堆起，一块接一块，一排叠一排，好像要为一个上插云霄的方尖塔构筑牢固基础。他们告诉我，顺利的一天可以挖到一千吨，那是大约一英亩的产量。冰上留下深深的车辙和“支架洞”，就像是在硬土上一样，因为雪橇是在同一轨道上通过，而马都是从像桶一样挖空的冰块中吃燕麦。他们就这样在露天把冰块码成一堆，一边高35英尺，六七杆见方，外层用干草塞着,不让空气进入,因为虽然从来没有这么冷,风从中间吹过时,还是会吹出很大的洞,使此一处,彼一处的支撑变细,到最后全部翻倒。起初,这冰堆看起来像一个巨大的蓝色堡垒,或者像瓦尔哈拉殿堂[①];但是,当他们把粗糙的干草皮塞到缝里,冰堆上盖满了霜和冰柱,看起来就像个古色古香、生满苔藓的古老废墟,用蓝色大理石建的冬神的住所,就是那个在历书上看到的老人——他的窝棚,似乎他有意要和我们一起消夏。他们估计这堆冰不到25%会到达目的地,2%—3%将浪费在车上。不过,这堆冰中更大的一部分的命运与原来计划的不同,可能发现这些冰里含有异常多的空气,不能按预想的那样很好保存,或是因为别的原因,它们从来没有送到市场。这一堆在1846—1847年那个冬天垒起的,估计有一万吨,最后用干草和木板盖住。虽然第二年7月顶上掀开,运走一部分,但其余留在原处暴露在太阳之下,度过夏天和冬天,直至1848年9月还没全部融化。这样,其中大部分又被湖收回了。

跟湖水一样,瓦尔登湖的冰在近处看带绿色,但在远处看却显出美丽的蓝色,1/4英里之外,你就很容易把它同河上的白冰或一些湖里仅仅带绿的冰区别开来。有时,一大块冰会从挖冰人的雪橇上滑到村里的街道上,像一块很大的翡翠,躺在那里一星期,引起所有过路人的兴趣,我已经注意到,瓦尔登湖的一部分处于水状时是绿的,而在冰冻时从同一角度看却往往呈现出蓝色。所以湖边的许多低洼地,有时在冬天浸满了有点像湖水本身一样带绿的水,第二天就冻成了蓝色。也许水和冰的蓝色是由于光和它们所含的空气造成的,最透明的地方就最蓝。冰是令你沉思的一个有趣主题。他们告诉我,在费雷什湖畔的冰屋中有一些冰放了五年还照样完好。为什么一桶水很快就会腐臭,而冰冻之后就会永远保持甘美呢?人们都说,这正是感情和理智之间的不同之处。

就这样一连16天,我从窗口看着100个人像农夫一样忙忙碌碌地干活,他们带着车马及一切农具,这幅图画就像我们在历书第一页上看到的那样。每次我从窗口望出去,总想到云雀与收割者的寓言,或者是播种者的小故事之类。现在他们都走了,大约30多天后,我又能从同一窗口看到那纯

① Valhalla,北欧神话中奥丁接待英灵的殿堂。——编注

海绿色的瓦尔登湖，映照出云树，独自把水汽蒸发到空中，一点也看不出有人曾站在上面的痕迹。也许我会听到一只孤独的潜鸟在潜水和梳理羽毛时发出的笑声，或是看见一个孤独的渔夫乘着一叶扁舟，凝视自身在水波上的倒影，而就在最近，这里曾有100人安稳地站着干活。

这样看起来，查尔斯顿、新奥尔良、马德拉斯、孟买和加尔各答那些大汗淋漓的居民喝的是我的井水。早晨，我把思维沐浴在《薄伽梵歌》广博的宇宙哲学中，自从这部书写成之后，神的岁月已经逝去，与其相比，我们现代世界和文学显得多么微不足道。我怀疑，那种哲学是否指从前的一个存在状态，因为它的崇高距离我们的观念如此遥远。我放下书，到我的井边去汲水，瞧啊！在那里我遇到婆罗门教的仆人，梵天、毗湿奴和因陀罗的僧人，他仍坐在恒河上的神庙中，读他的《吠陀集》，或是带着面包屑和水钵住在一棵树的根头，我遇见他的仆人来为主人汲水，我们的桶似乎是在同一个井内吱嘎作响。纯净的瓦尔登湖水和恒河的圣水混合在一起。借着顺风，水流漂过传说中的亚特兰蒂斯岛和赫斯珀理得斯岛，经由汉诺航行的沿海，漂过德那第岛，蒂多雷岛[①]和波斯湾的入口，渐渐融进印度洋的热风，在连亚历山大大帝也只听说过名字的海港登陆。

---

① 荷属东印度群岛中的香料群岛。

春　天

掘冰人大片大片地挖掘，往往会使一个湖提早化冻，因为即便在寒冷的气候里，被风鼓动的水也能消耗它周围的冰。但是那一年瓦尔登湖没有受到这种影响，因为她很快就结上一层厚冰代替旧的那层。这个湖从来没有跟这附近的湖一样快地化冻，因为它比其他湖更深，而且没有河流经过把冰融化或消耗掉。我从未见过它在冬天里化开，1852—1853 年那个冬天也不例外，当时许多湖受到了一次严峻的考验。它通常是在 4 月 1 日化开，比弗林特湖和费尔港迟一周或 10 天，从它开始结冻的北边和低洼部分开始融化。它比这一带的任何水域都更能表明季节的绝对进展，因为它最少受温度无常变化的影响。3 月里，连续几天酷寒可能会延迟前面那些湖的解冻，而瓦尔登湖的温度几乎是在不间断地增高。1847 年 3 月 6 日，在瓦尔登湖中间插入一根温度计，测出温度为华氏 32 度，或者说是冰点，而靠岸的地方是 33 度；同一天，在弗林特湖中间测得32.5度，在离岸十几杆的浅水中，在一英尺厚的冰下测得 36 度。后面这个湖中深水和浅水的温差3.5度，加上它大部分相对比较浅，由此可见为什么它会比瓦尔登湖提早这么长时间化冻。这时在最浅部分的冰比在中间部分的薄几英寸。在仲冬，湖中间是最暖的，那里的冰也最薄。夏季在湖岸附近涉过水的人一定会感觉到，岸边只有三四寸深的水要比离岸远一点的水暖和得多，深水区水面的温度也比靠近底部的水暖和得多。在春天，太阳不仅通过增加空气和地面的温度施加其影响，而且它的热量能透过一英尺多厚的冰，在浅水处还从水底反射，于是也使水变暖，使冰的下面融化。同时，太阳又从上方更直接地将冰融化，使冰不均匀，使冰中所含的气泡向上下扩展，直至它完全变成蜂窝状。最后，一阵春雨便使冰突然消失。冰和树木一样也有纹理，当一块冰开始融化或“出蜂窝”，不论它是在什么位置，气泡和水面总是成直角。靠近水面如有一块石头或木头，它上面的冰就薄得多，而且常常被反射热所融化。有人告诉我，在剑桥做过一个试验，在一个木制浅湖中使水结冰，虽然冷空气在底下循环，使两面都有冷气，可是阳光从湖底反射出的热还是远胜过这种优势。在仲冬下一场暖雨将瓦尔登湖上的冰雪融化，在湖中间留下硬黑或透明的冰时，反射热就会在沿岸造出一条虽说更厚却已腐蚀的冰带，有一杆多宽。而且，我已说过，冰中的气泡就像凸透镜一样从下面将冰融化。

一年四季的现象，以缩小的规模每天都发生在湖上。一般来说，每天早晨，浅水比深水暖得更快，尽管最终可能不会很暖，而每天晚上直至天亮之前，那儿也冷却得更快。一天是一年的缩影，夜间是冬天，早晚是春秋，中午是夏天。冰的爆裂声和鸣响表明温度的变化。1850 年 2 月 24 日，寒夜之后的一个宜人早晨，我到弗林特湖去度过一天，惊奇地发现，当我用斧头敲在冰上时，那声音就像锣一样，响遍周围好几杆的地方，或者好像是我击到绷紧的鼓面上。日出后约一小时，湖面感受到阳光从山头斜射过来的热力，湖里便开始隆隆作响；它伸懒腰，打呵欠，像刚睡醒的人，渐渐变得越来越吵闹了，这样继续了三四小时。中午，它午睡片刻，快到晚上，太阳收回热力影响时，湖又开始隆隆作响。在天气的适当阶段，湖会定时发射它的晚间炮。但在中午，因裂缝太多，且空气的弹性不足，湖就完全失去共鸣，也许鱼和麝鼠到那时都不会被冰上的震动惊呆。渔夫说，“湖的雷鸣”吓走了鱼，使它们不敢来吃饵。湖并不是每天晚上都发雷鸣，我也不能肯定地说何时能听到湖的雷鸣，但是，虽然我感觉不到天气的不同，它还是有反应。谁会想到这么大、这么冷、皮这么厚的东西会如此敏感？它却有自己的规律，到时候便乖乖发出雷鸣，就像春天发芽那样肯定。大地充满生机，富含乳突。最大的湖也像管中的水银球一样对大气的变化非常敏感。

吸引我到林中来住的一个原因是可以有闲暇、有机会看到春天的到来。湖上的冰终于开始变成蜂窝状了，我走过时，脚跟都可以放进去。雾和雨以及更暖和的阳光渐渐使雪融化，白天明显越来越长，我知道不用再增添柴火就能度过冬天了，因为不需要生很大的火了。我密切注意着春天的最初信号，想听听一些飞来的鸟儿偶然发出的鸣叫，或者是条纹毛色松鼠的唧唧声，因为它储藏的食物现在一定快吃光了，或者看美洲旱獭走出它们冬天居住的地方。3 月 13 日，我听到蓝鸫，歌雀和红翼鸟的鸣叫，而冰还有近一英尺厚。随着天气更加暖和，它不是明显地被水冲蚀，也不像在河里那样破裂后漂走，虽然沿岸半杆宽的地方都完全融化了，但湖中间仅仅是呈蜂窝状，而且浸满水，所以 6 英寸厚时，你可以把脚穿过去。但是第二天晚上，也许一阵暖雨之后再有场大雾，它就会全部消失，全跟雾一起消散，神秘地走了。有一年我到湖心散步后才五天冰就全部消失了。1845 年，瓦尔登湖是在 4 月 1 日完全解冻的，1846 年是在 3 月 25 日，1847 年是在 4 月 8 日，1851 年是在 3 月 28 日，1852 年是在 4 月 18 日，1853 年是在 3 月 23 日，1854 年大约是在 4 月 7 日。

对于我们这样生活在极端气候里的人来说，有关河、湖解冻以及天气稳定的一切事都特别有意思。天气更暖时，那些住在河边的人，晚上会听到冰裂的声音，那惊人的隆隆声像打炮一样响，似乎它的冰脚镣从头到尾被撕裂了，不到几天工夫，就看到它消失了。于是美洲鳄也走出泥潭抖抖泥土。有一位老人一直仔细观察大自然，仿佛它是在他童年时建造的，而且是他帮助装上的龙骨，因此有关大自然的一切运作他都了如指掌——现在他已成熟，即便他活到玛士撒拉[①]那个年纪，也不会得到更多的自然知识。交谈时听他对任何大自然的运作表示惊叹，我会感到很惊奇，因为我以为在他与大自然之间已没有什么秘密。他告诉我，春天里有一天，他带上枪，坐着船，想和野鸭玩玩游戏。那时旱地上还有冰，但河里的冰全没了，他从他住的萨德伯里顺流而下，沿途毫无障碍，一直到费尔港，意外地发现那湖上绝大部分盖满坚冰。那是个风和日暖的日子，他很惊奇还有这么大片的冰残留着。由于没看到鸭子，他就把船藏在湖中一个岛的北面或者说背面，然后自己躲在

① Methuselah，《圣经》中的人物，据传享年 969 岁。——编注

南面的灌丛里等待鸭子。离岸三四杆的冰都融化了，水面平滑温暖，湖底泥泞，这正是鸭子喜爱的地方，他想可能不久就会有几只鸭出现。他一动不动地躺在那里约一小时后，听到一种低沉的、似乎很遥远的声音，但这声音却特别雄浑动人，不像他曾听过的任何声音，它是渐渐增强的，似乎将有个永恒难忘的结尾；一种喑哑的奔腾怒吼声，他一听这声音就觉得这好像是一大群飞禽要降落到这里，急忙抓起枪跳起来，非常兴奋，但是，他惊奇地发现，就在他躺在那儿时，整块冰已开始向岸边漂来，那声音是冰块边缘摩擦湖岸的声音——起初是轻轻地一点一点碎落，但最后沿岛猛撞，向空中撒开碎冰，到了相当的高度才又恢复平静。

最后，阳光从高处直射下来，暖风吹走了雾和雨，融化了岸上的积雪，太阳驱散了薄雾，含笑照射出一片赤白相间，香烟缭绕的风景，旅行家穿行其间，从一个小岛走向另一个小岛，千百条小溪和曲涧的丁当声构成的音乐令人无比快活，溪涧的血管里注满了冬天的血液，正在将它带走。

我去村里要经过一条铁路，观察解冻的泥沙沿铁路上的一个深切面流下时的形状非常有趣，几乎没有什么现象能给我更大的快乐。在如此大的规模这种现象是不大常见的，虽然自从铁路发明以来，新暴露出来由这样材料构筑的路基已经大大增加了。那材料是各种粗细不同的沙子，而且有丰富多彩的颜色，常常混合着一些泥巴。春天霜降时，甚至在冬天化冻的时候，沙子就开始像熔岩一样沿山坡流下，有时会冲破积雪，流到以前没见过沙的地方。无数的沙流互相交织重叠，展示出一种混合产物，一半遵从流水的规律，一半遵从植物蔓生的规律。沙流下时呈现出多汁树叶或葡萄的形状，造成一堆堆深达一英尺多的浆沫。你俯瞰它们时，觉得很像是地衣的裂叶、毛边和鳞片；或者会使你想到珊瑚、豹掌或鸟趾，想到人脑、肺或回肠，以及各种各样的排泄物。这真是一种奇异的植物，我们看到这种形状和颜色被模仿在青铜器上，这是一种建筑叶饰，比爵床叶、菊苣、常春藤、葡萄或任何植物叶饰都更古老、更典型，也许在某种情况下，注定要成为未来地质学家的一个谜。整个坑给我感觉好像是个洞窟，而洞中的钟乳石暴露在阳光之下。沙的各种颜色异常丰富又宜人，包含了各种铁的颜色，褐色、灰色、黄的和红的颜色。流动的块面流到路基脚下的排水沟时，就平铺开成为沙带，各条沙流失去了半圆柱形，渐渐变得更平，更宽，当它们更湿一点时，便流到一块，直至形成一个几乎平坦的沙滩，却依然美丽多彩，在其中你还可以寻找出原来的植物形状；直至最后，在水里，它们变成了沙洲，就像那些在河口形成的沙洲一样，植物的形状消失在水底的波纹中。

整个20至40英尺高的路基，有时覆满了这样的叶饰，或者是沙裂纹，长达1/4英里，有时一面，有时两面都有，这就是一个春日的产物。使这种沙叶饰如此引人注目的原因是它的突然出现。我看到一面是毫无生气的路基（因为太阳先照在一面），而在路基的另一面是这样豪华的叶饰，这仅仅是一小时的创造。这时我有一种奇特的感觉，仿佛我是站在创造了世界和我的大艺术家的画室里——他还在工作，在这路基上即兴创作，以过量的精力在周围撒下他的新设计。我感到好像我跟地球的中心器官更接近了，因为这种沙流呈现的叶形体就像动物体内的重要器官。你会发觉在这沙滩上就能预见到植物的枝叶。怪不得地球是以树叶向外表达自己，它在内心就是为这种观念所支配。原子已经学会了这个规律，并已孕育着这个规律。高挂的树叶在这里看到了它的雏形。无论在地球或动物身上，内部都是潮湿的厚“叶”，这是一个特别适合表示肝、肺叶及脂肪的词（λείβω，labor，lapsus，意为流，滑下，逝去；λοβos，globus意为叶，球；还有lap，flap和许多别的词）；在外部则是一片干燥的薄叶（leaf），甚至f和v也就像一个压平，干燥的b。lobe这个词的根本是lb，是柔和的一团b（单叶的，或B，双叶的），加上流体l在后推动它向前。在globe（地球）这个字里，glb是根本元素，喉音g又用喉容量丰富了词的意思。鸟的羽翼是更干燥更薄的叶片。这样，你可以从地上动作笨拙的毛虫进而看到空中振翼的蝴蝶。正是这个地球不断超越自身，转变自身，也在其轨道上展翅飞翔。甚至结冰也是从精致的晶体叶子开始的，好像它是流入植物叶子在水面镜上的印模而生成的。整棵树本身只是一片叶子，而河流是更大的叶子，叶肉是河流中间的大地，城镇则是叶腋上昆虫的卵。

太阳下山，沙流就停止，但到早晨，沙流又开始了，而且一条又一条地分出无数条支流。也许你从这里可以看出血管是怎么形成的。你如果仔细观察会看到，起初有一条柔软的沙流，尖端像水滴，像指头，从正在解冻的沙体上向前推进，慢慢而又盲目地摸索着向下流动，直至最后太阳升得更高，沙流得到更多的热和水分，那最流动的部分，在努力服从最迟钝的部分也必须服从的规律时，与后者分开，自己形成一条蜿蜒曲折的渠道或动脉，中间可以看到一支小小的银色溪流，像闪电一般从一段多汁的枝叶闪到另一段，不时被沙所吞没。沙在流动时能如此迅速而完美地组织起来，真是奇妙极了，利用沙体提供的最好材料形成其通道的锐利前沿。河流的源头正是这样。从水中沉下的硅砂也许是骨骼系统，而在更细的泥土和有机物质里便是肌肉纤维或细胞组织。人是什么？只不过是一团正在融化的泥。人的手指头只是凝结的一滴水。手指和脚趾从身体正在融化的那一团流出，流到不能再流。在一个更温暖舒适的气候里，谁知道人体会扩张溢流到什么程度？难道手掌不就是一片铺开的棕榈叶，上面有叶片、叶脉吗？耳朵可以想象为头两侧的一种地衣（umbilicaria），上面也有叶片和水滴。嘴唇（labium，源自labor（?））从像洞穴似的嘴巴两侧伸出或悬垂。鼻子明显是个结冻的水滴或钟乳石。下巴是更大的一滴，是脸上滴流的汇合。两颊是从眉毛到脸的峡谷的滑坡，由颧骨支撑分布。每一片植物的圆叶也是一滴浓浓的、闲荡着的水滴，或大或小；叶裂片是叶的手指，有多少叶裂片，便说明它可能向这么多方向流动，更多的热或其他有利的影响将会使它流得更远。

如此看来，这一个山坡已经说明了大自然一切运作的原则。地球的创造者只发明了一片叶子的专利。有哪一位商博良[①]能为我们解释这个象形图纹的意义，使我们最终能翻到新的一页（一叶）呢？这个现象比看到美丽富饶的葡萄园更令我高兴。说真的，其性质是有点排泄性的，肝脏和肚肠，无穷无尽，好像地球给从里面翻了出来；但这至少意味着大自然有内脏，又可见是人类的母亲。这是从地上出来的霜，这是春天。这个春天先于万木披绿、百花盛开的春天，正如神话先于有规则的诗歌。我不知道还有什么东西更能清除冬天的烟霾和一切郁积，它使我确信地球还在襁褓之中，到处伸出婴孩的手指。从最秃的眉脊上生出了新的鬈毛。没有什么是无机物。这沿岸的堆堆叶片就像是锅炉中的熔渣，说明大自然内部正在“猛烈燃烧”。地球不是死的历史片段，一个地层叠一个地层，就像书一页叠一页，主要是让地质学家和考古学家去研究，而是像树叶一样的活的诗歌，树叶是先于花和果实的。——不是一个化石地球，而是一个活的地球，和地球伟大的中心

① J. F. Champollion，法国埃及学家，1821年译解埃及象形文字。——编注

生命相比,所有动植物的生命都只不过是寄生的。它的剧震将把我们的化石从墓中抛出。你也许可以把金属熔化,倒入最美的铸模,但它们都不能像这地球的熔液流出的图案那样令我兴奋。不仅是地球,而且在它上面建立的一切制度都像是制陶工手上的一块粘土那样可塑。

不久,不仅在这湖岸上,而且在每一个山坡、平原和每一个空谷中,霜像一只休眠的四足动物从洞中爬到地面,在音乐声中寻找海洋,或者在云中移居到其他地带去。循循善诱的融化比使锤子的雷神更有力量。一种是融化,另一种只是击成碎片。

当部分地面雪化后,又经几天风和日暖的日子使地面晒干一点,这时把婴儿初生之年刚露出的稚嫩迹象与那熬过冬天的凋零植物的庄重美相比,真令人赏心悦目——长生草、一枝黄花、北美岩蔷薇和优雅的野草,这时往往比在夏季更引人注目、更有趣,似乎它们的美到那时才成熟;甚至羊胡子草、香蒲、毛蕊花、金丝桃、绒毛绣线菊、绣线菊和其他粗茎的植物,这些是最早飞来的鸟儿取之不尽的粮仓——至少是得体的草妆,由守寡的大自然披戴。我尤其为蒯草穹形禾束似的冠所吸引,它把夏天带回到我们冬天的记忆之中,属于艺术喜欢模仿的形状,而且在植物王国里,这些形状与人脑中已有形式的关系就像星象学一样。这是一种比希腊和埃及更古老的古典风格。许多冬天的现象正是暗示了一种难以言表的稚嫩和脆弱的柔美。我们习惯于听人家把这个国王描绘成粗鲁烈性的暴君,其实它是以情人温柔的手给夏天的长发装饰。

春天脚步临近时,赤松鼠就来到我的屋子底下,一次两只,在我看书或写作时,它们就躲在我脚下,不断地发出最古怪的咯咯唧唧声,各种高难度的声音杂技,我要是跺一下脚,它们便唧唧得更响了,好像无视人类的禁止,在疯狂的恶作剧中超越一切恐惧和尊敬。你别闹了——赤松鼠——赤松鼠。它们对我的说理却充耳不闻,或者说觉察不到其中的威力,反而破口大骂,弄得我毫无办法。

春天的第一只麻雀!新年伊始,比以往更加充满青春的希望!蓝鸟、歌雀和红翼鸟微弱的银铃般的啭鸣传遍了部分光秃潮湿的田野，仿佛是冬天的最后雪花降落时发出的丁当声！在这种时候，历史、年表、传统和一切书面的启示又算得了什么？小溪唱起赞美春天的欢快歌曲。白尾鹞低低地飞翔在草地上，已经在寻找刚刚苏醒的第一批覆有黏泥的生命。在所有的有林壑谷地里都可以听到融雪的滴落声，而冰在湖里迅速融化。草像春天的火焰在山坡上燃烧起来——“et primitus oritur herba imbribus primoribus evocata，”[①]好像地球发出内部的热来迎接太阳的回归，它那火焰的颜色不是黄的而是绿的——是永恒青春的象征，那草叶，就像长长的绿带，从草地上流入夏天，一路上的确被霜阻拦过，但是很快又向前推进，去年干草堆下的新生命使草堆上又长出嫩枝，它像小溪从地下冒出那样持续生长。它与小溪几乎是一体的，因为在6月生长的日子里，小溪干涸时，草叶成了溪水的渠道，年复一年，牛羊从这常青河流里饮水，割草人又及时从此集取冬天的供给。因此，我们人类的生命即便死到根，仍会生出青青草叶伸向永恒。

瓦尔登湖在迅速融化。沿北边和西边有一条两杆宽的河道，在东头更宽。有一大片冰从主体上裂下来。我听到一只歌雀在岸上灌丛里歌唱——欧利，欧利，欧利——奇普，奇普，奇普，切查——切维斯，维斯，维斯。鸟儿也在帮助破冰。冰块边缘的大幅度曲线多少与湖岸的曲线有点呼应，但更有规则，真是太漂亮了！由于最近一阵短暂的严寒，冰块异常坚硬，全都有水纹或波纹，就像宫殿的地板。但风向东吹过那不透明的湖面，却吹不起一丝涟漪，直至吹到外面活的湖面。看这缎带般的水在阳光下闪烁，真是令人愉快，裸露的湖面充满快活和青春，好像它要道出湖中鱼儿的欢乐，道出岸边沙滩的喜悦——像鱼鳞片上的银光，仿佛整个湖是一条活鱼。这就是冬天和春天的对比。瓦尔登湖死而复生。但这个春天，我已说过，瓦尔登湖的解冻过程比以往更持续稳定。

从暴风雪和冬天转到风和日丽的天气，从昏暗阴沉、懒洋洋的时光转到明亮开朗、充满活力的时光，这是一个万物赞颂、令人难忘的转折点。最后，它好像是突如其来的。阳光一下充满我的房间，尽管那时已近黄昏，而且冬天的云仍挂在空中，冻雨还在从屋檐上滴落。我望向窗外，瞧！在昨天还是

---

① 瓦罗，《论农业》Ⅱ，ii：“早春的雨滋润的草正在长。”

灰色寒冰的地方，现在已是一个透明的湖，湖面像夏日黄昏一样宁静，充满希望，怀里映照着夏日的夕阳天，虽然头顶还见不到这样的天空，仿佛它是和遥远的天际心心相印。我听到一只知更鸟在远处鸣叫，我想，这是好几千年来我听到的第一只知更鸟叫声，再过几千年，我也决不会忘记它的叫声——仍然像往日那么甜美，那么嘹亮。啊，黄昏的知更鸟，在新英格兰夏日之夜！但愿我能找到它栖息的树枝！我指的是它，是那根树枝。这至少不是迁徙的画眉鸟。我屋子周围的油松和矮橡树，枝叶下垂已经好久了，突然恢复了它们各自的特性，枝叶显得更光亮、更葱绿、更挺拔、更生气勃勃了，仿佛是被雨水洗透之后又恢复了活力一样。我知道天不会再下雨了。只要看看森林中的任何一根树枝，你就会知道，是的，只要看你自己的柴火堆，就可以知道冬天过去没有。天色渐暗，我被一群低飞过森林的大雁的叫声惊动了，它们像一群疲倦的旅客，从南方的湖上飞来，到这里已经迟了，最后便一个劲地诉苦，相互安慰。我站在门口就能听到它们翅膀拍动的声音，它们朝我的屋子飞时，突然发现了我的灯火，于是忽然从喧嚷中静下来，转向飞到湖上栖息。我便进屋关上门，在森林里度过我第一个春宵。

早晨，我从门口透过薄雾观察湖中央的雁群，它们在50杆外游荡，那么庞大，那么混乱，使瓦尔登湖看起来就像是供它们娱乐的人工湖。但是，等到我站到岸边，领头雁便发出一个信号，它们全都用力拍动翅膀，立刻飞起来，列成队形在我头顶盘旋，一共有29只，随后一起直飞加拿大而去。领头雁有规律地隔一阵叫几声，相信它们会在多泥的塘里吃到早餐。一帮鸭子也同时飞起，跟随它们更吵闹的同类兄弟向北飞去。

有一周时间，我听到孤雁在雾蒙蒙的早晨彷徨、鸣叫，寻找它的伙伴，仍然使森林里充满了一种超过其容量的更大生命的声音。4月，又会看见鸽子一小群一小群地疾飞而过，在适当的时候，我还听到燕子在我的林间空地上唧唧叫，虽然城里的燕子看来并不像是多到可以分给我几只；我想象它们是古代的物种，在白人到来之前栖息在空心树中。几乎在所有的气候带，乌龟和青蛙都是这个季节的前驱和信使，鸟儿飞着唱着，羽毛闪烁，植物蓬勃生长，争芳斗艳，和风吹拂着，纠正两极的这种微小摆动，保持大自然的平衡。

在我们看来，四季轮转，每一个季节都是最好的，所以春天的到来就像是混沌初开,宇宙创始和黄金时代的实现。——

(Eurus ad Auroram, Nabathæaque regna recessit,
Persidaque, et radiis juga subdita matutinis.)
"东风退到奥罗拉和纳巴泰王国,
退到波斯和晨曦下的山岗。

* * *

人类诞生了,究竟是那万物的创造者,
更美好世界的起源,用神的种子创造了人类;
还是地球最近刚刚与太空分开,
存有同源天上的种子。"①

只要一场细雨便会使草青葱许多。同样地,有更好的思想注入时,我们的前景便光明起来。若能一直生活在当下,善于利用一切发生在我们身上的事情,就像青草承认落在它身上的最小一滴露珠的影响,而不是把时间花在补偿失去的机会——即所谓的尽责,那么我们就是有福了。春天已经到了,我们还停留在冬天里。在一个春光宜人的早晨,所有人的罪恶都得宽恕。这样的一个日子是停止犯罪的日子。阳光如此灿烂依旧,最坏的罪人也会回头。② 我们自己恢复了清白,从而也觉察到邻居的清白。也许昨天你还把一位邻居看作窃贼、酒鬼、色鬼,仅仅是可怜他或是轻视他,对人世感到绝望;但太阳照亮并温暖了这第一个春日清晨,重造了这个世界,你见到他在做心平气和的工作,看到他疲惫堕落的血管里充满欢乐,祝福新的一天,以婴儿般的天真无邪感觉到春天的影响,人们便忘了他的一切过错。在他身边不仅充满着善意,甚至有一种圣洁的味道,也许正像一种新生的本能,在盲目而无效地摸索着,寻求表达出来。片刻之间,向阳的南山坡就没有庸俗的玩笑声回荡,你会看到一些纯真的美丽嫩芽准备从他多节疤的表皮上冒出来,尝试新的一年生活,就像幼苗一样鲜嫩。他甚至都已经享受到

① 奥维德,《变形记》I,61—62,78—81。
② 比较伊萨克·瓦茨,《赞美诗和属灵歌曲》第一卷,赞美诗88:"当灯……回来时。"

上帝赐予的欢乐。为什么狱吏不把牢门打开,为什么法官不撤销他的案件,为什么布道人不让会众散去!这是因为他们不服从上帝给予的暗示,也不接受他无条件赐予众人的赦免。

"在早晨宁静而有益的气息里返回善良,使一个人在爱美德,憎罪恶方面,接近一点人的原始本性,就像是已经被砍下的森林又长出了新芽。同样地,一个人在一天之中做的坏事又使开始冒出的美德的萌芽无法生长,而且将它们毁了。

"美德的萌芽多次被阻止生长后,夜间有益的气息也不足以保全他们了。一旦夜间的气息无法再保全它们,那么人性便和兽性相差无几了。人们看这人的本性如兽性一般,就认为他从未有过理性的天赋。这些都是人的真实自然的感情吗?"①

"黄金时代初创时,没有复仇者,
不用法律,自然奉行忠诚正直,
没有惩罚和恐惧,也没有
铜器上高悬的恐吓文字;
乞援的人群不用害怕法官的判词;
没有复仇者,大家相安无事。
高山上砍下的松树尚未落入水波,
使它可能看到一个异邦世界;
凡人只知道自己的停靠岸不知有其他。

* * *

永恒的春天,宁静的和风,
温暖地吹拂着不种而自生的花朵。"②

---

① 《孟子·告子上》,第8章。"其所以放其良心者,亦犹斧斤之于木也,旦旦而伐之,可以为美乎?其日夜之所息,平旦之气,其好恶与人相近也者几希,则其旦昼之所为,有梏亡之矣。梏之反覆,则其夜气不足以存;夜气不足以存,则其违禽兽不远矣。人见其禽兽也,而以为未尝有才焉者,是岂人之情也哉?"——编注

② 奥维德,《变形记》Ⅰ,89—96,107—108。

4月29日,我在九英亩角桥附近的河岸上钓鱼,站在摇晃的草皮和柳树根上,那里有麝鼠潜伏着。我听到一处奇特的咯咯响声,有点像小孩用手指敲棍子的声音,抬头一看,看到一只非常瘦小漂亮的鹰,很像一只夜鹰,一会儿像水花似的飞旋,一会儿又倒翻身落下一两杆,如此交替重复,展示出它羽翼的内侧,在阳光下闪闪如一条缎带,或者说像贝壳内部的珠光。这情景使我想到放鹰狩猎,还有与这项运动相联的高尚情操和诗歌。我看这种鸟似乎叫灰背隼,但我并不在乎它叫什么名字,这是我所见过的最空灵的飞翔。它不像蝴蝶那样扑翅,也不像大鹰那样翱翔,而是在空中自豪自信地运动,发出奇怪的咯咯声,越飞越高,重复自由美丽的降落,像风筝一样打翻翻,接着又从高空翻滚中恢复飞翔,似乎它的脚从没落在陆地上。看起来,它在宇宙中没有伙伴——独自在那里运动,除了它嬉戏的早晨和天空之外,不需要任何人做伴。它并不孤独,可是它使下面的大地感到孤独。孵化它的母亲、它的同类、它的父亲,在天上的什么地方呢?这位空中的居住者与地球似乎只有一个关系,就是那个某时在岩缝中孵化的蛋——或者它出生的窝是在云中一角,是以彩虹的边饰和夕阳的天空编织的,内衬从地面浮起的柔和的仲夏烟雾?它的巢现在是某一朵峻峭的云。

除此之外,我还钓到一堆罕见的金色、银色和闪亮的铜色鱼,看起来像是一串珠宝。啊!我在许多个初春的早晨深入那片草地,从一个小圆丘跳到另一个小圆丘,从一枝柳树根跳到另一枝柳树根,那时荒野的河谷和森林正沐浴在一种纯净,明亮的光芒之中,这种光可以使死者复苏,若真的如某些人说的那样,他们只是在坟里安睡而已。不需要更有力的证据来证明永生。在这种光芒之中万物都必须活着。啊,死亡,你的刺在哪儿?啊,坟墓,你的胜利在哪儿?

如果我们村子周围没有未开发的森林和草地,乡村生活将会变得死气沉沉。我们需要荒野的滋养——有时在麻鸦和鹭鸶潜伏的沼泽跋涉,听鹬的鸣叫声,闻一闻沙沙低语的莎草,只有一些更野性更孤独的禽鸟才会在这种草丛里筑巢,还有鼬把肚皮紧贴着地面爬。在认真探索和学习一切事物的同时,我们又要求万物神秘而无法探索,要求陆地和海洋无限荒野,未经我们勘测过,因为它们深不可测。我们对于大自然的需求总是不够的。我们必须看到用之不竭的活力,看到广阔巨大的景象,看到有破舟碎片的海岸，看到有活树和朽木的原野，看到雷云，看到连下三个星期造成山洪的豪雨，以使自己精神焕发。我们必须看到自己的限度被超越，看到在我们从未漂泊过的地方有生物在自由地吃草。看到兀鹰在吃令人作呕的腐尸并从这种食物中获得健康和力量时，我们很高兴。我屋子前那条路边的一个坑里有一只死马，有时逼得我要绕道而行，尤其是在晚上空气很闷的时候，但这又使我确信大自然有强大的胃口和不可破坏的健康，于是我便从中得到补偿。我很高兴看到大自然里有这么多的生命，能经得起有无数的生命互相残杀和牺牲，柔嫩的组织可以像软浆一样被如此安详地挤压掉——苍鹭一口吞下蝌蚪，乌龟和蛤蟆在马路上被辗死，有时血肉就像雨点一样落下！既然这么容易发生意外，我们应该看到不需要太在意。在智者的观念里万物都是清白无辜的。毒药归根结底并不毒，任何伤口也不是致命的。同情是很不可靠的基础，一定是即来即逝的。诉诸同情的方法也不能一成不变。

5 月初，橡树、胡桃树、枫树和其他树，刚从沿湖的松林中长出新枝叶，像阳光一样给山水增辉生色，尤其是在多云的日子里，好像是太阳冲破薄雾，隐约照在这里那里的山坡上。在 5 月 3 日或 4 日，我看到一只潜鸟在湖中，在那个月的第一周，我听到夜鹰、棕鸫、威尔逊鸫、美洲小鹟、棕肋唧鹀和其他鸟的叫声。很久以前，我就听到过鸫科鸣鸟的叫声。东菲比霸鹟已经又来过一次，在我的门口和窗口张望，要看着我的房子是否像个洞穴可供它做巢，勘测建巢新址时它悬在空中，翅膀发出嗡嗡声，爪子紧紧握着，仿佛它的身体是被空气支撑着。不久，湖上、石头上和沿岸的朽木上都盖满了北美油松硫磺色的花粉，你可以满满地装一桶粉。这就是我们听说过的“硫磺雨”。甚至在迦梨陀娑的剧本《沙恭达罗》[①]中，我们就读到“莲花的金粉染黄了小溪”。[②] 于是季节流转，进入夏天，你也漫步走入越长越高的青草中。

我在林中的第一年生活就这样结束了，第二年也是一样。最后在 1847 年 9 月 6 日，我离开了瓦尔登湖。

---

① 印度七幕剧，描写净修女郎沙恭达罗和国王豆扇陀的恋爱故事。——编注

② 迦梨陀娑，《沙恭达罗》，威廉·琼斯译，第 5 幕。

结　束　语

对于病人，医生会明智地劝你换个地方和空气。谢天谢地，世界并不只限于这个地方。在新英格兰没有七叶树，这里也极少听到嘲鸫的鸣叫。大雁比起我们来更像个世界公民，它在加拿大吃早餐，在俄亥俄吃午餐，在南方一条支流里整理羽毛过夜。甚至连野牛也在某种程度上追随季节的脚步，它们在科罗拉多牧场上吃草，一直到黄石公园有更绿更甜的草等待它去吃为止。可是，我们认为如果把农场上的栅栏拆除，垒起石墙，那么我们的生活便有了界限，我们的命运也就决定了。如果你被选作镇文书，无疑地，你今夏就不能去火地岛了；不过，你仍然可能走到燃着地狱烈火的地方去。宇宙比我们所看到的要大。

可是，我们应当像个好奇的乘客，经常地从船尾去眺望，而不是使航程像是愚笨的水手在捡麻絮那样。地球的另一边只不过是和我们同样的人的家。我们的航行只不过是绕了一大圈，医生开的处方只能治你的皮肤病。有人赶到南非去追长颈鹿，但说真的，那不是他要追的猎物。你说，一个人会追猎长颈鹿多久呢？鹬和山鹬也可提供难得的娱乐运动，但我认为射中自己将是更高尚的运动：——

“把你的视线转向内心，
你会发现心中一千个未发现的地区，

到这些地方去旅行，
使自己为家中宇宙学的专家。”①

非洲代表什么，西方又代表什么？在地图上，我们内心难道不是空白的吗？尽管一旦发现，也许会证明是像海岸一样是黑的。我们要发现的是不是尼罗河、尼日尔河或密西西比河的源头，或是这个大陆的西北走廊？这些是跟人类关系最密切的问题吗？弗兰克林是不是唯一失踪的人，因此他的妻子要这么认真地去找他？到底格林奈尔先生知不知道他自己在什么地方？宁可做你自己江河海洋的芒戈·帕克、刘易斯、克拉克和弗罗比歇②；探索你自己的更高纬度——必要时，船上要装满罐头肉作补给，还可以把空罐堆得跟天一样高来作信号。发明罐头肉难道仅仅是为了保存肉？当然不，你得做一个哥伦布去寻找你内心的整个新大陆和新世界，打开思想的新渠道，而不是贸易的新渠道。每一个人都是一个王国的君主，与这个王国相比，世间的沙皇帝国只是一个小国，只是冰融化后留下的小丘。可是，有的人不会尊重自己却要讲爱国，因小而失大。那些人热爱筑起他们坟墓的土地，却不同情那也许还能给他们的泥土之躯赋予生命的精神。爱国主义是他们脑子里的空想。南海探险有什么意义，那样的排场，那样的耗费，只是间接承认一个事实：在道德世界里也有大陆和海洋，而每一个人只是与之相连的地峡或小湾，可是他自己尚未去探索过；但是，坐政府的船，带500名水手和侍仆，航行几千英里，闯过严寒、风暴和食人的生番之地，要比去探索私人的海洋，即个人的大西洋和太平洋要容易得多。——

(Erret, et extremos alter scrutetur Iberos.
plus habet hic vitaæ, plus habet ille viæ.)

① 威廉·哈宾顿(W. Habington)，《卡斯塔拉》(1634)。

② Mungo Park (18 世纪)曾在非洲大陆探险；Lewis 和 Clarke(18 世纪)率探险队考察美国西部；Frobisher (19 世纪)三次到北冰洋寻找西北航线。——编注

"让他们去漂泊,去考察异邦的澳大利亚人吧,
我对上帝的认识更深了,他们只发现更多的路。"[①]

周游世界到桑给巴尔去数猫是不值得。可是即便干这种事,一直干到你可以干得更好为止,你也许会发现某个"西姆斯洞"[②],最后通过这个洞走到内心。英国、法国、西班牙、葡萄牙、黄金海岸和奴隶海岸全都面对这个私人的海洋,但是,从他们那里还没有一艘三桅帆船冒险航行到看不见陆地的地方,尽管那无疑是直接去印度的航线。如果你能学会讲所有的语言,适应所有民族的风俗,如果你能比所有的旅行家旅行更远,适应一切气候,使斯芬克斯自行以头撞石,也要听从古代哲学家的格言,去探索你自己,这就需要用眼、用脑。只有败将和逃兵才上战场,他们是逃跑而又应征的懦夫。现在就出发吧,踏上最远的西方道路,那条路不会在密西西比河或太平洋停下,也不会引你到疲惫的中国或日本,而是沿着这个地球的一条切线,走过夏天和冬天,白天和黑夜,日落,月归,最后到地球也落下为止。

据说米拉波[③]曾到公路上抢劫,以便"弄清要正式违抗社会最神圣的法律到底需要多大的决心"。他宣称"在军中打仗的士兵所需要的勇气不及这种拦路贼的一半","荣誉和宗教根本无法阻止一个深思熟虑和坚定的决心"。[④] 按通常标准这是男子汉气概,其实这如果不是铤而走险,也是无聊之举。一个神智更清醒的人倒是会发现自己经常"正式对抗"人们视为"社会最神圣的法律",他要服从更神圣的法律,所以不必铤而走险就可以考验自己的决心。人不必刻意对社会采取这样的态度,而应该通过服从他生命的法则保持他自己原来的态度,这种态度决不会与一个公正的政府对抗,如果他有机会遇到这样一个公正的政府的话。

---

① 从克劳狄的"De Sene Veronensi"Ⅱ21—22 改写而来,梭罗将"iberos"(伊比利亚人)改为"澳大利亚人"。

② 1818 年西姆斯(J. C. Symmes)想象地球是空心的,在两极有开口通到内部。——编注

③ Mirabeau(1749—1791),法国革命家,试图建立君主立宪制。——编注

④ 梭罗从《哈珀新月刊》第一期(1850 年 10 月)上将这段趣闻抄到他 1851 年 7 月 21 日的日记中。

我离开森林跟我进入森林一样都有充分的理由。也许在我看来我要过好几种生活,无法为那种生活花更多的时间。我们这么容易不知不觉陷入某一条道路,为自己踏出旧辙,这真是令人惊奇。我住在那里还不到一周,就从我门口到湖边踏出一条小路。虽然距今已经五六年了,可是小道依然清晰可见。说真的,我恐怕有其他人已陷入这条道路,从而使这条路继续敞开。地面是软的,人的脚在上面留下脚印,心灵旅行的道路也是如此。那么,世界上的公路定是多么破旧多尘,传统和服从的车辙是多么深啊!我不想坐客舱,宁可到桅杆前,站在世界的甲板上,因为在那里我能把群山中的月光看得最清楚。现在我不想下到舱里去。

至少我从自己的实验中了解到,如果一个人能自信地在他所梦想的方向上前进,争取去过他想象的生活,就可以获得平常意想不到的成功。他将把一些事抛在后面,超越一个看不见的界限。新的、普遍的,而且更自由的法规将在他周围和内心自行建立起来;或者旧的法律得到扩大,以更自由的意义做出对他有利的解释,他可以在生命的更高级的秩序中生活。他的生活越简单,宇宙的规律将显得越不复杂,孤独将不成其为孤独,贫困也不成其为贫困,软弱也不成其为软弱。如果你建了空中楼阁,你的劳动不会白费,楼阁就应该在空中,现在就在下面筑基础吧。

英国和美国提出了一个可笑的要求,要你说的话让他们能听懂才行。人和伞菌都不是这样生长的。好像那很重要,好像离了他们就没有足够多的人了解你。好像大自然只能支持一种理解秩序,无法既供养鸟又供养四足动物,既供养飞行生物又供养爬行生物,好像布莱特能听懂的“嘘”和“谁”是最好的英语。好像只有在愚笨之中才有安全。我主要担心我的表达还不够“过火”,无法超越我日常经验的狭窄界限,不足以证实我所相信的真理。“过火!”取决于你的拘囿程度。迁移的水牛跑到另一纬度去寻找新的牧场,并不比奶牛在挤奶时踢翻奶桶,跃过牛栏去追小牛更过火。我希望在某个没有界限的地方说话,就像一个睡醒的人跟其他睡醒的人说话,因为我相信我甚至无法夸张到给真正的表达打基础。有谁听了一曲音乐后还会担心他说过头话?为了将来或者可能性,我们应当生活得很放松,正面含糊些,轮廓黯淡些,朦胧些,正如影子揭示出对着太阳感觉不到的汗珠。我们言语中易挥发的真意将不断暴露出残留语言的不足。其中真意立即被转译,只有文字的纪念碑还留着。表达忠诚虔敬的话是不确定的,但这些话对于优秀的人是有意义的而且芳如乳香。

为什么我们总要把自己的认识能力降到最低而又美其名为常识?最普通的常识是睡着的人的知觉,是以打鼾表达出来的。有时,我们易于把绝顶聪明的人与一知半解的人归为一类,因为我们只能领会到他们 1/3 的智慧。如果有人起得早,他也许会对朝霞挑毛病。我还听说,“他们声称迦比尔的诗有 4 种不同的意义,幻觉、精神、智力和吠陀经的通俗教义。”①但是,在此地,如果一个人的作品有一种以上的解释,那会被当作批判的依据。英国在努力治疗马铃薯枯死病时,难道就没有人努力去治疗脑枯死这种流行更广、更致命的病吗?

我并不是说我已写到令人费解的程度,但是,在这一点上,我书中所发现的致命错误如果不会比在瓦尔登冰上发现的多,我就应该感到自豪了。南方的顾客不喜欢它的蓝色,蓝色原是纯洁的证明,可在他们看来似乎很浑浊,他们反而更喜欢剑桥的冰,颜色是白的,可是有草味。人们喜爱的纯洁是包裹着大地的薄雾,而不是雾层外的蔚蓝太空。

有人在喋喋不休地说,和古人相比,甚至和伊丽莎白时代的人相比,我们美国人以及现代人普遍而言只不过是智力上的矮子。但这话与本题有什么关系?活狗要比死狮子强。难道一个人因为自己属于矮人族而要去上吊吗,为什么不做他能做到的最大矮人呢?人人应该守本分,努力保持自己的本色。

为什么我们要这样急不可耐地达到成功,为什么要这样不顾一切地去冒险进取?如果一个人跟不上他的同伴,也许是因为他听到不同的鼓声。让他踏着他所听到的音乐拍子走,不管节奏如何,或是有多远。他能不能像一棵苹果树或一棵橡树那样快成熟,其实都无关紧要。他应该把他的春天转变成夏天吗?如果我们应该做的事条件尚不成熟,能用什么现实条件代替呢?我们不要在空虚的现实上撞破船。有必要努力在头顶盖起一个蓝玻璃天吗?建成之后我们肯定还会凝望高高的真正太空,好像前一个不存在。

在库鲁城里有一位艺术家,他要追求完美。有一天他想到要做一根手

① 塔西(G. de Tassy)《印度文学史》(巴黎,1839),梭罗译本。

杖。他已考虑到时间是造成艺术品不完美的一个因素，而完美的艺术品是不受时间影响的。他对自己说，这艺术品应当在各方面都完美，哪怕我一生别的什么事也不干。他立刻到森林里去找木材，决心不用不适合的材料。他在找时，一根接一根都看不中，朋友们渐渐离开了他，因为他们工作到老之后都死了，可是他却一点没老。他矢志不渝的坚定决心以及他那崇高的虔诚，不知不觉使他永葆青春。因为他不跟时间妥协，时间就给他让路，只好远远地站一旁叹气，因为时间拿他没办法。他还没找到一根在各方面都适合的树干，库鲁城就已成为古老的废墟，他便坐在一堆废墟上剥那根树干的皮。他还没将它造出一个适合的形状，桑达尔王朝已经结束了，他用木棍的尖头在沙地上写下那个种族最后一人的名字，接着又继续工作。到他将那根木棍磨光时，卡尔帕已不再是北极星了；他还没装上金环和宝石装饰的杖头，梵天已睡过醒来好几次了。但我为什么要在这里谈这些事呢？当他完成作品时，突然间，就在这位无比惊异的艺术家眼前，他的作品变成梵天所创造了的万物中最美的一件。他在制杖过程中创造一个新的体系，一个美妙而比例适当的世界。虽然古城和旧王朝都已逝去，可是更美的城市、更辉煌的王朝已经代替了它们。现在他看到脚边那堆削下的木花依然很新鲜，对于他和他的作品来说，从前逝去的时光只是一种幻觉，逝去的时间并不比梵天脑中一个火花落下来点燃凡人脑中火种所用的时间多。材料是纯洁的，他的艺术是纯洁的，结果怎能不奇妙呢？①

我们所能给予事物的任何外表最终都没有真相那样对我们有利。只有真相能经得起考验。大体来说，我们不在实际上的位置，而是在一个虚假的位置。由于天性薄弱，我们假定了一种情况，并置身其中，因此我们同时是处在两种情况之中，要摆脱出来也就加倍困难。清醒的时候，我们只看到事实，实际的情况。讲你必须讲的话，不要讲你应该讲的话。任何真理都比虚伪强。补锅匠汤姆·海德站在断头台上，有人问他有什么话要说。他说，“告诉裁缝，记住在缝第一针之前，线要打结。”他同伴的祈祷却被忘记了。

不论你的生活多么卑贱，面对它，活下去。不要躲开生活，咒骂生活。

① 在《薄伽梵歌》里，库鲁是一个民族，劫是创世与灭世之间的一段时间，据说有40亿年。对于梵天来说，一个日夜即一劫。参见《日晷》Ⅲ(1843)，322。

它不像你那么坏。你最富的时候,生活看起来最穷。爱挑毛病的人即便在天堂里也会找出毛病。尽管生活很穷,还是要热爱生活。即便是在贫民所里,你也许还会有快乐、刺激、光荣的时光。济贫院窗上反射出的夕阳的光辉,和富人公寓上反射出的一样明亮;门前的雪也一样在早春融化。我并不认为一个心思宁静的人在那里不会像在皇宫里一样满足,而且有快活的思想。在我看来,城里的穷人往往过着最独立的生活,也许他们就是博大到可以毫无顾虑地去接受施予。大多数人不屑于受城中人的支持,但经常的情况是他们仍以不正当的手段来支持自己,这其实更不光彩。把贫穷当作花园里的草,当作圣贤那样培养,不要自找麻烦去找新事物,不论是衣服还是朋友。翻出旧东西;回到旧事物。万物不变,我们变了。卖掉你的衣服,保留你的思想。上帝会看到,你不需要社会。如果我得整天关在小阁楼的一角,就像蜘蛛一样,只要我还有思想,世界对我来说还是一样大的。哲学家说,“三军可夺帅也,匹夫不可夺志也。”[①]不要急于发展,不要屈从于许多影响而被捉弄,那都是胡闹。谦卑就像黑暗一样反而衬托出天上的光。贫困和卑贱的阴影围绕着我们,“瞧! 创造在我们的视野中扩展。”[②]我们常听到提醒说:即使获得了国王的财富,我们的目标应当还是不变,方法基本上还是相同。而且,如果自己的领域受贫穷的限制,如果你没钱买书报,你只是被限在最有意义、最重要的经历中,迫使你去处理那种能产生出最多糖和淀粉的物质,靠近骨头的生活也是最甘美的生活。你不会去做无聊的琐事。在下层没有人会因上层的大方而失去什么。过剩的财富只能买过剩的东西。灵魂所需要的东西都是用不着钱来买的。

我住在铅墙一隅,在墙体里注入了一点制钟的金属合金。在中午休息时,我常常听到一阵混乱的叮叮声从外面传来。这是我同代人的噪音。我的邻居对我说他们同那些著名的绅士淑女的奇遇,说在宴会上遇到哪些贵族,但是,对于此类事情,我就跟看《每日时报》一样不感兴趣。他们的兴趣和谈话主要是关于服装和风度,但一只鹅总归是鹅,随你怎么打扮都一样。他们给我讲加利福尼亚、得克萨斯、英格兰和印度群岛,讲到有名望的先

---

① 《论语·子罕篇》,第 25 章。

② 怀特(Joseph Blanco White, 1775—1841),十四行诗:《献给夜晚》。

生——乔治或马萨诸塞的某某大人，全都是短暂的、瞬息即逝的现象，直讲得我准备像那位马穆鲁克老爷①那样从他们院子里跳出去。我喜欢回到自己的地方——不喜欢走到引人注目的地方炫耀，但如果可能，我要与宇宙的创造者携手同行。——我不想生活在这个不安的、神经质、闹哄哄、无聊的19世纪，而只想若有所思地站着或坐着，听任这个时代流逝。人们在庆祝什么？他们都参加了筹备委员会，随时准备听人家演说。上帝只是当天的主席，韦伯斯特是他的演说家。我喜欢衡量那些强烈地、正确地吸引我的事物的分量，确定它，并把重心转向它——而不是挂在秤杆上去设法减少重量；不是去假定一种情况，而是按实际情况办事。我只走我能走的唯一道路，在这条路上没有什么力量能阻止我。我不会满足于未奠定牢固的基础就去搭拱门。我们不要玩在薄冰上跑的把戏。什么都有一个牢固的基础。我们读到，一个旅行者问小孩，前面的沼泽有没有一个坚硬的底。小孩说有。但过了一会儿，这位旅行者的马就陷入泥里没到肚带了。他对小孩说，“我以为你说这个沼泽有硬底。”孩子答道，“当然有的，不过你离底还不到一半深呢。”社会的泥沼和流沙也是如此，但知道这一点的人定是老小孩了。只有那些在某一难得的巧合中所想所说或所做的才是好的。我不是那种蠢到把铁钉随便钉到泥糊的板墙上的人，这种行为会使我好几夜睡不着。给我一把锤子，让我触摸到木梁，不要靠灰泥。用钉子牢牢钉入，钉得紧紧的，这样你夜里醒来想到你的工作，会感到很满意——这种工作，你就是招缪斯来看也无愧。这样上帝也会帮你，只有这样他才会帮你。每一根钉入的钉子都应当是宇宙大机器中的一颗铆钉，你才能继续干下去。

不要给我爱，不要给我钱，不要给我名誉，给我真实就行了。我坐在一张摆满美酒佳肴的桌前，受到隆重招待，可是那里没有真实和诚恳，我饥饿地从冷漠的宴席走开。这种待客冷如冰。我想不必再用冰来冷冻他们了。他们跟我讲酒的年代和葡萄酒的美名，但我想到一种更古老又更新、更纯的酒，想到一种更负盛誉的美酒，这是他们所没有，也买不到的。那气派，那房子，那种场所和“娱乐”，我一样都不要。我去拜访国王，但他叫我在客厅里

① 1811年，土耳其战胜埃及，下令将那里军事集团马穆鲁克的成员杀光。其中一个从城堡跳到马上，逃到叙利亚。

等,他那行为就像个不会待客的人。我邻居中有一个人住在树洞里,他真正有王者风度。我要是去拜访他就好多了。

我们要坐在门廊上多久来修炼这种无聊腐朽、与一切工作都不相干的美德呢?好像一个人在一日之始就要去忍受长期的痛苦,雇一个人来给他锄马铃薯,到下午带着预先想好的善心去修行基督徒的温柔和爱心。请想想中国的骄傲和那种停滞不前的人类自满。这一代人庆幸自己是一个显赫家系的最后一代;而在波士顿、伦敦、巴黎和罗马,想着自己的悠久传统,谈论在艺术、科学和文学上的进步,沾沾自喜。有哲学协会的记录,还有对伟大人物的公开颂词!是亚当在思考自己的美德,"是的,我们干了伟大的事,唱神圣的歌,这些是不朽的。"——就是说,只要我们能记住它们。亚述的学术团体和伟大人物——他们在哪儿?我们是何等年轻的哲学家和实验者!我的读者中还没有一个过了完整的人生。这些可能只是人类生活的春天。即便有了七年之痒,可我们还没见过康科德十七年的蝗灾。我们只熟悉自己所生活的地球的表层。大多数人没有深入过这表层之下六英尺,也没跳过高出它六英尺以上。我们不知道自己在哪儿。而且,我们生命中有近一半时间是在酣睡。可我们还自以为聪明,已经在地面上建立了秩序。真的,我们是深刻的思想家,我们是有雄心的人!当我俯视森林地面松针中间爬行的昆虫,看到它努力想避开我的视线躲起来,我问自己它为什么抱有这样卑下的思想,要藏起它的头,避开我,而我本来可能是它的恩主,而且能给它的族类传达可喜的消息。这又使我想到更伟大的施恩者和智者正在俯视我这个人类昆虫。

新事物不断注入这个世界,而我们却忍受不可思议的乏味。我只要说在最开明的国家里人们还在听什么样的说教就够了。有喜和哀这样的字眼,但这些词只是用鼻音哼出的赞美诗中的叠句,而我们是信仰平凡和中庸的。我们认为自己只能换换衣服。据说大英帝国很大,很可敬,而美国是一等强国。我们不相信每个人背后都有潮起潮落,这浪潮能将大英帝国像一块木片一样浮起,只要他有此心怀。谁知道下一次发生蝗灾是什么样的?我所生活的那个世界的政府,并不是像英国政府那样是在宴会之后的喝酒聊天中组成的。

我们体内的生命就像河流里的水。今年可能涨到人类从不知道的高度，淹没枯焦的高地；甚至今年就可能是多事的年头，会把所有的麝鼠都淹死。我们并不总是住在干燥的陆地上。我看到远在内陆的昔日河岸，在科学开始记录山洪之前，古代的洪水就把河岸冲刷了。每个人都听过在新英格兰流传的那个故事：一只强壮而美丽的爬虫从一片苹果树木板做的旧桌面中爬出来，这张桌子放在一位农夫的厨房里已经60年了，先是在康涅狄格，后来到马萨诸塞。——是从一颗还要早好些年就下在活树中的卵里爬出的，这可以从它外面的年轮看出来。好几周里一直听到虫咬的声音，也许是一个茶壶的热将它孵化的。听到这个故事，谁不会感到对复活和不朽的信心增强了？谁知道还会有何等美丽的有翅的生命，它的卵长年埋在死的枯燥的社会生活中好几层木头下，起先是产在青春的活树白木质中，这树已渐渐转化为像是它风干很好的坟——也许人类家庭坐在丰盛的宴席周围已吃惊地听它向外咬好多年了，而它说不定出人意料地从社会上最不值钱的、随手送人的家具中出来，终于可以享受它完美的夏日生活！

我并不是说约翰或乔纳森会认识到这一切，但是那仅靠时光流逝不会破晓的明日就具有这个特性。使我们眼睛看不见的光对我们来说就是黑暗。只有我们醒悟的那一天才破晓。破晓的日子还有更多，太阳只是一颗晨星。

附录

毕业留言

亨利·大卫·梭罗

自我介绍

（毕业册留言,1837 年 6 月）

我是法国血统。1685 年,路易十四废止了南特法令,我的祖辈们避难到泽西岛。我祖父 1773 年左右来到美国,是船桅前的一名水手,“无牵无挂,身无分文”,正好积极投身于革命中。

1817 年 7 月 12 日,我来到这个世界,降生在康科德幽静的村庄,那里有着独立革命的记忆。

我将永远为我出生的地方感到自豪——愿她永远不会为她的儿子而感到羞愧。假如我忘记你——康科德,就让我忘记右手的灵巧。你的名字将是我在国外的通行证。无论我流浪到世界的任何一个角落,我都会庆幸地想到,我来自康科德北桥。

十六岁那年,我把脚步转向这庄严的学府,牢牢记住（至今还一直记着）我有两个耳朵,一张嘴。我来了——我看见了——我征服了,但是征服得不易,再来这样一次我就毁了。借用昆西先生的话:“再多一科,你就彻底没戏。你只是勉强进门。”但是“大丈夫是大丈夫,不管他们那一套”,我已经进来了,就不去问我是怎么进来的。

现在我看见只有两个选择,写一页或是一本。为我,也为你们,省去写一本的麻烦吧。

我只想说，尽管我人在哈佛大学，但心灵却远远飞到我少年时代的场景。本应该用来学习的光阴，我却在森林中搜索，在本乡的湖泊和溪流里探险。我经常和诗人一起吟诵：

“我的心呀在高原，这儿没有我的心，
我的心呀在高原，追逐着鹿群，
追赶着獐子，跟踪着野鹿，
我的心呀在高原，无论身在何处。”

偶尔做做白日梦，是学生时代的一个亮点，是白天飘过的一朵云，是黑夜的一道火柱，为长年的苦读投上一抹愉悦的光泽，鼓舞他走向朝圣旅途的尽头。他疲倦而忧郁的灵魂，禁闭在斯托顿或霍利斯潮湿而古老的群墙里，渴望着他几乎遗忘的老朋友——大自然的同情，但是无法得到，就不得不求助于记忆的永不枯竭，以免永远忘却大自然的容貌、教义以及触动灵魂的启示。

不要认为我的同学在我心中没有地位，但这个话题即使对于一本毕业纪念册而言，也是太神圣了。

朋友们！留住离别的泪水，
尽管它对我倍加珍贵！
如果能自觉当之无愧，
我又将何等愉快欣慰。

至于我的意旨——满足今日，后必有祸。

现代商业精神对民族政治、道德和文学品格的影响

（毕业演讲,1837年8月30日）

世界的历史,已经有公正的评述,说它是人类进步的历史。每个时代都由一些特有的事件定性,由于人类思维的活动和斗争,不断地发展出一些要素或原则,尽管那过程是无意识的或是偶然的。经过深入的研究和观察,我们发现,当代的特征是完全的自由——思想和行动的自由。愤怒的希腊人、被压抑的波兰人、嫉妒的美国人,都支持这种自由。无神论者和信徒,异教徒和教会成员,都已经一样开始享受这种自由。它产生了一种非同寻常的能量和行为——商业精神。人的思维比以前更快更自由,行动也更快更自由。因为更独立,所以他比以前更好动。风和波浪已经不够,他必须搜索地球的内部,在它的表面为自己铺设一条钢铁大道。

事实上,如果有人可以在群星之间的瞭望站观察我们的这个蜂窝,他会在近来这些时代中发觉异乎寻常的喧闹。在一处有捶打声和刨削声,有烘烤和酝酿;另一处有买卖、钱币兑换、各种演讲。他能从如此笼统客观的调查中得到什么样的印象呢?是否在他看来,人类是在利用这个世界而不是在滥用它?无疑,他将首先被我们这星球的美轮美奂打动;他会百看不厌地欣赏它那多样的地域和季节,那变化的衣裳。他也不会不注意到那种好动的动物,这星球是为他们而设计。然而,如果他找到一个能与他一起欣赏这美丽住所的人,另外九十九个却正在专心从它表面刮起些许镀金灰尘。

考虑商业精神对一个民族道德品格的影响时,我们只需看看这种精神的主导原则。我们主要将探寻它的起源,以及那种怀着对财富盲目、怯懦的爱仍然珍视和支持它的权力。是否有人严肃地问过,这种精神的盛行会不会对社会有害?无论它存在于何方,它绝对肯定会成为主导精神,自然而然,它向我们所有的想法和情感中灌注入了某种自私。我们的爱国心里有自私,家庭关系里有自私,我们的信仰里也有自私。

让人类忠实于他们的天性,培养道德情操,过一种豪迈独立的生活。让他们把财富当成生存的手段而不是目的,这样我们就不会再听到商业精神。

大海依然潮起潮落，大地依然青翠葱茏，空气依然清新纯净。我们居住的这个神奇的世界与其说方便不如说精彩，与其说有用不如说美丽——它更值得爱慕、欣赏，而不是使用。事情的顺序应该做一些调整——第七天应该是人们辛劳工作的日子，用汗水换取生计，其他六天则是情感和灵魂的安息日，在这广阔的花园里漫游，吸收大自然的温柔影响与崇高启示。

但是，贪婪最真正的奴隶、财神最虔诚最自私的崇拜者，也不仅仅只为获取世界上的好东西，而正为了其他目的劳作计划着，他在准备过一种更知性更精神的生活——也许是慢慢地、无意识地。人无法逃避真理，想逃也逃不掉，无论他的生活多么堕落或沉湎于酒色。真理的声音越过商业的喧嚣，传入办公的商人和数钱的守财奴耳中；一如在幽静的书房，传入谦恭耐心的信徒耳里。

我们的主题有其闪光的一面，也有阴暗的一面。我们考虑的这种精神也并非一无是处。我们高兴地看到它是另一个指标，反映我们这个时代所特有的完全而普遍的自由，反映了人类正在向等待着他们的无数发展又迈进一步。我们很高兴，这个时代在世界历史中不是贫瘠的一章——它记录的进步可以说是普遍的和明显的。我们为那些令智者和仁人担忧的无节制而自豪，因为它们表明，人不会总是物质的奴隶，不久便会摆脱掉那些使他们与畜牲类同的世俗欲望，以与造物主相适宜的方式，度过旅居在这人间天堂的日子。

编辑说明

本书根据《梭罗集》中有关文字重版,译稿蒙许崇信先生家属提供,并说明各部分翻译分工如下:“经济篇”至“木屋生暖”由许崇信翻译;“昔日的居民,冬日的访客”至“结束语”由林本椿翻译;译文的校订工作由许崇信承担。

“我与梭罗”一文蒙苇岸先生亲属同意收录于此。爱默生的“梭罗小传”和附录文字由蒯超翻译。谨此致谢!

经典译林

Yilin Classics

书名	单价	书名	单价
癌症楼	78.00 元	艾青诗集	35.00 元
爱的教育	39.00 元	爱丽丝漫游奇境	29.00 元
安娜·卡列尼娜	65.00 元	安徒生童话选集	42.00 元
傲慢与偏见	36.00 元	奥德赛	92.00 元
八十天环游地球	32.00 元	巴黎圣母院	42.00 元
白洋淀纪事	39.00 元	百万英镑	35.00 元
包法利夫人	38.00 元	悲惨世界（上、下）	98.00 元
背影	28.00 元	被侮辱与被损害的人	39.00 元
边城	36.00 元	变色龙：契诃夫中短篇小说集	39.00 元
彼得·潘	35.00 元	变形记 城堡	38.00 元
草叶集：惠特曼诗选	39.00 元	茶馆	32.00 元
茶花女	35.00 元	查拉图斯特拉如是说	38.00 元
沉思录	29.00 元	城南旧事	29.00 元
吹牛大王历险记（插图版）	35.00 元	大卫·科波菲尔（上、下）	79.00 元
当代英雄	45.00 元	稻草人	29.00 元
地心游记	32.00 元	飞鸟集·新月集：泰戈尔诗选	39.00 元
飞向太空港	39.00 元	福尔摩斯探案集	58.00 元
复活	42.00 元	傅雷家书	49.00 元
富兰克林自传	36.00 元	钢铁是怎样炼成的	39.00 元
高老头	39.00 元	格列佛游记	35.00 元

书名	单价	书名	单价
格林童话全集	49.00 元	给青年的十二封信	38.00 元
古希腊悲剧喜剧集（上、下）	118.00 元	海底两万里	38.00 元
海蒂	35.00 元	红楼梦	69.00 元
红与黑	49.00 元	呼兰河传	35.00 元
呼啸山庄	39.00 元	基督山伯爵（上、下）	108.00 元
纪伯伦散文诗经典	42.00 元	寂静的春天	35.00 元
假如给我三天光明	32.00 元	简·爱	39.00 元
金银岛	35.00 元	经典常谈	29.00 元
荆棘鸟	45.00 元	静静的顿河	128.00 元
镜花缘	49.00 元	局外人·鼠疫	38.00 元
菊与刀	35.00 元	克雷洛夫寓言	32.00 元
快乐王子：王尔德童话全集	32.00 元	宽容	32.00 元
昆虫记	39.00 元	老人与海	32.00 元
理想国	45.00 元	聊斋志异	55.00 元
了不起的盖茨比	38.00 元	列那狐的故事	39.00 元
猎人笔记	38.00 元	林肯传	39.00 元
柳林风声	36.00 元	鲁滨逊漂流记	39.00 元
鲁迅杂文选集	36.00 元	绿野仙踪	32.00 元
绿山墙的安妮	36.00 元	论人类不平等的起源和基础	35.00 元
罗马神话	16.80 元	罗生门	39.00 元
骆驼祥子	32.00 元	美丽新世界	35.00 元
秘密花园	36.00 元	名人传	39.00 元
木偶奇遇记	35.00 元	拿破仑传	49.00 元
呐喊	29.00 元	牛虻	38.00 元

书名	单价	书名	单价
欧·亨利短篇小说选	36.00 元	欧也妮·葛朗台	32.00 元
彷徨	32.00 元	培根随笔全集	38.00 元
飘（上、下）	88.00 元	普希金诗选	42.00 元
骑鹅旅行记	36.00 元	乞力马扎罗的雪	39.80 元
热爱生命·海狼	38.00 元	人间草木：汪曾祺散文精选	49.00 元
伊索寓言：555 则	36.00 元	人性的弱点	39.00 元
人类群星闪耀时	36.00 元	儒林外史	42.00 元
日瓦戈医生	68.00 元	三国演义	59.00 元
三个火枪手	59.00 元	莎士比亚喜剧悲剧集	49.00 元
沙乡年鉴	42.00 元	神秘岛	48.00 元
少年维特的烦恼	28.00 元	十日谈	68.00 元
神曲（共三册）	128.00 元	双城记	45.00 元
世说新语（上、下）	89.00 元	受戒：汪曾祺小说精选	46.00 元
四世同堂（上、下）	78.00 元	水浒传	69.00 元
苔丝	39.00 元	宋词三百首	39.00 元
谈美书简	36.00 元	谈美	35.00 元
汤姆叔叔的小屋	45.00 元	汤姆·索亚历险记	32.00 元
堂吉诃德	78.00 元	唐诗三百首	39.00 元
童年	38.00 元	天方夜谭	42.00 元
瓦尔登湖	36.00 元	童年·在人间·我的大学	49.00 元
乌合之众	35.00 元	我是猫	39.00 元
雾都孤儿	44.00 元	物种起源	42.00 元
西游记	62.00 元	西顿野生动物故事集	38.00 元
悉达多	32.00 元	希腊古典神话	49.00 元

书名	单价	书名	单价
乡土中国	36.00 元	小妇人	45.00 元
小王子	29.00 元	星星离我们有多远	35.00 元
喧哗与骚动	58.00 元	雪国　古都	39.00 元
羊脂球	38.00 元	一个陌生女人的来信	39.00 元
一间自己的房间	36.00 元	一九八四	36.00 元
伊利亚特	82.00 元	尤利西斯	58.00 元
约翰·克利斯朵夫（上、下）	98.00 元	月亮和六便士	45.00 元
战争论	45.00 元	战争与和平（上、下）	108.00 元
朝花夕拾	22.00 元	中国民间故事	39.00 元
子夜	49.00 元	最后一课	36.00 元
罪与罚	66.00 元